Das Buch

Ihre Geschichte wurde zur Legende, und ihr Name steht für den verzweifelten Kampf der Cheyenne-Indianer um ihre Zukunft: Büffelfrau. Überall auf der Prärie kennt man ihren Namen, und sogar die Häuptlinge verneigen sich vor ihr. Schon als Kind ist Büffelfrau lieber bei den rauhen Spielen der Jungen dabei. Sie kann gut mit Pfeil und Bogen umgehen und gehört zu den besten Reitern des Volkes. Bei der Büffeljagd erkennt sie zum ersten Mal ihre magischen Kräfte. Sie geht bei dem alten Sieht-Hinter-die-Berge in die Lehre und lernt die geheimnisvolle Welt der Geister kennen. In dem tapferen Weißen Biber findet sie einen Mann, der ihr ebenbürtig ist und die gleichen Träume hat.

Als er im Kampf gegen die verhaßten Pawnee umkommt und die heiligen Pfeile der Cheyenne in die Hände des Feindes fallen, bricht sie auf, ihren Mann zu rächen und die Ehre und Existenz der Cheyenne zu retten. Sie reitet allein auf dem Kriegspfad und gerät in einen Alptraum ...

Der Autor

Thomas Jeier, 1947 in Minden geboren, in Frankfurt aufgewachsen, absolvierte eine Buchhändlerlehre und machte sich 1972 als Autor und Journalist selbständig.

Seine Sachbücher und Romane wurden in zehn Sprachen übersetzt. Für das Fernsehen drehte er zahlreiche Dokumentarfilme. Thomas Jeier wurde vom amerikanischen Fernsehen als bester Kenner des amerikanischen Westens vorgestellt. Er beschäftigt sich seit vielen Jahre mit der Kultur der nordamerikanischen Indianer und hat den kulturellen und historischen Hintergrund für sein Buch genau recherchiert.

THOMAS JEIER

DAS LIED DER CHEYENNE

Roman

WILHELM HEYNE VERLAG
MÜNCHEN

HEYNE ALLGEMEINE REIHE
Nr. 01/9782

Umwelthinweis:
Das Buch wurde auf
chlor- und säurefreiem Papier gedruckt.

Lizenzausgabe mit Genehmigung des
Franz Schneekluth Verlages, München
Wilhelm Heyne Verlag GmbH & Co. KG, München
Printed in Germany 1996
Umschlaggestaltung: Atelier Ingrid Schütz, München, unter Verwendung des Originalumschlags von Atelier Höpfner-Thoma, München.
Shield of Her Husband by Howard Terpning © 1982, The Greenwich Workshop, Inc. Reproduced with the permission of The Greenwich Workshop, Inc. Shelton, USA
Satz: Compumedia, Gesellschaft für
Informationsgestaltung mbH, München
Druck und Bindung: Ebner, Ulm

ISBN 3-453-09308-9

Für Christa

Es ist ein Gesetz,
daß alle Dinge in einer Frau
geboren werden müssen,
sogar die Dinge, die von Männern
erfunden werden.

Agnes Whistling Elk

1

Donnervogel

Das Krächzen eines großen Donnervogels drang durch die Nacht. Seine schwarzen Flügel hoben sich unheilvoll gegen den Mond ab und warfen einen dunklen Schatten auf das Tipi des Schamanen. Niemand sah den Vogel, seine flammenden Blitze erhellten nur den Traum des alten Sieht-hinter-die-Berge. Ein Windstoß fegte durch das Dorf und ließ die Zeltplanen flattern. Die beiden Pferde, die vor dem Tipi angebunden waren, scharrten unruhig mit den Hufen, und die Hunde zerrten an den Leinen. Eine tiefe Stimme geisterte durch die Nacht und rief den Namen des Medizinmannes.

Sieht-hinter-die-Berge schreckte aus dem Schlaf. Er rieb sich den Schweiß von der Stirn und stützte sich auf die Ellenbogen. Die Glut der Feuerstelle warf einen roten Schein auf sein Gesicht und ließ die langen weißen Haare leuchten. Seine dunklen Augen brannten. Was war geschehen? Er spannte seine Sinne an und starrte in die Dunkelheit. Als keine Antwort kam, stimmte er ein leises Lied an. Er hatte keine Angst vor den Geistern, weil er mehrmals am Tage betete und regelmäßig zum Fasten in die Berge ging. Aber er spürte eine innere Unruhe und wollte es nicht darauf ankommen lassen. Die Geister waren sehr empfindlich. Vielleicht hatte irgend jemand im Dorf ein Tabu verletzt oder die Geister auf andere Weise erzürnt.

Er stand auf, öffnete die Zeltklappe und ging nach draußen. Irgend jemand hatte ihn gerufen. In einem Traum, an den er sich nicht mehr erinnern konnte und von dem er nicht wußte, ob er gut oder schlecht gewesen war. Ich werde alt, dachte er bekümmert, es wird Zeit, daß sich ein anderer um das heilige Bündel kümmert, und ich in meinen letzten Sonnenuntergang reite.

Sieht-hinter-die-Berge hatte mehr als siebzig Winter gesehen, aber immer noch keinen würdigen Nachfolger gefunden.

Hatten sich die Geister endlich entschieden? Hatten sie einen jungen Mann gefunden, der das zweite Gesicht hatte und die Heilkraft aller lebenden Dinge kannte? Hatten sie ihn deshalb geweckt?

Er blieb nachdenklich stehen. Ein lauer Nachtwind wisperte in den nahen Weiden am Flußufer und kühlte den Schweiß auf seinem Gesicht. Einige Pferde schnaubten und stampften nervös mit den Hufen, als hätten sie denselben Traum wie der alte Mann gehabt. Aus dem Nachbartipi drang das laute Schnarchen von Büffelhöcker, der bis in die späte Nacht mit einigen Freunden getanzt hatte. Das Trommeln war laut gewesen, und der eintönige Gesang hatte den alten Schamanen lange wach gehalten. Sieht-hinter-die-Berge wohnte allein in seinem Tipi, und die jungen Krieger hatten viel zuviel Respekt vor ihm, um ihn zu einem Fest einzuladen. Manche hatten sogar Angst vor ihm. Er war der alte Mann mit den vielen Falten im Gesicht, der mit den Geistern sprechen konnte und sah, was auf der anderen Seite der Berge geschah. Er entdeckte die Büffel, bevor der erste Krieger aufgeregt ins Dorf geritten kam, und er spürte ein Gewitter, bevor der Donnervogel seine brennenden Pfeile auf die Erde schleuderte.

Er ging ein paar Schritte, blieb dann stehen, um wieder zu lauschen. Das Schnarchen war immer noch zu hören, und auch die Pferde waren nicht ruhiger geworden. Auf der Westseite des Dorfes war Babygeschrei zu hören, und er sah den Schatten einer Frau, die mit ihrem Kind in den nahen Wald verschwand, um die anderen nicht zu stören. Ein Bussard zog krächzend über das Dorf und badete im bleichen Licht des halben Mondes. Er rief etwas, aber der Schamane verstand ihn nicht. »Was willst du mir sagen, Bussard?« fragte er, aber der dunkle Nachtvogel glitt über ihn hinweg.

Sieht-hinter-die-Berge hatte gelernt, seiner inneren Stimme zu folgen, wenn ihn etwas beunruhigte. Alles im Leben hatte seinen Sinn. Die Geister hätten ihn niemals geweckt und aus seinem Tipi gelockt, wenn es keinen Grund dafür gab. Er ging weiter und verließ das Dorf, das unweit eines kleinen Flusses in einer Senke errichtet worden war. Nach alter Sitte waren die Zelte in einem Halbkreis errichtet worden, dessen offene Stelle nach Osten zeigte. Dort ging die Sonne auf, die von den Hügelleuten als Ursprung des Lebens verehrt wurde. Er hatte keine Waffen dabei. Er vertraute dieser inneren Stimme, die ihm sagte, daß es keine Anzeichen für einen nächtlichen Überfall gab. Die Ho-he waren weit nach Norden gezogen, und die Shar-ha waren vor zwei Wintern vernichtend von den Hügelleuten geschlagen worden und hatten sich seitdem nicht mehr blicken lassen. Er lächelte, als er an die blutige Schlacht dachte. Er hatte damals vier Tage in den nahen Bergen gefastet und einen weiteren Tag auf einem bemalten Büffelschädel gestanden, um die Geister auf den Kampf gegen die Shar-ha einzustimmen. Sie hatten das Opfer angenommen und sich auf die Seite der Hügelleute geschlagen. Die Shar-ha waren blind in die Falle gelaufen, und die Hügelleute waren mit Skalpen beladen ins Dorf zurückgekehrt. Aiee, das waren gute Tage gewesen.

»Bist du das, Onkel?« fragte die Stimme eines Jungen. Er war unbemerkt aus der Dunkelheit getreten, das Gesicht mit nasser Erde beschmiert. Er blickte den Schamanen erstaunt an. »Was tust du hier, wenn alle anderen schlafen?«

Sieht-hinter-die-Berge erkannte den jungen Gelber Wolf, der bei Büffelhöcker und seinen beiden Frauen lebte, seitdem seine Eltern bei einem Überfall der Ho-he ums Leben gekommen waren. In Friedenszeiten durfte er die Pferdeherde bewachen, die nachts auf den nahen Hügelhängen weidete.

»Du hast scharfe Augen und gute Ohren«, lobte er den Jungen, »ich habe dich nicht gesehen.« Er legte ihm eine Hand auf die Schultern und fuhr lächelnd fort: »Alte Männer wie ich haben oft seltsame Träume. Wir sehen dunkle Gestalten und hören seltsame Stimmen, die uns am Schlafen hindern.«

»Ich habe nichts gehört, Onkel«, sagte Gelber Wolf. Er war nur mit einem Lendenschurz bekleidet, und das Mondlicht glänzte auf seinem fettbeschmierten Körper. Der Respekt vor dem Schamanen verbot es ihm, ihn weiter auszufragen.

Sieht-hinter-die-Berge spürte die Neugier des Jungen, verriet aber nichts von seinem Traum. »Paß gut auf die Pferde auf«, meinte er statt dessen, »sei wachsam und halte Ausschau nach unseren Feinden. Dann wirst du ein großer Krieger.«

Gelber Wolf winkte ab. »Die Shar-ha lassen sich so schnell nicht mehr blicken. Sie sitzen bei ihren Weibern und Kindern und lecken ihre Wunden. Sie sind Feiglinge.«

Sieht-hinter-die-Berge sah das Leuchten in den Augen des Jungen. Es verriet die Ungeduld des jungen Mannes, der darauf brannte, auf seinen ersten Kriegspfad zu gehen. Er dachte an seine eigene Jugend und mußte lächeln. Er war genauso ungeduldig wie Gelber Wolf gewesen und früh in den Krieg gezogen. Erst dann war er in den Bergen seinem Schutzgeist begegnet und hatte seine wahre Berufung erfahren.

»Wenn die Büffel kommen, werde ich zum ersten Mal gegen die Shar-ha reiten«, prahlte der Junge. »Ich werde Coups schlagen und viele Pferde rauben. Ich will ein großer Krieger werden wie Büffelhöcker.«

»Dann geh zu den Pferden zurück und paß auf deinen Skalp auf«, antwortete der Schamane schmunzelnd. »Sonst stehlen dir die Shar-ha die Pferde unter dem Hintern weg, und dein Skalp baumelt an der Lanzenspitze eines dieser feigen Krieger.«

Der Junge wurde blaß und kehrte zur Herde zurück. Sieht-hinter-die-Berge beobachtete, wie er sich hinter einen Felsen kauerte und den Bogen schußbereit von der Schulter nahm. Der Schamane ging lächelnd weiter. Seine nackten Füße teilten das Präriegras, das ihm schon bis zu den Knöcheln reichte. Trotz seines hohen Alters ging er aufrecht. Er hatte seinen Wanderstock im Tipi gelassen und auch nicht daran gedacht, eines seiner Pferde zu besteigen. Das hatten die Geister nicht gewollt, sonst hätten sie es ihm ausdrücklich befohlen. Er wanderte wie ein Einsiedler über die Prärie, und er würde erst stehenbleiben, wenn ihn eine innere Stimme dazu aufforderte.

Die Prärie umgab das Zeltdorf der Hügelleute wie ein erstarrter Ozean. Mit Büffelgras bewachsene Hügel erstreckten sich zu beiden Seiten des Flusses, der im Osten des Dorfes vorbeifloß. Vereinzelte Bäume rauschten im leichten Wind, und der schwere Duft von Salbei hing in der Luft. Im Nordosten erhoben sich schroffe Felsen aus dem Gras und bildeten ein Labyrinth aus verzweigten Schluchten und Tälern. In der Dunkelheit waren die Felsen nur als Schatten zu erkennen. Der Mond war hinter Wolken verschwunden.

Nach einem zweistündigen Marsch erreichte Sieht-hinter-die-Berge die Felsen. Er stieg über einen schmalen Pfad zu den Sternen empor. Seine Füße brannten auf dem steinigen Boden, und seine Knochen schmerzten von der Anstrengung. Er bereute jetzt, seinen Wanderstock nicht mitgenommen zu haben, und hielt sich immer wieder an den Felsen fest, um auszuruhen. Der Pfad war steil und führte in vielen Windungen nach oben. Der alte Mann war diesen Weg noch nie gegangen, aber er wußte plötzlich, daß es jetzt nicht mehr weit war, und die Antwort auf seine Fragen jenseits der großen Felswand auf ihn wartete. Sie ragte wie das Ende der Welt in den Himmel empor, und der Pfad würde durch sie hindurch zum Licht führen.

Das wußte Sieht-hinter-die-Berge, und seine Ahnung trog ihn nicht. Als jeder andere längst umgekehrt und vor dem unheilvollen Schatten der Felswand zurückgewichen wäre, tat sich eine tunnelartige Öffnung in dem grauen Stein auf. Am Ende des dunklen Ganges flackerte Licht. Er kletterte mit letzter Kraft hindurch und blieb erstaunt stehen.

Vor ihm erstreckte sich eine sumpfartige Wiese. Nebelfetzen waberten über dem Gras und verbreiteten einen modrigen Geruch. Als der Mond hinter den Wolken hervorkam, erkannte Sieht-hinter-die-Berge einen großen Büffel, der wie ein Schatten aus dem Nebel tauchte. Das mächtige Tier schwebte über dem Boden und hatte anscheinend auf ihn gewartet. Seine Hörner sprühten helle Funken.

»Du bist gekommen«, sagte der Büffel. Sein Fell leuchtete im Mondschein wie flüssiges Silber. Seine Augen waren rot und erinnerten den Schamanen an einen Traum, den er vor vielen Wintern gehabt hatte. Auch damals war ihm der Büffel erschienen. ›Ich bin dein Schutzgeist‹, hatte er gesagt, ›und ich werde dich rufen, wenn die Geister zu dir sprechen wollen.‹

»Ja, ich bin gekommen«, antwortete Sieht-hinter-die-Berge. Er hatte seinen Schutzgeist erkannt und fürchtete sich nicht. Der Büffel meinte es gut mit ihm. »Was hast du mir zu sagen?«

Der Büffel bewegte sich langsam. Seine Flanken zitterten, als sei er von weither gekommen, und aus seinem Maul tropfte Schaum. »Nur dies: Es werden seltsame Dinge geschehen im Dorf der Hügelleute. Der Hund wird schnauben wie ein Pferd, und das Pferd wird schreien wie ein Adler. Es wird kalt, wenn die Sonne scheint, und warm, wenn der eisige Wind aus dem Norden kommt. Die Feinde werden eure Krieger verlachen und Angst vor euren Frauen haben.«

»Du meinst, wir werden alle hohnuhk?« fragte der Schamane verwundert. Die hohnuhk oder ›Gegenteil-Leute‹ waren eine kleine Gemeinschaft von Männern und Frauen, die große Angst vor Blitz und Donner hatten und immer das Gegenteil von dem taten, was sie gerade beabsichtigten. Sie liefen rückwärts, wenn sie vorwärts gehen wollten, und sie saßen auf dem Rücken und streckten die Beine in die Luft. Ihre Aktionen wurden vom ganzen Stamm belächelt, aber sie genossen großen Respekt, weil sie Kranke heilen konnten.

Der Büffel bewegte sich träge im Nebel und schnaubte leise. »Nein, die Hügelleute werden keine hohnuhk«, beruhigte er den verstörten Schamanen. »Aber es wird eine Frau kommen, die euer Volk vor großen Gefahren bewahren kann. Nimm dich ihrer an, Sieht-hinter-die-Berge. Sorge für sie, und weihe sie in deine Geheimnisse ein. Nur wenn sie die Geheimnisse kennt, kann sie die tsis tsis tas vor dem Untergang retten.«

So nannten sich die Hügelleute selber. Der Name, den die anderen Stämme kaum aussprechen konnten, bedeutete ›auserwähltes Volk‹. Von den weißen Händlern mit den Haaren im Gesicht wurden sie ›Cheyenne‹ genannt, und die Lakota im Norden sagten ›sha-hi-yena‹, ›Volk einer anderen Sprache‹.

»Wie erkenne ich die Frau, mein Geist?«

»Du wirst sie erkennen.« Mit diesen Worten verschwand der Büffel, der Nebel verzog sich, und aus der sumpfigen Wiese wurde ein geröllübersäter Abhang, der still und verlassen im Mondlicht lag. Ein Bussard stieg aus den Felsen empor und verschwand krächzend zwischen einigen Büschen.

Sieht-hinter-die-Berge war allein. Als er nach dem Büffelgeist rief, antwortete nur das Echo, das vielfach von den kahlen Felswänden zurückgeworfen wurde. Enttäuscht stieg er über den gewundenen Pfad nach unten. Er hätte gern etwas mehr erfahren über die geheimnisvolle Frau. Wie sah sie aus? Wo kam sie her? Vor welchen Gefahren sollte sie das Volk retten? Warum sollte er sie in die Geheimnisse seiner Kunst einweihen? War sie die neue Medizinfrau? War seine Zeit abgelaufen? Hatten die Geister beschlossen, einer Frau das heilige Bündel zur Aufbewahrung zu geben?

Noch gab es keine Antworten auf diese Fragen. Sieht-hinter-die-Berge dachte darüber nach, während er zum Dorf zurücklief. Er blieb immer wieder stehen und beschwor die Geister mit seinem Gesang, aber es kam keine Antwort. Sein Schutzgeist hatte ihm alles berichtet. Er hatte gesagt, was gesagt werden sollte, und es blieb dem Schamanen überlassen, sich darauf einen Reim zu machen.

Sieht-hinter-die-Berge erreichte das Dorf im Morgengrauen. Das schimmernde Gold der aufgehenden Sonne warf seinen Glanz auf die Tipis und ließ das Büffelgras geheimnisvoll leuchten. Auf den Büschen glitzerte der Tau. Die Erde roch frisch und würzig, und aus einigen Zelten stiegen bereits Rauchfahnen. Kinder liefen zum Fluß hinunter und badeten im kühlen Wasser. Pferde schnaubten, Hunde bellten, und Windfrau kam aufgeregt aus dem Tipi von Büffelhöcker und rannte über den freien Platz. Sie rief die Namen ihrer Freundinnen und kehrte mit ihnen zum Tipi zurück. »Beeilt euch!« rief sie. »Es ist soweit! Weidenfrau ist soweit!«

Der alte Schamane wußte, was die Aufregung zu bedeuten

hatte. Weidenfrau war die jüngere der beiden Frauen, die bei dem Krieger der Hundesoldaten wohnten, und sie war schwanger. Wenn sie soweit war, bekam sie jetzt ihr Baby. Sieht-hinter-die-Berge eilte in sein Tipi und kehrte bereits angezogen und mit dem heiligen Kopfschmuck und den heiligen Gegenständen zurück, als die Frauen nach ihm schickten.

Weidenfrau lag auf einem Büffelfell beim Feuer und hatte große Schmerzen. Die Wehen hatten schon vor einigen Stunden eingesetzt und waren so heftig geworden, daß sie es kaum noch aushielt. Aber sie war eine starke Frau, und in ihren Augen waren keine Tränen. Der Schamane kniete vor ihr nieder und flößte ihr etwas von der Rindenmedizin ein, die er in einem Gefäß aus Büffelhorn mitgebracht hatte. Dann begann er zu singen, und das eintönige Geräusch seiner Rassel erfüllte das Tipi. Er beschwor die Geister, ihr die Geburt zu erleichtern und ein gesundes Kind zur Welt kommen zu lassen.

Weidenfrau bäumte sich auf, und das Kind kam aus ihrem Leib. Ihre Schwester wickelte die Nabelschnur einmal um ihren Finger und zertrennte sie mit einer Pfeilspitze. Dann wurde das Kind gebadet, mit dem Pulver eines Pilzes eingepudert und in weiche Decken gehüllt. Die Mutter nahm das Bündel entgegen und drückte es an ihre Brust. Sie war stolz und glücklich. »Es ist ein Mädchen«, sagte Büffelhöcker, der im hinteren Teil des Zeltes ausgeharrt hatte. Er klang ein bißchen enttäuscht, er hatte sich einen starken Sohn gewünscht.

Sieht-hinter-die-Berge sah die Enttäuschung in den Augen von Büffelhöcker und erkannte, daß dieses Mädchen nicht zufällig bei seiner Rückkehr geboren worden war. Diese Geburt hatte etwas zu bedeuten. »Hör mich an, Büffelhöcker«, sagte er, »deine Frau hat ein besonderes Kind geboren. Es steht unter dem Schutz der Geister und wird zu einer stattlichen Frau heranwachsen. Ich werde sie in die Geheimnisse meiner Kunst einweihen und sie zu meiner Nachfolgerin erziehen.«

Der Krieger blickte ihn erstaunt an. »Meine Tochter, eine

Medizinfrau? Woher willst du das wissen, Onkel?« Er gebrauchte die respektvolle Anrede des Volkes.

»Sie wird eine Medizinfrau und noch viel mehr«, antwortete der Schamane, »das haben mir die Geister erzählt. Behandelt sie gut und bereitet sie auf ihre große Aufgabe vor.« Er stand auf und verließ würdevoll das Tipi.

2.

Magische Kräfte

Der Ausrufer verbreitete die Nachricht von der Geburt im ganzen Dorf. Er begann seinen Ritt im Osten des Lagers und lenkte seinen Schecken langsam an den Tipis vorbei. Die Frauen verließen ihre Kochstellen, vom Fluß kamen die Männer und die Kinder herauf und hörten Dachs neugierig zu. Dachs war ein schüchterner Mann und wurde oft wegen seiner Hautkrankheit belächelt, die sein Gesicht wie einen ungeschälten Birkenstamm aussehen ließ. Als Ausrufer kannte er die Befehle des Häuptlings und fast alle wichtigen Neuigkeiten zuerst, deshalb wagte niemand, ihn wegen seiner Krankheit zu hänseln.

»Hört, was ich euch zu berichten habe«, rief er mit seiner dunklen und weittragenden Stimme. »Weidenfrau hat eine Tochter geboren. Noch hat sie keinen Namen, aber Sieht-hinter-die-Berge sagt, daß sie seine Nachfolgerin werden soll. Das haben ihm die Geister berichtet. Freut euch mit Büffelhöcker und seinen Frauen, und kommt alle zu seinem Fest. Der tapfere Häuptling der Hundesoldaten wird Geschenke mitbringen, und es wird für jeden genug zu essen geben. Kommt alle!«

Den anderen Neuigkeiten schenkte kaum jemand Beachtung. Wer wollte schon wissen, daß der hundertjährige Berührt-die-Wolken seine Muschelkette verloren hatte und Läuft-rückwärts seine Donnerlanze vermißte. Die Nachricht von der Geburt des Mädchens und dem bevorstehenden Fest war viel wichtiger. Endlich durfte wieder einmal gefeiert werden. Die Büffel waren zahlreich, die Shar-ha verhielten sich ruhig, es war schon fast langweilig geworden. Ein großes Fest gab den jungen Kriegern die Gelegenheit, sich auszutoben.

Büffelhöcker, der zu den reichsten und tapfersten Kriegern der Hügelleute gehörte, hatte vor allem den mittellosen

Witwen und Waisen wertvolle Geschenke versprochen. Man sprach davon, daß er sich von einem seiner besten Pferde trennen wollte. Als Anführer der einflußreichen Hundesoldaten blieb ihm keine andere Wahl. Die Hundesoldaten waren der stärkste Kriegerbund des Volkes und wurden als tapfere Polizei und Militärmacht gefürchtet. Sie ritten immer als erste in einen Kampf und schreckten niemals vor einem Feind zurück. »Ein Hundesoldat hat ein kurzes Leben«, sagten die Hügelleute, und das galt besonders für Büffelhöcker, der diese tollkühnen Krieger anführte.

Er war ein starker Mann mit einem kantigen Gesicht, das von zahlreichen Narben entstellt wurde. Die Federn in seinem Haar erzählten von mutigen Taten und langen Kriegszügen. Er strotzte vor Gesundheit und hätte seine Kraft gern auf einen Sohn vererbt, aber die Weissagung des Schamanen hatte seine Enttäuschung bei der Geburt vertrieben. Eine Medizinfrau, die das geheime Wissen besaß und die Geschichte des Stammes entscheidend mitbestimmte, war genauso wertvoll. Schon deshalb würde er eines seiner besten Pferde verschenken. Die anderen sollten merken, wie wichtig ihm die Geburt seiner Tochter war. Sie sollten Respekt vor ihr haben und schon jetzt die auserwählte Schamanin in ihr sehen. »Seht sie an«, sagte er zu jedem, der das Baby in der Wiege bewunderte, »eines Tages wird sie die Häuptlinge mit ihrer Weisheit beschämen.«

Die Hügelleute freuten sich mit ihm, lediglich der alte Sieht-hinter-die-Berge hatte Bedenken. Sein Schutzgeist hatte davon gesprochen, daß die Medizinfrau großen Schaden von ihrem Volk abwenden konnte. Welche Gefahren waren das? War sie stark genug, um gegen die fremden Mächte anzukämpfen? Der Schamane verbrachte auch die folgenden Nächte in den Hügeln und rief nach seinem Schutzgeist, um eine Antwort auf diese Fragen zu bekommen, aber der Büffel ließ sich nicht mehr blicken.

Seine Gedanken behielt er für sich. Es würden viele Winter vergehen, bis die Hügelleute der Gefahr begegneten, und es hatte keinen Sinn, die anderen schon jetzt zu beunruhigen. Das hatte Zeit, bis die Phase der Prüfungen gekommen war und die Medizinfrau mit ihrem Schutzgeist gesprochen hatte. Vielleicht lebte er dann gar nicht mehr. Nein, solange er die volle Wahrheit nicht wußte, wollte er schweigen. So hatte er es immer gehalten. Im Sommer, als die Sterne vom Himmel gefallen waren, hatte er auch geschwiegen. Die bösen Geister hatten den tsis tsis tas gezürnt und angedroht, das ganze Dorf mit ihrem Sternenregen zu vernichten, aber Sieht-hinter-die-Berge hatte kein Wort gesagt und tagelang in den Hügeln gefastet, bis die Geister ein Einsehen hatten und die Sterne auf die offene Prärie schickten. Aiee, was war das für eine Nacht gewesen! Er war aus den Hügeln gekommen, das Gesicht wie ein Hundesoldat bemalt, und alle hatten geglaubt, er habe die Macht der Sterne erfahren und die andere Seite des Lebens gesehen.

Während der folgenden Monate gab es keinen Grund zur Besorgnis. Büffelhöckers Tochter entwickelte sich prächtig und wuchs zu einem stattlichen Kind heran. Der Schamane erinnerte sich an die Weissagung seines Schutzgeistes und beobachtete es aufmerksam, aber es gab keinen Unterschied zu anderen Kindern. Weidenfrau sorgte sich rührend um das Mädchen und trug es in weiche Decken gewickelt durch das Dorf, und als es nach drei Monaten in eine Trage gelegt wurde und vor dem Tipi in der Sonne stand, blieben auch die anderen Frauen stehen und bewunderten das Kind, das von den Geistern zur Medizinfrau auserkoren war. Büffelhöcker lief mit vorgereckter Brust durch das Dorf und betonte immer wieder, daß seine Tochter einmal die Geschicke des Volkes lenken würde.

Das Mädchen war drei Jahre alt, als seine magischen Kräfte zum ersten Mal deutlich wurden. Sieht-hinter-die-Berge waren schon Zweifel gekommen, weil das Kind, das noch keinen Namen hatte, sich kaum von den anderen unterschied. Vielleicht hatte sein Schutzgeist ein anderes Mädchen gemeint? Hatte nicht Scheues Reh nur einen Tag später einer Tochter das Leben geschenkt? Und war nicht einen Mond später wieder ein Mädchen geboren worden? Sieht-hinter-die-Berge betete allein in seiner Hütte und versuchte die Wahrheit zu finden, aber niemand zerstreute seine Zweifel. Bis zu jenem

Tag im Mond, wenn die Kirschen reif sind. Es war die Zeit der Büffeljagd, und sie lagerten in einem langgestreckten Tal, das mit seiner Blumenpracht vor allem den Frauen gefiel.

Büffelhöckers Tochter spielte mit den anderen Kindern am nahen See. Sie warfen Steine in das Wasser und schauten interessiert zu, wie ein Kreis nach dem anderen aus seiner Mitte entsprang und sich im See ausbreitete. Weidenfrau und Scheues Reh saßen auf einem Felsbrocken und beaufsichtigten die Kinder. Sie freuten sich über den Frieden, der nun schon fünf Winter anhielt, und fragten sich, ob die Shar-ha den Ho-he nach Norden gefolgt und aus ihren Jagdgründen verschwunden waren. Sie hatten nicht einmal versucht, die Pferdeherde der Hügelleute zu stehlen. Lediglich die Ni-mou-sin waren aus dem Süden gekommen und hatten einen Kleinkrieg mit Büffelhöcker und seinen Hundesoldaten begonnen. Die Comanchen, wie sie von den bärtigen Männern im Süden genannt wurden, hatten sich blutige Nasen geholt.

Am Seeufer ging Sieht-hinter-die-Berge spazieren. Er hatte seinen Wanderstock dabei und beobachtete einen einsamen Kranich, der im Uferschilf watete. Dann schweifte sein Blick wieder zu dem Mädchen, das ausgelassen in dem flachen Wasser tobte. Soviel Energie hatte er selten bei einem Kind gesehen. Oder lag es nur daran, daß er selber alt wurde? Sein Körper war schwächer geworden, und er spürte, daß ihn die Geister nur am Leben ließen, weil er das Mädchen in die Geheimnisse seiner Kunst einweihen mußte. Wenn das geschehen war, würde er seinem Schutzgeist auf die andere Seite folgen und im ewigen Licht der Sonne müßig sein.

Ein großer Rabe stieg aus den Weiden am Ufer empor. Er flog krächzend über den See und ließ sich am Rand einer Pfütze nieder. Es hatte während der vergangenen Tage stark geregnet, und das hohe Büffelgras war immer noch feucht. Der schwarze Vogel rief etwas, das nur seine Artgenossen verstanden, und erhob sich in die feuchtwarme Luft. Büffelhöckers Tochter war als einziges Kind auf den Raben aufmerksam geworden und blickte ihm neugierig nach. Sie stand in dem knöcheltiefen Wasser, den Blick zum Himmel erhoben, und ließ sich auch von den aufgeregten Jungen nicht ablenken.

Sieht-hinter-die-Berge stützte sich auf seinen Wanderstock. Sein Blick hing an dem kleinen Mädchen und folgte dem krächzenden Raben, der über den See nach Osten flog und zwischen einigen Cottonwood-Bäumen verschwand. »Er will uns ein Zeichen geben«, sagte der Schamane leise. Er ging an den beiden Frauen vorbei zum Dorf zurück und verharrte schwer atmend vor dem Häuptlingstipi. Er war viel zu schnell gegangen. Als er wieder Luft bekam, schlug er mit seinem Wanderstock gegen die Zeltklappe. »Ich bin es, mein Häuptling«, sagte er, »Sieht-hinter-die-Berge. Ich habe dir etwas zu sagen.« Bärenkopf bat ihn herein, und er trat in das Tipi und blieb rechts vom Eingang stehen, wie es die Höflichkeit bei den Hügelleuten gebot.

»Setz dich«, forderte Bärenkopf ihn auf. Er war ein großer und stattlicher Mann mit schulterlangen Haaren, die er zu doppelten Zöpfen gebunden trug. Sein Blick strahlte viel Güte aus. Als Häuptling der Hügelleute hatte er einen Platz im Rat der Vierzig Anführer, die über die Politik und das Schicksal des Volkes entschieden. Zusammen mit Kleiner Wolf, Weißer Frosch und Wolfsgesicht gehörte er zu den vier Oberhäuptlingen der tsis tsis tas. Sie repräsentierten die zehn Gruppen des Volkes.

»Ich habe den Raben gesehen«, kam er gleich zur Sache, »er flog über den See nach Osten. Er hat mir das Zeichen gegeben.«

Bärenkopf verstand ihn ohne weitere Worte. Nach dem Glauben der Cheyenne zeigte der Rabe die Richtung an, in der sich die Büffel befinden mußten. »Das ist gut«, erwiderte er, »wir brauchen Fleisch für die kalte Zeit. Sind es viele Büffel?«

»Das hat der Rabe nicht gesagt.«

»Ich werde Späher ausschicken«, entschied der Häuptling. »Die Hundesoldaten sollen nach den Büffeln suchen und dafür sorgen, daß die jungen Krieger keine Tiere abschießen. Wir wollen die Herde nicht erschrecken. Wenn die Sonne zum zweiten Mal aufgeht, soll die große Jagd stattfinden.«

So geschah es. Im Morgengrauen des zweiten Tages holten die Krieger des Stammes ihre besten Pferde aus der Herde und sammelten sich außerhalb des Dorfes. Unter der Führung von Bärenkopf und Büffelhöcker ritten sie am Ufer des Sees entlang nach Osten. Die Herde graste nur einen kurzen Ritt entfernt in einer Senke, und der Häuptling hatte die Frauen angewiesen, dem Jagdtrupp in angemessener Entfernung zu folgen. Sie durften die Jagd von den nahe gelegenen Hügeln aus verfolgen.

Sie sollten die Pferde mit den Schleppbahren mitbringen und den Kriegern helfen, das Fleisch zu zerteilen und aufzuladen.

Sieht-hinter-die-Berge ritt mit den Frauen. Er hielt sich neben Weidenfrau und Windfrau, die stämmige Ponys bestiegen hatten und aufgeregt miteinander schwatzten. Eine Büffeljagd war mit anstrengender Arbeit verbunden, aber sie war aufregend und sorgte für Abwechslung. Sie bot den jungen Kriegern Gelegenheit, ihren Mut zu beweisen, und sie war ein Zeichen dafür, daß sie am Leben waren und im Einklang mit der Natur lebten. Die Büffel bestimmten den Kreislauf des Lebens, sie waren heilige Tiere und gaben den tsis tsis tas alles, was sie zum Leben brauchten. Die Zunge, die Nase und die rohe Leber galten als Delikatessen, das Fleisch wurde gebraten, gekocht oder getrocknet, und aus den Knochen und Sehnen wurden Werkzeuge und Waffen hergestellt. Das Fell wurde gegerbt und zu Zeltplanen und Kleidungsstücken verarbeitet.

Weidenfraus Tochter lag auf der Schleppbahre, die von dem Braunen getragen wurde. Die beiden Tipistangen, die an den Seiten des Sattels festgebunden waren, schleiften durch das kniehohe Büffelgras. Sieht-hinter-die-Berge ließ sich ein paar Meter zurückfallen und beobachtete lächelnd, wie das Kind in den Decken schaukelte und hell jauchzte, wenn die Stangen durch eine Pfütze schleiften, und schmutziges Wasser spritzte.

»Aiee, das wird eine gute Jagd!« sagte der Schamane.

»Woher willst du das wissen?« fragte Weidenfrau. Sie war eine anmutige Frau mit ebenmäßigen Gesichtszügen und einer sehr hellen Hautfarbe. In ihrem Haar glänzten silberne Spangen.

»Deine Tochter weiß es«, antwortete der Schamane.

Auf einem Hügelkamm stiegen Sieht-hinter-die-Berge und die Frauen von den Pferden. Die Kinder sprangen von ihren Ponys oder Schleppbahren und tollten ausgelassen herum. Die Frauen standen in Gruppen beisammen, scherzten, lachten und redeten aufgeregt durcheinander. Der Schamane stützte sich auf seinen Wanderstock und blickte in die Senke hinab. Die Jäger hatten es geschafft, die durchgehenden Büffel in eine Kreisbahn zu zwingen und griffen die Tiere auf ihren Pferden an. Ihre wilden Schreie und das Stampfen der Herde verschmolzen zu einem einzigen Dröhnen und brachten die Erde zum Zittern.

Sieht-hinter-die-Berge bekam feuchte Augen. Seine Gedanken führten ihn viele Winter in die Vergangenheit, als er selbst auf einem der stämmigen Ponys zur Büffeljagd geritten war und viele Tiere erlegt hatte. Ho, er war ein tapferer Jäger gewesen. Auch jetzt wäre er gern mit den jungen Männern geritten, aber seine Knochen waren zu brüchig, und er schaffte es kaum noch, ein Pferd zu besteigen. Ihm waren nur seine Erfahrung und seine Weisheit geblieben, und es blieb ihm vorbehalten, den Kontakt zu den Geistern zu halten. Er streckte beide Arme der aufgehenden Sonne entgegen und begann zu beten.

Die Geister meinten es gut mit den Hügelleuten, die viele Büffel erlegten. Gelber Wolf, der zu einem starken und mutigen Krieger herangewachsen war, legte eine Mutprobe ab, als er auf den Rücken eines ausgewachsenen Bullen sprang und ihn mit zwei Messerstichen in die Nierengegend erlegte. Büffelhöcker traf mit jedem Pfeil und ritt siegestrunken durch die aufspritzende Erde. Läuft-rückwärts hing auf der linken Seite seines Ponys, ritt den stampfenden Büffeln entgegen und schoß unter dem Bauch seines Pferdes hindurch. Er tötete einen Büffel mit drei Pfeilen und stieß den Kriegsruf der Hügelleute aus. Er gehörte zu den beiden Gegenteil-Leuten des Volkes und zog viel Gelächter auf sich, aber auf der Jagd und im Krieg war er einer der Tapfersten.

Sieht-hinter-die-Berge beobachtete zufrieden, wie immer mehr Büffel unter den Pfeilen seiner Stammesbrüder fielen. Die Jagd war gut, und die Fleischlager des Volkes würden bis an den Rand gefüllt sein. Niemand brauchte zu hungern, wenn die Flüsse und Seen zufroren. Sie würden ein großes Fest feiern, und Büffelhöcker würde dem Waisen Gelber Wolf einige Pferde schenken und ihn aus seiner Obhut entlassen. Heute war einer der Tage, an denen zahlreiche Jungen zu erwachsenen Kriegern wurden. Maheo, der oberste Gott der tsis tsis tas, war seinen Kindern wohlgesonnen.

Der Schamane nahm die Arme herunter und griff nach seinem Wanderstock, den er in den weichen Boden gerammt hatte. Er suchte nach dem Mädchen und sah es im hohen Gras spielen. Es hatte sich von seiner Mutter entfernt, war einige Meter den Hang hinabgelaufen und roch an den bunten Blumen. Es ahnte nicht die Gefahr, in der es schwebte, und auch Weidenfrau und ihre Schwester waren viel zu sehr in ihr Gespräch vertieft. Nur Sieht-hinter-die-Berge sah den mächtigen Büffelbullen, der sich von der Herde gelöst hatte und schnaubend auf das Mädchen zugerast kam.

»Weidenfrau!« rief der Schamane.

Die Mutter des Kindes fuhr herum und erkannte entsetzt die Gefahr. Der Bulle war nur noch wenige Meter von ihr entfernt und würde ihre Tochter in den Boden stampfen. Es gab keine Möglichkeit, das arme Kind zu retten. Es war zu weit entfernt, um die Schreie ihrer Mutter zu hören, die vom lauten Stampfen der großen Herde übertönt wurden. Hilflos war es dem wilden Bullen ausgeliefert. Selbst auf das hektische Winken der Frauen reagierte es nicht. Wenn sie es sah, glaubte sie wohl, es galt den jagenden Kriegern in der Senke. Nein, es gab keine Rettung. Sie würde unter den Hufen des Bullen sterben.

Das Mädchen war ahnungslos. Das Dröhnen der Herde erstickte das Stampfen und Schnauben des angreifenden Bullen. Die Tochter des tapferen Hundesoldaten hielt eine rote Blume umklammert und roch gedankenversunken daran. Erst als der Büffel unmittelbar vor ihr war, entdeckte sie ihn und fuhr mit ausgestreckten Armen herum. Sie erschrak nicht. In ihren Augen war ein freundliches Leuchten, als begrüße sie einen guten Bekannten, und ihrem Mund entsprang das freudige Jauchzen, das Sieht-hinter-die-Berge schon am See gehört hatte.

Der Büffelbulle knickte in den Vorderhufen ein und blieb stehen. Nur wenige Meter vor dem Mädchen sank er zu Boden, und ein ehrfürchtiges Schnauben entrang sich seiner Kehle. Er schien gegen eine unsichtbare Wand gelaufen zu sein. Er blieb keuchend liegen und wartete auf Büffelhöcker, der den Hügel hinaufgesprengt kam. Der Krieger stieß den hellen Triumphschrei der Hügelleute aus und jagte einen Pfeil in die Nierengegend des Bullen. Der Büffel hauchte sein Leben aus und schloß langsam die Augen.

Büffelhöcker sprang von seinem Pferd. Er blickte seine Tochter an und wandte sich an den Schamanen. Er verstand nicht, was geschehen war.

»Deine Tochter hat magische Kräfte«, antwortete Sieht-hinter-die-Berge auf die unausgesprochene Frage. Er ging zu dem toten Büffel und zog ihn an den Hörnern herum, bis das Gesicht nach Osten zeigte. Mit seinem Messer schnitt er das Tier auf und riß die Niere aus der blutigen Bauchhöhle. Die Arbeit war anstrengend, aber die Tradition des Volkes verlangte, daß der alte Mann das Ritual ausführte. Sieht-hinter-die-Berge hielt die tropfende Niere in alle vier Himmelsrichtungen, gegen Himmel und Erde und legte sie auf den Büffeldung.

Er wandte sich an das kleine Mädchen und sagte: »Mögest du lange leben und deine magischen Kräfte zum Wohle deines Volkes einsetzen. Mögest du immer Glück haben.«

Der Häuptling der Hundesoldaten nickte dankbar und tauchte seine Hände in das Blut des toten Bullen. Er beschmierte das Gesicht seiner Tochter damit und sagte: »Ich danke den Geistern für ihre Güte und will dir einen Namen geben. Von nun an sollst du Büffelfrau heißen.«

3
Kindheit

Mit sieben Jahren erlegte Büffelfrau ihr erstes Kaninchen. Sie spürte es im hohen Gras am Flußufer auf und tötete es mit dem ersten Pfeil. Stolz brachte sie die Beute nach Hause. Sie legte das Kaninchen vor ihren Eltern auf den Boden und beobachtete zufrieden, wie Büffelhöcker es aufhob und bewundernd ansah.

»Du bist eine gute Jägerin«, sagte er, »du bist besser als die meisten Jungen des Dorfes. Ich bin stolz auf dich.«

Büffelfrau verbeugte sich respektvoll und lief nach draußen. Nur der Glanz in ihren braunen Augen verriet, wie stolz sie war. Sie ging anmutig wie ihre Mutter, und die jungen Krieger warfen ihr schon jetzt bewundernde Blicke zu. Ihre Augen waren groß und ausdrucksvoll, der Mund weich und geschwungen, und die hervorstehenden Wangenknochen und die ausgeprägte Nase verliehen ihr eine herbe Schönheit. Sie war groß geworden, und die tiefschwarzen Haare reichten ihr bis über die Schultern. Das Gesicht der jungen Otterfrau mochte schöner und weiblicher sein, aber kein anderes Mädchen strahlte diese katzenhafte Energie und diesen ungezügelten Willen aus. »Sie wird eine starke Frau«, sagten die anderen über sie, »sie hat die magischen Kräfte der Geister und wird uns eine gute Medizinfrau sein. Behandelt sie gut, Hügelleute!«

Büffelhöcker trank von dem frischen Tee, den Weidenfrau aus roten Blättern gebraut hatte. Er saß gegen seine Rückenstütze aus Rippenknochen gelehnt und genoß die ruhige Stunde vor der Dämmerung. »Büffelfrau ist ein gutes Mädchen«, sagte er, »ich bin sehr stolz auf sie.«

»Ich weiß«, sagte Weidenfrau. Sie stand am Feuer und rührte in einem Topf mit Antilopenfleisch, Wurzeln und frischen Beeren. »Ich verstehe, daß ein tapferer Krieger wie du sich darüber freut. Aber ich mache mir Sorgen. Unsere

Tochter sollte mit Puppen spielen und mir beim Kochen helfen. Sie sollte mit den anderen Mädchen in den Wald gehen und Beeren sammeln. Statt dessen übt sie mit dem Bogen, den du ihr geschenkt hast. Sie benimmt sich wie ein Junge und tobt herum.«

Weidenfrau hatte recht. Ihre Tochter spielte fast jeden Tag mit den Jungen und machte sogar bei den Ringkämpfen mit. Sie ging mit ihrem kleinen Bogen in den Wald und zielte auf Baumstämme. Dieser Sport war eigentlich den Jungen vorbehalten, die schon im Kindesalter den erfahrenen Kriegern nacheiferten, aber Büffelfrau hatte mit Puppen und kleinen Wiegen aus Weidenholz nie viel im Sinn gehabt und fühlte sich bei den Jungen, die Weißer Biber, Roter Mond und Kleiner Falke heißen würden, viel wohler. Sie sprach oft davon, mit ihnen auf den Kriegspfad zu gehen, wenn sie einmal groß war.

Büffelhöcker nickte seiner zweiten Frau zu, die mit Holz beladen in das Tipi kam. Weidenfrau und Windfrau kamen gut miteinander aus und waren selten eifersüchtig aufeinander. Sie waren Schwestern und kannten einander zu gut. Weidenfrau war jünger und stillte die Leidenschaft des starken Kriegers. Sie bestieg ihn fast jede Nacht und würde ihm noch viele Kinder schenken. Windfrau konnte keine Kinder bekommen und hatte keinen Spaß daran, mit ihrem Mann unter die Felle zu kriechen. Sie war ihm eine gute Freundin, und sie war sehr praktisch veranlagt und kümmerte sich vor allem um den Haushalt.

»Büffelfrau ist ein schönes Mädchen«, erwiderte der Häuptling, »und ich merke, daß ihr die Jungen schon jetzt bewundernde Blicke zuwerfen. Noch vier, fünf Winter, und sie wird sich einem tapferen Mann hingeben. Das weiß ich, Weidenfrau.«

»Kann sie denn alles gleichzeitig sein?« fragte die jüngere der beiden Ehefrauen. »Medizinfrau? Kriegerin? Ehefrau?«

»Wer sagt denn, daß sie Kriegerin wird?« erwiderte Büffelhöcker erstaunt. »Die Prophezeiung sagt nur, daß sie die Nachfolge von Sieht-hinter-die-Berge antreten wird.«

»Ich spüre es, mein Mann.«

»Und wenn«, erwiderte Büffelhöcker. Ihm war der Gedanke gar nicht so unangenehm. »Es hat immer wieder Frauen gegeben, die für unser Volk in den Krieg gezogen sind. Erinnerst du dich an Sonnenfrau? Sie hat meinen Vater auf einem Kriegszug gegen die Ho-he begleitet und ist im Kampf gestorben.«

»Du hast oft davon erzählt«, bestätigte Weidenfrau. »Ich wurde damals gerade geboren. Aber sie war keine Medizinfrau, und soweit ich weiß, war sie niemals verheiratet.«

»Unsere Tochter ist etwas Besonderes«, beendete Büffelhöcker die Unterhaltung, »sie hat die magische Kraft.«

Seit jenem Tag, als sie den Büffelbullen mit der Kraft ihres Geistes aufgehalten hatte, war es zu keinem Zwischenfall mehr gekommen. Büffelfrau war lebhaft und energiegeladen, und sie spielte am liebsten mit den Jungen, aber sonst war sie ein ganz normales Kind. Wenn es donnerte und blitzte, weinte sie, und wenn die Sonne schien, tollte sie im Fluß oder im See herum. Sie hatte dieselben Rechte und Pflichten wie alle Kinder und lernte, die Erwachsenen zu respektieren. Sie blieb ruhig sitzen oder verließ das Tipi, wenn Krieger zu Besuch kamen und mit ihrem Vater die Pfeife rauchten, und sie rollte sich erstaunt in ihre Felle, wenn ihr Vater und ihre Mutter laut wurden und sich wie Tiere benahmen.

Büffelhöcker und Weidenfrau liebten sich jede Nacht, aber es hatte sich kein weiterer Nachwuchs eingestellt. Einmal war die Monatsblutung ausgeblieben, und sie hatten schon gehofft, daß sie jetzt endlich schwanger war, aber die Blutungen hatten sich nur verspätet, und alle Hoffnung war umsonst gewesen. Einige Zeit nach der Geburt ihrer Tochter war die junge Ehefrau zu Sieht-hinter-die-Berge gegangen und hatte dem alten Schamanen ihr Leid geklagt. Der Medizinmann hatte andächtig geraucht und vermutet, daß Maheo nicht wollte, daß sie ein zweites Kind bekam. »Er will, daß du deine einzige Liebe der Tochter schenkst. Sie wurde geboren, um ihrem Volk zu dienen und ihm einen großen Dienst zu erweisen.«

Weidenfrau hatte sich in ihr Schicksal gefügt, die Hoffnung aber nie aufgegeben. Büffelhöcker hatte nur gelächelt, als sie ihm vorgeschlagen hatte, eine dritte Frau zu nehmen und ihr ein Kind zu machen. Er brauchte keinen Sohn, wenn die Prophezeiung in Erfüllung ging und Büffelfrau zu einer bedeutenden Schamanin und Heilerin heranwuchs. Man würde auf der ganzen Prärie von ihr sprechen und auch den Namen ihres Vaters an den Lagerfeuern im Munde führen.

Einen Mond, nachdem sie das Kaninchen gefangen hatte, stellte Büffelfrau ihrem Vater eine seltsame Frage. »Vater«, sagte sie, »wann ziehst du wieder in den Krieg?«

Die Frage, die schon in seinen Träumen lautgeworden war, beschämte den tapferen Anführer der Hundesoldaten. Es war schon einige Winter her, daß er gegen die Ho-he und Shar-ha gekämpft und die vielen Skalpe erbeutet hatte, die in seinem Tipi an einer Lanze hingen. Das Scharmützel mit den Ni-mou-sin war nicht der Rede wert gewesen. Er hatte einige Coups geschlagen und zwei Pferde erbeutet, die er sofort nach der Ankunft im Dorf verschenkt hatte, aber großen Ruhm hatte ihm dieser Kampf nicht eingebracht.

»Du hast recht«, sagte er zu seiner Tochter, »zu viele Winter sind vergangen, seitdem ich das letzte Mal auf dem Kriegspfad war. Ich bin schwach und bequem geworden, und ich sitze in der Sonne und sehe dir beim Spielen zu. Das ist eines Kriegers nicht würdig. Es wird Zeit, daß ich den anderen zeige, warum sie mich zum Anführer gewählt haben. Wenn die Sonne untergeht, werden wir tanzen, und wenn der Morgen kommt, werden wir in den Krieg ziehen.«

»Wen soll ich einladen?« fragte Büffelfrau. Ihre Aufgabe war es, die tapferen Krieger der Hügelleute ins Tipi zu rufen.

Büffelhöcker nannte zwanzig Namen. Auch der von Gelber Wolf war dabei. Der Junge war jetzt dreizehn Jahre alt und brannte darauf, auf den Kriegspfad zu gehen. Er wollte sich den Hundesoldaten anschließen, und das konnte er nur, wenn er viele Coups geschlagen und seinen Mut bewiesen hatte. »Sag ihnen, sie sollen in unser Tipi kommen. Wir wollen die heilige Pfeife rauchen und über den Krieg sprechen.«

Weidenfrau, Windfrau und Büffelfrau verließen das Zelt, als die Männer über ihre Pläne sprachen. Es ziemte sich nicht, bei den Männern zu sein, wenn es um so wichtige Dinge ging. Sie gingen in den Wald und sammelten Holz, während ihre Herzen schwer wurden, und sie darüber nachdachten, ob Büffelhöcker aus dem Krieg zurückkehren würde. Als Anführer der Hundesoldaten ritt er als erster in die Schlacht, und die Gefahr, daß er starb, war besonders groß. Das wußten die Frauen, und das wußte auch Büffelfrau, aber die Tradition der Cheyenne verlangte, daß sich die Männer immer wieder im Krieg bewiesen, es gab keine andere Möglichkeit. Der Krieg gehörte zum täglichen Leben.

Alle Krieger, die zu Büffelhöcker kamen, rauchten die Pfeife mit ihm und taten dadurch kund, daß sie mit ihm reiten wollten. »Wir wollen viele Pferde erbeuten«, sagte der Häuptling. »Unsere Feinde sollen wissen, daß es uns noch gibt. Die tsis tsis tas sind die Herren der Prärie, und es gibt keinen, der tapferer ist als die Hundesoldaten. Hokahey, dies ist eine gute Zeit, um Pferde zu rauben, und wir wollen nicht länger warten.«

Seine Stammesbrüder stimmten ihm zu und kehrten zufrieden in ihre Tipis zurück. Es galt, die Waffen zu überprüfen und den Proviant zu packen. Die Shar-ha waren den Büffeln nach Norden gefolgt, und der Ritt würde länger als einen Mond dauern. Auch die Frauen verlangten ihr Recht. Sie wollten mit ihren Männern schlafen, bevor es auf den langen Kriegspfad ging.

Büffelfrau spielte vor dem Tipi und wartete neugierig darauf, was ihr Vater als nächstes unternahm. Sie beobachtete, wie er zum Zelt des Häuptlings ging, und sie wartete geduldig, bis er mit Bärenkopf gesprochen hatte und wieder herauskam. Was für ein starker Mann ihr Vater doch war. Wie gerade er sich hielt, und mit welch federnden Schritten er den freien Platz zwischen den Zelten überquerte. Er war unbesiegbar, davon war sie fest überzeugt, er würde ewig leben und immer für sie da sein.

»Warum spielst du nicht weiter?« fragte das Mädchen, das den Namen Otterfrau bekommen würde. Sie war ihre beste Freundin und hielte einen Ball unter dem Arm.

Büffelfrau hörte nicht hin. »Siehst du meinen Vater?« fragte sie. »Er ist der tapferste Krieger unseres ganzen Volkes. Wenn ich groß bin, gehe ich mit ihm auf den Kriegspfad.«

»Du? Du bist ein Mädchen!«

»Ich gehe mit ihm.«

»Die Krieger würden dich auslachen«, erwiderte Otterfrau. »Du bist ein Mädchen, und Mädchen gehen nicht auf den Kriegspfad. Du sollst heiraten und viele Kinder bekommen, so wie meine Mutter, die hat sieben Kinder, und meine andere Mutter hat nochmal drei. Eine Frau gehört zu ihrem Mann, sagt sie immer, sie soll für ihn sorgen und ihm den Haushalt führen.«

»Ich will nicht kochen.«

»Kochen macht Spaß.«

»Ich will mit den Männern wegreiten und unseren Feinden die Pferde rauben«, sagte Büffelfrau beinahe trotzig. »Ich will so stark wie mein Vater werden.«

»Das kannst du nicht.«

»Das kann ich wohl.«

»Außerdem sagen alle, daß du bei dem alten Schamanen in die Lehre gehen wirst. Willst du verheiratet sein und die Kranken heilen und mit den Männern in den Krieg ziehen?«

»Du wirst es sehen.«

Otterfrau lachte und fuhr sich mit der freien Hand durch die schulterlangen Haare. Sie war stolz auf ihre schwarzen Haare, und sie hatte gemerkt, daß man die Jungen damit verlegen machen konnte. Roter Mond, der vier Winter älter als sie war und nachts die Pferdeherde bewachte, blieb auch jetzt wieder stehen und blickte sie lange an. Das Mädchen hatte keine Ahnung, warum er so verlegen wurde und nicht zu wissen schien, was er sagen sollte, aber sie genoß das Gefühl, ihn aus der Fassung zu bringen. Roter Mond war der tapferste unter den jungen Männern seines Alters und wurde sonst nie verlegen.

»Was ist, Roter Mond?« fragte Otterfrau. »Warum bist du nicht bei den Männern? Nimmt Büffelhöcker dich nicht mit?«

»Meine Zeit wird kommen«, antwortete der Junge mürrisch, »im Mond der reifen Kirschen werde ich auf meine erste Büffeljagd gehen und den größten Bullen erlegen.«

»Dein Bogen ist viel zu klein.«

»Mein Bogen ist groß genug«, erwiderte Roter Mond. Er warf sich in Pose und klopfte auf den neuen Bogen, den er wie eine Trophäe auf dem Rücken hängen hatte. »Du wirst sehen, bevor drei Monde vergehen, werde ich einen Namen haben und auf meinen ersten Kriegspfad gehen. Ich werde so tapfer sein wie Büffelhöcker und mit Skalpen behangen ins Dorf zurückkehren.«

»Du führst große Reden, Roter Mond.«

»Und du bist ganz schön frech für ein Mädchen!«

Büffelfrau fand ziemlich albern, was ihre Freundin und Roter Mond redeten, und ging ihrem Vater entgegen, der gerade aus dem Zelt des Schamanen kam. Er hielt seine Kriegspfeife in der linken Hand, und sein narbiges Gesicht sah zufrieden aus.

»Warst du bei Sieht-hinter-die-Berge?« fragte sie.

Büffelhöcker nickte. »Ich habe die Pfeife mit ihm geraucht. Das tun alle Anführer, bevor sie in den Krieg ziehen. Nur der Schamane weiß, wie uns die Geister gesonnen sind. Er weiß, in welche Richtung wir reiten müssen, und wo wir die Feinde finden können. Er hat das Kriegslied für uns gesungen.«

»Wirst du lange wegbleiben, Vater?«

»Zwei Monde, vielleicht drei.«

»Das ist sehr lange.«

»Ich werde viele Pferde bringen, Büffelfrau. Du wirst stolz auf mich sein.« Büffelhöcker nahm seine Tochter in den Arm und genoß das Gefühl, von ihr gebraucht und bewundert zu werden. »Und wenn ich zurückkomme, werden wir ein großes Fest feiern. Wir werden Büffelzungen essen und die ganze Nacht tanzen.«

»Ja, Vater.«

Büffelhöcker ließ seine Tochter los und kehrte zu Weidenfrau und Windfrau in das Tipi zurück. Das Mädchen blickte ihm nach, schimpfte einen Hund, der vor ihren Füßen winselte, und ging zu ihrer Freundin. Roter Mond war weitergegangen, und sie spielte jetzt mit ihrer älteren Schwester und einem dicken Mädchen, das einmal Blitzfrau heißen würde. Sie war eine große Spaßmacherin und drosch den Ball, eine mit Antilopenhaar gefüllte Hirschlederhülle, über das große Tipi von Büffelhöcker in die Prärie hinaus. »Wetten, daß mich keine einholt?« forderte sie ihre Freundinnen heraus.

Blitzfrau rannte los und hatte schon einige Meter Vorsprung, bevor die anderen merkten, was sie vorhatte. Obwohl sie fast doppelt soviel wog wie die anderen Mädchen, bewegte sie sich erstaunlich geschickt und schnell. Sie erreichte den Ball als erste, nahm ihn in beide Hände und schoß ihn mit einem langen Anlauf in den Fluß, der unterhalb des Dorfes dahinzog. »Den kriegt ihr nie mehr!« rief sie lachend und vollkommen erschöpft.

»Wollen wir wetten?« erwiderte Büffelfrau. Nun war sie es, die alle anderen zu einem Wettkampf herausforderte. Nur die dicke Blitzfrau blieb zurück, als sie in das kühle Wasser des Flusses sprang und dem davontreibenden Ball nachkraulte.

Schlangenfrau und Otterfrau waren dicht hinter ihr, aber sie hatten keine Chance gegen ihre Freundin. Büffelfrau war ihnen körperlich überlegen. Ihre starken Arme pflügten durch das Wasser, und sie hatte sogar Luft, ihre Konkurrentinnen auszulachen und zu verspotten. »He, was ist mit euch? Warum hängt ihr rum wie altersschwache Hunde? Habt ihr keine Kraft mehr, Schwestern? Warum kommt ihr nicht nach?«

Büffelfrau schwamm lachend weiter und erreichte den Ball vor ihren Freundinnen. Sie fischte ihn aus dem Wasser und hielt ihn triumphierend hoch. »Seht her! Ich habe gewonnen!« Sie warf den Ball zurück ans Ufer und tauchte mit einem Kopfsprung in den klaren Fluß. Aiee, so gefiel ihr das Leben! So konnte es jeden Tag sein! Ho, dies war eine gute Zeit, und es machte Spaß, eine Tochter der tapferen tsis tsis tas zu sein.

4

Kriegspfad

Früh am nächsten Morgen verließen die Krieger das Dorf. Zuerst gingen Büffelhöcker und Gelber Wolf, einige Zeit später folgten die anderen. Sie ritten in kleinen Gruppen, wie es Sitte bei ihrem Volk war, und nur die engsten Verwandten winkten ihnen nach. Am Abend würden sie sich an einer verabredeten Lagerstelle treffen. Sieht-hinter-die-Berge hatte ihnen einen weiten Weg vorausgesagt, und sie hatten ihre besten Kriegspferde und warme Felle dabei. Die Shar-ha hatten ihre festen Häuser verlassen und lagerten im Land des weißen Mannes, der auch im Mond, wenn das Hochwasser kommt, noch kalten Wind schickt.

Büffelfrau stand in der Zeltöffnung und winkte ihrem Vater nach. Er saß bereits auf seinem schwarzen Kriegspferd und verabschiedete sich von Weidenfrau und Windfrau. Er trug seine Kriegskleidung und die Federhaube der Hundesoldaten aus aufrecht stehenden Rabenfedern. Sein Gewehr steckte in einer Schutzhülle aus weichem Antilopenleder.

Nur er und zwei andere Hundesoldaten besaßen ein Gewehr, benutzten es aber selten, weil sie nur wenig Munition besaßen. Die Krieger hatten die Waffen in einem Dorf der Comanchen erbeutet.

Der Bogen und der Köcher mit den Pfeilen hingen auf seinem Rücken, und in der rechten Hand hielt er die federgeschmückte Lanze.

»Ich bin stolz auf meinen Mann«, sagte Weidenfrau, »er wird viele Pferde erbeuten und als reicher Mann zurückkehren.«

»Evox-po-hess!« Windfrau sprach das Mutwort des Volkes.

Büffelhöcker berührte seine Kriegspfeife und nickte zufrieden. »Es wird ein guter Kriegszug.« Er lächelte die beiden Frauen an, winkte seiner Tochter zu und ritt aus dem Dorf. Mit erhobener Hand grüßte er den Schamanen, der vor sein

Tipi getreten war und das Bündel mit den heiligen Pfeilen über den Kopf hielt. Sie waren der wertvollste Besitz des Volkes und sollten die Geister günstig stimmen. Die beiden Büffelpfeile waren schwarz und garantierten eine gute Büffeljagd. Die beiden Menschenpfeile waren rot und unterstützten die Cheyenne im Krieg. Auf großen Kriegszügen wurden die heiligen Pfeile an einer Lanzenspitze in die Schlacht mitgeführt, aber auf diesem Kriegszug verließ Büffelhöcker sich auf sein Amulett, und die Pfeile blieben bei Sieht-hinter-die-Berge, dem Pfeilbewahrer des Volkes.

Die beiden Frauen kehrten in das Tipi zurück und rollten sich in ihre Büffelfelle. Die Sonne stand noch nicht über den fernen Bergen, und sie waren müde. Während Büffelhöcker mit den anderen Kriegern getanzt hatte, waren sie damit beschäftigt gewesen, seine Kriegskleidung in Ordnung zu bringen, die Vorratstasche zu füllen und das zweite Paar Mokassins auszubessern, die jeder Mann auf den Kriegspfad mitnahm, und waren erst spät in ihre Decken gekommen. Sie waren stolz darauf, einen tapferen Krieger wie Büffelhöcker zum Mann zu haben und schliefen zufrieden.

Büffelfrau war viel zu aufgeregt, um sich noch einmal schlafen zu legen. Sie blieb lange vor dem Tipi stehen und blickte in die Richtung, in der ihr Vater verschwunden war, dann ging sie zum Fluß und wusch sich. Das Wasser war sehr kalt und brannte auf ihrer Haut. Sie tauchte unter, kam prustend wieder hoch und wrang das Wasser aus ihren langen Haaren. Nachdem sie sich wieder angezogen hatte, rannte sie einmal um das Dorf herum und blieb keuchend stehen, als Weißes Pferd und Läuft-rückwärts an ihr vorbeiritten und das Dorf verließen.

Beide gehörten zu den tapfersten Kriegern des Stammes und waren als erbarmungslose Kämpfer bekannt. Sie hatten ihre Gesichter mit roter Farbe bemalt. Weißes Pferd, dem man nachsagte, daß sein Herz für andere Männer schlug, trug eine kostbare Federhaube und ein mit zahlreichen Amuletten verziertes Kriegshemd. Läuft-rückwärts hatte eine Kappe aus Eulenfedern aufgesetzt und hielt seine rote Donnerlanze in der linken Hand. »Endlich dürfen wir zu Hause bleiben«, sagte er, aber weil er ein Gegenteil-Mann war, bedeutete es genau das Gegenteil. Läuft-rückwärts war begierig, in den Krieg zu ziehen.

Das Mädchen blickte ihnen bewundernd nach und verspürte den Wunsch, selbst mit ihnen zu reiten. Sie war fasziniert von der kostbaren Kleidung der Krieger und ihrem großen Mut. Ihr Leben war viel aufregender als das der Frauen, die den ganzen Tag nur Wurzeln oder Holz sammelten, das Essen kochten und sich um die kleinen Kinder kümmerten. Sie wollte auf die Jagd gehen und mit den Männern auf den Kriegspfad ziehen. Sie wollte Pferde stehlen und den Wind spüren, wenn sie auf ihrem Pony über die Prärie ritt und den Kriegsruf des Volkes ausstieß.

Büffelfrau kehrte zum Tipi ihrer Eltern zurück und grüßte ihr Pony, das vor dem Zelt angebunden war. Sie hatte es vor zwei Wintern von ihrem Vater geschenkt bekommen. Sie kletterte fast jeden Tag auf seinen Rücken und gehörte schon jetzt zu den besten Reiterinnen der Hügelleute. Aber sie hatte den Ehrgeiz, einmal so gut reiten zu können wie Weißer Biber, Roter Mond oder Gefleckter Wolf. Die Jungen ritten oft um die Wette, und es machte großen Spaß, ihnen dabei zuzusehen. Sie verwuchsen mit ihren Pferden und rasten wie der Blitz über die Prärie.

Das Pony schnaubte freudig, als es den vertrauten Geruch in den Nüstern spürte, und scharrte mit den Hufen. Es hatte die Unruhe am frühen Morgen gespürt, als die Krieger das Dorf verlassen hatten, und wollte sich bewegen.

Büffelfrau verstand das Tier und griff nach den Rohhautzügeln. Sie schwang sich auf seinen Rücken und ritt aus dem Dorf. »Houp, houp!« feuerte sie das geschenkte Pony an. Sie lenkte es zum Fluß und ließ es saufen, dann stieß sie ihm die Mokassins in die Seite und trieb es die Uferböschung hinauf.

Vor dem Dorf begegnete sie Otterfrau, die ihre langen Zöpfe entflochten hatte und zum Fluß wollte. Die Freundin hob grüßend eine Hand und rief: »Wo willst du hin, Büffelfrau?«

»Ich reite in den Krieg!«

»Mit den Hundesoldaten?«

»Warum nicht?«

»Weil du ein Mädchen bist.«

»Na, und?«

»Weil du zu klein bist.«

»Unsinn«, erwiderte Büffelfrau ernst. Sie hatte selber an einen Scherz gedacht, es sich aber anders überlegt. Sie konnte fast so gut reiten wie die Jungen und war mutig genug, auf die Pferde aufzupassen, wenn die Männer in das Dorf der Feinde schlichen. Warum sollte sie den Kriegern nicht folgen? Wenn die Geister wirklich auf ihrer Seite waren, würden sie auch auf dem Kriegspfad zu ihr halten.

»Du wirst es sehen, Otterfrau«, sagte sie selbstsicher, »ich werde ihnen in den Krieg folgen und meinen großen Mut beweisen. Du wirst staunen.«

Otterfrau lachte nur, aber als Büffelfrau ihr Pony antrieb und auf die offene Prärie sprengte, bekam sie es mit der Angst zu tun. Hatte ihre Freundin die Wahrheit gesagt? Wollte sie tatsächlich mit den Männern auf den Kriegspfad reiten? Nicht einmal ein Junge würde das mit sieben Wintern wagen. Gelber Wolf hatte dreizehn Winter gewartet, bis er den Häuptling gebeten hatte, mit den Hundesoldaten reiten zu dürfen.

Büffelfrau dachte nicht über ihr Handeln nach. Sie genoß das Gefühl, allein über die Prärie zu reiten und den Wind in ihren Haaren zu spüren. Die Sonne stand bereits am Himmel und schüttete ihr goldenes Licht auf die Hügel im Osten. Vor ein paar Tagen hatten sie das alte Gras abgebrannt, und grüne Schößlinge zeigten sich auf der Ebene. Der weiße Mann des Winters war nach Norden zurückgegangen. Der Tau glänzte im Sonnenlicht, und es roch nach frischer Erde. Es war ein guter Tag, um ihrem Vater in ein unbekanntes Land zu folgen.

Auf welch gefährliches Vorhaben sie sich eingelassen hatte, merkte sie erst nach ein paar Stunden, als sie Hunger bekam. Sie hatte ihren Bogen zu Hause gelassen und keinen Proviant mitgenommen. Das wäre nicht mal einem unerfahrenen Krieger passiert. Sie hatte auch kein Wasser dabei und nicht mal einen Behälter, den sie an einer Quelle oder im Fluß nachfüllen konnte. Das war nachlässig gewesen. Ohne Waffen und Proviant verließ man niemals ein Lager, es sei denn, man ging zu einem heiligen Ort, um zu fasten. Das war die erste Lektion, die jeder Krieger der Hügelleute lernte.

Büffelfrau ließ ihr Pony in einen leichten Schritt fallen und überlegte. Sie befand sich in einem Hohlweg, und die Spuren der Krieger waren deutlich zu erkennen. Wenn sie die Männer bis zum Abend einholte und sich zu erkennen gab, würde sie etwas zu essen und zu trinken bekommen, aber man würde auch über den Leichtsinn eines kleinen Mädchens lachen, das ohne ihren Bogen und eine gefüllte Provianttasche aus dem Dorf geritten war. »Seht her, die kleine Büffelfrau«, würden sie sagen, »sie will eine große Kriegerin werden und weiß nicht einmal, daß man eine Waffe braucht, wenn man auf den Kriegspfad geht.«

So weit wollte sie es nicht kommen lassen. Wenn sie schon ohne Waffen im Lager der Krieger auftauchte, wollte sie ihnen wenigstens zeigen, daß sie alt genug war, um für sich selber zu sorgen. Sie ritt aus dem Hohlweg und blickte sich aufmerksam um. Die Prärie erstreckte sich bis zu den fernen Bergen, die in den letzten Stunden kaum nähergerückt waren. Es waren nur wenige Bäume zu sehen, aber es gab unzählige Verstecke, weil das Land sehr hügelig war. Hinter jeder Erhebung konnte ein Feind oder ein wildes Tier warten. Man konnte nicht vorsichtig genug sein, wenn man sich so weit vom Dorf entfernt hatte.

Büffelfrau stieg vom Pferd und lauschte angestrengt. Es war nichts zu hören. Sie legte sich auf den Boden und legte ein Ohr auf die Erde, wie sie es bei den Kriegern gesehen hatte, aber auch jetzt blieb alles stumm. Sie sprang wieder auf ihr Pony und ritt weiter. Die Sonne stand hoch am Himmel, und es war warm geworden. Ein ständiger Wind rauschte in den Cottonwoods eines nahen Wäldchens und strich über das Büffelgras. Eine Eidechse verschwand vor den Hufen des Ponys in ihrem Bau, und Büffelfrau dachte an die Erzählungen ihres Großvaters, der vor fünf Wintern gestorben war. Er hatte von einer langen und anstrengenden Wanderung berichtet, die das Volk vom großen Fluß auf die trockene Prärie geführt hatte. »Bevor wir den Büffel jagten, und wenn die Zeiten schlecht und das Land trocken waren, haben wir uns oft von Eidechsen ernährt.«

Sie verspürte eher Appetit auf saftiges Kaninchenfleisch, und ihr lief das Wasser im Mund zusammen, wenn sie nur daran dachte. Auf der anderen Seite des Pappelwäldchens fand sie einen Kaninchenbau. Sie suchte nach Kräutern, die Weidenfrau ihr vor einiger Zeit erklärt hatte, zerkaute die Blätter, bis sie einen intensiven Geruch ausstrahlten, und verteilte sie neben einem Ausgang des Kaninchenbaus. Aus einer Rohhautschnur, die sie von dem mit Gras gefüllten Sattel ihres Ponys löste, formte sie eine Schlinge. Sie plazierte sie um die Kräuter herum, behielt das lose Ende in der Hand und legte sich gegen den Wind flach auf den Boden. Dann wartete sie.

Ihre Geduld wurde auf eine harte Probe gestellt. Es dauerte fast eine Stunde, bis ein Kaninchen nach draußen gelockt wurde. Es war ein junges Tier. Seine Ohren bewegten sich wachsam, aber die Neugier war zu stark, und es kroch aus seinem Bau. Kaum war es mit den beiden Vorderfüßen in die Schlinge getreten, zog Büffelfrau zu. Die Rohhautschlinge legte sich fest um die Vorderbeine des Kaninchens. Sie griff nach einem Stein und zertrümmerte die Schädeldecke des Tieres.

»Aiee!« rief Büffelfrau. Sie entschuldigte sich beim dem toten Kaninchen, weil sie gezwungen gewesen war, ein Leben zu nehmen, und zog ihr Messer aus dem Gürtel. Sie häutete das Tier ab und briet es über einem kleinen Feuer, das sie mit ihren Feuerstöcken entzündet hatte. Das hatte Büffelhöcker ihr beigebracht. »Wir brauchen das Feuer zum Leben«, hatte er gesagt, »und du mußt wissen, wie man es in Gang bringt.« Er hatte ihr auch erzählt, daß es den Frauen vorbehalten war, das Feuer in einem Tipi zu entfachen. »Die Frau schenkt das Leben, und sie entzündet das Feuer, das Leben erhält.«

Gierig machte Büffelfrau sich über das Fleisch her. Sie aß die Hälfte ihrer Beute und band den Rest mit der Rohhautschlinge an ihren Sattel. Selten hatte ihr etwas so gut geschmeckt. Sie wischte sich den Mund mit etwas Gras ab, sprang wieder auf ihr Pony und ritt weiter. Sie fühlte sich jetzt wesentlich besser. Weiter nördlich fand sie eine Quelle, von der sie trank und in deren Nähe sie auch die Fußspuren der Krieger fand. Es waren keine Feinde in der Nähe, und die Männer hatten sich erst gar nicht die Mühe gemacht, ihre Spuren zu verwischen.

Büffelfrau ritt weiter nach Norden. Sie folgte den Spuren bis zu einem kleinen Fluß und am Ufer entlang. Sie war allein in der Prärie. Lediglich ein Bussard kreiste über dem Land und warf seinen Schatten auf den trockenen Boden. Das Pony war ausdauernd und zeigte keine Anzeichen von Müdigkeit. Sie ließ es die Gangart wechseln, damit es sich nicht verausgabte, und legte öfters eine Pause ein, wie sie es von ihrem Vater gelernt hatte.

»Mute deinem Pferd nicht mehr zu als dir selber«, hatte er gesagt, »unterwegs wird es dein bester Freund sein.«

Die Sonne wanderte über den Himmel und näherte sich dem westlichen Horizont. Erst jetzt wurde Büffelfrau bewußt, daß sie die Spuren nicht mehr erkennen würde, wenn es dunkel war. Wie sollte sie das Nachtlager der Krieger finden? Sollte sie weiter nach Norden reiten, bis sie ihr Feuer entdeckte? Das war ein riskantes Unternehmen. Wenn die Männer in einer Senke lagerten, ritt sie vielleicht an ihnen vorbei, ohne es zu merken.

Sie zügelte ihr Pony und legte eine Hand über ihre Augen. Die Berge waren jetzt ganz nahe und höchstens noch so lange entfernt, wie die Sonne am Himmel stand. Wenn sie es bis dorthin schaffte und im schwindenden Tageslicht erkannte, welchen Weg die Krieger genommen hatten, konnte sie es schaffen. Sie trieb ihr Pony an und galoppierte über die offene Prärie. Ihr Mut war geschwunden, und sie zweifelte plötzlich daran, ob es richtig gewesen war, den Kriegern zu folgen. Die Männer ritten schnell, und es würde ihr vielleicht nie gelingen, sie einzuholen. Was war, wenn sie das Lager nicht fand? War sie erwachsen genug, um die Nacht allein zu verbringen? Sie hatte keine Decke dabei. War es nachts warm genug?

Büffelfrau konzentrierte sich auf den Ritt und ritt mit der Sonne um die Wette. Sie erreichte die felsigen Ausläufer, kurz bevor es dunkel wurde, und suchte das Gelände nach Spuren ab. Sie hatte dieses Spiel oft mit den Jungen gespielt. Weißer Biber, Roter Mond, Gefleckter Wolf und Kleiner Falke bekamen einen Vorsprung, und sie mußte herausfinden, welchen Weg sie geritten waren. Das war nicht einfach, besonders wenn sie die Spuren von Roter Mond suchen mußte. Der Junge verstand es meisterhaft, die Hufabdrücke seines Ponys zu verwischen.

Büffelhöcker und seine Krieger hatten es nicht nötig, ihre Spuren unkenntlich zu machen, weil die Späher weit und breit keine Feinde gesehen hatten, aber die Hufabdrücke waren nicht zu finden. Die zwanzig Krieger schienen sich in Luft aufgelöst zu haben. Das Mädchen gab sich alle Mühe und stieg immer wieder aus dem Sattel, aber die Spuren waren nicht mehr da. Waren sie woanders hingeritten? Hatten sie Shar-ha gesehen?

Verzweifelt zügelte Büffelfrau ihr Pferd. Sie war jetzt wieder ein kleines Mädchen, das sich in der einbrechenden Dunkelheit fürchtete und nach Hause sehnte. Sie begann leise zu weinen.

»Meine Tochter! Was tust du hier?«

Büffelfrau fuhr erschrocken zusammen und erkannte ihren Vater, der unbemerkt hinter einem Felsen hervorgeritten war. Er hielt sein Gewehr schußbereit über dem Sattel. »Ne-hyo!« rief sie erleichtert. »Vater! Ich habe dich gefunden!«

»Ich habe dich gefunden«, widersprach der Häuptling amüsiert. Er steckte das Gewehr weg, ritt neben seine Tochter und nahm sie in den Arm. »Wir haben gemerkt, daß wir verfolgt werden. Wir haben unsere Spuren verwischt. Bist du mir nachgeritten?«

Büffelfrau erzählte ihm alles. »Ich will einmal so tapfer sein wie du. Ich will viele Coups schlagen und viele Pferde rauben! Darf ich mit euch reiten und auf eure Pferde aufpassen?«

»Du bist zu jung«, erwiderte Büffelhöcker sanft. Er war stolz auf seine Tochter, weil sie tapferer als die meisten Jungen war und den Spuren bis in die Berge gefolgt war, aber er kannte auch seine Verantwortung als Vater. »Das geht nicht.«

»Weil ich ein Mädchen bin?«

»Das hat nichts damit zu tun. Ich würde auch einen Jungen zurückschicken. Mit sieben Wintern ist man zu jung für den Kriegspfad. Reite nach Hause und hilf deinen Müttern. Übe mit dem Bogen, und reite mit Roter Mond und Weißer Biber. Sie werden große Krieger, und du kannst viel von ihnen lernen.«

»Ich kann besser schießen als sie!« erwiderte sie trotzig.

»Ein Krieger muß mehr können, meine Tochter. Er muß reiten und schießen können, das ist wahr, aber er muß auch mit sich selbst im Reinen sein und eine Vision haben. Geh zurück und lerne. Wenn Maheo es will, wird aus dir eine Kriegerin.«

»Ich habe ein Kaninchen erlegt, Vater!« Sie sagte es stolz und hielt die Reste ihres Bratens in die Höhe.

Büffelhöcker lächelte. »Das hast du mir erzählt.« Er nahm die Zügel auf und deutete in die Dunkelheit. »Komm mit mir, und ruhe dich heute nacht bei uns am Feuer aus. Du bist müde und mußt schlafen, bevor du wieder nach Hause reitest.«

»Danke, Vater.«

Sie ritten zum Feuer, und Büffelfrau wurde von den Kriegern respektvoll empfangen. Ein Mädchen von sieben Wintern, das allein einem Kriegertrupp nachgeritten war, hatte es bei den Hügelleuten noch nicht gegeben. Sie gaben ihr die besten Stücke von der Antilope, die sie am Nachmittag erlegt hatten, und boten ihr ein bequemes Lager an. Büffelhöcker breitete eine Decke über sie und strich ihr einige Haarsträhnen aus dem Gesicht.

Dann fuhr er sich mit dem Daumen über die Wangen und schmierte zwei Streifen roter Kriegsfarbe auf ihr Gesicht. »Du bist tapfer!« flüsterte er, aber sie war schon eingeschlafen.

5

Wettreiten

Büffelfrau kehrte am späten Nachmittag ins Dorf zurück. Sie hatte ihre Haare aus dem Gesicht gebunden, damit man die rote Farbe sah, und stieß den hellen Kriegsruf der Hügelleute aus. Die Hufe ihres Ponys trommelten über den festgestampften Boden zwischen den Tipis. »Hokahey! Hokahey"« jubelte sie. »Ich bin auf den Kriegspfad geritten!« Sie stieß triumphierend eine Faust in die Luft und sprang vor dem Tipi ihrer Eltern aus dem Sattel.

Weidenfrau schloß sie in die Arme. »Wo bist du gewesen, mein Kind? Ich habe mir Sorgen gemacht ...«

»Ich war bei den Kriegern!« sprudelte es aus Büffelfrau heraus. »Ich habe an ihrem Feuer geschlafen, und sie haben mir die besten Stücke von der Antilope gegeben.« Sie griff sich an die Wangen. »Schau nur! Vater hat mich mit Kriegsfarbe bemalt!«

»Das sehe ich, meine Tochter«, erwiderte ihre Mutter ernst, »und ich bin stolz auf dich. Aber du hättest mir sagen sollen, was du vorhast. Ich habe Angst um dich gehabt.«

»Du hättest mir nie erlaubt, allein wegzureiten.«

»Es war falsch, Büffelfrau.«

»Ja, Mutter«, gab das Mädchen zu, »ich wußte nicht, daß du so große Angst um mich hast. Hoffentlich bist du nicht böse. Ich wollte mit den Männern in den Krieg ziehen und ihre Pferde hüten. Ich wollte so tapfer wie sie sein.« Sie blickte zu Boden. »Vater hat auch gesagt, daß ich zu jung dafür bin.«

»Du bist ein Mädchen.«

»Du redest wie Otterfrau. Warum kann ein Mädchen nicht in den Krieg ziehen? Ich bin stark, kann gut mit dem Bogen umgehen und reite fast so gut wie Roter Mond.«

»Deine Zeit wird kommen, Büffelfrau.«

Weidenfrau ging in das Tipi zurück und blieb nachdenklich stehen. Ihre Tochter machte ihr viel Freude. Sie war ein aufgewecktes Kind, und sie lernte schnell. Aber sie war auch ungestüm und ungeduldig. Mit der Frauenarbeit hatte sie nicht viel im Sinn. Sie spielte lieber mit den Jungen, und jetzt war sie sogar den Kriegern nachgeritten, um ihren ersten Coup zu schlagen. Mit sieben Wintern! Aber so wollte es Maheo, der Herr des Lebens. Büffelfrau würde eine angesehene Medizinfrau und vielleicht sogar eine Kriegerin werden. Weidenfrau hatte sich damit abgefunden, obwohl der Gedanke sie immer noch schmerzte. Sie war eine sehr gefühlvolle Frau, die sich in der harten Welt der Männer nur schwer zurechtfand.

»Du hast es getan!« rief Otterfrau. Sie war aus dem Tipi ihrer Eltern gerannt und begrüßte ihre Freundin. »Du hast es wirklich getan!« Sie griff nach ihrem Arm und ging mit ihr zum Fluß hinunter, an dessen Ufer die Kinder ein Dorf aus kleinen Zelten aufgebaut hatten. Dort spielten sie das Erwachsenenspiel. »Was ist passiert?« fragte sie ungeduldig. »Was haben sie gesagt? Hast du die Krieger wirklich getroffen? Du mußt mir alles erzählen!«

Die Jungen hatten im Fluß gespielt und schwammen neugierig ans Ufer, als sie die Kriegsfarbe auf Büffelfraus Gesicht sahen. Aus einem der kleinen Tipis kamen Blitzfrau und Schlangenfrau. Alle hörten gespannt zu, als Büffelfrau von ihrem Abenteuer erzählte und blumenreich schilderte, wie sie das Kaninchen erlegt hatte und den Spuren der Krieger gefolgt war. »Ich war ganz allein auf der Prärie«, sagte sie, »um mich herum gab es nur endloses Gras und ein paar Bäume. Das hättet ihr sehen sollen. Es war ganz anders als zur Zeit des staubigen Mondes, als wir mit dem ganzen Stamm über die Ebene zogen. Ich habe die Vögel und die Eidechsen gesehen, und ich habe den Himmel auf meiner Haut gefühlt. Ich glaube, die Geister hatten sich mit mir verbündet. Es war ein tolles Gefühl.«

»Das war sehr mutig!« sagte Otterfrau. Sie bewunderte ihre Freundin, obwohl sie der Meinung war, daß eine Frau nichts auf dem Kriegspfad verloren hatte. Sie wollte wie ihre Mutter sein. Scheues Reh war nie allein über die großen Ebenen geritten und hatte nie eine Waffe in der Hand gehalten, aber sie hatte es immer verstanden, sich gegen die Männer durchzusetzen. Sie benutzte ihre Schönheit. Wenn sie lächelte, wurde der stärkste Krieger weich, und vor allem ihr Vater hatte immer alles getan, was ihre Mutter verlangte. Dabei war er ein besonders starker Krieger, der sich sonst von niemandem etwas sagen ließ. »Und was hättest du getan, wenn die Shar-ha gekommen wären?«

Büffelfrau winkte ab. »Die Shar-ha sind weit im Norden, die haben viel zuviel Angst vor uns. Unsere Krieger haben nicht mal ihre Spuren verwischt. Ich war ganz allein.« Sie sprang auf einen Felsbrocken und hob beide Arme wie ein stolzer Krieger, der von seinen Abenteuern auf dem Kriegspfad berichtet. »Soll ich euch wieder erzählen, wie ich das Kaninchen erlegt habt?«

»Ja«, rief Otterfrau, »berichte!«

»Es war um die Mittagszeit«, fuhr Büffelfrau fort, »die Sonne stand hoch, und ich war schon weit geritten. Ich hatte keinen Bogen mitgenommen. Mein Vater hätte mir einen Kriegsbogen gegeben, wenn ich weitergeritten wäre.« Die kleine Lüge baute sie geschickt ein, um ihren Fehler zu vertuschen. Alle fielen darauf herein. Sie war eine gute Geschichtenerzählerin und verstand es, ihr Publikum mit Gesten und Worten zu verzaubern. »Als ich Hunger bekam, nahm ich eine Rohhautschnur und legte die Schlinge um einen Kaninchenbau.« Sie schilderte, wie sie das Tier gefangen, abgehäutet und ausgenommen und über einem Feuer gebraten hatte.

»Und wenn ein wildes Tier gekommen wäre?« lästerte Roter Mond. Er war eifersüchtig, weil er den Kriegern nicht selber gefolgt war, und ein Mädchen den ganzen Ruhm für sich hatte. Am Morgen war er noch als großer Held gefeiert worden. Bei einem Ringkampf im kleinen Lager hatte er Weißer Biber, Kleiner Falke und einen anderen Jungen nacheinander besiegt. »Hättest du einen Berglöwen auch mit der Schlinge gefangen?«

»Einen Berglöwen hätte sie mit dem kleinen Finger in die

Knie gezwungen«, erwiderte Otterfrau, »so wie den Büffel vor einigen Wintern. Erinnerst du dich, Roter Mond?«

»Ich erinnere mich.«

»Dann hast du auch gehört, was der alte Sieht-hinter-die-Berge gesagt hat. Büffelfrau hat die Geister auf ihrer Seite. Sie wird bei dem Schamanen in die Lehre gehen und dir sagen, was du tun mußt. Vielleicht wird sie auch eine große Kriegerin.«

Roter Mond verzog geringschätzig den Mund. »Pah! Immer können die Geister ihr auch nicht helfen.« Er blickte Büffelfrau herausfordernd an. »Warum bist du nicht weitergeritten, wenn die Geister dir helfen? Warum bist du zurückgekommen?«

»Weil ich zu jung bin«, antwortete sie ehrlich.

»Weil du ein Mädchen bist«, rief Roter Mond, »sie haben dich nach Hause geschickt, weil du ein Mädchen bist. Ich werde im Monat der reifen Kirschen meinen ersten Büffel erlegen, und dann werde ich auf meinen ersten Kriegspfad gehen. Du wirst zu Hause bei den anderen Frauen bleiben. Du wirst mir zujubeln, wenn ich meinen ersten Coup geschlagen habe.«

»Noch ist es nicht soweit«, erwiderte Büffelfrau. Sie sprang von dem Felsbrocken und deutete auf die beiden Ponys, die vor einem der Kinderzelte angebunden waren. Ein herausforderndes Lächeln erschien auf ihrem Gesicht. »Warum reiten wir nicht um die Wette, Roter Mond? Ich hab' gehört, du bist ein guter Reiter. Oder hast du Angst, gegen ein Mädchen zu verlieren?« Sie wußte nicht, warum sie den zwei Winter älteren Jungen herausforderte. Er gehörte zu den besten Reitern der Hügelleute und wurde sogar von den Kriegern bewundert.

»Du willst mit mir um die Wette reiten?« Roter Mond lachte. »Selbst wenn ich dir einen Vorsprung gebe, wirst du verlieren.«

»Das werden wir ja sehen«, erwiderte Büffelfrau. Sie spürte die verwunderten Blicke ihrer Freundinnen und war selbst nicht sicher, ob sie gegen einen so guten Reiter wie Roter Mond bestehen konnte. Aber sie hatte den Jungen herausgefordert, und es gab kein Zurück mehr für sie. Wenn sie nicht ihr Gesicht verlieren wollte, mußte sie gegen ihn antreten. »Wohin willst du reiten? Einmal um das Lager herum? Bis zu den Bäumen da hinten und zurück? Zu den heiligen Bergen?«

Roter Mond verschränkte die Arme vor der Brust und lächelte großzügig. »Ich bin älter als du, und ich bin ein Mann. Du bist nur ein Mädchen. Du kannst entscheiden.«

»Du führst große Reden«, erwiderte das Mädchen ruhig. Auch auf ihrem Gesicht lag jetzt ein Lächeln. Es war nur an ihrem leicht verzogenen Mund zu erkennen. »Hoffentlich kannst du genauso gut reiten, wie du große Reden führst.«

»Du wirst es sehen.«

Jetzt lächelte Büffelfrau auch mit den Augen. Sie fand langsam Gefallen an der Kraftprobe und fühlte sich stark, gegen den Jungen zu bestehen. Sie blickte nach Osten. Sie lagerten in derselben Senke, in der sie vor sieben Wintern geboren wurde, und in der Ferne ragten wieder die heiligen Felsenberge der Hügelleute zum Himmel. Dort hatte Sieht-hinter-die-Berge seinen Schutzgeist getroffen, und dort waren die meisten Toten bestattet worden. Die Berge lagen zwischen der jetzigen und der anderen Welt. Jeder Krieger und jede Frau des Volkes, die von Maheo gerufen wurde, lagerte in den heiligen Bergen, bevor sie im Dorf einer anderen Welt zu neuem Leben erwachte.

»Wir reiten zu den heiligen Bergen«, entschied Büffelfrau. »Wir berühren die große Felswand. Wer zuerst wieder hier ist und in den Fluß springt, hat gewonnen.«

»Das ist gut«, zeigte Roter Mond sich zufrieden, »aber wir werden lange unterwegs sein. Bis wir wieder hier sind, ist es dunkel. Kannst du so lange durchhalten?«

»Ich war bei den Kriegern. Denk' daran.«

»Du bist langsam geritten.«

»Ich habe meinen Vater eingeholt. Und Gelber Wolf und Läuft-rückwärts. Vergiß das nicht.«

»Pah«, erwiderter Roter Mond. Es wurde höchste Zeit, daß er diesem Mädchen zeigte, daß die Geister nicht immer auf ihrer Seite waren. Wenn sie gegen ihn verlor, würde sie ihren

Hochmut ablegen und sich wieder wie ein Mädchen benehmen. Es ging nicht an, daß sie das Kommando im kleinen Lager übernahm. »Wir nehmen die Ponys dort drüben.«

»Sind das deine Ponys?«

»Sie gehören Weißer Biber und mir«, sagte Kleiner Falke. Er war ein stämmiger Junge mit kantigen Gesichtszügen, der einen Kopf kleiner als die meisten Jungen seines Alters war und deswegen oft gehänselt wurde. Er hatte erst zweimal einen Ringkampf gewonnen und auch das nur, weil seine Gegner sehr viel jünger gewesen waren. Auch als Bogenschütze war er kaum zu gebrauchen. Aber er war ein guter Reiter und hatte von seinem Vater schnelle Ponys geschenkt bekommen.

Blitzfrau holte die beiden Tiere. »Es sind gute Tiere, viel zu gut für euch beide. Sie werden schneller sein als der Wind und euch beide abwerfen. Dann müßt ihr zu Fuß weiterlaufen.«

Roter Mond hatte jetzt keinen Sinn für den Humor der dicken Blitzfrau und griff nach den Zügeln. Er bestieg das stämmige Pony mit den langen Beinen, das wie geschaffen für ein langes Rennen war. Das andere Pony war für seinen langen Atem bekannt und hatte sich ebenfalls auf langen Strecken bewährt. Büffelfrau war mit einem Satz auf seinem Rücken. Beide Ponys waren nicht gesattelt, aber Roter Mond und Büffelfrau hatten gelernt, auch ohne Sattel zu reiten. Schon mit zwei oder drei Wintern waren sie von ihren Eltern auf Ponys gesetzt worden, damit sie reiten lernten und ein Gefühl für die Tiere bekamen.

Büffelfrau tätschelte dem Pony aufmunternd den Hals. »Wir beide werden diesem Aufschneider schon zeigen, wer besser reiten kann!« sagte sie leise. Auch Roter Mond flüsterte seinem Pony etwas zu. Er wirkte siegessicher und selbstbewußt.

»Ich gebe das Kommando«, sagte Otterfrau.

Die Kinder standen aufgeregt am Flußufer und beobachteten, wie Büffelfrau und Roter Mond sich auf den Start vorbereiteten. Kleiner Falke ärgerte sich ein bißchen, weil er nicht selber auf die Idee gekommen war, das Mädchen herauszufordern. Auch Gefleckter Wolf, der sein Haar nur auf einer Seite lang trug und sich gern von den anderen bewundern ließ, dachte so. Auch er war ein guter Reiter. Der Junge, der später einmal Angst-vor-Pferden heißen sollte und von den Kindern ›Läufer‹ gerufen wurde, war froh, daß er kein Pony besteigen mußte.

Büffelfrau wartete gespannt darauf, daß ihre Freundin das Zeichen zum Start gab. Sie merkte nicht, daß Blitzfrau neidisch zu ihr aufblickte, weil sie ihren Mut und ihre schlanke Figur bewunderte. Sie sah auch nicht das Leuchten in den Augen von Weißer Biber, der sie wie kein anderer verehrte. Auch er war zwei Winter älter, empfand aber keine Eifersucht und wünschte ihr sogar, daß sie gewann. Vor Roter Mond hätte er das niemals zugegeben. Als tapferer Junge durfte er diese Schwäche nicht zeigen. Mädchen waren dumm, und das Leben gehörte den tapferen Kriegern, das hatte Roter Mond immer wieder gesagt.

»Jetzt!« rief Otterfrau. Sie klatschte in die Hände, und Roter Mond und Büffelfrau ritten los. Die Jungen und Mädchen feuerten die beiden an und sahen ihnen nach, bis sie hinter einer Bodenwelle verschwunden waren.

Roter Mond hatte den besseren Start erwischt. Er hatte schon nach wenigen Metern einen Vorsprung und trieb sein Pony in die offene Prärie hinaus. Er stieß den hellen Kriegsruf der Hügelleute aus und glaubte, schon jetzt gewonnen zu haben.

»Houp, houp!« feuerte Büffelfrau ihr Pony an. Es war ein gutes Tier, aber es brauchte lange, bis es in Gang kam, und sie war froh, kein Sprintrennen vereinbart zu haben. »Zeige es diesem Angeber!« rief sie. »Wir dürfen nicht verlieren!« Sie lenkte das Pony aus der Senke heraus und ritt in gestrecktem Galopp über das offene Grasland, bis sie den Jungen wieder vor sich sah.

Bis zu den heiligen Bergen war es ein weiter Weg. Die Sonne stand bereits weit im Westen und würde ihren Bruder, den Mond, rufen, wenn sie ins Lager zurückkehrten. Es galt, die Kräfte der Ponys klug einzuteilen, damit das Tier nicht erschöpft ins Gras sank, bevor das Rennen vorüber war. Das hatte Büffelfrau von ihrem Vater gelernt, der sich immer über die jungen Heißsporne lustig machte, die voller Übermut auf den Kriegspfad gingen und nicht schnell genug bei den Feinden sein konnten. Viele dieser jungen Krieger hatten ihren Leichtsinn mit dem Leben bezahlt. Sie hatten den Feind vor allen anderen erreicht, aber ihre Pferde waren müde gewesen und beim ersten Zweikampf unter ihnen zusammengebrochen. Das würde ihr nicht passieren.

Auch Roter Mond wußte es und machte nicht den Fehler, sein Pony zu hart anzutreiben. Er würde es erst in einen gestreckten Galopp fallen lassen, wenn sie auf dem Rückweg waren. »Warum reitest du nicht schneller?« rief er dem Mädchen lachend zu. »Bist du schon müde? Warum reitest du nicht an mir vorbei?«

»Weil ich nicht so dumm bin, wie du denkst«, antwortete das Mädchen. »Warum reitest du nicht davon? Warum führst du große Reden, wenn nichts dahinter steckt?«

»Ich kann warten«, meinte der Junge.

Büffelfrau und Roter Mond verloren sich nicht aus den Augen, während sie den heiligen Bergen entgegenritten. Das Mädchen blieb zehn Pferdelängen hinter dem Jungen und trieb ihr Pony immer dann an, wenn er in einer Senke oder zwischen einigen Bäumen verschwand. Beide waren guter Laune und lachten. Es machte Spaß, über die Prärie zu reiten. Die Luft war frisch, und die Sonne warf rotes Licht auf die weiten Ebenen. Der aufgewirbelte Staub hing wie ein Schleier über dem Gras.

Roter Mond erreichte die Felswand als erster. Er klatschte mit der flachen Hand gegen den glatten Stein und wendete sein Pferd. »Schau mich gut an«, rief er, als er an dem Mädchen vorbeiritt, »du siehst mich erst wieder, wenn wir im Dorf sind.«

»So schnell kannst du nicht reiten«, erwiderte Büffelfrau. Sie ritt zur Felswand, schlug gegen den Stein und riß die Zügel herum. Jetzt wurde es ernst. Sie lenkte ihr Pony über das Geröll vor der Felswand und trieb es auf die Prärie. Die Sonne stand glutrot am westlichen Horizont. Der kühle Abendwind wehte ihr ins Gesicht, und ein Kaninchen sprang aufgeregt in seinen Bau zurück, als die Hufe ihres Ponys über den Boden trommelten.

Sie ritten im gestreckten Galopp über das Grasland. Beide lagen flach auf dem Rücken ihrer Tiere und schienen eins mit ihnen zu sein. Die Ponys waren ausdauernd und schnell, und keiner gewann einen entscheidenden Vorsprung. Roter Mond ritt ungefähr fünf Pferdelängen vor dem Mädchen, das keine Mühe hatte, im Schatten des Jungen zu bleiben. Als die Umrisse des Dorfes vor dem dunkler werdenden Himmel auftauchten, lagen sie auf gleicher Höhe, und beide Ponys hatten noch genügend Reserven für einen Endspurt.

Roter Mond zog ihn zuerst an. Büffelfrau reagierte sofort, und sie galoppierten nebeneinander über die grasbedeckten Hügel vor dem Dorf. Die Kinder johlten vor Begeisterung. Auch einige Erwachsene waren aus ihren Tipis gekommen und beobachteten den Endspurt von Roter Mond und Büffelfrau. Das schrille »Houp! Houp!« übertönte sogar das Klappern der Ponyhufe.

Büffelfrau holte alles aus ihrem Pony heraus. Sie verwuchs mit dem Pferdekörper zu einem rasenden Geschoß, das über die Prärie zu fliegen schien. Neben Roter Mond sprengte sie an den Kinderzelten vorbei und zum Fluß hinunter. Beinahe gleichzeitig fielen sie ins Wasser, das hoch aufspritzte. Sie kamen prustend aus dem Fluß und ließen sich von den anderen Kindern feiern.

»Ihr habt beide gewonnen!« rief Otterfrau.

Roter Mond schüttelte das Wasser aus seinen Haaren und blieb keuchend stehen. Er wußte nicht, ob er sich freuen oder ärgern sollte. Als er die vielen Erwachsenen vor den Tipis stehen sah, entschied er sich, die Rolle des großzügigen Kriegers zu spielen. »Ich wollte dich nicht erniedrigen«, sagte er zu Büffelfrau, »beim nächsten Mal reite ich dir davon.«

»Und ich wollte dich nicht vor deinen Freunden bloßstellen«, hielt Büffelfrau dagegen, »nächstes Mal lasse ich dich stehen.«

Die Jungen und Mädchen riefen laut durcheinander, aber Büffelfrau war viel zu erschöpft, um sich zu streiten, und ging zum Dorf hinauf. Unterwegs begegnete sie Weißer Biber, der ebenfalls zum Tipi seiner Eltern zurückkehrte. Der Junge blieb stehen und blickte sie mit glänzenden Augen an. »Eni-to-eme«, sagte er. Das Wort, das die Hügelleute gebrauchten, wenn sie einem Mann oder eine Frau große Ehrerbietung zeigten.

Büffelfrau verneigte sich und ging erstaunt weiter. Später würde sie sich noch oft an diesen Augenblick erinnern.

6

Hochmut

Im Mond, wenn das Hochwasser kommt, waren Büffelhöcker und seine Krieger noch immer nicht zurückgekehrt. In den fernen Bergen rauschte das Schmelzwasser von den Felsen, und die Täler erwachten zu neuem Leben, aber auch der mächtige Adler, der aus dem hohen Norden gekommen war und seit einigen Tagen über dem Dorf schwebte, wußte nichts vom Verbleib der Krieger. »Es geht ihnen gut«, sagte Sieht-hinter-die-Berge. Er stand in Verbindung mit den Geistern, und die Medizin war während des letzten Mondes immer gut gewesen.

Büffelfrau war nicht daran gewöhnt, so lange ohne ihren Vater auszukommen. Sie war in eine friedvolle Zeit hineingeboren worden, und selbst die Hundesoldaten hatten das Dorf nur für kurze Zeit verlassen. Es hatte keinen großen Krieg gegeben, und die Büffel waren immer in der Nähe gewesen. Jetzt war er zum erstenmal länger als einen Mond weg, und sie sehnte sich danach, wieder von ihm umarmt zu werden. Büffelhöcker erzählte spannende Geschichte von fremden Völkern und seltsamen Tieren, und er berichtete von den erfolgreichen Kriegszügen der Hügelleute. Wenn sie ihm zuhörte, sah sie sich oft als tapfere Kriegerin, die mit den Männern auf den Kriegspfad ritt und viele Coups schlug.

Natürlich wußte sie, was ein Coup ist. Ihr Vater hatte oft genug erklärt, daß es für einen Krieger wichtiger war, einen Feind mit der Hand, dem Bogen oder einem Coupstab zu berühren, als ihn zu töten. Das wußten sogar Mädchen wie Otterfrau und Blitzfrau, die nur davon träumten, als Ehefrau eines tapferen Kriegers zu leben, Holz zu sammeln und Mahlzeiten zu kochen. Büffelfrau wußte noch viel mehr, und sie drängte ihren Vater ständig, ihr alles beizubringen, was ein Krieger wissen mußte. Wie baute man einen Bogen, welches Holz nahm man für Pfeile her, und welches Leder eignete sich am besten für einen Schild.

Jetzt war Büffelhöcker auf dem Kriegspfad, und sie war abends nur mit ihren Müttern beisammen. Windfrau besuchte fast jeden Abend eine ältere Kusine, deren Mann bei einer der letzten Büffeljagden ums Leben gekommen war, aber ihre leibliche Mutter blieb im Tipi und nützte die langen Abende, ihr etwas über die Pflichten einer Frau beizubringen. Sie erklärte dem Mädchen, daß eine gute Ehefrau vor allem für den Haushalt verantwortlich war, nach Wurzeln und Kräutern suchte, das Brennholz sammelte und die Felle der getöteten Tiere gerbte und verarbeitete. Weidenfrau gehörte zum angesehenen Stickerbund, einer Gesellschaft von Frauen, die ihre Kleider mit besonders schönen Stickereien verzierten. »Eines Tages wirst du auch zu uns gehören«, sagte sie, »und man wird deine bunten Mokassins im ganzen Dorf loben.«

Ihre Tochter träumte eher davon, mit ihrem Vater und den Hundesoldaten auf den Kriegspfad zu reiten, ließ sich aber nichts anmerken. Sie war erst sieben Winter alt und wollte ihrer Mutter nicht widersprechen. Sogar die legendäre Gelbhaarfrau, die vor vielen Wintern als Kriegerin über die Prärie geritten war, war verheiratet gewesen und hatte ihre Pflichten als Frau erfüllt. Und wenn es stimmte, was man sich im ganzen Lager erzählte, wenn sie als Medizinfrau und Seherin von sich reden machte? War es ihr dann auch gestattet, eine Familie zu gründen? Oder war sie dazu bestimmt, allein in ihrem Tipi zu wohnen wie der alte Sieht-hinter-die-Berge?

»Du bist als Frau geboren«, sagte Weidenfrau, »und du wirst immer eine Frau bleiben. Als Seherin, Kriegerin und Medizinfrau. Denke immer daran.«

Büffelfrau dachte daran und ging widerwillig mit den anderen Mädchen in den Wald, um Holz zu holen, oder grub auf der offenen Prärie nach Wurzeln. Das war eine langweilige Arbeit und machte nur Spaß, wenn sie nicht beaufsichtigt wurden und ihre Späße treiben konnten. Vor allem Blitzfrau verstand es meisterhaft, die anderen mit ihren Streichen zu erfreuen. Sie tauchte als böser Geist zwischen den Bäumen auf und trieb die schreckhaften Mädchen in die Flucht, sie ahmte das Knurren eines Wolfs nach und erzählte grausame Geschichten, die sogar Büffelfrau einen kalten Schauer über den Rücken jagten. Wer sich über ihre Körperfülle lustigmachte, hatte besonders unter ihren Streichen zu leiden. »Dicker Hund! Dicker Hund!« hatte Schlangenfrau einmal gerufen und war am nächsten Morgen in eine Grube gefallen, die Blitzfrau im Wald gegraben und mit Pappelzweigen getarnt hatte. Die Grube war so tief gewesen, daß sie fast eine Stunde gebraucht hatte, um sich zu befreien.

Ihren größten Streich hatte Blitzfrau dem armen Kleiner Falke gespielt. Der Junge hatte es sich angewöhnt, jeden Morgen einen langen Ausritt zu unternehmen. Er verließ auf einem Pony das Dorf und zog das andere an einer Rohhautschnur hinter sich her. Mit seinen zehn Wintern gehörte er zu den geschicktesten Reitern des ganzen Dorfes, und er wollte in Übung bleiben, um später von einem Kriegerbund anerkannt zu werden. Mit dem Bogen und als Ringkämpfer war er nicht gut genug. Er war auch als Läufer nicht zu gebrauchen, und für einen geistigen Führer vertraute er seinen Träumen zu wenig. Nur als einer der besten Reiter konnte er es schaffen, von einem der Kriegerbünde angenommen zu werden. Zu einem Hundesoldaten hatte er keine verwandtschaftliche Bindung, aber die Fuchssoldaten oder die Bogensehnenleute brauchten bestimmt einen schnellen und geschickten Reiter.

Wenn die Mädchen auf der Prärie nach Wurzeln gruben, ritt der Junge gern an ihnen vorbei und zeigte seine Kunststücke. Er ließ sich wie ein Krieger auf eine Seite des Pferdes fallen, oder er sprang im vollen Galopp von einem Pony auf das andere und stieß ein wilden Kriegsschrei aus. Dann jubelten die Mädchen, und vor allem Blitzfrau bekam glänzende Augen. Sie mochte den etwas zu klein geratenen Jungen, weil er mit einer ähnlichen Benachteiligung wie sie zu kämpfen hatte und sich mit aller Macht dagegen auflehnte. In ein paar Monden schlug er Roter Mond beim Pferderennen, und in ein paar Wintern ritt er sogar den erwachsenen Kriegern davon, da war sie ganz sicher. Die Krieger würden ihn ehren und ihm respektvoll begegnen, und er würde mit den Fuchssoldaten in den Krieg ziehen.

»Auch ein großer Krieger wird klein, wenn ihn die richtige Frau in ihr Tipi holt«, sagte Blitzfrau eines Morgens, »das hat mir meine Mutter beigebracht. Wenn sie zu groß sind, machen sie mit dir, was sie wollen.« Sie waren auf der offenen Prärie, zehn Steinwürfe vom Dorf entfernt, und gruben nach Wurzeln. Die Frühlingssonne war hinter den Wolken hervorgekommen und schien den Mädchen ins Gesicht. Sie waren guter Laune und warteten gespannt darauf, welchen Spaß sich die dicke Blitzfrau ausgedacht hatte. »Seht ihr die Staubwolke da hinten?« fragte die Spaßmacherin mit einem schelmischen Grinsen. »Das ist Kleiner Falke. Er will uns seine Kunststücke zeigen.«

»Das tut er doch jeden Morgen«, erwiderte Büffelfrau.

Otterfrau stimmte ihr zu. »Ich mag seine Kunststücke«, sagte sie. »Ich finde, er reitet besser als Roter Mond.«

»Er gibt an«, erwiderte Blitzfrau, »er fühlt sich wie ein großer Krieger, wenn er an uns vorbeireitet. Habt ihr gesehen, wie er uns ansieht? Wie ein Hundesoldat, der viele Skalpe erbeutet hat. Wie Roter Mond, wenn er ein Pferderennen gewonnen hat.«

»Er freut sich, weil er so gut reiten kann.«

Blitzfrau schüttelte den Kopf. »Er gibt an. Es wird höchste Zeit, daß wir ihm eine Lehre erteilen. Sonst denkt er noch, wir liegen vor ihm auf dem Boden.« Sie rammte ihren Wurzelgrabstock in den Boden und blickte die anderen entschlossen an. »Ich habe mir etwas für ihn ausgedacht. Wollt ihr hören, was ich vorhabe?«

Die Mädchen scharten sich um Blitzfrau und hörten gespannt zu, als die Spaßmacherin erklärte, wie sie Kleiner Falke auf den Boden zurückholen wollte. Ihr Plan war einfach, aber schwer durchzuführen, und einige der Mädchen glaubten, daß es Blitzfrau niemals gelingen würde, unbemerkt an Kleiner Falke heranzukommen. »Ich nehme Büffelfrau mit«, sagte sie. »Ihr grabt weiter und tut so, als wäre alles wie sonst.«

»Und wenn er sich den Hals bricht?« fragte ein Mädchen.

»Unsinn«, meinte Blitzfrau, »dazu ist er ein viel zu guter Reiter. Ich will nur, daß er nicht mehr so angibt.«

»Ich denke, du magst ihn.«

»Wer sagt das?« fragte Blitzfrau wütend. Es ärgerte sie, daß jemand wußte, wie sehr sie den jungen Krieger mochte. Die meisten Jungen waren dumm und wurden von den Mädchen verspottet. Man respektierte sie, wenn sie gute Schützen oder gute Reiter waren, aber man mochte sie nicht. »Er ist ein guter Reiter, weiter nichts. Und er ist ein Angeber. Es wird Zeit, daß wir ihm einen Denkzettel verpassen. Oder wollt ihr euch den ganzen Morgen beim Wurzelgraben langweilen?«

»Ist schon gut, Blitzfrau.«

Sie warteten, bis Kleiner Falke vorbeigeritten und hinter einer Bodenwelle verschwunden war. Auch diesmal hatte er wieder mit seinen Kunststücken geprahlt, und auf dem Rückweg würde er es noch einmal versuchen. Die Mädchen hatten begeistert geklatscht, als der Junge im vollen Galopp das Pony gewechselt hatte und stehend weitergeritten war. Erst als er aus dem Blickfeld der Mädchen verschwunden war, hatte er sich wieder in den Sattel fallen lassen. »Houp, houp!« hatte er gerufen. »Hier kommt der beste Reiter des Volkes! Seht, was ich kann!«

Blitzfrau und Büffelfrau folgten ihm zu Fuß und in gebückter Haltung, wie sie es bei den Wölfen gesehen hatten. So wurden die Späher des Volkes genannt, die einem Kriegstrupp vorauseilten und ein Dorf des Feindes auskundschafteten. Sie waren besonders fähige Krieger und lebten sehr gefährlich, weil sie jederzeit von den Feinden entdeckt werden konnten. Auch die Mädchen hatten einiges zu erwarten, wenn sie von dem Jungen oder einem Erwachsenen gesehen wurden. Kleiner Falke würde sie auslachen, weil sie es nicht einmal geschafft hatten, ihm einen Streich zu spielen, und ein Erwachsener würde ihnen erklären, wie die Pflichten einer Frau aussahen. Das konnte Stunden dauern, und ihnen würde kaum noch Zeit zum Spielen bleiben. Das durfte auf keinen Fall passieren.

Vor allem Büffelfrau bewegte sich sehr geschickt. Wie ein flinkes Tier huschte sie über den trockenen Boden. Ihre Augen waren nach vorn gerichtet, und ihre Mokassins verursachten kaum einen Laut. Zwischen einigen Sträuchern blieb sie stehen und wartete auf Blitzfrau. Die Spaßmacherin war langsamer und schnaufte angestrengt, als sie endlich nachgekommen war.

»Du solltest weniger essen«, neckte Büffelfrau die Freundin.

Blitzfrau nahm es mit Humor. »Heute morgen habe ich nur einen halben Büffel gegessen. Ist das vielleicht viel?«

»Und was gibt es zum Abendessen?«

»Noch einen halben Büffel«, antwortete Blitzfrau lachend.

Sie stiegen einen grasbewachsenen Hügel hinauf und blickten in ein kleines Tal hinab. Im Schatten einiger Cottonwoods lagerte Kleiner Falke. Das tat er jeden Morgen. Er band seine Ponys an einen Baum und setzte sich ans Ufer des schmalen Baches, der aus den nahen Bergen kam und unweit des Lagers in den Fluß mündete. Er malte sich die Zukunft aus und sah sich als kühnen Krieger, der viele Pferde stahl und die Shar-ha mit seinen Kunststücken verwirrte. »Das ist Kleiner Falke«, riefen die feindlichen Krieger staunend, »keiner kann so gut reiten wie er!«

Das kleine Tal war sehr fruchtbar, und das Büffelgras reichte den Mädchen schon fast bis an die Knie. Vereinzelte Sträucher erhoben sich aus dem Grasteppich, und das Ufer des Baches wurde von Cottonwoods gesäumt. »Wir kriechen durch das Gras«, sagte Büffelfrau leise. »Wenn es bis zum Bach gut geht, haben wir es geschafft. Bleib dicht am Boden, Blitzfrau.«

Büffelfrau kroch auf allen vieren los, wie ein Krieger, der ein feindliches Lager anschleicht. Sie berührte kaum den Boden und wirbelte keinen Staub auf. Ihre Bewegungen waren geschmeidig und fließend. Blitzfrau blieb weit zurück und geriet schon bald ins Schwitzen. Sie blieb alle paar Schritte liegen, um Luft zu holen, und kurz vor dem Ziel schnaufte sie so laut, daß sie glaubte, der Junge würde sie hören. Sie schloß zu ihrer Freundin auf und sank neben ihr ins Gras. Jetzt wurden sie durch die Bäume am Bachufer gedeckt und konnten kaum noch von Kleiner Falke entdeckt werden.

Die beiden Ponys waren ungefähr hundert Schritte von

ihnen entfernt an einen entwurzelten Cottonwood gebunden. Sie standen gegen den Wind und konnten die Mädchen nicht wittern. Sie rupften an dem frischen Gras und genossen die Morgensonne.

Kleiner Falke träumte am Flußufer und sah einer Libelle zu. Sie tanzte von einer Blume zur anderen und spiegelte sich im klaren Wasser. Eine Eidechse kroch unter einem Stein hervor und huschte davon. Ein Frosch quakte. Das Summen der Insekten, das leise Rauschen des Windes, das Gluckern des Baches und das gelegentliche Schnauben der Ponys waren die einzigen Geräusche. Es war friedlich. Das Dorf war zu weit entfernt, und auch von den Mädchen, die hinter dem Hügel nach Wurzeln suchten, war nichts zu hören.

Der Junge sah nicht, wie die Mädchen von einem Baum zum anderen huschten. Nicht einmal die Pferde spürten ihre Nähe. Sie waren zu geschickt und gingen immer wieder hinter Bäumen und Büschen in Deckung. Jetzt war auch die dicke Blitzfrau in ihrem Element. Sie war wendiger, als man dachte und schlich sich sehr geschickt an die Pferde heran. Die Vorfreude zauberte ein schadenfrohes Lächeln auf ihr Gesicht. Sie hielt bereits ihr Knochenmesser in der Hand.

Drei Schritte vor den Pferden duckten sich die Mädchen hinter ein Gebüsch. Auch Büffelfrau hatte ihr Messer gezogen. Sie deutete auf die Ponys und gab ihrer Freundin zu verstehen, daß der Augenblick gekommen war. Sie hatten genau besprochen, was zu tun war, und verstanden einander auch ohne Worte.

Die Mädchen schlichen geduckt zu den Ponys. Mit ihren Messern durchtrennten sie jeweils die vordere der beiden Rohhautschnüre, mit denen die ausgestopften Satteldecken auf den Rücken der Tiere gebunden waren. Die Ponys schnaubten überrascht, aber als Kleiner Falke aufmerksam wurde und aus seinem Traum erwachte, waren Büffelfrau und Blitzfrau schon verschwunden. Sie kauerten wieder hinter dem Gebüsch und atmeten erleichtert auf, als der Junge ein paar beruhigende Worte zu den Ponys sagte und wieder in den Bach blickte.

Die Mädchen zogen sich zurück. Erst als sie hundert Schritte von dem Jungen entfernt waren, glaubten sie, sicher zu sein. Sie legten sich der Länge nach ins Gras und warteten darauf, daß Kleiner Falke wieder auf eines seiner Ponys stieg. Wenn er so lange blieb wie gestern und vorgestern, war es gleich soweit. Blitzfrau kicherte leise, als sie sich vorstellte, wie der Junge von einem Pony auf das andere sprang, auf der losen Satteldecke ausrutschte und im hohen Bogen im Büffelgras landete. Aiee, es war schon ein Segen, daß Kleiner Falke die ausgestopften Satteldecken benutzte und nicht auf dem bloßen Rücken des Ponys ritt wie Roter Mond und die meisten anderen Jungen.

Kleiner Falke erhob sich und ging zu den Ponys. Er nahm die Zügel und schwang sich auf den Rücken des einen Tieres. Mit einem Hackentritt lenkte er es aus dem Schatten der Bäume. Das andere Pony führte er an den Zügeln. Die Satteldecke lag sicher unter ihm, und Büffelfrau hatte schon Angst, daß ihr Plan nicht aufgehen würde. »Wenn er springt, verrutscht die Decke bestimmt«, beruhigte Blitzfrau ihre Freundin, »ich habe ihn genau beobachtet. Unser Plan geht auf, das verspreche ich.«

Die Mädchen warteten, bis Kleiner Falke aus dem Tal geritten war, dann sprangen sie auf und rannten ihm nach. Sie wollten auf keinen Fall zu spät kommen. Sie stürmten den Hang hinauf und blieben atemlos zwischen einigen Sträuchern stehen. Der Junge hatte die anderen Mädchen erreicht und schickte sich gerade an, mit seinen Kunststücken zu beginnen. »Spring!« rief Blitzfrau und schlug sich in ihrer Vorfreude auf die Schenkel. »Spring, damit wir was zu lachen haben, du Dummkopf!«

Kleiner Falke tat ihr nicht den Gefallen. Anders als an den vorangegangenen Tagen wollte er diesmal mit einem anderen Trick beginnen, und der paßte noch besser in den Plan der Mädchen. Er stieß den hellen Triumphschrei der Hügelleute aus und ließ sich wie von einer Geisterhand gestoßen auf die linke Seite des Ponys fallen. Ein schwieriges Unterfangen, wenn man keinen richtigen Sattel benutzte, weil er seinen rechten Fuß unter die gepolsterte Satteldecke schieben mußte, um nicht herunterzufallen. Der Junge hatte diesen Trick viele

Monde lang geübt, und er war in letzter Zeit immer gelungen. Er hörte schon den Beifall und sonnte sich bereits in seinem neuen Ruhm. Die Mädchen würden ihm zu Füßen liegen und ihren Eltern von seinem Kunststück berichten. Sein rechter Fuß verhakte sich unter dem Rand der Büffelhaut, die Decke löste sich, und er flog wie ein nasser Sack vom Rücken des Tieres. Er schlug auf den trockenen Boden, überschlug sich und blieb liegen.

Die Mädchen lachten laut. »Kleiner Falke, der beste Reiter des Volkes!« rief Blitzfrau. »Warum bist du von deinem Pony gesprungen?« machte Otterfrau sich über den Jungen lustig. Büffelfrau schmunzelte nur, und der Junge tat ihr fast ein wenig leid, als er aufstand, sich den Staub aus der Kleidung klopfte und verlegen seine Ponys einfing. Er hatte natürlich längst gemerkt, daß die Mädchen ihm einen Streich gespielt hatten. Er hob die gefüllte Satteldecke auf, warf sie auf den Rücken des nackten Ponys und schwang sich darauf. »Das werdet ihr mir büßen!« drohte er den Mädchen und schwang eine Faust. »Glaubt nicht, daß ich das ungestraft lasse!« Er ritt ins Dorf und war froh, daß ihn die anderen Jungen nicht gesehen hatten.

7
Lehrzeit

Am Tag, als die Krieger zurückkehrten, saß Büffelfrau bei Sieht-hinter-die-Berge und sah zu, wie der alte Schamane seine Pfeife stopfte. Er saß mit gekreuzten Beinen vor dem flackernden Feuer und hielt die heilige Pfeife, die er nur zu ganz besonderen Gelegenheiten aus der Antilopenhaut wickelte. Die dunklen Wolken eines Frühlingsgewitters hingen über dem Dorf, und schwere Regentropfen prasselten auf das Tipi. Der große Donnervogel ließ die Erde unter seinem Flügelschlag erzittern.

Sieht-hinter-die-Berge stopfte die heilige Pfeife mit seinem Lieblingstabak, einer Mischung aus Tabak, Kräutern und roten Beeren, und bestäubte ihn mit einem Pulver aus Büffeldung. Er nickte dem Mädchen zu, und Büffelfrau griff zögernd nach einem glühenden Span. Sie empfand es als große Ehre, den Tabak in der heiligen Pfeife entzünden zu dürfen. Sie sagte kein Wort und bemühte sich, kein Geräusch zu verursachen, während sie den Span an den Tabak hielt und wartete, bis Rauch aus der Pfeife zog. Angenehmer Duft verbreitete sich im Tipi.

Der Schamane hielt die Pfeife nach oben und sagte: »Großer Geist, der du im Himmel wohnst, rauche! Ich bin arm und kann dir keine Reichtümer geben, aber ich verneige mich vor deiner Größe und bitte dich, unser Volk zu beschützen. Sorge dafür, daß die Büffel zu uns kommen, und gib uns genug Fleisch für den Winter. Beschütze dieses Mädchen, das wir Büffelfrau nennen, und gib ihr die Kraft, mein Erbe anzutreten. Höre sie an, wenn sie um Hilfe bittet, und gib ihr Kraft, wenn sie mit den Männern auf die Jagd geht. Ich weiß, daß sie ein besonderes Mädchen ist und die Kraft eines Häuptlings besitzt.«

Er hielt die Pfeife nach unten und sagte: »Geist der Erde, rauche! Sorge dafür, daß der Boden fest bleibt und wir auch weiterhin darauf gehen können. Laß die Pflanzen und die Wurzeln wachsen und gib uns immer genug zu essen. Laß die Flüsse und Bäche fließen und gib uns immer genug zu trinken.«

Er hielt die Pfeife in alle vier Himmelsrichtungen und sagte: »Geister der vier Richtungen, raucht! Atmet nicht zu heftig und laßt unsere Tipis auf dem Boden stehen. Zieht mit diesem Mädchen, wenn sie nach ihrem Schutzgeist sucht, und beschützt sie auf der Jagd und im Land unserer Feinde.« Dann rauchte er selbst, und der Rauch breitete sich wie Nebel in dem Tipi aus. Die Zeltklappe war wegen des Regens geschlossen, und den Eingang hatte Sieht-hinter-die Berge zugebunden, wie er es bei jeder heiligen Handlung tat. Er starrte in das Halbdunkel und betete still weiter, bis er die beruhigende Wirkung des Tabaks spürte, dann lehnte er sich zurück und forderte Büffelfrau auf, die Klappe zu öffnen.

Sie führte den Befehl stumm aus und setzte sich wieder ans Feuer. Es war ein wichtiger Augenblick in ihrem Leben, und sie spürte, daß sie von den Geistern ausgewählt war, etwas Besonderes für ihr Volk zu tun.

»Du bist gekommen«, sagte der Schamane rauchend. Er war sehr gealtert während der letzten Monde, und sein Haar schien noch weißer geworden zu sein. Seine Falten hatten sich tief in die Haut gegraben, und die Augen brannten wie Kohlestücke in seinem knochigen Gesicht. Er spürte den Regen in allen Gliedern und fror selbst unter seinem dicken Büffelfell, aber sein Verstand arbeitete klar, und er wußte genau, was er sagte. »Ich bin alt geworden, mein Kind«, fuhr er mit seiner heiseren Stimme fort, »und ich werde bald sterben. Ich werde der hängenden Straße am Himmel folgen und in einem großen Dorf in der alten Welt wohnen. Maheo hat es mir gesagt. Aber er hat mir auch gesagt, daß ich so lange in dieser Welt bleiben werde, bis du in das heilige Tipi ziehen wirst. Willst du tun, was die Geister verlangen?«

»Ja, Onkel.«

Die respektvolle Anrede gefiel dem Schamanen, und er nickte zufrieden. Durch den offenen Eingang fiel düsteres Zwielicht herein, und ein Windstoß bewegte seine langen

Haare. »Das ist gut, mein Kind. Ich will dich alles lehren, was in meiner Macht steht, und ich will dich auf deine große Aufgabe vorbereiten.« Er klopfte die Pfeife aus und häufte die Asche neben dem Feuer auf. »Du erinnerst dich an den Tag, als wir die Büffel jagten und du einen großen Bullen in die Knie gehen ließt?

»Ich erinnere mich, Onkel. Ich habe oft davon geträumt und weiß immer noch nicht, wie es geschehen konnte. Mein Vater sagt, ich habe magische Kraft, aber es kann auch der Pfeil eines Kriegers gewesen sein. Vielleicht war der Büffel verletzt?«

Der Schamane schüttelte den Kopf. »Nein, Büffelfrau. Dein Vater hat recht. Du besitzt magische Kräfte, und die Geister haben durch dich gesprochen. Maheo will, daß du am Leben bleibst und unser Volk auf seinem langen Weg in eine neue Zukunft geleitest. So habe ich es in meinen Träumen gehört.«

»Das sind große Worte, Onkel.«

»Und du mußt große Taten folgen lassen«, fuhr Sieht-hinter-die-Berge fort. »Achte den großen Geist, der im Himmel wohnt, und achte den Geist der Erde. Achte die vier Himmelsrichtungen und respektiere das Wort der Häuptlinge. Höre auf den Süße-Medizin-Häuptling, wenn sich die Hügelleute mit den anderen Menschenwesen zum Sonnenschutz treffen und wir im großen Dorf unseres Volkes die Kraft des Lebens ehren. Achte deinen Vater, der unsere Hundesoldaten gegen die Shar-ha geführt hat und mit der Sonne in unser Dorf zurückkommen wird.«

»Die Krieger kehren zurück?« fragte Büffelfrau erstaunt. Sie hatte gar nicht gemerkt, daß die Wölfe ins Dorf geritten waren und die Ankunft der Krieger gemeldet hatten.

»Die Geister haben es mir im Traum verraten«, klärte Sieht-hinter-die-Berge das Mädchen lächelnd auf. »Der Kriegszug war erfolgreich, und sie haben viele Pferde erbeutet.«

»Das ist gut«, freute Büffelfrau sich. Sie erinnerte sich an einen Traum, den sie selbst vor einigen Tagen gehabt hatte, und fragte sich, ob dieser Traum auch mit der Rückkehr ihres Vater und der anderen Krieger zu tun hatte. Sie hatte ein

Wolfsrudel gesehen. Das Fell der zottigen Tiere war mit roten Streifen und Adlerfedern verziert, und über ihnen kreiste ein einsamer Falke. Sie waren über die staubige Prärie und durch knöcheltiefen Morast gelaufen, und sie hatten sich durch den tiefen Schnee des weißen Mannes im Norden gekämpft. Einer der Wölfe hatte leicht geblutet, aber die Verletzung war nicht schlimm gewesen, und er lief mit seinen Artgenossen der Sonne entgegen.

Büffelfrau erzählte ihren Traum. »Kann es sein, Onkel, daß ich denselben Traum hatte? Haben die Geister zu mir gesprochen?«

»Ja, mein Kind«, sagte der Schamane. Er hatte seine Hände unter das Büffelfell geschoben und beugte sich dem Feuer entgegen. Die Flammen warfen einen geheimnisvollen Schein auf sein Gesicht und lange Schatten auf die Zeltwand. »Es ist ein gutes Zeichen, Büffelfrau. Solange wir die Träume haben, sind die Geister bei uns. Das ist gut, das ist sehr gut.«

»Du wolltest mir von den heiligen Pfeilen erzählen«, sagte das Mädchen, nachdem sie eine Weile geschwiegen hatten. Sieht-hinter-die-Berge hatte es erwähnt, als er seine Nachfolgerin in sein Tipi geführt hatte. »Du wolltest mir erklären, wie die Pfeile zu unserem Volk gekommen sind, und was sie bedeuten.«

»Du bist ungeduldig«, erwiderte der Schamane, »aber du bist jung, und ich will es dir nicht nachtragen.« Er schmunzelte. »Im großen Kriegsrat hat deine Stimme kein Gewicht, wenn du nicht schweigen kannst. Geduld zeichnet einen großen Krieger aus.«

Büffelfrau nahm den Tadel an. »Ich will mich immer daran erinnern, Onkel. Ich werde schweigen wie ein Häuptling.«

Der alte Schamane stellte sie auf die Probe und schwieg minutenlang. Er starrte in das flackernde Feuer und hing seinen Gedanken nach, die im Alter immer verwirrender wurden. Wie lange würde es dauern, bis das Mädchen bereit war? In zwei Wintern, in drei oder vier? Wenn sie ihren Schutzgeist fand und beim Sonnentanz mit den Kriegern litt? Wann würde Maheo das erlösende Zeichen geben? Er spürte sein Alter, und es würde ihm gefallen, der hängenden Straße am Himmel auf die andere Seite zu folgen.

Büffelfrau schwieg, obwohl es ihr schwerfiel. Es war sehr anstrengend, neben dem Schamanen zu sitzen und in das Feuer zu starren. Das Trommeln des Regens störte die andächtige Stille. Das düstere Zwielicht wirkte unheimlich und erinnerte sie daran, daß es auch böse Geister gab. Sie lauerten im Wasser und an versteckten Quellen, auf Felsvorsprüngen und auf Hügeln. Sie bedrohten das Volk und blieben nur in ihrem Versteck, wenn man jeden Tag betete und ihnen Geschenke machte. Lauerten sie vor dem Tipi auf sie? Schickten sie den stürmischen Wind, der über die Prärie blies und an den Tipis zerrte? Versteckten sie sich bei den Hunden, die sich winselnd in das hohe Büffelgras zurückgezogen hatten?

Sieht-hinter-die-Berge stand auf und nahm das Bündel mit den heiligen Pfeilen aus dem Versteck. Er reckte beide Hände mit den Pfeilen nach oben und sprach ein kurzes Gebet, bevor er das Coyotenfell zur Seite schob und Büffelfrau die heiligen Pfeile zeigte. Zwei schwarze und zwei rote Pfeile mit scharfen Steinspitzen und geschliffenen Schäften lagen darauf, zwei für die Büffeljagd und zwei für den Krieg. Solange die Pfeile im Tipi des Pfeilbewahrers lagen oder an der Lanze eines tapferen Kriegers hingen, konnte den Cheyenne nichts passieren.

Büffelfrau betrachtete die Pfeile andächtig, wagte aber nicht, sie zu berühren. Sie waren heilig, und nur der Pfeilbewahrer durfte sie anfassen. »Eni-to-eme«, sagte sie ehrfurchtsvoll.

Der Schamane wickelte die Pfeile wieder ein und legte sie in ihr Versteck zurück. Er trat ans Feuer. Sein Rücken schmerzte, und er war froh, als er sich setzen und gegen die Rückenstütze aus Weidenästen lehnen konnte. Er zog das Büffelfell fest um die Schultern und blickte bewundernd auf das Mädchen, das nur ein Kleid gegen den strömenden Regen trug. Vor vielen Wintern, als sie noch am Großen Fluß in festen Hütten wohnten, hatte er auch kein Büffelfell gebraucht. Aiee, das war lange her.

»Ich will die Pfeile immer ehren«, sagte Büffelfrau.

Der Schamane nickte. »Sie sind das heilige Gut unseres Volkes. Sie schützen es vor dem Hungertod, und sie machen es stark, wenn die Männer auf den Kriegspfad gehen. Wenn wir sie verlieren, geht Maheo mit ihnen, und großes Unglück wird über unser Volk kommen. So haben wir es erfahren.«

Sieht-hinter-die-Berge hatte die Geschichte der vier heiligen Pfeile schon oft erzählt, und alle Männer und Frauen des Volkes kannten sie. Büffelfrau wußte nur, daß die Pfeile heilig waren und von jedem geachtet werden mußten. Die Geschichte des geheimnisvollen Kriegers, der Süße Medizin genannt wurde, hörte sie zum ersten Mal. Ihr Vater hatte sie nie erzählt und überließ es dem Schamanen, seine Tochter in die Geheimnisse des Glaubens einzuweihen. Sie war dazu bestimmt, dem Volk als Seherin zu dienen, und es gehörte sich nicht, daß er dem heiligen Mann vorgriff.

»Süße Medizin war ein junger Krieger unseres Volkes«, sagte der Schamane. »Das ist viele Winter her. Wir waren damals gerade aus der Erde gekrochen und lebten noch nicht lange auf der Erde, aber wir wußten schon, daß wir einmal die Büffel jagen und mit den Shar-ha und den Ho-he im Krieg leben würden. Ich war damals noch nicht bei den Hügelleuten, aber die heiligen Männer haben die Geschichte weitergegeben, und ich berichte sie so, wie sie mir von Läuft-in-der-Ferne berichtet wurde. Du hast von dem alten Mann gehört, nicht wahr?«

»Ja, Onkel«, erwiderte Büffelfrau, »mein Vater hat mir von ihm erzählt. Er war der Seher unseres Volkes, als meine Eltern geboren wurden und wir gegen die Ho-he in den Krieg zogen.«

»Du hast viel gelernt«, lobte Sieht-hinter-die-Berge seine Schülerin, »nun höre, was ich dir zu erzählen habe. Süße Medizin war ein junger Krieger, und jeder mochte ihn. Er hatte viele Pferde erbeutet und einen Coup geschlagen. Die Mädchen warfen ihm bewundernde Blicke zu. Im Mond der reifen Kirschen beschloß er, einen Kriegstrupp gegen die Feinde zu führen. Er trat vor den großen Kriegsrat und sagte, was er vorhatte, aber der Häuptling war böse, weil der junge

Krieger es gewagt hatte, das Schweigen der weisen Männer zu stören und verbot es ihm. Zornig verließ Süße Medizin das Dorf. Vier Winter lang wurde er nicht gesehen. Er wanderte allein über die Prärie, und niemand kann sagen, was damals wirklich geschah.«

»War er mit den Geistern im Bunde?«

»Vielleicht«, antwortete der Schamane, »sicher ist, daß nach seinem Verschwinden die Büffel wegblieben. Die Büffel und alle anderen Tiere. Eine große Hungersnot plagte unser Volk, und es gab nichts, was man dagegen tun konnte. Aiee, ich sage dir, das müssen schlimme Zeiten gewesen sein.« Er seufzte und gönnte sich einen Augenblick der Ruhe. Dann fuhr er fort: »Nach vier Wintern kam Süße Medizin zurück. Der Häuptling zürnte ihm nicht mehr, denn er spürte, daß der junge Krieger über magische Kräfte verfügte. ›Ich hole die Büffel zurück‹, sagte Süße Medizin. Er sang vier Tage und vier Nächte lang und betete zu Maheo, dem Erschaffer des Lebens. Die Tiere kehrten zurück, und die Menschen waren sehr dankbar.«

»Brachte er das Bündel mit den heiligen Pfeilen?« fragte das Mädchen. Sie bezwang mühsam ihre Ungeduld.

»Noch nicht«, antwortete Sieht-hinter-die-Berge. »Das geschah einige Winter später, als er mit seiner Frau in die heiligen Berge zog und dort sein Tipi aufschlug. In einer Höhle, die noch kein anderer Krieger unseres Volkes gesehen hat, begegnete er den vier heiligen Mächten, die wir Lauscher-unter-der-Erde nennen. Sie dienen Maheo, dem Herrn des Lebens, und sie gaben Süße Medizin vier Pfeile. Zwei waren schwarz und zwei waren rot. Zwei waren Büffelpfeile, sie würden unserem Volk eine gute Jagd garantieren. Zwei waren Menschenpfeile, sie würden helfen, unsere Feinde zu besiegen. ›Diese Pfeile sind heilig‹, sagten die Mächte, ›sie werden dein Volk im Krieg und im Frieden beschützen. Nimm sie und halte sie fest. Immer!‹

Süße Medizin nahm die heiligen Pfeile und wickelte sie in ein Coyotenfell. Dann kehrte er zum Volk zurück. Er sagte: ›Nehmt diese Pfeile und tragt sie, wenn ihr in den Krieg zieht. Sie werden euch zu essen geben und euch vor den Feinden schützen. Bewahrt sie gut und gebt sie niemals aus den Händen. Ohne die Pfeile werdet ihr untergehen.‹«

Sieht-hinter-die-Berge ließ seine Worte wirken und starrte wieder ins Feuer. Er merkte gar nicht, daß es aufgehört hatte zu regnen, und Sonnenstrahlen in das Tipi fielen. »Das ist es, was ich dir heute sagen wollte«, beendete er seine Geschichte.

Büffelfrau blieb stumm sitzen und ehrte den alten Mann durch ihr Schweigen. »Ich werde die Pfeile immer ehren«, sagte sie wieder. Während Sieht-hinter-die-Berge die Geschichte erzählt hatte, war ihr bewußt geworden, daß diese Pfeile eine wichtige Rolle in ihrem Leben spielen würden. Die Regentropfen hatten es ihr erzählt. Aber sie glaubte an eine Einbildung und verriet nicht, welche Gedanken ihr durch den Kopf gegangen waren.

»Ha-ho«, sagte sie, »danke, Onkel.«

Sie stand auf, verließ das Tipi und blieb stehen, bis sich ihre Augen an die Helligkeit gewöhnt hatten. Die Sonne war hinter den Wolken hervorgekommen und leuchtete golden. Der Regenbogen, der über den heiligen Bergen leuchtete, hatte den Donnervogel in eine Falle gelockt und zum Schweigen gebracht.

»Es ist gut«, sagte Büffelfrau leise. Sie reckte sich und wollte gerade weitergehen, als der helle Kriegsruf der Hügelleute durch das Lager schallte. Trommelnder Hufschlag ließ den Prärieboden erzittern, und schwarzbemalte Krieger preschten von den Hügeln herab. »Houp, houp!« feuerten sie ihre Pferde an. Sie schwangen ihre Decken und trieben die gestohlenen Ponys an den erfreuten Dorfbewohnern vorbei.

»Büffelhöcker ist zurück!« rief jemand laut. »Die Hundesoldaten sind wieder da! Sie haben viele Pferde erbeutet!«

»Seht doch, an ihren Lanzen hängen Skalpe!«

»Hokahey, wir haben gesiegt!«

Büffelfrau beobachtete erregt, wie ihr Vater und Weißes Pferd und Gelber Wolf und Läuft-rückwärts durch das Dorf ritten und ihren Triumph in vollen Zügen genossen. Hinter ihnen ritten die anderen Krieger, tapfere Hundesoldaten, die gegen die Shar-ha geritten waren und einen glorreichen Sieg errungen hatten.

»Ich habe Pferde erbeutet!« rief Büffelhöcker. »Seht her, ich habe viele Pferde erbeutet! Heute abend werden wir tanzen, und ich werde viele Geschenke machen! Hokahey, schaut her!«

Er ritt zweimal an den Zelten vorbei und sprang vor dem Tipi seiner Familie aus dem Sattel. Weidenfrau und Windfrau rannten ihm entgegen und umarmten ihn. Büffelfrau kam dazu und schämte sich ihrer Tränen nicht. »Endlich bist du wieder zu Hause!« sagte sie.

8

Lagerfeuer

Einige Winter vergingen, und im Dorf der tsis tsis tas gab es kaum Veränderungen. Die Sommer waren heiß und trocken, die Büffel wanderten in großen Herden über die Prärie, und die Hügelleute hatten auch während der strengen Wintermonate genug zu essen. Im Mond des Großen Rades, als sich der Geburtstag von Büffelfrau zum achten Mal wiederholte, wurde ein kleiner Jagdtrupp der Hügelleute von den Shar-ha überfallen, aber die Männer wehrten sich tapfer und schlugen zahlreiche Coups. Es gab keine Toten. Im folgenden Winter stahlen die Shar-ha eine Pferdeherde des Hauptlagers und ein Krieger des Volkes wurde von einem Pfeil getötet. Weißer Frosch, einer der vier Ratshäuptlinge, verfolgte die feindlichen Krieger mit einigen Hundesoldaten und rächte den Tod des jungen Mannes.

Büffelfrau war gerade zehn geworden, als ihr Vater und einige Hundesoldaten nach Süden ritten und viele Pferde von den Ni-mou-sin stahlen. Sie selbst gingen den Shar-ha auf den Leim und verloren mehrere Ponys. Im selben Jahr ertrank ein entfernter Onkel von Büffelfrau in einem Nebenarm des Gänseflusses, und zahlreiche Männer und Frauen folgten ihm, weil sie während des strengen Winters erkrankt waren und auf den langen Weg ins Jenseits gerufen wurden. Sieht-hinter-die-Berge lebte immer noch, und sogar der greise Berührt-die-Wolken, der über hundert Winter gesehen hatte und nur noch flüssige Nahrung aufnehmen konnte, sah die Sonne jeden Morgen aufgehen und abends hinter den heiligen Bergen verschwinden. Manchmal redete er irre, und es gab Hügelleute, die sich vor ihm fürchteten und ihn am liebsten getötet hätten.

Weißes Pferd, der oft wegen seiner übertriebenen Höflichkeit gehänselt wurde, hatte einen jungen Krieger der Waldleute in sein Tipi geladen und lebte mit ihm zusammen. Die

Waldleute waren mit den Hügelleuten verwandt und hatten ihr Dorf weit im Westen, drei Tagesritte vom Hauptlager des Volkes entfernt. Der junge Mann wurde Hirschkuh genannt, weil er sich wie ein Tier von hinten besteigen ließ. Er zog sogar lange Kleider an und ging mit den Frauen zum Wurzelausgraben und Holzsammeln. »Ho, ho, da kommt Hirschkuh, die Mann-Frau!« riefen die Frauen, wenn er aus dem Tipi kam, aber Hirschkuh lachte nur und verriet mit keiner Miene, ob er sich darüber ärgerte. Weißes Pferd wurde selten ausgelacht, weil er sich wie ein Krieger kleidete und zu den tapfersten Männern des Volkes gehörte.

»Weißes Pferd kennt keine Gnade«, berichtete Büffelhöcker. »Er ist anders als wir, und wir lachen über ihn, aber im Kampf benimmt er sich wie ein wilder Berglöwe. Ihr hättet ihn sehen sollen, als wir den Ni-mou-sin die Pferde stahlen.«

»Erzähl uns die Geschichte«, forderte Bärenkopf ihn auf. Der Häuptling der Hügelleute saß neben Büffelhöcker und genoß die Wärme des Feuers, das die Frauen inmitten des Dorfes angezündet hatten. Sie hatten viele Büffel erlegt, viel gegessen und lange getanzt. Es war eine gute Jagd gewesen. Jetzt legten die Frauen ihre Kinder schlafen, und die Männer saßen am Feuer, rauchten und erzählten Geschichten.

Büffelhöcker beobachtete zufrieden, wie die anderen Männer in stiller Vorfreude lächelten. Er hatte die Geschichte schon ein paar Mal erzählt, und alle wußten, was jetzt kam. Aber eine gute Geschichte konnte man jeden Abend hören: »Wir waren nach Süden geritten«, begann der Anführer der Hundesoldaten, »in das Land der bunten Schluchten. Unsere Medizin war gut, und wir fanden das Dorf der Ni-mou-sin, bevor ihre Späher uns entdeckten. Die Tipis standen am Flußufer und reichten bis zu der Stelle, wo der Himmel die Erde berührt. Wir warteten die Nacht ab. Es war Halbmond, und die Ni-mou-sin schliefen fest. Ihr wißt, daß sie nur bei Vollmond auf den Kriegspfad gehen. Sie stellten kaum Wachen auf und ließen ihre Pferdeherden von unerfahrenen Kriegern bewachen. Wir versteckten uns hinter einigen Felsen. Die jungen Krieger waren ungeduldig und wollten losschlagen, als der Halbmond hoch über den Felsen stand, aber ich ließ sie warten, bis die Nacht fast vorüber war.«

»Was geschah dann?« fragte ein alter Mann. Er war als junger Krieger sehr tapfer gewesen und mochte vor allem den Teil der Geschichte, der die Heldentat von Gelber Wolf beschrieb.

Büffelhöcker schmunzelte. »Gelber Wolf schlich sich an die beiden Männer heran, die bei den Pferden waren. Sie hockten im Gras und unterhielten sich. Der Halbmond stand genau über ihnen. Gelber Wolf demütigte die blinden Hunde mit seinem Gelächter und schlug sie bewußtlos. Ho, sie haben nicht mal gemerkt, wie er mit seiner Kriegsaxt ausholte. Gelber Wolf ist ein tapferer Krieger. Aiee, ich bin sehr stolz auf ihn.«

»Das ist wahr«, sagte Bärenkopf. »Auch beim Sonnentanz im letzten Sommer gehörte er zu den tapfersten Männern. Er hat die Hügelleute würdig vertreten. Sogar Kleiner Wolf hat es gemerkt. Der oberste Ratshäuptling ist ein weiser Mann und denkt oft an unsere Zukunft. ›Gelber Wolf wird uns helfen, diese Zukunft zu meistern‹, hat er gesagt. Aiee, er ist tapfer!«

»Du beschämst mich«, erwiderte Büffelhöcker. »Gelber Wolf ist wie ein Sohn bei mir aufgewachsen, und ich bin froh, daß er auf der Jagd ist und deine Worte nicht hört. Sie würden ihm zu Kopf steigen und den klaren Blick vernebeln.«

Bärenkopf schmunzelte. »Wenn er hier wäre, hätte ich anders gesprochen.« Er zog an seiner Pfeife und blies den Rauch in das flackernde Feuer. »Und du würdest uns nicht von Weißes Pferd erzählen, wen er an diesem Feuer säße, nicht wahr?«

»So ist es, mein Häuptling«, sagte Büffelhöcker. »Er ist mit den jungen Kriegern auf der Jagd. Ich hoffe, seine Pfeile treffen keine Hirschkuh.« Er lachte, wurde aber gleich wieder ernst. »Wir machen uns über ihn lustig, meine Brüder, aber er ist einer der tapfersten Krieger, die ich je gesehen habe. Wir schlichen gemeinsam in das Hauptlager der Ni-mou-sin. Weißes Pferd, Läuft-rückwärts und ich. Es gelang uns, die besten Kriegspferde und Büffelpferde loszubinden. Wir wollten weglaufen, aber Weißes Pferd zog seinen Coupstock, verschwand im Tipi eines Häuptlings und berührte den schlafenden Mann. Aiee, so etwas habe ich selten erlebt. Er ging in das Tipi und schlug einen Coup! Mitten im Lager der Feinde! Ich sage euch, meine Freunde, so etwas tut nur ein tapferer Krieger!«

»Das ist gut, das ist gut!« lobte Bärenkopf.

»Und was geschah dann?« rief ein Krieger ungeduldig, obwohl er genau wußte, was jetzt folgte.

Der Häuptling der Hundesoldaten schwieg eine Weile, um seinen Worten mehr Wirkung zu verleihen. Dann beschloß er seine Geschichte: »Wir schlichen aus dem Lager und kamen an den jungen Kriegern vorbei, die Gelber Wolf bewußtlos geschlagen hatte. Sie erwachten gerade aus ihrer Ohnmacht, und er schickte sich an, sie noch einmal zu schlagen. Weißes Pferd wollte, daß sie für immer schwiegen. Er zerteilte ihnen mit seiner Kriegsaxt die Köpfe. Ho, er kennt keine Gnade.«

»Das ist wahr«, rief jemand.

»Er kann heulen und albern sein wie ein Weib«, meinte ein anderer, »aber im Kampf ist er der härteste von allen. Er ist gnadenloser als Büffelhöcker und Läuft-rückwärts.«

»Aiee, das ist wahr!« wiederholte Büffelhöcker.

Sie sprachen oft über Weißes Pferd. Der tollkühne Krieger mit seiner seltsamen Vorliebe für junge Männer war immer für eine spannende oder lustige Geschichte gut. Aber sie erzählten auch von den tapferen Hundesoldaten, von Büffelhöcker und seinen Kriegern, die bei den Ni-mou-sin vier Gewehre erbeutet hatten. Von Läuft-rückwärts, der mit seiner roten Donnerlanze in jeden Kampf ritt und nur bei einem Gewitter unter seine Decken kroch. Von Roter Mond und Kleiner Falke, die zum ersten Mal auf den Kriegspfad geritten waren und sich wacker geschlagen hatten. Roter Mond hatte geholfen, die Pferdeherde wegzutreiben und Kleiner Falke hatte hinter Gelber Wolf einen zweiten Coup geschlagen. Vor lauter Freude war er auf das wildeste Pony der Ni-mou-sin gesprungen und hatte seine Kunststücke vorgeführt.

»Roter Mond ist mit uns verwandt und wird in ein paar

Wintern zu den Hundesoldaten gehören«, sagte Büffelhöcker stolz. »Kleiner Falke reitet schneller als der Wind, und ich weiß, daß er die Männer im Fuchsbund verstärken wird. Aiee, ich habe beide auf dem Kriegspfad gesehen und weiß, was ich sage.«

»Du erfüllst mein Herz mit Stolz«, erwiderte Bärenkopf. »Sie werden ihre Flügel ausbreiten wie junge Adler, die zum erstenmal von einem Felsen abheben und nach Beute suchen.« Wenn er etwas Wichtiges sagen wollte, sprach der alte Mann gern in Bildern. Er klopfte seine Pfeife aus und fügte schelmisch lächelnd hinzu: »Habe ich euch schon erzählt, wie Coyote die Shar-ha reingelegt hat?«

Natürlich hatte der Häuptling diese Geschichte schon einmal erzählt, diese und viele andere. Coyote tauchte häufig in den Erzählungen des Volkes auf und war für seine derben Streiche bekannt. Er besaß übernatürliche Kräfte, aber er geriet immer wieder in Schwierigkeiten, und es lag an der Erzählkunst eines Geschichtenerzählers, wie er Coyote daraus befreite.

Bärenkopf war ein guter Geschichtenerzähler. Die Abenteuer mit dem listenreichen Coyote waren seine Spezialität, und einige der älteren Leute behaupteten sogar, er wäre mit ihm verwandt. Das stimmte natürlich nicht, aber wenn der Häuptling guter Laune war, lachte er genauso schelmisch, und man merkte, daß die Geister ihm nicht nur die Weisheit eines erfahrenen Ratshäuptlings mitgegeben hatten. Diesmal erzählte er, wie Coyote durch unbekanntes Land wanderte.

»Er trug einen schweren Sack auf dem Rücken«, berichtete Bärenkopf, »und er sah sehr müde aus. Auf der Prärie stolperte er über einen Erdhaufen. Viele Präriehunde kamen, und einer fragte: ›Mein Freund, wohin gehst du?‹ Coyote antwortete: ›Ich gehe nach Norden, um dort für meine Freunde zu singen.‹ Der Präriehund fragte: ›Was hast du in dem Sack?‹ Er antwortete: ›Meine Lieder.‹ Der Präriehund sagte: ›Sing für uns.‹ Coyote hatte wenig Zeit, aber er verspürte großen Hunger und stimmte zu. ›Ich singe ein Lied für euch, damit ihr tanzen könnt.‹ Coyote bat die Präriehunde, die am fettesten waren, direkt vor ihm zu tanzen. ›Ihr müßt die Augen schließen, wenn ihr tanzt!‹ sagte er. ›Das ist wichtig.‹ Er begann zu singen, und sie schlossen die Augen und tanzten. Coyote aber nahm den Sack von seinem Rücken und packte eine Keule aus. Er erschlug die fetten Präriehunde und lachte, als die anderen verschwanden. Dann zündete er ein Feuer an und briet die erlegten Tiere.«

Coyote war ein großer Held in der mythenreichen Welt der tsis tsis tas, und es gab viele Krieger, die alles gegeben hätten, um seinen Namen tragen zu dürfen. Kleiner Falke gehörte dazu. Er bewunderte den listenreichen Helden und sein Geschick, die anderen hereinzulegen und sich gekonnt in Szene zu setzen. Coyote brauchte kein Gewehr. Er brauchte keine Lanze, keinen Bogen und kein Messer. Ihm genügten sein Verstand und eine Holzkeule. Er war den Menschen überlegen, weil er schlauer als sie war. So wie diese beiden Mädchen, die ihn vor einigen Wintern bloßgestellt hatten. Büffelfrau, die auf den Kriegspfad ziehen wollte und bei Sieht-hinter-die-Berge in die Lehre ging. Blitzfrau, die dicke Spaßmacherin. Ho, er konnte von Glück sagen, daß sie keine Shar-ha gewesen waren. Sie hatten ihn wie einen dummen Jungen aussehen lassen.

Er ärgerte sich noch viele Monde später über den gelungenen Streich der Mädchen. Seine Stirn wurde nur glatt, wenn er daran dachte, wie er sich revanchiert hatte. Er war nicht so listenreich wie Coyote gewesen, aber er hatte die Mädchen erschreckt und ihnen große Angst eingejagt. Es war im Mond der Pflaumen gewesen, an einem sonnigen Herbsttag.

Büffelfrau und Blitzfrau waren bei den jungen Frauen, die auf der Prärie nach Wurzeln gruben. Die junge Medizinfrau ging nur noch selten mit den Frauen nach draußen, und er hatte lange warten müssen, bis sie mit ihrer dicken Freundin in die Falle gegangen war. Aus seinem Versteck hinter einigen Felsen beobachtete er, wie die Frauen arbeiteten und sich dabei angeregt unterhielten. Otterfrau war bei ihnen, schön und schlank und bei Roter Mond in festen Händen. Büffelfrau, die geheimnisvolle Schülerin des alten Schamanen. Die raffinierte Schlangenfrau, die beim Reifenspiel jeden austrickste. Blitzfrau, die dicke Spaßmacherin. Sie sah nicht so gut aus wie die anderen, und es gab junge Männer, die sie wegen ihrer rundlichen Figur auslachten. Kleiner Falke gehörte nicht dazu. Er mochte die Spaßmacherin, weil sie mit beiden Beinen auf dem Boden stand und das Leben so nahm, wie es kam. In ihren Augen war ein ständiges Flackern, das ihn verzauberte und an törichte Dinge denken ließ. Er hatte schon daran gedacht, das Mädchen zu einem Ritt in die Berge einzuladen.

»Habt ihr schon gehört«, sagte sie zu ihren Freundinnen, »Roter Mond war heute nacht unterwegs. Er hat die Flöte gespielt.« Sie blickte Otterfrau mit einem schelmischen Grinsen an. »Er will dich heiraten, Otterfrau. Er will mit dir ein Tipi teilen.«

»Ist nicht wahr«, erwiderte Otterfrau, »wir haben nur miteinander geredet. Er hat mir erzählt, wie er seinen ersten Büffel erlegt hat. Er hat mir gesagt, was für ein toller Krieger er ist.«

»Er ist ein Angeber«, warf Schlangenfrau ein.

Blitzfrau nickte. »So wie Kleiner Falke. Sie halten sich für tolle Krieger, weil sie gerade auf einem Pferd sitzen können.« Sie lachte. »Ihr habt ja gesehen, wie lange Kleiner Falke im Sattel geblieben ist. Große Krieger und Jäger … pah!«

Kleiner Falke spürte, wie ihm das Blut ins Gesicht schoß. Er wurde nicht gern an sein Mißgeschick erinnert. Es war schon ein paar Monde her, aber die Mädchen redeten immer noch darüber. Sogar die Erwachsenen lachten ihn aus. Der-aus-dem-Sattel-fällt hatte Dachs ihn getauft. Er ballte die Hände zu Fäusten. Aiee, sie hatten kein Recht, so über ihn zu reden. Er war ein guter Reiter, und es machte ihm Spaß, sein Können zu zeigen, aber er war kein Angeber. Er besaß keine magischen Kräfte wie Büffelfrau, und er wollte nicht ständig im Mittelpunkt stehen wie Blitzfrau. Aiee, er würde es ihnen heimzahlen!

Er schlich geduckt zu seinem Pony zurück, das er hinter einer Bodenwelle an einen Busch gebunden hatte. Mit einem Satz war er auf dem Rücken des Tieres. Er hatte sich feuchte Erde ins Gesicht geschmiert und einen Teil seiner Haare zu einem Knoten gebunden, damit er wie ein Shar-ha aussah. »An diesen Tag werdet ihr noch in fünf Wintern denken«, sagte er leise. Er nahm die Zügel auf, zog die Kriegsaxt, die er von seinem Vater bekommen hatte, und trieb das Pony in einen schnellen Galopp.

Mit den Strahlen der tiefstehenden Sonne ritt er über den Hügelkamm. »Hiiaah! Hiiaah!« stieß er den Kriegsruf der Shar-ha aus. Er hielt genau auf die Mädchen zu und schwang drohend seine Axt. Im rasenden Galopp sprengte er den grasbedeckten Hügel hinab. »Hiiaah! Hiiaah!« rief er immer wieder.

Die Mädchen erstarrten vor Schreck. Sie blickten angsterfüllt in die Sonne und sahen die schemenhafte Gestalt eines angreifenden Kriegers. Büffelfrau faßte sich als erste. »Shar-ha! Shar-ha!« rief sie. Die anderen Mädchen rannten davon, aber sie schwang ihren Wurzelgrabstock wie eine Waffe und stellte sich dem vermeintlichen Feind entgegen. »Wehrt euch!« rief sie wütend. »Lauft nicht davon! Er ist allein! Kommt zurück!«

Aber da war Kleiner Falke schon heran und ritt die Behälter mit den gesammelten Wurzeln über den Haufen. Lachend gab er sich zu erkennen. »Ich bin Kleiner Falke«, rief er, »warum lauft ihr denn weg? Habt ihr Angst, daß ich eure Wurzeln aufesse?« Er riß sein Pony herum und löste seine Haare. Die Genugtuung über seinen gelungenen Streich stand in seinem Gesicht. »He, Büffelfrau! Willst du gegen mich kämpfen?«

Büffelfrau war wütend und zeigte es dem jungen Krieger. »Ich bin bereit, du Aufschneider! Steig von deinem Pony und zeig, was du kannst! Oder muß ich dich erst runterwerfen?«

»Ich kämpfe nicht gegen Mädchen«, erwiderte Kleiner Falke. Er warf einen schnellen Blick auf Blitzfrau und ritt lachend davon.

»Angeber!« schimpfte Büffelfrau.

Blitzfrau trat neben sie und griff nach ihrer Hand. »Ärgere dich nicht«, beruhigte sie ihre Freundin, »er hat es uns nur heimgezahlt. Du mußt zugeben, es war ein guter Streich.«

»Pah.«

»Du kannst nicht verlieren, Büffelfrau.«

»Ich weiß«, gab das Mädchen zu. Sie ging wütend ein paar Schritte und blieb stehen. Dann lächelte auch sie. »Aber du hast recht, es war ein guter Streich. Er ist ein tapferer Krieger.« Sie blickte ihre Freundin neugierig an.

»Du magst ihn, was?«

»Ich weiß nicht.«

»Du magst ihn.«

»Und wenn?« fragte Blitzfrau beinahe vorwurfsvoll. »Er macht bei den Fuchssoldaten mit. Er wird viele Coups schlagen.«

»Ja«, bestätigte Büffelfrau, »das ist wahr.«

»Es ist wahr«, sagte auch Blitzfrau. Damit war ihre Unterhaltung beendet, und sie kehrten zu den anderen Mädchen zurück.

9
Träume

Büffelfrau wuchs zu einer jungen Frau heran. In ihrem zwölften Winter waren bereits weibliche Rundungen unter ihrem Hirschlederkleid zu erkennen, ihre Hüften waren schmal, die Schenkel fest, und sogar erwachsene Männer blickten ihr bewundernd nach. Sie war nicht so schön wie Otterfrau, auch nicht so verführerisch wie die listenreiche Schlangenfrau, die sich mit duftenden Kräutern einrieb, um den jungen Kriegern zu gefallen. Dazu waren ihre Gesichtszüge zu herb und ihr Blick zu hart. Aber ihre tiefschwarzen Augen loderten, und ihre Bewegungen waren geschmeidig und anmutig.

»Sie ist wie die Raubkatze, die ich im letzten Winter in den Bergen aufgespürt habe«, sagte Büffelhöcker zu seinen Frauen, »wer sie will, muß sich ihr unterordnen. Sie ist sanft wie eine Antilope, und jeder bewundert ihre Schönheit.«

»Du hast recht«, stimmte Weidenfrau zu, »die jungen Krieger werden es nicht leicht haben mit ihr. Aber noch ist es nicht soweit. Noch geht sie bei dem alten Schamanen in die Lehre. Solange sie die meiste Zeit des Tages mit Sieht-hinter-die-Berge verbringt, hat sie keine Zeit für die jungen Männer.«

»Auch du warst zwölf Winter alt, als ich vor deinem Zelt die Flöte spielte. Hast du die Lieder heute nacht erkannt? Roter Mond war vor dem Tipi von Otterfrau und hat dieselben Lieder gespielt wie ich vor vielen Wintern. Ho, es war gut zu hören!«

Weidenfrau lächelte. »Ich habe die Lieder gehört, und du weißt es. Du warst wie ein wilder Büffelbulle, oder hast du das vergessen? Windfrau ist aufgewacht und hat zugesehen.«

»Sie kennt uns seit vielen Wintern.«

»Du bist selten so wild.«

Büffelhöcker nahm seine Frau in den Arm und nickte Windfrau zu, die im Halbdunkel des Tipis saß und Leggins bestickte. »Ich weiß«, sagte er, »und es ist gut, daß mich die Flöte daran erinnert hat. Heute nacht wird er sie wieder spielen.«

Sie lachten beide, und sogar die nüchterne Windfrau rang sich ein Lächeln ab. Sie waren eine gute Familie. Büffelhöcker war ein erfolgreicher Krieger und die Fleischtöpfe waren immer gefüllt. Die schönsten Ponys der Hügelleute gehörten ihm. Gelber Wolf, ihr Ziehsohn, hatte sich den Hundesoldaten angeschlossen, und ihre Tochter ging bei Sieht-hinter-die-Berge in die Lehre. Aiee, sie waren eine angesehene Familie.

Natürlich wußten sie, daß im Leben nichts von Dauer war. Ihre Tipis standen mal hier und mal dort. Wo heute Frieden war, tobte morgen der Krieg, und das stolze Lächeln eines Kriegers erstarb unter dem Axthieb eines Feindes. Wenn Büffelhöcker ging, war es um seine Familie schlecht bestellt. Es gab keinen Sohn, und sie waren auf die Gnade von Gelber Wolf und anderen Kriegern angewiesen. Das behauptete Windfrau, und sie hatte einen guten Grund dazu. Nur wenige Anführer der Hundesoldaten waren älter als vierzig Winter geworden.

Büffelhöcker sah das anders. »Habt keine Angst«, sagte er, wenn Windfrau ihn darauf ansprach, »ich habe eine starke Medizin und werde lange leben. Länger als der alte Berührt-die-Wolken.« Er lachte. »Und wenn ich von Maheo gerufen werde, ist Büffelfrau da. Sie wird für euch sorgen, besser als jeder Mann.«

Die Kunde von dem tapferen Mädchen war wie ein Lauffeuer über die Prärie geeilt. Zu den Waldleuten im Westen und den Felsenleuten in den Bergen. Überall sprach man ehrfürchtig von der Schülerin des alten Schamanen. Beim letzten Sonnentanz war sie dritte beim Pferderennen der jungen Krieger geworden, und auf der Jagd hatte sie eine fette Hirschkuh erlegt. Nur Roter Mond, Kleiner Falke und Laufende Antilope, ein Junge der Waldleute, waren besser als sie gewesen. Noch war sie zu jung, um an den heiligen Handlungen und der Erneuerung der vier heiligen Pfeile teilzunehmen, aber sie hatte mit leuchtenden Augen vor der Medizinhütte gestanden und ein Gebet für Gelber Wolf gesprochen. Noch zwei oder drei Winter, und sie würde selbst an den Feierlichkeiten teilnehmen.

Der Sonnentanz, ein Fest der Begegnung und Erneuerung, gab dem Volk neue Kraft. Büffelhöcker führte Zwiegespräche mit den guten Geistern und suchte den Mut, den er für seine Kriegszüge brauchte. Weißes Pferd und Läuft-rückwärts verstärkten ihre Abwehrkräfte gegen Spötter und Neider und erneuerten ihre Bereitschaft, in jedem Kampf zu gehen. Bärenkopf suchte die Weisheit, die er als Ratshäuptling und Anführer der Hügelleute brauchte. Sieht-hinter-die-Berge führte lange Gespräche mit dem Süße-Medizin-Häuptling und erneuerte die heiligen Pfeile, die das Schicksal des Volkes bestimmten. Er betete und fastete und bat Maheo, noch einen Sonnentanz erleben zu dürfen. So lange würde es dauern, bis Büffelfrau ausgebildet war und seine Nachfolge antreten konnte. Er rauchte die heilige Pfeife und ehrte die Kräfte im Himmel und unter der Erde und in den vier Himmelsrichtungen. »Ei-e-ya, beschützt diese junge Frau und begleitet sie in eine ungewisse Zukunft. Ich weiß, ihr Weg wird nicht einfach sein. Ihr haltet schwere Prüfungen für sie bereit, und sie ist dazu ausersehen, ihr Volk gegen einen starken Feind zu verteidigen. So habe ich es in meinen Träumen gesehen. Bleibt an ihrer Seite und gebt ihr Kraft, wenn sie schwach zu werden droht. Evox-po-hess, gebt ihr Kraft!«

Büffelfrau war eine gute Schülerin. Sie stellte kluge Fragen und lernte schnell. Ihr Wissensdrang war groß, und sie ging fast jeden Tag zu Sieht-hinter-die-Berge und hörte ihm zu.

»Onkel, warum werden die Menschen krank?«

»Weil böse Wesen, die in der Erde wohnen, unsichtbare Pfeile in sie schießen. Du mußt versuchen, diese Pfeile aus dem Körper zu ziehen, wenn du einen Kranken behandelst. Vertreibe die bösen Geister und bitte sie um Hilfe.«

So war es geschehen, als der Schamane zu einer kranken Frau gerufen worden war. Sie hatte ihn begleitet, und auch der zwei Jahre ältere Angst-vor-Pferden war dabeigewesen. Er hatte geschworen, kein Pferd mehr zu besteigen, seit er mehrmals abgeworfen und fast zu Tode getrampelt worden war. »Ich bin nicht dazu bestimmt, auf die Jagd zu gehen und in den Krieg zu ziehen«, sagte er, »aber ich habe geträumt, daß ich viele Menschen heilen werde.« Seitdem ging auch Angst-vor-Pferden in die Lehre. Bei Sieht-hinter-die-Berge und einer alten Frau, die jedes Kraut und jede Wurzel kannte, lernte er, was er als Medizinmann wissen mußte. »Ich bin kein heiliger Mann«, sagte er, »die Geister sprechen nicht zu mir. Ich bin ein Heiler.«

Also hatte Angst-vor-Pferden bestimmte Heilkräuter zerkaut und auf die Wunden der alten Frau gelegt, und Büffelfrau hatte dem alten Schamanen geholfen, die bösen Geister zu befreien. Sie hatte die Augen geschlossen und das Lied gesungen, das Sieht-hinter-die-Berge ihr beigebracht hatte, und sie hatte einen leichten Ruck gespürt, als der unsichtbare Pfeil den Körper der kranken Frau verlassen hatte. Es war ein gutes Gefühl gewesen. Sie war im Einklang mit den guten Geistern und hatte die Kraft, sie mit ihren Liedern und Gebeten herbeizurufen.

Eines Tages erschien Büffelfrau mit einer toten Eidechse im Tipi des Schamanen. Das Tier hatte zu lange in der Sonne gelegen und war auf einem flachen Felsen verendet. Das Mädchen wäre achtlos daran vorbeigelaufen, aber eine innere Stimme hielt sie an und zwang sie, sich die tote Eidechse näher anzusehen. »Es war seltsam, Onkel«, berichtete sie, »aber ich hatte das Gefühl, daß sie zu mir spricht. Ihr Leib funkelte, und sie bewegte plötzlich ihren Kopf und sagte: ›Ich will bei dir bleiben und dich beschützen. Nimm mich mit.‹ Was hat das zu bedeuten, Onkel? Ist sie mein Schutzgeist?«

»Nein, mein Kind«, antwortete der Schamane, »die Eidechse ist ein Glücksbringer. Sie wird in deinem Medizinbeutel zu Staub zerfallen und dich auf der Jagd oder auf dem Kriegspfad beschützen. Deinen Schutzgeist triffst du erst, wenn du in die heiligen Berge gehst und fastest. Du wirst ihn in deiner Vision sehen und alles erfahren, was die Geister dir sagen wollen.«

»Wann gehe ich in die Berge?«

»Du wirst wissen, wenn es soweit ist.«

»Wie, Onkel?«

»Ich weiß es nicht«, gab der Schamane zu, »bei dir ist alles anders. Die Frauen, die ich kenne, hatten keine Visionen. Du bist ganz anders. Du bist meine Nachfolgerin und wirst dem Süße-Medizin-Häuptling die Pfeile überbringen, wenn ich einmal tot bin. So habe ich es geträumt. Du wirst als Kriegerin über die Prärie reiten und unser Volk in eine neue Zukunft führen.«

»Du beschämst mich, Onkel«, sagte Büffelfrau bescheiden. Sie wollte nicht, daß man sie wie einen Geist verehrte und das Schicksal des Volkes in ihren Augen sah. Obwohl auch sie davon geträumt hatte. Es waren unheimliche Träume gewesen. Sie hatte ein Feuer und dunkle Gestalten gesehen, die sie einem fremden Gott opfern wollten. Sie hatte einen bärtigen Mann gesehen, der sie geschlagen hatte. Sie hatte die heiligen Pfeile in ihren Händen gesehen und frisches Blut gefühlt. Die Bilder waren verschwommen gewesen, wie der Dunst, der nach einem langen Regen aus den Wiesen steigt. Die Stimmen waren aus weiter Ferne gekommen, und sie hatte sie nicht verstanden.

Sie hatte diese Träume für sich behalten und Sieht-hinter-die-Berge nur erzählt, daß sie eine ungewisse Zukunft mit vielen Gefahren gesehen hatte. »Ich habe Angst, Onkel«, sagte sie, »alle sehen mich an, weil ich deine Nachfolgerin bin, und sogar meine Freundinnen glauben, daß den Hügelleuten gute Zeiten bevorstehen. Ich sehe dunkle Schatten und viele Gefahren. Wie soll ich diese Gefahren bekämpfen, Onkel? Sag es mir.«

»Du wirst es erfahren«, sagte Sieht-hinter-die-Berge, als sie zum ersten Mal die Pfeife miteinander rauchen. Er hatte sie mit vielen Kräutern gestopft, damit Büffelfrau nicht soviel husten mußte. »Dein Schutzgeist wird es dir sagen. Er wird dir helfen, die bösen Kräfte zu besiegen.«

»Ich habe Angst.«

»Vertraue den guten Kräften.« Sieht-hinter-die-Berge sprach ihr Mut zu. »Bete zu Maheo und versöhne den Geist der Erde und die vier Himmelsrichtunen mit deinem Rauch. Verletze keine Tabus und vertraue der Kraft aus deinen Gebeten.«

Büffelfrau nahm sich den Rat ihres Lehrmeisters zu Herzen

und betete jeden Tag. Sie schlug die Trommel ihres Vaters und sang die heiligen Lieder, die Sieht-hinter-die-Berge ihr beigebracht hatte. Sie spürte die neue Kraft. Sie beseelte ihren Körper und ihre Gedanken und floß wie neues Blut durch ihre Adern. Sie lebte jetzt intensiver und bewußter und sah Bilder, die sie vorher nie gesehen hatte. Sie hörte neue Stimmen und fühlte, wie Maheo ihr neues Leben eröffnete. Eine neue Sicht der Dinge, die selbst den Alltag zum Abenteuer machte.

»Alle Dinge sind lebendig«, erklärte Sieht-hinter-die-Berge, »und die geheimnisvollen Kräfte sind überall. In den Wolken am Himmel und in den Steinen, die auf dem Boden liegen. In den Menschen und Tieren, die deinen Weg kreuzen. In den Bäumen, den Blumen, im Gras auf der Prärie. Öffne die Augen und ehre alles, was lebendig ist. Die Tiere, die Pflanzen, die Steine, die Erde, auf der wir gehen. Ehre das große Geheimnis, und du wirst im Einklang mit der Natur und den Kräften leben.«

Büffelfrau richtete sich nach den Worten des Schamanen und sah, daß sich ihr eine neue Welt offenbarte. Sie lag stundenlang im Gras und beobachtete die kleinen Tiere. Die Ameisen, die schwere Lasten schleppten und sich einen Weg durch die aufgewühlte Erde bahnten. Die Käfer, die über kleine Steine und abgeknickte Grashalme kletterten und vor jeder leichten Berührung unter die Erde flohen, die Verwandten ihrer Medizin-Eidechse, die schnell wie die Feuerlanzen des Donnervogels durch das Gras huschten. Die bunten Schmetterlinge, die über den Blumen flatterten und ihre ganze Pracht zeigten. Das Gras, das im Wind flüsterte. Die heilenden Kräuter mit ihrem Duft.

Sie nahm etwas Erde und ließ sie durch ihre Finger rinnen. »Die Erde ist unsere Mutter«, hatte der alte Sieht-hinter-die-Berge gesagt, »die Erde ist uns heilig.« Sie fühlte die Kraft des feuchten Sandes auf ihrer Haut und sprach ein leises Gebet. Alle Dinge sind lebendig, erkannte sie, der Schamane hat recht. Wir sind nur ein kleiner Teil in dieser lebendigen Welt.

Sie griff nach einem kleinen Stein. Der Regen hatte ihn zu

einer Kugel gewaschen, und die glatte Oberfläche glitzerte bunt im Sonnenlicht. Sie spürte, daß eine besondere Kraft von diesem Stein ausging, und steckte ihn zu der toten Eidechse in ihren Medizinbeutel. »Du wirst mir Kraft geben«, sagte sie leise. »Du bist lebendig und wirst zu mir sprechen, wenn ich in eine ungewisse Zukunft reite. Aiee, du wirst mich beschützen.«

Büffelfrau lernte jeden Tag etwas Neues. Sie war kaum noch mit den anderen Frauen unterwegs und schämte sich ein wenig, weil sie Otterfrau und Blitzfrau vernachlässigte. Sie mochte die beiden und wollte nicht, daß sie sich von ihr entfernten. Aber ihre Interessen waren zu verschieden. Otterfrau hatte bereits ihre erste Blutung gehabt und trug das weiche Lederband, das ihre Jungfräulichkeit bewahren sollte. Roter Mond warb jetzt offen um sie, und es war kein Geheimnis, daß die beiden heiraten würden, sobald der Junge beim Sonnentanz gelitten hatte. Er wollte sich dieser schwersten Prüfung eines Kriegers im nächsten Sommer unterziehen. Blitzfrau traf sich heimlich mit Kleiner Falke. Sie aß nicht mehr soviel, und ihre Streiche waren seltener geworden. Auch diese beiden würden heiraten.

Warum war sie nicht wie ihre Freundinnen? Warum sollte sie als Kriegerin über die Prärie reiten? Warum ging sie bei Sieht-hinter-die-Berge in die Lehre? Warum benahm sie sich wie ein Mann? War sie mit Weißes Pferd verwandt, der nur Männer lieben konnte? Nein, sie mochte es, wenn Weißer Biber ihr bewundernd nachblickte. Der junge Krieger folgte ihr seit einigen Wochen und legte es anscheinend darauf an, mit ihr ins Gespräch zu kommen. Wenn sie ihn anblickte, lächelte er scheu, und wenn sie abends aus dem Tipi des Schamanen trat, war er in der Nähe und wartete ungeduldig darauf, daß sie endlich ein Einsehen hatte und das Wort an ihn richtete.

Büffelfrau mochte den jungen Krieger, aber sie war noch nicht soweit. Sie wollte ihre Lehre bei dem Schamanen abschließen, in den Bergen fasten und ihre Vision erfahren. Sie wollte beim Sonnentanz leiden und die Aufgaben erfüllen, die Maheo ihr gestellt hatte. Sie wußte ja nicht einmal, ob sie heiraten durfte. Was geschah, wenn ihr Schutzgeist verlangte, daß sie keusch blieb? Was war, wenn ihre Aufgabe so gewaltig war, daß sie keine Zeit für eine Ehe hatte? Nein, sie mußte warten. Noch wußte sie nicht, was sie erwartete. Wenn der Schamane sagte, daß sie genug wußte, würde sie in die heiligen Berge gehen und fasten. Ihr Schutzgeist würde sagen, ob sie auf die Werbung des jungen Kriegers antworten durfte.

Das sagte sie auch Otterfrau, die immer wieder vom Heiraten anfing und leise kicherte, wenn Weißer Biber in der Nähe war. »Sag ihm, daß ich noch Zeit brauche«, trug sie ihrer Freundin auf. Es schickte sich nicht, den Jungen direkt anzusprechen. »Ich mag ihn, aber ich muß meinen Weg gehen und das tun, was die Geister von mir verlangen. Sag ihm das, Otterfrau.«

Weißer Biber war sehr enttäuscht und ließ sich tagelang nicht blicken. Er ritt auf die Jagd und erlegte eine Antilope, und er schwor, ein sehr tapferer Krieger zu werden. Erst als der Mond voll wurde, warb er wieder um Büffelfrau. Die anderen Jungen lachten ihn aus, weil es sinnlos schien, die Schülerin des Schamanen zu begehren, aber er ließ sich nicht beirren.

»Du hast keine andere Wahl«, sagte Sieht-hinter-die-Berge, der längst erkannt hatte, wie es um Büffelfrau stand. »Du mußt warten, bis du deinen Schutzgeist getroffen hast.«

»Ei-e-ya, Onkel.«

Der Schamane nickte zufrieden. Das Mädchen war gelehrig und wußte jetzt fast alles, was sie für ihre Aufgabe brauchte. In zwei oder drei Monden, wenn der Sonnentanz vorüber war, würde sie in die heiligen Berge ziehen und ihre Vision suchen. Dann war es Zeit für ihn, auf die andere Seite zu gehen. Er hatte mehr als siebzig Winter gesehen und wollte nicht so enden wie Berührt-die-Wolken, der jeden Tag gefüttert werden mußte.

»Maheo«, betete er, als sie das alte Gras verbrannten und auf die Rückkehr der Büffel warteten, »du hast mir viele Winter geschenkt, und ich habe für dich gesungen und versucht, meine Aufgabe zu erfüllen. Es war ein gutes Leben,

Maheo, und ich bin stolz darauf, eine würdige Nachfolgerin gefunden zu haben. Beschütze sie, Maheo. Wache über sie. Ich werde im nächsten Mond meine letzte Büffeljagd erleben und beim Sonnentanz zum letzten Mal die heiligen Pfeile erneuern. So sind die Bilder in meinen Träumen, und so soll es sein. Ich habe gesprochen.«

10

Alptraum

Im Mond, wenn die Bäume blühen, blutete Büffelfrau zum ersten Mal zwischen den Beinen. Sie war darauf vorbereitet und hatte keine Angst. »Mutter, ich blute«, sagte sie zu Weidenfrau, und die erzählte es Büffelhöcker, und der trat aus dem Tipi und verkündete es im ganzen Dorf. »Mein Herz ist stolz«, rief er, »denn meine Tochter ist heute nacht zur Frau geworden.« Er band eines seiner besten Ponys los und gab es einem jungen Krieger, der keine Eltern mehr hatte.

Büffelfrau hörte die Aufregung im Dorf und die laute Stimme des Ausrufers, der die Neuigkeit verbreitete. Es erfüllte sie mit Stolz, ihren Namen aus dem Mund von Dachs zu hören. Sie stellte sich vor, wie ihre Freundinnen und die jungen Krieger reagierten, und ihre Wangen glühten vor Aufregung, als sie an Weißer Biber dachte, der sie jetzt auch als Frau begehrte. Zum ersten Mal in ihrem Leben dachte sie daran, wie es sein würde, wenn sie verheiratet war und Kinder bekam. Würde sie immer noch den Wunsch verspüren, auf den Kriegspfad zu ziehen?

»Du weißt, was zu tun ist«, sagte Weidenfrau, nachdem sich die Aufregung gelegt hatte. »Deine Großeltern sind tot, und ich werde die Mutter von Windfrau rufen.«

So war es Brauch bei den tsis tsis tas. Eine Großmutter war dazu bestimmt, die junge Frau reinzuwaschen. Ihr Name war Rehfrau. Sie ging gebückt und stützte ihren Körper auf einen krummen Wanderstock, aber der Blick ihrer großen Augen war immer noch klar, und ihr Verstand arbeitete wie vor vielen Wintern. »Ich grüße dich, Büffelfrau«, sagte sie, als sie das Tipi betrat, »ich werde bei dir sein, solange du unrein bist.«

Büffelfrau grüßte ehrerbietig. Sie kannte Rehfrau, hatte in der Vergangenheit aber nur wenig mit ihr gesprochen. Es ist nicht gut, die alten Leute zu vernachlässigen, dachte sie. Alte Leute sind weise und wissen auf alles eine Antwort. Sie denken viel nach. Wenn der Donnervogel zürnt, bleiben sie ruhig und wenn die Feinde nahen, haben sie keine Angst. Sogar im Angesicht des Todes vertrauen sie den Geistern. Das ist gut, dachte Büffelfrau, so will ich auch einmal sein. Die Zeit bei dem Schamanen hatte sie gelehrt, das Alter zu ehren und zu schätzen, und sie begegnete nicht nur Sieht-hinter-die-Berge mit großem Respekt.

Das Mädchen, das zur Frau geworden war, stand auf und löste ihre Zöpfe. Sie war allein mit der alten Frau. Büffelhöcker hatte sein Schild und alle heiligen Gegenstände aus dem Tipi entfernt und war mit seinen Frauen in ein anderes Zelt gezogen. Rehfrau badete sie gründlich und rieb sie mit einem Fell trocken. Danach schmierte sie den Körper des Mädchens mit roter Farbe ein. »Setz dich ans Feuer«, sagte sie zu ihr.

Büffelfrau hängte sich das Fell um die Schultern und hockte sich in der Nähe des Feuers auf den Boden. Die Großmutter legte ein glühendes Holzstück vor sie und sagte: »Atme den Rauch mit deinem Körper. Reinige das Blut, das aus dir fließt.«

Die Zeremonie verlief immer gleich, und Büffelfrau wußte genau, was sie zu tun hatte. Während Rehfrau süßes Gras und zerriebenen Salbei auf das glühende Holz streute, zog sie das Fell über ihren Kopf. Sie beugte sich über die Glut und fing den Rauch mit ihrem Körper auf. Dazu sang sie eines der heiligen Lieder, die sie von Sieht-hinter-die-Berge gelernt hatte. Es dauerte lange, bis die Glut verloschen war, aber sie blieb ruhig und ließ die Säuberung geduldig über sich ergehen.

Büffelfrau und die Alte blieben vier Tage in dem Tipi. Sie waren allein, und niemand kam sie besuchen. Den Lärm der Kinder und das Bellen der Hunde hörten sie aus weiter Ferne. Sie hielten die Zeltklappe geschlossen und genossen die Abgeschiedenheit. Rehfrau erzählte aus ihrem Leben, wie es von ihr erwartet wurde, und Büffelfrau saß in der Nähe des Feuers auf einem Fell und hörte geduldig zu.

»Ich weiß nicht, wie ich beginnen soll«, sagte Rehfrau, »du bist anders als die anderen Mädchen, und ich weiß, daß du von Sieht-hinter-die-Berge auf höhere Aufgaben vorbereitet wirst. Dein Platz ist im heiligen Tipi des Schamanen, und manche sagen, daß du mit den Männern in den Krieg reiten wirst.«

»Das ist wahr, Großmutter.«

Rehfrau schob sich näher an das Feuer heran. Die Sonne war hinter den Wolken geblieben, und ein frischer Wind wehte durch das Dorf. Ihre Gelenke schmerzten seit vielen Wintern, und es tat gut, die Hitze auf ihren Knochen zu spüren. »Ich verstehe dich nicht«, sagte sie, »aber ich schätze dich. Auch mein Mann hat immer mit großer Hochachtung von dir gesprochen.«

»Ich danke dir, Großmutter.«

Die alte Frau nickte zufrieden. »In dieser Nacht hast du einen großen Schritt getan, meine Tochter. Du bist zur Frau geworden. Ab heute wirst du die Welt mit anderen Augen sehen, und auch dir wird man anders begegnen. Du bist jetzt eine erwachsene Frau. Du kannst einen Mann lieben, und du kannst Mutter werden. Wende dich ab, wenn dir ein Krieger begegnet. Es schickt sich nicht, mit ihm zu sprechen. Es schickt sich nicht, ihm dein Interesse zu zeigen. Schicke eine Freundin, wenn du ihm etwas zu sagen hast. Bleibe keusch. Die Frauen des Volkes sind keine Shar-ha oder Ho-he, die mit jedem nächstbesten Mann unter die Felle kriechen. Auf der ganzen Prärie schätzt man die Frauen der tsis tsis tas wegen ihrer Zurückhaltung. Denke immer daran, wenn du vor einem Mann stehst.«

»Wie war es bei dir?« fragte Büffelfrau. »Wie hast du einen Mann gefunden, wenn du nicht mit ihm sprechen durftest?«

Rehfrau lächelte. »Es gibt Mittel und Wege. Ein Lächeln, eine Geste, eine Bewegung. Ein Gespräch über alltägliche Dinge. Niemand verbietet dir, einen Jungen anzusprechen, solange du dich mit ihm über das Wetter oder die letzte Jagd unterhältst. Aber es ziemt sich nicht, deine Gefühle zu offenbaren. Es muß viel Zeit vergehen, bis du auf die Werbung eines Jungen antworten darfst. Das lange Warten vertieft die wahren Gefühle. Ich habe drei Winter in Keuschheit gelebt, bis ich die Lieder von Wiesel erhört und ihn geheiratet habe.«

»Wie war er, dein Mann?« fragte Büffelfrau.

»Er war ein tapferer Krieger«, antwortete die Großmutter stolz, »er hat viele Coups geschlagen und viele Pferde erbeutet. Er wurde fünfmal verwundet, und sein Name wird in den Erdhütten der Shar-ha noch heute mit Ehrfurcht ausgesprochen, aber er starb nicht im Kampf, wie es sein Wunsch gewesen war. Der strenge Winter schwächte seinen Körper, und er schlief ein.«

»Ich erinnere mich, Großmutter.«

Büffelfrau dachte an die Erzählungen ihres Vaters. Er hatte den Namen von Wiesel oft erwähnt und immer gut über ihn gesprochen. Er war dabeigewesen, als Büffelhöcker zum ersten Mal einen Kriegertrupp gegen die Shar-ha geführt hatte. Es war zu einer großen Schlacht gekommen, und sie waren mit Skalpen beladen in ihr Dorf zurückgekehrt. Aiee, die Zeiten waren gut gewesen. Die Hügelleute hatten die Prärie beherrscht und waren wie ein Sturmwind über die Ebenen gebraust. Maheo hatte über seine Kinder gewacht, und der Staub über den Büffelherden hatte den Himmel verdunkelt.

»Es waren gute Jahre«, sagte Rehfrau leise.

»Das sagt mein Vater auch«, erwiderte Büffelfrau. Sie erinnerte sich an die vielen Geschichten, die sie über große Kriege und abenteuerliche Jagden gehört hatte. »Ich höre die Geschichten gern.«

»Es waren schwere Zeiten, und es waren gute Zeiten«, erklärte die alte Frau. »Ich habe gelacht, als Wiesel viele Coups im Dorf der Shar-ha schlug und viele Büffel erlegte, und ich habe geweint, als meine beiden Söhne im Kampf gegen die Ho-he fielen. Es war ein gutes Leben, meine Tochter, aber in der Erinnerung sind alle Zeiten gut. Die Zukunft ist immer ungewiß.«

Daran dachte Büffelfrau, als sie vor dem Schlafengehen ihre Hände hob und betete. »Wache auch in Zukunft über uns, Maheo«, bat sie. »Schick uns die großen Büffelherden und ermutige unsere Krieger, wenn sie in den Kampf gegen die Shar-ha, Ho-he oder Ni-mou-sin ziehen. Erhöre unsere

Gebete und stärke die heiligen Pfeile, die unser Schicksal bedeuten.«

Sie rollte sich in ihr Fell und hörte dem Knistern des Feuers zu, bis sie eingeschlafen war. Auch in ihrem Traum war ein Geräusch zu hören, aber diesmal kam es von dem Regen, der in ihren Gedanken auf das Tipi prasselte. Donnervogel hatte seine Schwingen ausgebreitet und warf einen dunklen Schatten auf das Dorf der Hügelleute. Er rollte schwere Steine über die Erde und schleuderte grelle Feuerspeere auf das Land. Ein heftiger Wind zerrte an den Zeltplanen, und der Boden zitterte.

Büffelfrau hatte große Angst. Sie kauerte zwischen den Fellen und schrak jedesmal zusammen, wenn ein Felsbrocken über die Prärie rollte und die Feuerlanzen zuckten. Im Schein des Feuers, das immer noch in ihrem Tipi brannte, sah sie das Bündel mit den heiligen Pfeilen auf dem Boden liegen. Wer hatte sie dort hingelegt? Wer hatte sie aus dem Tipi des alten Sieht-hinter-die-Berge gestohlen, der die Pfeile als einziger berühren durfte? Er war der Pfeilbewahrer des Volkes, er hob sie an einem heiligen Platz in seinem Tipi auf.

Heftiges Grollen erschütterte den Boden, und sie beobachtete entsetzt, wie unsichtbare Hände die Lederschnur von dem Coyotenfell zogen. Ein Windstoß öffnete das Bündel, und die heiligen Pfeile lagen ungeschützt im Schein des Feuers.

»Maheo!« rief das Mädchen.

Eine Feuerlanze riß einen breiten Spalt in die Zeltwand. Der Wind schob die Häute auseinander, und der Regen stürmte in das Tipi und löschte das Feuer. Eine dunkle Gestalt schlich herein, und im flackernden Schein einer weiteren Feuerlanze sah Büffelfrau, wie dunkle Hände nach den Pfeilen griffen.

»Nein!« rief sie. »Maheo! Das darfst du nicht zulassen!«

Sie zerrte an der fremden Gestalt und wurde in einen heftigen Kampf verwickelt. Sie rollten über den Boden und wälzten sich im Schlamm. Der Regen peitschte durch die offene Zeltwand. »Nein!« rief Büffelfrau immer wieder. Sie öffnete die Augen und hielt das Kleid der alten Frau in beiden Händen.

Rehfrau kniete vor ihr und sah sie besorgt an. »Du hast geträumt, Büffelfrau! Du hast nur geträumt!«

»Großmutter! Ich ...«

»Es ist gut, meine Tochter.«

Büffelfrau fand langsam in die Wirklichkeit zurück. Sie blickte in die sanften Augen der alten Frau und entspannte sich. Es war nur ein Traum gewesen, nur ein Traum. Der Donnervogel hatte sich seit Tagen nicht blicken lassen. Es war windstill. Das Feuer brannte, und die heiligen Pfeile waren nicht zu sehen.

»Die Pfeile! Wo sind die Pfeile?« rief Büffelfrau.

Rehfrau wußte nicht, was sie von dieser Frage halten sollte. Träumte das Mädchen noch? »Welche Pfeile?«

»Die heiligen Pfeile, Großmutter.«

»Der Medizinmann hat sie, das weißt du doch.«

»Frage ihn.«

»Ich weiß, daß er sie hat«, antwortete Rehfrau verwundert. »Er holt sie nur aus dem Versteck, wenn sie erneuert werden. So war es immer. Warum fragst du, meine Tochter?«

»Ich habe gesehen, wie jemand das Bündel stehlen wollte«, sagte Büffelfrau. »Eine dunkle Gestalt. Sie war in unserem Tipi, und ich habe gegen sie gekämpft. Frage den alten Mann, Großmutter! Frage ihn, wo die Pfeile sind!«

»Wenn es dich beruhigt ...«

»Geh jetzt!«

Rehfrau zögerte einen Augenblick, dann verließ sie das Tipi. Eigentlich war es ihr nicht erlaubt, das Mädchen allein zu lassen, und sie spürte die neugierigen Blicke der Frauen, die vor ihren Tipis standen und kochten oder Felle gerbten. Aber Büffelfrau war die Schülerin des heiligen Mannes, und ihre Träume hatten mehr zu bedeuten als die anderer Mädchen. Der Traum hatte sie beunruhigt, und es war gut für sie und alle anderen, die Wahrheit von Sieht-hinter-die-Berge zu erfahren.

Der Schamane war erstaunt, die alte Frau zu sehen. Er nahm die Pfeife aus dem Mund und sagte: »Ich dachte, du bist bei dem Mädchen. Ist etwas geschehen, das ich wissen muß?«

Rehfrau berichtete, was sie von Büffelfrau gehört hatte. »Ich bin gekommen, weil sie deine Schülerin ist. Sie hat große Angst, und ich will ihr eine gute Nachricht bringen.«

Sieht-hinter-die-Berge beugte sich nach hinten und öffnete die Ledertasche, in der das heilige Bündel lag. »Die Pfeile sind da«, erwiderte er. Der Bericht der alten Frau hatte ihn beunruhigt, und er fügte hinzu: »Sage ihr, daß ich die Pfeile beim nächsten Sonnentanz erneuern werde. Das wird sie beruhigen.«

»Das ist gut.«

»Ich werde beten. Sage ihr das.«

Sieht-hinter-die-Berge blieb nachdenklich zurück, als die alte Frau gegangen war. Er hatte endlich eine Antwort auf die Frage bekommen, die ihn schon seit vielen Wintern quälte. Jetzt wußte er, was die Zukunft des Volkes bedrohte. Die vier heiligen Pfeile waren in Gefahr. Eine unbekannte Macht wollte sie stehlen. Etwas anderes konnte der Traum des Mädchens nicht bedeuten. Büffelfrau war dazu ausersehen, die heiligen Pfeile gegen einen überlegenen Feind zu verteidigen. Warum ausgerechnet sie? Warum eine Frau? Würde sie stark genug sein, gegen die unbekannte Macht zu bestehen? Was würde ihr Schutzgeist sagen? Erkannte sie die große Verantwortung, die ihr der Traum auferlegte? Es gab viele Fragen und wenig Antworten.

Das erkannte auch Büffelfrau, die erleichtert auf ihr Fell sank, als sie die Nachricht des Schamanen bekam. Die heiligen Pfeile waren beim Pfeilbewahrer, und es gab keine Anzeichen dafür, daß sie geraubt werden sollten. Erst vor kurzer Zeit waren die Späher zurückgekehrt und hatten berichtet, daß keine Feinde in der Nähe waren. Das Wetter sah gut aus. Nichts deutete darauf hin, daß der Donnervogel aus seinem Versteck kommen würde. Nur in ihrem Traum waren dunkle Wolken gewesen.

Das war die Aufgabe, der sie sich stellen mußte. Aber wie? Sie war nicht dazu ausersehen, die vier heiligen Pfeile aufzubewahren. Dafür kam nur ein erfahrener und sehr tapferer Krieger in Frage. Ein Mann wie ihr Vater oder Bärenmann, der als kühnster Krieger der Waldleute im Westen galt. Oder Adlerkopf, der sich bei den Felsenleuten im Norden einen Namen gemacht hatte. Auch Sieht-hinter-die-Berge war vor vielen Jahren ein tapferer Krieger gewesen. Er sprach nicht oft über diese Zeit, aber viele Legenden berichteten von seinen Taten und seiner Weisheit. Er war der ideale Pfeilbewahrer. Ein tollkühner Krieger, der viele Coups geschlagen und viele Skalps erbeutet hatte. Ein Schamane, der mit den Geistern in Verbindung stand. So einen Mann gab es selten.

Wolfsgesicht, der Süße-Medizin-Häuptling am Ratsfeuer des Volkes, würde den neuen Pfeilbewahrer bestimmen, wenn Sieht-hinter-die-Berge gegangen war. In der langen Geschichte der tsis tsis tas hatte niemals eine Frau diese schwere Aufgabe übernommen, das wußte sie aus den Erzählungen des Volkes. Es war vermessen, daran zu denken. Sie war noch nie auf den Kriegspfad geritten, sie hatte noch nie einen Coup geschlagen und kein einziges Pony erbeutet. Sie verfügte über magische Kräfte, das sagte sogar Sieht-hinter-die-Berge, es gelang ihr, mit den Geistern in Verbindung zu treten, aber sie besaß nicht die Weisheit eines Mannes wie Büffelhöcker.

Nur, wie sollte sie die Pfeile schützen, wenn sie nicht in der Nähe waren? Büffelfrau dachte lange darüber nach, fand aber keine Antwort. Ihr Schutzgeist würde sie wissen. Nach der ersten Büffeljagd würde sie in die heiligen Berge ziehen und so lange fasten, bis sie eine Vision bekam. Sie würde erkennen, was die Geister von ihr verlangten, und sie würde eine Antwort auf die vielen Fragen bekommen, die sie quälten.

Die folgenden Nächte waren traumlos, und Büffelfrau spürte, wie ihr Körper von der neuen Kraft beseelt wurde. Sie war zur Frau geworden, sie war erwachsen. Sie atmete den Rauch des heiligen Feuers und stellte sich mit gespreizten Beinen über einen glühenden Holzscheit, als die vier Tage ihrer Reinigung vorüber waren. Sie sang und betete, bis der Rauch ihren Körper befreit hatte, und ließ sich von der alten

Frau die rote Farbe abwaschen. »Ich danke dir, Rehfrau«, sagte sie laut.

Dann trat sie vor das Tipi und blinzelte in die Sonne, die über den heiligen Bergen aufgegangen war. Es tat gut, wieder frische Luft zu atmen. Es tat gut, die Welt als Frau zu betreten. »Aiee, ich danke dir«, sagte sie noch einmal und ging zu den anderen.

11

Büffel

Büffelfrau gewöhnte sich nur langsam an das breite Band aus weichem Leder, das zwischen ihren Beinen hing und an den Hüften verknotet war. Sie trug es wie eine Auszeichnung unter ihrem reichverzierten Kleid aus weichem Hirschleder, das Windfrau für sie gefertigt hatte. Sie sah prächtig darin aus. Von ihrem Vater hatte sie ein neues Pony bekommen, das sie ›Sturmwind‹ nannte und fast jeden Tag über die weiten Ebenen außerhalb des Dorfes trieb. Sie zählte jetzt vierzehn Jahre, und es war gut, erwachsen zu sein.

Nachdem sie das alte Gras verbrannt hatten, waren neue Schößlinge gewachsen, und die Prärie leuchtete grün in der hellen Frühlingssonne. Am großen Fluß, der sich in einer weiten Biegung um das Dorf wand, wuchsen bunte Blumen. So mußte es am Tag der Schöpfung ausgesehen haben, als die ersten tsis tsis tas aus der Erde gekommen waren. Sie schienen die einzigen Menschen auf der weiten Ebene zu sein, und der kalte weiße Mann aus dem Norden war für immer aus ihrer Welt verschwunden. Es war gut, das Dorf auf einem Pony zu verlassen und den frischen Wind aus dem Süden zu spüren.

Wenn sie ihr Pony zügelte, hörte sie die Bienen und andere Insekten über den Blumen summen. Sie sah kleine Tiere über den Boden huschen und hörte den Ruf des Adlers, der seine dunklen Schwingen in der Sonne ausbreitete. Sie vernahm das Lachen ihrer Seele, die Maheo nahe war und ihr ein Gefühl des Friedens und der Freiheit vermittelte. Es gab kein Wort für Freiheit in ihrer Sprache, weil es in ihrer Welt noch niemals Grenzen gegeben hatte, aber sie spürte, wie sich ihre Seele erhob und wie ein Vogel über der Prärie schwebte.

Sie lenkte Sturmwind auf eine Anhöhe und blickte in das Tal hinab, das sich zu beiden Seiten des Flusses erstreckte. Der Wind strich über das neue Gras und zauberte Muster im hellen Sonnenlicht. Am Ufer wuchsen Cottonwoods. Ein einsamer Wolf lief am Fluß entlang und zog eine dunkle Spur durch das Gras. Er spürte die Nähe des Mädchens und hatte Angst, von ihr gejagt zu werden. Seine große Zeit war längst vorbei, und er verließ sich auf die Büffelherden, die im Frühjahr nach Süden kamen. Er war viel zu schwach, um erwachsene Kühe zu reißen, aber in jeder Herde gab es junge und schwache Tiere, die zurückblieben und eine sichere Beute für ihn waren.

Büffelfrau ritt zum Fluß hinab. Er wälzte sich träge nach Süden und schimmerte so grün wie das Präriegras. Im Wasser spiegelten sich die Kronen der Bäume. Sie war ungefähr eine Stunde vom Dorf entfernt und der einzige Mensch in einem weiten Umkreis. Es war ein gutes Gefühl, allein mit den Tieren und der lebendigen Natur zu sein. Am Flußufer sprang sie vom Rücken ihres Ponys und blieb im Schatten eines Cottonwood-Baumes stehen. Sie genoß den Wind und hörte dem Rauschen des Flusses zu.

Sturmwind schnaubte leise. Er stellte die Ohren auf und ging ein paar Schritte. Am Himmel schlug ein Adler mit den Flügeln und ließ sich vom Wind nach Süden tragen. Der alte Wolf kehrte um und versteckte sich zwischen einigen Felsbrocken.

»Was wollt ihr mir sagen?« fragte Büffelfrau nervös.

Ein gewaltiges Donnern rollte durch das Tal. Irgendwo schien sich ein Gewitter anzubahnen, aber der Himmel war blau, und die Sonne schien, und die Schwingen des Donnervogels waren nicht zu sehen. Die Erde begann zu zittern, und jenseits des Flusses stieg Staub empor. Hinter den Hügeln am Ufer ging etwas Sonderbares vor, und Büffelfrau schickte ein schnelles Gebet zu Maheo und bat ihn um Hilfe.

Die Antwort blieb aus, und sie bestieg das nervöse Pony. Mit einem Aufschrei lenkte sie es in den Fluß. Sie nahm den Bogen vom Rücken und zog einen Pfeil aus dem Köcher. Seitdem sie zur Frau geworden war, ritt sie nie ohne ihre Waffen aus. Der Bogen, den ihr Vater aus kräftigem Weidenholz gefertigt hatte, gab ihr ein Gefühl der Sicherheit. Sie konnte besser damit umgehen als Roter Mond, Kleiner Falke und Weißer Biber, obwohl die jungen Krieger das niemals zugegeben hätten.

Sturmwind verlor den Boden unter den Hufen. Die Strömung trieb ihn flußabwärts, und Büffelfrau mußte ihn kräftig anfeuern, um nicht zu weit abgetrieben zu werden. Das Wasser war kalt. Sie wich einem treibenden Baumstamm aus und beugte sich weit nach vorn, als Sturmwind endlich festen Boden unter die Hufe bekam und das andere Ufer erklomm. Das Donnern war noch lauter geworden, und aufwallender Staub verdunkelte die Sonne. Sie ahnte jetzt, was sie jenseits der Hügel erwartete, und trieb ihr Pony jauchzend den steilen Hang hinauf. Oben angekommen, verharrte sie ehrfürchtig und staunend im Sattel.

Die Büffel waren zurückgekommen. Eine gewaltige Herde von braunen und zottigen Leibern ergoß sich wie ein niemals enden wollender Strom durch das Tal. Ihre Hufe trommelten über den Boden und wirbelten Staub und Dreck auf. Die Tiere waren in der wogenden Staubwolke nur schemenhaft zu erkennen. Es war ein erhebender Anblick, und Büffelfraus Herz hüpfte vor Freude, als sie sah, wie die Tiere vor der Biegung des Flusses langsamer wurden und sich auf der Ebene verteilten. Sie waren gekommen, um die Hügelleute am Leben zu erhalten.

Büffelfrau reckte beide Hände zum Himmel und sprach ein Gebet. Sie dankte Maheo dafür, daß er die Büffel geschickt hatte und verneigte sich vor den vier Himmelsrichtungen. Die Kraft der vier heiligen Pfeile war stark. Ihr böser Traum hatte keine Auswirkungen gehabt, und es war ihr gestattet, die Kunde von der Rückkehr der Büffel ins Dorf zu tragen. Sie würden tanzen und feiern, und die Krieger würden sich auf die große Jagd vorbereiten. »Auch ich werde diesmal auf die Jagd gehen«, sagte sie entschlossen und ohne darüber nachzudenken. »Ich weiß, ich bin stark genug, um mit den Kriegern zu reiten.«

Sie wartete, bis ihre Augen sich an dem glorreichen Anblick sattgesehen hatten, und wendete ihr Pony. Sie schwamm ans andere Ufer zurück und sprengte im vollen Galopp zum Dorf. »Ei-e-ya! Ei-e-ya! Die Büffel sind zurück!«

rief sie. »Maheo hat uns die Büffel geschickt! Ich habe es gesehen!«

Die Kunde verbreitete sich wie ein Lauffeuer im Dorf. Alle hatten sehnsüchtig auf die Rückkehr der Büffel gewartet und waren begierig darauf, die Tiere zu jagen. »Morgen früh, wenn die Sonne aufgeht, wird es soweit sein«, sagte Bärenkopf. »Heute abend wollen wir tanzen und den Geistern dafür danken, daß sie uns nicht vergessen haben.« Er ging in sein Tipi und rauchte die Pfeife mit Büffelhöcker, der die Jagd mit seinen Hundesoldaten leiten würde. Es wurde beschlossen, die Frauen und Kinder mitzunehmen. Die Büffel waren nicht weit entfernt, und sie würden die Kadaver abhäuten und zerteilen.

Büffelfrau stieg vom Pony und ging zu Sieht-hinter-die-Berge, der vor seinem Tipi stand, die knochige Hand auf seinen Stock gestützt. Er schien während der letzten Tage gealtert zu sein. »Ich grüße dich, Onkel«, sagte sie fröhlich. »Hast du gehört? Ich habe die Büffel gesehen.«

Der Schamane nickte. »Das ist gut, mein Kind. Es ist ein gutes Zeichen. Maheo will, daß du meine Nachfolgerin wirst. Es wird Zeit für mich, auf die andere Seite zu gehen.«

»Sag das nicht, Onkel!«

»Es ist die Wahrheit, und ich bin nicht traurig darüber. Du hast viel gelernt. Du lebst mit der Natur, und die Geister mögen dich. Du bist stark, und ich bin schwach, und es wird Zeit, daß du die Hügelleute in eine neue Zukunft führst.« Er deutete mit seinem Stock zu den fernen Hügeln. »Wenn die Sonne am längsten über den Heiligen Bergen steht, werden wir uns zum Sonnentanz treffen, und du wirst tapfer sein und deine Vision suchen. Wenn du zurückkehrst, werde ich im Dorf auf der anderen Seite sein.«

»Das ist nicht wahr, Onkel!«

»Maheo will es so, mein Kind.« Sein faltiges Gesicht verzog sich zu einem Lächeln. »Und ich will es auch. Das Leben ist zu hektisch für mich geworden. Ich will in der Sonne sitzen und meinen Körper mit einer Rückenlehne stützen. Meine Knochen sind schwach, die Gedanken sind träge, und ich kann kaum noch sehen. Vor vielen Jahren habe ich die Büffel gefunden und die frohe Kunde ins Dorf gebracht. Jetzt bist du soweit. Du hast das zweite Gesicht, mein Kind. Du bist mit den Geistern im Bunde und weißt, welchen Weg unser Volk gehen muß.«

Das war eine lange Rede für den im Alltag eher wortkargen Schamanen. Büffelfrau hatte das Gefühl, daß er diese Gedanken schon seit einiger Zeit mit sich herumgetragen hatte. Sein Wissen stimmte sie traurig. Sie verehrte den alten Mann und schätzte seine große Weisheit. Es war unvorstellbar, in naher Zukunft ohne ihn auskommen zu müssen. »Ich werde deinen Namen immer ehren«, sagte sie würdevoll.

Nach dem Essen erklärte Büffelfrau ihrem Vater, daß sie an der Büffeljagd teilnehmen würde. Ihre Stimme klang fest und wie die eines Kriegers, der keinen Widerspruch duldete.

»Ich weiß«, erwiderte Büffelhöcker. Er hatte seinen Körper mit zahlreichen Symbolen bemalt und trug nur einen Lendenschurz. »Ich habe es in deinen Augen gesehen. Du hast deinen Bogen?«

»Ich trage ihn immer bei mir.«

»Das ist gut«, sagte er, »ich weiß, daß du tapfer wie ein Krieger sein wirst, wenn wir auf die Jagd gehen. Du hast uns oft genug dabei zugesehen, und du hast viele Winter geübt.« Er lächelte zufrieden und fügte ernst hinzu: »Du weißt, daß du allein sein wirst. Auf dem Kriegspfad und auf der Jagd sind wir alle gleich. Die Krieger werden dich wie eine Erwachsene behandeln, und niemand wird dir helfen, weil du eine Frau bist.«

»Ich weiß, Vater.«

»Dann ist es gut.«

Sie verbrachten den Nachmittag damit, sich auf die Büffeljagd vorzubereiten. Die Krieger überprüften ihre Waffen und suchten ihre besten Büffelpferde aus der Herde heraus. Sie wurden mit Symbolen bemalt und vor den Tipis angebunden. Die Frauen besserten die Kleidung aus und legten die Schleppbahren bereit, die sie frühmorgens an ihre Pferde binden würden. Die Kinder rannten zum Fluß und jagten unsichtbare Büffel, und sogar die Hunde spürten die Aufregung und bellten laut.

Am Abend tanzten die Krieger.

Sieht-hinter-die-Berge hielt einen weißen Büffelschädel nach Osten und betete laut. Er sprach zu den Geistern und bat um eine gute Jagd, und der Klang seiner Rassel vertrieb die bösen Geister, die aus der Erde kamen und die Hügelleute um ihre Beute bringen wollten. Das große Feuer brannte bis weit nach Mitternacht, aber die meisten Krieger legten sich früh schlafen, um am Morgen ausgeruht zu sein, und nur der Schamane blieb auf und betete immer wieder. Im Feuer sah er die schemenhafte Gestalt von Büffelfrau, die mit wehenden Zöpfen auf den Kriegspfad ritt und das Bündel mit den heiligen Pfeilen zum Himmel reckte.

Mit dem ersten Morgengrauen machten sich die Hügelleute auf den Weg. Die Krieger sprachen kaum ein Wort, als sie die Ponys losbanden und aus dem Lager ritten. Die meisten Männer waren nur mit einem Lendenschurz bekleidet. Sie hatten ihre Gesichter bemalt und hielten ihre Waffen in den Händen. Büffelhöcker, Läuft-rückwärts, Weißes Pferd und Gelber Wolf hatten Gewehre, alte Vorderlader, die man auf der Büffeljagd nur einmal benutzen konnte, weil die Zeit zum Nachladen zu knapp war, und sie trugen auch Lanzen und andere Waffen. Sie ritten im Gänsemarsch, wie es ihnen zur Gewohnheit geworden war.

In ihren Gesichtern stand die große Anspannung, aber auch die Vorfreude auf eine erfolgreiche Jagd. Besonders bei den jungen Kriegern. Bei Roter Mond und Kleiner Falke, die zum dritten Mal an einer Büffeljagd teilnahmen, bei Weißer Biber, der zum zweiten Mal dabei war, und bei Büffelfrau, die zum ersten Mal mit den Kriegern auf die Jagd zog. Sie war die einzige Frau, und alle bewunderten sie. Otterfrau und Blitzfrau, die den Männern mit den Pferden und den Schleppbahren folgte, konnten es kaum fassen, daß ihre Freundin sich den Jägern angeschlossen hatte.

»Sie ist anders als wir«, sagte Otterfrau.

»Sie ist tapfer wie ein Mann«, sagte Blitzfrau.

Die Sonne stand über den heiligen Bergen, als sie das Tal mit den Büffeln erreichten. Sie zügelten die Pferde und ließen den Anblick der gewaltigen Herde auf sich wirken. Büffelfrau bat die Geister in einem stillen Gebet, ihnen auf dieser Jagd beizustehen. Sieht-hinter-die-Berge war im Dorf geblieben und hatte versprochen, in die Schwitzhütte zu gehen und zu singen, aber er sagte, daß seine Medizin schwächer wurde, und sie wollte sich später nichts vorwerfen. Es war schwer, sich an ihre neue Rolle bei den Hügelleuten zu gewöhnen. »Maheo, beschere uns eine gute Jagd und stehe uns bei«, sagte sie laut.

Büffelhöcker nickte zustimmend und führte den Jagdtrupp in das Tal hinab. Die Flußbiegung bildete eine natürliche Grenze für die Büffel, und sie konnten nicht entkommen. Die Krieger näherten sich der Herde gegen den Wind. Büffelfrau hielt ihren Bogen umklammert und hatte den ersten Pfeil zwischen ihre Zähne geschoben, um ihn sofort auf den Bogen spannen zu können. Sturmwind bewegte sich zielstrebig und sicher. Der Hengst schien zu wissen, daß es jetzt auch auf ihn ankam.

Ein Schrei zerriß die Stille, und die Jagd begann. Die Krieger sprengten auseinander und stürzten sich wie Raubtiere auf die Herde. Die Büffel gerieten in Panik. Ihre Hufe trommelten über den staubigen Boden, und ihre fetten Leiber zuckten in dem Staub und der hochspritzenden Erde. Es war ein elementares Schauspiel, das die Krieger immer wieder in seinen Bann zog und sie in einen wilden Rausch versetzte. Sie verwuchsen mit ihren Pferden und schrien und jauchzten, Pfeile und Lanzen bohrten sich in die braunen Leiber. Bullen stürzten blutend in den Staub, fette Kühe schlugen wie Steine auf den Boden.

»Houp! Houp!« rief Büffelfrau in den Lärm. Sie lag tief auf dem Rücken ihres Ponys und galoppierte neben eine schnaubende Büffelkuh. Um sie herum war das Chaos, wallten Staub und wilde Schreie. Ihr erster Pfeil schoß über den Kopf des Tieres hinweg, der zweite blieb im Hinterteil stecken. Die Büffelkuh rannte unbeirrt weiter. Büffelfrau trieb ihr Pony mit dem ganzen Körper an, zog einen dritten Pfeil aus dem Köcher und spannte ihn auf den Bogen. »Houp! Houp!« Der wippende Kopf der fliehenden Büffelkuh war dicht neben ihr, sie hätte ihn mit dem Fuß berühren können. Sie ließ die

Sehne schnellen, und der Pfeil bohrte sich durch eine Niere des schweren Tieres.

Sie stieß einen Triumphschrei aus, als die Kuh stolperte und wie von einer schweren Axt gefällt in den Staub stürzte. »Aiee, ich habe eine Büffelkuh getötet!« triumphierte sie laut. Sie lenkte ihr Pony aus dem Staub und beobachtete Weißer Biber, der es auf einen starken Bullen abgesehen hatte. Ho, er ist ein tapferer Krieger, dachte sie. Ihr Herz machte einen Sprung, als er mit seiner federgeschmückten Lanze ausholte und den Bullen am Hals verletzte. »Aiee!« rief er. »Aiee! Ich töte dich, Bulle!«

Er stieß noch einmal zu, aber diesmal verfehlte er den Bullen und verlor das Gleichgewicht. Er wurde von seinem Pony geschleudert und landete unsanft auf dem Boden. Seine Lanze war ihm entfallen und unter den Hufen der Herde verschwunden.

»Nein!« schrie Büffelfrau.

Weißer Biber war nur leicht verletzt und kam sofort vom Boden hoch. Er blieb schwankend stehen und beobachtete entsetzt, wie der Bulle aus der Herde schwenkte und auf ihn zurannte, als hätte er gemerkt, daß der Krieger, der ihn töten wollte, ungeschützt auf der Prärie stand. Das mächtige Tier war schwer getroffen. Blut tropfte aus seinem Maul, und in seinen Augen wartete bereits der Tod. Aber seine Hufe trugen ihn immer noch, und er würde noch die Kraft haben, den jungen Krieger aufzuspießen und in den Boden zu rammen.

»Auf der Büffeljagd ist jeder auf sich allein gestellt«, hatte Büffelhöcker gesagt. Büffelfrau kümmerte sich nicht um die Worte ihres Vaters, als sie ihr Pony antrieb und in Windeseile einen Pfeil auf ihren Bogen spannte. Sie dachte an den ersten magischen Augenblick in ihrem Leben, als sie einen wütenden Bullen mit der Kraft ihrer Sinne aufgehalten hatte. So erzählte man es sich bei den Hügelleuten. Damals hatten ihr die Geister geholfen, weil sie wollten, daß sie am Leben blieb und ihre Aufgabe erfüllte. Aber jetzt ging es um Weißer Biber, und wer konnte schon sagen, was die Geister mit ihm vorhatten? Sie drängte Sturmwind dicht an den schnaubenden Bullen heran und tötete ihn mit dem ersten Pfeil. Das Tier stürzte zu Boden und blieb dicht vor dem jungen Krieger liegen.

Weißer Biber blickte fassungslos auf den toten Bullen und schloß die Augen. »Eni-to-eme!« sagte er dankbar. Damit ehrte er die junge Frau, die er liebte, schon zum zweiten Mal.

Büffelfrau hörte es nicht. Sie hatte ihr Pony bereits gewendet und trieb es erneut in die Herde hinein. ›So will ich leben‹, dachte sie begeistert, während sie den Bogen spannte.

12

Weißer Biber

Die Jagd war erfolgreich, und sie erlegten viele Büffel. Die Frauen und Kinder jubelten laut, als die letzten Krieger aus dem Staub ritten und von den Ponys stiegen. Der Rest der Büffelherde war hinter einem Hügel verschwunden. Gelber Wolf war leicht verwundet worden, als er sein Pony zu dicht an einen Büffelbullen getrieben hatte. Die Hörner des wütenden Tieres hatten sein linkes Bein aufgeschlitzt. Zwei Ponys waren von Bullen angegriffen und getötet worden, aber die Reiter waren abgesprungen und hatten sich in Sicherheit gebracht. Sie waren noch jung und schämten sich, weil sie auf ihrer ersten Jagd keinen Büffel erlegt hatten. Büffelhöcker ritt zu ihnen und lobte sie für ihren großen Mut.

Die Prärie war mit den Kadavern der getöteten Büffel übersät. Riesige Staubwolken hingen in der Luft und trieben in dem leichten Wind nach Norden. Das Röcheln einiger sterbender Tiere wurde vom Triumphgeheul der Jäger übertönt. Selten war eine Jagd so gut und erfolgreich verlaufen. Die Geister meinten es gut mit den Hügelleuten und hatten ihre Gebete erhört.

»Ho, es war eine gute Jagd«, sagte Büffelhöcker zufrieden. Er hatte sechs Büffel erlegt, einen mit dem Gewehr und die anderen mit Pfeilen. Seine Medizin war gut. Er wandte sich an seine Tochter, die vollkommen erschöpft, aber glücklich auf ihrem Pony saß. »Sprichst du die Entschuldigung?«

Büffelfrau nickte dankbar und rutschte von ihrem Pony. Es war dem Schamanen oder einem tapferen Krieger vorbehalten, die Entschuldigung zu sprechen, und sie war sehr stolz, diesmal die Auserwählte zu sein. Sie trat vor einen besonders großen Büffel, dessen Kopf nach Osten zeigte, und reckte beide Arme zum Himmel. »Meine Brüder, hört mich an«, sagte sie laut, »es tut mir leid, daß wir euch töten mußten. Aber ihr bedeutet unser Leben, so wie das Gras euer Leben bedeutet. Aiee, ich verehre euch. Ich danke Maheo, ich danke den Kräften in der Erde und in den vier Himmelsrichtungen. Aiee, dies war eine gute Jagd, und wir sind sehr dankbar.«

»Ha-ho«, sagte Büffelhöcker. Er gab ein Zeichen, und die Frauen liefen zu den toten Büffeln, gefolgt von einer Schar aufgeregter Kinder. Sie knieten nieder und machten sich mit den großen Steinmessern an die Arbeit. Das Zerlegen der Tiere war anstrengend, und sie schwitzten, aber ihre Gedanken waren froh, als sie an die vollen Fleischtöpfe dachten. Die jungen Krieger halfen ihnen, die schweren Häute von den Leibern zu ziehen und auf die Schleppbahren zu laden. Das Fleisch wurde in Portionen geschnitten und in die Felle gepackt. Ein bestialischer Gestank hing über den Kadavern, aber die Stimmung war gut, und niemand beklagte sich.

Büffelhöcker trat zu einer toten Büffelkuh und schnitt ihr die Leber aus den Eingeweiden. Er besprenkelte sie mit etwas Galle und reichte sie seiner Tochter. Seine Augen strahlten, als er sagte: »Iß, meine Tochter! Du bist eine große Jägerin!«

Die junge Frau griff nach der Delikatesse und biß ein Stück davon ab. Das süßlich schmeckende Organ zerging auf der Zunge. »Aiee, das ist gut!« bedankte sie sich. Sie gab den Rest der Leber an Gelber Wolf weiter und sagte: »Du warst tapfer! Heute abend werden wir am Feuer von dir sprechen.«

Der junge Krieger hatte seine Wunde mit einem Fellstreifen verbunden und war stolz darauf, einen besonders großen Bullen erlegt zu haben. »Auch von dir werden wir sprechen«, sagte er würdevoll. Er biß in die Leber und genoß den angenehmen Geschmack. »Wir haben gesehen, wie du Weißer Biber gerettet hast. Das war sehr tapfer. Du bist eine Kriegerin, Büffelfrau!«

Büffelfrau lächelte dankbar und sprang auf ihr Pony. Sie war es nicht gewohnt, von einem erwachsenen Krieger gelobt zu werden. Ihre Augen leuchteten. Schon als Kind hatte sie davon geträumt, bei der Büffeljagd mitzumachen, und jetzt wurde sie als erfolgreiche Jägerin gefeiert. Ihr Vater hatte sie sogar gebeten, die Entschuldigung zu sprechen. Das war eine seltene Ehre. Sie ritt ein paar Schritte und atmete die staubige Luft ein. Selten erst hatte sie sich so stark und so beschwingt gefühlt. Ihre Seele war über den Büffeln gewesen, als sie die Tiere getötet hatte.

Sie blickte in die Frühjahrssonne, die blaß über den heiligen Bergen stand und sprach ein Dankesgebet. Maheo war ihr wohlgesonnen. Er hatte sie als Kind beschützt und ihr magische Kräfte verliehen. Sie war die Nachfolgerin des weisen Sieht-hinter-die-Berge und konnte sagen, wann die Büffel kamen. Wenn der Sonnentanz vorüber war, würde sie in die heiligen Berge ziehen und ihre Vision suchen. Ihr Volk respektierte sie als heilige Frau. Sie hatte auf der Jagd bewiesen, daß sie wie ein Krieger reiten und töten konnte, und sie hatte dem todgeweihten Weißer Biber das Leben gerettet. Sie folgte dem Weg ihrer Bestimmung.

Ihre Augen suchten nach dem jungen Krieger. Er war nicht zu sehen, auch sein Pferd nicht. Der Staub hing immer noch dicht über den toten Büffeln, und die meisten Männer, Frauen und Kinder waren nur schemenhaft zu erkennen. Schämte er sich, weil er von der Frau gerettet worden war, die er begehrte? Hatte er die Jagd abgebrochen, weil seine Medizin schlecht war? Versteckte er sich vor seiner Retterin? Er hatte das seltene Wort zu ihr gesagt, das sonst nur große Häuptlinge und tapfere Hundesoldaten zu hören bekamen. Eni-to-eme. So bekundete man einem großen Mann gegenüber seine Ehrerbietung. Nur wenige Frauen des Volkes wurden mit diesen Worten gelobt.

Sie war stolz darauf. Der junge Krieger interessierte sich für sie und machte kein Hehl daraus. Das war gut. Er verehrte sie beinahe demütig, so wie sie den großen Bärenkopf oder ihren Vater oder den alten Schamanen verehrte. Das war nicht gut. Kein Krieger des Volkes unterwarf sich einer Frau, auch wenn sie mutiger und erfolgreicher war. Aus den Erzählungen ihres Vaters wußte sie, daß sogar die legendäre Sonnenfrau einen Verehrer gehabt hatte, aber der hatte sich immer als tapferer Krieger vor ihr aufgespielt, obwohl er ihr unterlegen gewesen war. Er war bei dem Versuch gestorben, ihr auf einen einsamen Rachefeldzug gegen die Ho-he zu folgen. Sie wurde sehr nachdenklich, als sie an die traurige Geschichte dachte. Welches Schicksal wartete auf Weißer Biber?

Sie sah den Krieger beim abendlichen Büffeltanz wieder. Er hatte seine besten Kleider angezogen und versuchte, sie mit seinem wilden Tanz zu beeindrucken. Sein bemalter Körper zuckte im Schein der Flammen, und seine Füße bewegten sich im Takt der großen Tanztrommeln. Er hatte ein Büffelfell um seine Schultern gelegt und stellte den wilden Bullen dar, der ihn beinahe getötet hatte. Seine Augen blitzten, als er den Kopf zum Angriff senkte. Er wirbelte durch den Rauch des Feuers, blieb vor Büffelfrau stehen, sein Gesicht verzog sich, und er griff sich mit einem qualvollen Aufschrei an die Brust. Die Episode wurde zu einem dramatischen Schauspiel, das erst beendet war, als er scheinbar getroffen zu Boden sank und die Augen zum Himmel richtete. Er verhüllte sein Gesicht mit dem Fell.

Büffelfrau war beeindruckt. Sie fühlte sich auf seltsame Weise zu dem Krieger hingezogen. Er war ein tapferer Jäger, das wußte sie. Nur seine schlechte Medizin war schuld daran, daß er heute beinahe auf die andere Seite gegangen war. Er war ein guter Mann, dessen Anblick ihr Herz schneller schlagen ließ. Nicht so wild und ungestüm wie Roter Mond und ein viel schlechterer Reiter als Kleiner Falke. Weißer Biber dachte viel nach, und wenn er sprach, waren es meist kluge Worte. Er war ein Denker, ein ruhiger Mann, der von manchen Hundesoldaten verächtlich angeblickt wurde, aber sie mochte ihn, wie er war. Sie mochte seinen nachdenklichen Blick und die abgewogene Meinung, die er in den Diskussionen der jungen Leute vertrat.

Sie spürte natürlich, daß er sich als Krieger zweiter Klasse fühlte. Er war nicht so erfolgreich wie Roter Mond und Kleiner Falke, und er verfügte über keine besonderen Fähigkeiten wie Angst-vor-Pferden. Seine Ruhe wurde nur von den alten Männern anerkannt. Sogar ihr Vater zweifelte daran, daß er der richtige Mann für sie war. »Büffelfrau braucht einen tapferen Krieger«, hatte er letzte Nacht zu Weidenfrau gesagt. Die beiden hatten eng umschlungen in ihren Fellen gelegen, und sie hatte sich schlafend gestellt. »Einen Mann wie Roter Mond oder Kleiner Falke. Einen Hundesoldaten wie Gelber Wolf.«

»Roter Mond macht Otterfrau den Hof«, hatte ihre Mutter geantwortet, »das weißt du doch. Und Kleiner Falke habe ich mit Blitzfrau gesehen. Sie trafen sich heimlich im Wald. Ich glaube, die beiden werden bald heiraten.«

»Kleiner Falke und Blitzfrau?« Büffelhöcker sah sie verwundert an. »Die beiden sind zusammen? Das wußte ich nicht.«

Weidenfrau lächelte. »Was wissen schon Männer? Hast du nicht gemerkt, daß ich dir heiße Blicke zuwarf? Damals, als wir im Fluß um die Wette schwammen.«

»Im Fluß? Du hast erst mit mir gesprochen, als wir ins Winterlager zogen«, erwiderte Büffelkopf erstaunt. »Ich hatte schon viele Monde lang die Flöte für dich gespielt.«

»Im Fluß habe ich mich für dich entschieden.«

»So früh?«

»Noch bevor du die Flöte gespielt hast«, gab Weidenfrau zu. »Verstehst du jetzt, was ich dir sagen will?«

Büffelhöcker drückte sie fest an sich und drängte seine Beine zwischen ihre Schenkel. Sie stöhnten beide. Büffelfrau öffnete vorsichtig die Augen und sah, wie ihr Vater ihre Mutter bestieg, und sie sich wild und ungestüm vereinigten. Weidenfrau schrie, als er sich in sie ergoß, und Büffelfrau glaubte, ein leises Kichern aus der Ecke zu hören, in der Windfrau schlief. Auch Büffelfrau schmunzelte. Es war gut, wenn sich zwei Menschen so sehr mochten wie ihre Eltern. Ob sie Weißer Biber genauso hingebungsvoll lieben würde? Würde ihr Schutzgeist erlauben, daß sie heiratete und Kinder bekam wie ihre Mutter?

»Was ist mit Gelber Wolf?« fragte Büffelhöcker später, als Weidenfrau zufrieden in seinem Arm lag.

»Gelber Wolf ist zu alt«, antwortete sie.

»Er ist ein Hundesoldat.«

»Er ist zu alt«, erwiderte Weidenfrau, »und ich habe gesehen, wie er diesem Mädchen bei den Felsenleuten schöne Augen gemacht hat. Dem Ho-he-Mädchen, das sie vor vielen Wintern gefangengenommen haben. Hast du nicht gesehen, wie sie sich beim letzten Sonnentanz angesehen haben?«

»Ich habe nichts gesehen.«

Weidenfrau verspottete ihn lachend. »Du bist blind wie ein Präriehund, wenn ein Sandsturm über der Prärie tobt. Und jetzt schlaf, ich bin müde.«

Büffelfrau dachte an die Unterhaltung, als Weißer Biber vor ihr tanzte, und war selbst nicht sicher, ob er der richtige Mann für sie war. Der Verstand sagte ihr, daß er eine Frau wie Otterfrau brauchte, die an ihre fraulichen Pflichten dachte und nicht auf die Jagd oder in den Krieg ziehen wollte. Ihr Gefühl sagte ihr, daß es nichts Schöneres gab, als von Weißer Biber in die Arme genommen und gedrückt zu werden. Ich bin anders, wenn ich ihm in die Augen sehe, dachte sie. Ich sehne mich danach, von ihm geliebt zu werden und die Worte zu hören, die mein Vater meiner Mutter sagt, wenn sie in den Fellen liegen.

Nachdem er sich erhoben hatte, verschwand Weißer Biber. So angestrengt sie auch nach ihm suchte, er blieb verschwunden. Sie hatte vorgehabt, einige Worte mit ihm zu wechseln, auch wenn sie belanglos waren, aber er ließ sich nicht mehr blicken. Irgend etwas bedrückte ihn. Einen Tag später sprach Büffelfrau mit ihrer Mutter über dieses Problem. »Weißer Biber geht mir aus dem Weg«, sagte sie, »ich dachte, er interessiert sich für mich. Er spielt auch nicht mehr auf der Flöte, wenn ich in seiner Nähe bin. Kann es sein, daß er Angst vor mir hat?«

Weidenfrau saß vor dem Tipi und schabte ein Büffelfell. Es gab viel Arbeit nach der erfolgreichen Jagd, und alle Frauen waren von morgens bis abends beschäftigt. Sie schabten Felle, kochten Fleisch und Innereien oder schnitten das Fleisch in lange Streifen und hingen es zum Trocknen auf die Gestelle vor den Zelten. »Vielleicht interessiert er sich für eine andere.«

»Niemals!« widersprach Büffelfrau.

Ihre Mutter lachte. »Ich weiß, meine Tochter. Ich habe Weißer Biber oft beobachtet und das Leuchten in seinen

Augen gesehen, wenn er dich ansieht. Es ist dasselbe Leuchten, das in den Augen deines Vaters stand, als wir älter wurden und einander beim Fluß begegneten. Er liebt dich, mein Kind.«

»Er geht an mir vorbei.«

»Ich habe es gesehen«, sagte Weidenfrau, »und ich mache mir deswegen Sorgen. Er interessierte sich für dich, daran hat sich nichts geändert. Aber er hat auch großen Respekt vor dir. Du hast mehr Büffel getötet als er. Er fühlt sich schlecht, weil eine Frau ihm das Leben gerettet hat, und er möchte dir beweisen, daß er genauso tapfer ist wie Roter Mond und Kleiner Falke.«

»Weißer Biber ist tapfer«, erwiderte Büffelfrau, »er ist tapfer im Kopf. Er denkt mehr als andere Jungen, und wenn er etwas sagt, dann ergibt es einen Sinn. Er ist ein Denker, Mutter.«

»Ich weiß. Gib ihm Zeit, sich zu finden. Auch du brauchst noch lange, bis du eine Entscheidung treffen kannst. Warte ab, was der Sonnentanz bringt. Warte auf deine Vision.«

»Ja, Mutter. Ich bin ungeduldig.«

»Das Vorrecht der Jugend«, räumte Weidenfrau ein. Sie warf die abgeschabten Fettbrocken den Hunden zu und beobachtete, wie sie sich darum balgten. Dann blickte sie ihre Tochter an. »Und jetzt hilf mir bei der Arbeit. Wenn du wirklich heiraten willst, mußt du auch die Aufgaben einer Frau erfüllen. Oder wollt ihr beide auf die Jagd gehen und in den Krieg ziehen? Wer schabt die Felle, und wer kocht das Fleisch?«

»Ich komme schon, Mutter.«

Weißer Biber ließ sich auch während der folgenden Tage nicht blicken. Er blieb im Tipi und ging Büffelfrau bewußt aus dem Weg. Seine Eltern und seine Freunde machten sich Sorgen um ihn und versuchten, ihn aufzuheitern, aber er blieb schweigsam und verschlossen. Nachts ging er oft nach draußen, und der Junge, der die Pferdeherde außerhalb des Dorfes bewachte, sah, wie er allein in der Dunkelheit betete. Weißer Biber dachte nach, das wußten alle, und er betete zu den Geistern, die ihm bei einer seiner Entscheidungen helfen sollten. Er würde zu den anderen zurückkehren, sobald er den Entschluß gefaßt hatte.

Einen Mond nach der Büffeljagd war es soweit. Mit der Sonne kehrte auch die Heiterkeit des Kriegers zurück. Er lächelte wieder und forderte Roter Mond und Gefleckter Wolf sogar zu einem Wettritt heraus. Er blieb mehrere Längen hinter den beiden Freunden, aber sein Lächeln blieb, und er sagte: »Meine Freunde, die Geister haben zu mir gesprochen. Ich werde eine große Tat vollbringen, und alle werden von mir erzählen.«

Die Freunde spürten, daß er es ernst meinte, und lachten ihn nicht aus. In dem jungen Krieger war eine Veränderung vorgegangen, das fühlten alle. Er hatte eine Vision gehabt. Die Geister hatten ihm den Weg in die Zukunft vorgezeichnet.

Büffelfrau war auf der Jagd, als Weißer Biber in die wirkliche Welt zurückkehrte. Sie erlegte eine Antilope und kehrte mit einem Packpferd voller Fleisch zum Dorf zurück. An der Biegung des Flusses, im Tal der vielen Büffel, begegnete sie ihrem Verehrer. Er trug die Kleidung, die er während des Büffeltanzes getragen hatte, und sein Gesicht war mit schwarzer Farbe bemalt. Er hatte sein Pony auf einen Hügel gelenkt. Aus der Ferne sah er wie ein tapferer Häuptling aus, der sich seinen Feinden zeigte und sie zur Schlacht herausforderte.

Büffelfrau zügelte ihre Pony. Sie blickte zu dem Krieger hinauf und grüßte ihn mit erhobener Hand. Sie wußte, daß er auf sie gewartet hatte, und daß er ihr etwas Wichtiges sagen wollte.

»Aiee« rief er. Seine Stimme rollte wie ein unheilvolles Echo über das hohe Präriegras. »Ich bin Weißer Biber, und ich grüße Büffelfrau, die tapferste Frau des Volkes.«

»Ich grüße dich, Weißer Biber.«

Der junge Krieger hatte beide Arme erhoben und sein Gesicht der Sonne zugewandt. Er wollte, daß auch die Geister seine Worte hörten. »Ich träume oft von dir«, fuhr er fort, »und ich sehe, wie wir ein Tipi teilen und zusammen auf die Jagd gehen. Mein Herz lacht, wenn ich daran denke. Ich habe die Flöte für dich gespielt, Büffelfrau, und ich habe lange zu den Geistern gebetet. Sie sollten mir den Mut geben, dich anzusprechen. Jetzt ist es soweit, und mein Herz zittert, weil ich weiß, daß ich deiner nicht würdig bin.« Er machte eine Pause und ließ die Strahlen der Sonne auf sich wirken. »Ich habe eine Entscheidung getroffen, Büffelfrau! Wenn wir die anderen Stämme des Volkes treffen, werde ich die Qualen des Sonnentanzes auf mich nehmen. Ich werde am Pfahl hängen und meine Tapferkeit beweisen. Ich werde gegen die Shar-ha reiten und dir das schönste Pony ihres Häuptlings holen. Das ist alles, was ich zu sagen habe.«

Weißer Biber griff nach den Zügeln und ritt davon. Er sah nicht mehr, wie Büffelfrau sich verneigte, und er hörte nicht mehr, wie sie das Mutwort des Volkes sprach. »Eni-to-eme«, ehrte sie ihn leise, »diesmal sage ich es, Weißer Biber.«

13

Verrückter Fluß

Das Volk hatte beschlossen, den Sonnentanz am Verrückten Fluß abzuhalten, drei Tagesritte vom Dorf der Hügelleute entfernt. Der Fluß hieß seit vielen Wintern so, weil er sich für keinen geraden Kurs entscheiden konnte und in zahlreichen Windungen durch das felsige Land floß. Zwischen den braunen Felsen, die überall aus der Prärie wuchsen, gab es fruchtbare Täler mit dunkler Erde und saftigem Gras, das den meisten Ponys bis zum Bauch reichte. Die Tipis wurden in einem dieser Täler aufgestellt. Östlich und südlich vom Dorf verlief der Fluß in zahlreichen Windungen, im Westen bedeckte dichter Laubwald die Anhöhen. Im Norden erstreckten sich die Hügel, Täler und Ebenen bis zu den Bergen.

Die Flußleute, die auch das Hauptlager des Stammes gebildet hatten, waren als erste da und schlugen ihre Tipis im Süden auf. Kleiner Wolf, der oberste Ratshäuptling, stand am Flußufer und beobachtete zufrieden, wie die weißen Zelte in der Sonne glänzten. Er mochte den Anblick eines neuen Lagers. Er genoß das geschäftige Treiben, das ihn an einen Ameisenhaufen erinnerte, er freute sich über die lachenden Kinder und die bellenden Hunde. Vom hügeligen Flußufer schaute er den hart arbeitenden Frauen zu, die ihren Teil dazu beitrugen, den Alltag der tsis tsis tas mit Leben zu erfüllen. »Dies ist ein guter Tag«, sagte er zu Wolfsgesicht, »ich freue mich auf den Sonnentanz.«

Der Süße-Medizin-Häuptling, dessen Gesicht tatsächlich an einen Wolf erinnerte, stimmte ihm zu. »Mein Häuptling hat recht«, sagte er mit seiner dunklen Stimme. »Es wird ein guter Sonnentanz. Ich habe lange gebetet und zu den Geistern gesprochen. Sie sind uns wohlgesonnen.«

»Wer wird die Feierlichkeiten leiten?« fragte Kleiner Wolf.

Wolfsgesicht hatte seinen Entschluß längst gefaßt. »Ich dachte an Büffelhöcker, den Häuptling der Hundesoldaten.

Er ist der tapferste Krieger der Hügelleute und hat viele Pferde von den Shar-ha gestohlen. Er ist dieses Amtes würdig.«

»Eine gute Wahl«, erwiderte der Häuptling. »Die Hügelleute werden hier sein, wenn die Sonne zum zweiten Mal aufgeht. Die Wölfe haben sie jenseits des großen Flusses gesehen.«

»Das ist gut«, sagte Wolfsgesicht. Er war größer als Kleiner Wolf, und sein sehniger Körper war von zahlreichen Narben bedeckt. Seine Vision hatte ihm befohlen, in einen Kampf gegen die Ho-he zu ziehen, und er hatte gegen die tapfersten Männer des Feindes gekämpft. Das war vor vielen Wintern gewesen. Noch heute sprach man bei den Ho-he von dem tollkühnen Schamanen, der sich mit einer langen Lederschnur an den Boden gefesselt und solange gekämpft hatte, bis ihn einer seiner Krieger losgeschnitten hatte. Aiee, seine Medizin war stark. Er war ein tapferer Kämpfer und ein großer Medizinmann.

»Ich grüße Wolfsgesicht, den heiligen Mann unseres Volkes, und ich grüße Kleiner Wolf, unseren tapferen Häuptling, der die Geschicke der tsis tsis tas mit großer Weisheit lenkt«, sagte Bärenmann, als er mit seinen Waldleuten im Dorf ankam. Sie siedelten im westlichen Teil des Dorfes. Bärenmann war ein drahtiger Mann mit besonders langen Haaren, die er zu zwei Zöpfen gebunden hatte. Wie die meisten Waldleute war er ein ausdauernder Jäger. »Es war ein gutes Jahr«, sagte er, als er am selben Abend mit den anderen Häuptlingen am Feuer saß und die Pfeife kreisen ließ.

Adlerkopf und seine Felsenleute kamen am selben Abend und brachten weniger gute Nachrichten. »Wir haben fünf Krieger im Kampf gegen die Ho-he verloren«, berichtete er, »sie haben uns im Morgengrauen überrascht, als alle noch schliefen.«

»Habt ihr euch gerächt?« fragte Bärenmann.

Adlerkopf nickte. Er war von gedrungener Statur und trug zwei schillernde Adlerfedern im Haar. Seine Nase war stark gebogen. »Wir haben zwei junge Männer getötet und ihre besten Pferde gestohlen. Aber mein Herz trauert um tapfere Krieger.«

»Die Ho-he sind erbärmliche Feiglinge«, sagte Bärenmann. Er hatte vor einigen Wintern seinen Sohn auf einem Kriegszug gegen die Ho-he verloren, und sein Haß gegen die Feinde war groß. »Die Waldleute und die Felsenleute sollten gemeinsam gegen die Ho-he reiten, sobald der Sonnentanz vorüber ist.«

»Ich will darüber nachdenken«, erwiderte Adlerkopf. »Laß uns darüber sprechen, wenn unsere jungen Krieger die Prüfung abgelegt haben.«

»Ei-e-ya, so soll es sein.«

Kaum jemand schlief in dieser Nacht. Man hatte einander lange nicht gesehen, und es gab viel zu erzählen. Die Feuer brannten, und die Trommeln dröhnten, und der Klang aufgeregter Stimmen lag über dem Dorf. Die Krieger berichteten von abenteuerlichen Kriegszügen und der Büffeljagd, die Frauen tauschten den neuesten Klatsch aus, und die Kinder spielten am Fluß und veranstalteten Wettkämpfe. Im dichten Wald auf der Westseite trafen sich junge Krieger mit ihren Mädchen. Es war die schönste Zeit des Jahres.

Weißer Frosch und seine Sandleute kamen am nächsten Tag, sie hatten den Frühling in unmittelbarer Nähe des Hauptlagers verbracht. Der Ratshäuptling, ein tapferer Mann, dessen Wort besonders viel galt, wenn ein Kriegszug beschlossen wurde, war mit seinen Kriegern auf der Büffeljagd gewesen. Sie brachten viel Fleisch mit und luden alle anderen Teilnehmer des Sonnentanzes zu einem Festessen ein.

Während des Essens berichtete der Häuptling der Sandleute von einem langen Ritt, den er im Mond, wenn das Hochwasser kommt, unternommen hatte. Er hatte eine Antilope verfolgt und war auf zwei bleichgesichtige Männer gestoßen. »Sie hatten ein großes Feuer angezündet und eine Hirschkeule gebraten.«

»Hatten sie Haare im Gesicht?« fragte Bärenmann.

»Ja«, antwortete Weißer Frosch, »ich wollte die Männer töten und nachsehen, ob die Haare am ganzen Körper wuchsen, aber ich mußte umkehren.«

»Hatten sie Feuerstöcke dabei?«

Weißer Frosch nickte. »Sie hatten Feuerstöcke und Messer, ich habe es gesehen. Meinst du, sie gehören zu den Leuten, denen wir am Ufer des Großen Flusses begegnet sind?«

»Den Mai-ri-hio? Den roten weißen Männern?« So hatten die Cheyenne die französischen Händler genannt, denen sie am Ufer des Mississippi begegnet waren. Von ihnen hatten die Waldleute die ersten Gewehre des Volkes bekommen.

»Ich glaube nicht. Sie waren anders angezogen, und ihre Sprache klang anders. Aber sie waren genauso blaß. Ich weiß es nicht.«

»Ich habe die Männer mit den Haaren im Gesicht im Süden gesehen«, berichtete ein Krieger der Flußleute, »zwei Männer und eine Frau. Sie fuhren in einem Tipi, das von Pferden gezogen wurde. Die Männer waren dunkler als die Mai-ri-hio, von denen Kleiner Wolf erzählt, sie waren fast so braun wie wir, aber sie hatten Haare im Gesicht. Die Frau sah wie unsere Frauen aus, aber sie war anders gekleidet. Ich habe die Leute verfolgt. Sie fuhren zu den Ni-mou-sin.«

»Das waren Mexikaner«, wußte Bärenmann. Er hatte sich lange mit den bleichgesichtigen Fremden beschäftigt, die jetzt überall gesehen wurden. Es gab Mai-ri-hio und Mexikaner, und wenn die Alten recht hatten, gab es auch Eisenhemden. Sie kannten unterschiedliche Sprachen und verstanden keine Zeichen, aber sie gehörten dem selben Volk an, darüber gab es keinen Zweifel.

›Feuerstockleute‹ nannte Bärenmann die Fremden, weil sie die neuen Waffen ins Land der tsis tsis tas gebracht hatten. Ihr Volk konnte nicht besonders groß sein, denn es tauchten immer nur ein paar von ihnen auf. Das war schon vor vielen Wintern so gewesen, als die Männer mit den eisernen Hemden ins Land der Ni-mou-sin gekommen waren und die ersten Pferde gebracht hatten. So erzählten es die alten Männer. Weit im Osten sollte es einen großen Stamm der blaßgesichtigen Fremden geben, und die Pflanzer im Osten erzählten sogar von Frauen mit goldenem Haar, aber diese Geschichten hielt Bärenmann für Hirngespinste. »Die Fremden sind gut bewaffnet, aber wir brauchen keine Angst vor ihnen zu haben«, sagte er, »ich bin dafür, sie umzubringen und ihnen die Feuerstöcke abzunehmen. So haben es die Waldleute immer gehalten.«

Vor einigen Jahren waren die blaßgesichtigen Fremden mit den Haaren im Gesicht das große Gesprächsthema beim Sonnentanz gewesen. Die Felsenleute waren einer Gruppe von Pelztierjägern in den nördlichen Bergen begegnet und hatten aufgeregt von den bleichen Männern berichtet. Auch während der vergangenen Jahre war am Ratsfeuer über das fremde Volk gesprochen worden, und die Schamanen befragten regelmäßig die Geister, aber niemand sah eine große Gefahr. »Sie sind keine Menschenwesen«, brachte Wolfsgeist es auf einen Punkt, »sie sind es nicht würdig, beachtet zu werden.«

Als die Sonne zum zweiten Mal aufging, tauchte der lange Zug der Hügelleute am Flußufer auf. Bärenkopf führte den Stamm an. Der Häuptling trug seine beste Kleidung und hatte sein Gesicht mit leuchtenden Farben bemalt. Hinter ihm ritten die Krieger und die Frauen und Kinder. Den Schluß bildeten Büffelhöcker und seine Hundesoldaten. Büffelfrau ritt auf Sturmwind und führte ein zweites Pony mit einer Schleppbahre am Zügel. Auf der Büffelhaut und in zahlreiche Felle gehüllt lag Sieht-hinter-die-Berge, der alte Schamane. Er war sehr schwach geworden und schaffte es nicht mehr, sich auf dem Rücken eines Ponys zu halten. Er hielt seinen Wanderstock in beiden Händen und lächelte, wenn Büffelfrau sich über ihn beugte und ihm zuredete. Sie war eine gute Nachfolgerin, und es war gut für den Stamm gesorgt, wenn er gehen mußte.

Die Hügelleute waren eine der angesehensten Gruppen der tsis tsis tas und wurden von allen freudig begrüßt. Vor allem Gelber Wolf, der von einer jungen Frau fast erdrückt wurde. Mondfrau war eine Ho-he und schon als Kind von den Felsenleuten geraubt worden. Sie erinnerte sich nicht mehr an ihr Volk und würde bald ganz zu den Hügelleuten gehören, denn Gelber Wolf und sie wollten heiraten. Der Krieger hatte zahlreiche Ponys für ihren Vater mitgebracht.

Bärenkopf rauchte die Pfeife mit den anderen Häuptlingen und tauschte Neuigkeiten mit ihnen aus, während seine Leute ihre Tipis im Osten aufbauten. Er blies den Rauch nach oben und unten und in die vier Himmelsrichtungen. »Habe ich euch schon erzählt, was Coyote mit den Shar-ha angestellt hat?« fragte er, nachdem er von dem erfolgreichen Kriegszug gegen die Ni-mou-sin und der Büffeljagd berichtet hatte.

Kleiner Wolf schmunzelte. Er kannte die lustigen Erzählungen seines Freundes und hörte ihm gern zu. »Wir sind gespannt auf deine Geschichten«, sagte er, »und hoffen, du wirst sie dem Volk am großen Feuer erzählen. Wir haben die besten Stücke des größten Büffels für dich aufgehoben. Und wir sind begierig, die Wahrheit über Büffelfrau zu erfahren. Man erzählt viel an den Feuern des Volkes, und wir wissen nicht, was wahr ist.«

Bärenkopf rauchte schweigend. »Alles, was ihr gehört habt, ist wahr«, antwortete er dann. »Sie besitzt magische Kräfte und ist bei Sieht-hinter-die-Berge in die Lehre gegangen. Sie wird seine Nachfolgerin. Unser Medizinmann ist sehr schwach und wird die lange Reise antreten, sobald der Sonnentanz vorüber ist.«

»Er ist krank?« fragte Wolfsgesicht besorgt.

»Nur schwach«, erwiderte Bärenkopf. »Er wird seine Pflichten beim Sonnentanz übernehmen und dir das Bündel mit den heiligen Pfeilen überreichen. Dann wird er gehen.«

»Er war ein großer Mann«, sagte Wolfsgesicht.

»Und Büffelfrau wird eine große Frau«, ergänzte der Häuptling der Hügelleute. »Ihre Medizin ist stark, und sie wird unser Volk in eine gute Zeit führen. Sie hat die Büffel gefunden, und sie hat Weißer Biber das Leben gerettet. Ich will euch heute abend am Feuer davon berichten. Sie ist eine außergewöhnliche Frau.«

Am abendlichen Lagerfeuer war Bärenkopf in seinem Element. Das ganze Volk hörte zu, als er von den Heldentaten der Hügelleute und der tapfersten Frau erzählte, die es seit dem Beginn der Erde bei ihnen gegeben hatte. Er schmückte ihre Geschichte mit farbigen Bildern aus und schilderte in blumenreichen Worten, wie sie Weißer Biber das Leben gerettet hatte. »Wahrhaft, sie ist eine große Frau«, endete er.

Büffelfrau errötete vor Stolz, als sie ihren Namen am großen Feuer hörte. Es kam selten vor, daß eine Frau vor dem ganzen Volk gelobt wurde, und sie sah, daß sich auch Otterfrau und Blitzfrau für sie freuten. Sie saßen hinter den Kriegern und den erwachsenen Frauen im Halbdunkel, verstanden aber jedes Wort, das von den Rednern im Feuerschein gesprochen wurde.

»Ich könnte von Gelber Wolf erzählen«, begann Büffelhöcker mit seiner Rede, »von Weißes Pferd und den jungen Kriegern, von Roter Mond und Kleiner Falke. Sie haben großen Mut bewiesen, als wir gegen die Ni-mou-sin zogen. Ihr werdet ihre Namen noch oft hören, und sie werden viele Skalpe erbeuten, wenn wir unsere Feinde angreifen.«

Büffelfrau sah das stolze Gesicht von Kleiner Falke im roten Licht des Feuers und freute sich für ihn. Er war ein Angeber, wenn es um seine Reitkünste ging, das war wahr, aber er war auch ein tapferer Krieger und verstand einen derben Spaß. »Du bekommst einen guten Mann«, sagte sie leise zu Blitzfrau.

»Ich weiß«, antwortete die Freundin stolz.

Büffelhöcker reckte seine kräftige Gestalt und kündigte auf diese Weise an, wie wichtig ihm die folgenden Worte waren. »Aber auch ich will von meiner Tochter sprechen. Ich will euch berichten, was vor einigen Wintern geschah, als wir gegen die Shar-ha ritten.« Er erzählte von dem jungen Mädchen, das seinem Vater auf den Kriegspfad gefolgt war und schon damals gewußt hatte, daß sie den Weg eines Kriegers gehen würde. »Es hat viele tapfere Frauen in unserem Volk gegeben«, fuhr er fort, »es gab die legendäre Sonnenfrau, die allein gegen die Ho-he ritt, und man erzählt von Bärenfrau und der Mutter meiner Mutter, die drei Shar-ha erschlugen, als sie beim Beerenpflücken von ihnen überrascht wurden. Aber gab es jemals eine junge Frau wie meine Tochter, die einen Büffel mit der Kraft ihres Geistes aufhielt? Die wie ein Mann auf die Büffeljagd ging und einem Krieger das Leben rettete? Die bei einem alten und ehrwürdigen Schamanen wie Sieht-hinter-die-Berge in die Lehre ging? Ich frage euch, meine Brüder, gab es jemals eine solche Frau?«

Alle Blicke richteten sich auf Büffelfrau. Sie erhob sich mit gesenktem Kopf und spürte vor allem den Blick des alten Schamanen. Sie fühlte sich Sieht-hinter-die-Berge in diesem

Augenblick geistig verbunden und war ihm dankbar für alles, was er für sie getan hatte. »Ha-ho«, sagte sie leise.

»Sprich, Büffelfrau!« sagte Kleiner Wolf in die angespannte Stille. Ein Raunen ging durch die versammelten Krieger. Es kam selten vor, daß einem so jungen Menschen das Wort am großen Feuer erteilt wurde. Einem Mädchen, das gerade erst zur Frau geworden war. »Sprich zu deinem Volk, Büffelfrau!«

Die Worte schienen aus weiter Ferne zu kommen. Erst als Büffelfrau von ihren Freundinnen gestoßen wurde, bahnte sie sich einen Weg durch die versammelten Krieger. Sie blieb im Feuerschein stehen und verneigte sich vor den Häuptlingen und Schamanen. Die Worte kamen von selbst, als sie die Hände zum Himmel reckte und mit beschwörender Stimme rief: »Großer Geist im Himmel, der alles Leben erschaffen hat. Geister der Erde und der vier Himmelsrichtungen, hört mich an! Ich bete für mein Volk. Für die Männer, die Frauen und die Kinder, vor allem die Kinder. Seid bei uns, wenn wir uns in der Medizinhütte zum Sonnentanz versammeln! Seid bei uns, wenn wir in eine neue Zukunft ziehen! Es wird Veränderungen geben, ich spüre es. Beschützt uns, wenn wir gegen unsere Feinde reiten! Erneuert die Kraft der Pfeile, die unser Leben bedeuten! Und beschützt den weisen Sieht-hinter-die-Berge, wenn er auf die andere Seite reitet! Aiee, ich habe gesprochen.«

Sie kehrte auf ihren Platz zurück und versank in Schweigen. Bedeutungsvolle Stille breitete sich aus. Die Häuptlinge rauchten gedankenversunken. Einige Krieger blickten andächtig ins Feuer. Wolfsgesicht überlegte, mit welchen Worten er die Zuhörer jetzt noch beeindrucken konnte. Büffelhöcker lächelte und fühlte, wie der Stolz auf seine Tochter ihn übermannte.

»Ha-ho«, sagte Sieht-hinter-die-Berge mit brüchiger Stimme. Er war der einzige, der die volle Bedeutung der Worte verstanden hatte. Sie hatte von Veränderungen gesprochen. Sie war in einem Traum zum Feuer gekommen und hatte in die Zukunft gesehen. Ja, sie war eine würdige Nachfolgerin.

14

Sonnentanz

Die Feierlichkeiten begannen am nächsten Tag. Büffelhöcker hatte am Feuer erfahren, daß er den Sonnentanz leiten sollte, und versprach, ein würdiger Nachfolger von Aufrechte Hörner zu sein. Der legendäre Krieger hatte den Sonnentanz vor vielen Wintern zu den tsis tsis tas gebracht. Während einer großen Hungersnot war er in die heiligen Berge gezogen und hatte zum Großen Geist gebetet. Maheo sprach zu ihm: »Erneuert die Kraft der Erde und des Geistes, erneuert die Kraft von Wasser und Wind, betet zu den Geistern, die euch den Büffel bringen.«

Seitdem tanzten sie in jedem Hochsommer den Sonnentanz. Nach einem strengen Ritual, das alle Teilnehmer kannten, wurden die Sonne und die Kräfte der Erde mit Opfergaben und hingebungsvollen Tänzen versöhnt. Am achten Tag unterzogen sich vor allem junge Krieger einer schmerzvollen Mutprobe, die das Mitleid der Geister herausfordern und ihre Tapferkeit unter Beweis stellen sollte. Roter Mond und Kleiner Falke gehörten zu den tapferen Männern, aber auch Weißer Biber, der allen zeigen wollte, daß er kein Versager war. Wenn er die Probe bestand, würde er mit seinen Stammesbrüdern auf den Kriegspfad gehen und auch dort seinen Mut beweisen.

Büffelfrau beobachtete ihren Verehrer, als sie mit Sieht-hinter-die-Berge zum Einsamen Tipi ging, das Büffelhöcker und seine Frau außerhalb des Lagers aufgebaut hatten. Es verkörperte den einsamen Berg, auf dem Aufrechte Hörner mit dem Großen Geist gesprochen hatte. In dem Zelt würden Büffelhöcker und seine beiden Frauen mit den Schamanen tanzen, bis die anderen Mitglieder des Volkes die Medizinhütte errichtet hatten. Vier Tage lang würden sie das Tipi nicht verlassen.

Auch Büffelfrau war von ihrem Vater eingeladen worden,

an dem Tanz teilzunehmen. Das war eine große Ehre. Es gab einige Medizinfrauen bei ihrem Volk, die sich in der Heilkunde auskannten und wußten, wo die heilenden Kräuter zu finden waren, aber es hatte seit vielen Wintern keine heilige Frau mehr gegeben,

Sie war eine Seherin. Sie hielt den Kontakt zu den Geistern und verfügte über magische Kräfte. Schon als Kind hatte sie den Raben gesehen, der die Hügelleute zu den Büffeln geführt hatte, und diesmal hatte sie die Herde selber gefunden.

»Weißer Biber ist sehr tapfer«, sagte der alte Schamane, als er sah, daß sie ihren Verehrer beobachtete. »Er wird die Mutprobe bestehen, wenn die Sonne zum achten Mal aufgeht.«

»Ich weiß«, erwiderte Büffelfrau, »ich träume oft von ihm. Er ist ein guter Mann. Wenn ich ihn sehe, springt mein Herz, und ich denke wie die anderen Frauen, wenn sie von ihren Männern sprechen. Sie sind damit zufrieden, ihm eine gute Frau sein. Warum hat Maheo mich auserwählt? Warum hat er keinen Mann gesucht? Einen Mann wie Angst-vor-den-Pferden?«

»Es bleibt den geheimnisvollen Kräften vorbehalten, unseren Weg zu bestimmen«, sagte er alte Schamane, »nur Maheo weiß, welche Aufgabe wir in dieser Welt erfüllen müssen, und es liegt an uns, seine Zeichen zu erkennen.« Er blieb stehen und stützte sich auf seinen Wanderstock. Die aufgehende Sonne ließ seine dunklen Augen funkeln. »Bevor du geboren wurdest, sprach mein Schutzgeist zu mir. Ich habe es oft erzählt. Die Geister holten mich aus dem Schlaf und führten mich in die heiligen Berge. Als ich ins Dorf zurückkehrte und ein Kind schreien hörte, wußte ich, daß es auserwählt war. Das Kind warst du.«

»Wozu bin ich auserwählt, Onkel?« Auch diese Frage hatte sie dem Schamanen schon oft gestellt. Sie spürte die magischen Kräfte, die es ihr erlaubt hatten, die Büffel zu finden und mit Sieht-hinter-die-Berge die Geister zu beschwören, und sie wußte, daß sie dazu geboren war, auf die Jagd und auf den Kriegspfad zu gehen. Aber wie sollte sie ihrem Volk dienen? Genügte es, wenn sie die Pflichten einer heiligen Frau übernahm? Welche geheimnisvollen Kräfte sollte sie bekämpfen, und was hatten die unheilvollen Bilder in ihren Träumen zu bedeuten? Das Feuer und die dunklen Gestalten, das Blut an den heiligen Pfeilen? Welche Gefahren warteten auf die Hügelleute, und was konnte sie tun, um die Schatten von ihrem Volk abzuwenden?

»Dein Schutzgeist wird es dir sagen«, sagte Sieht-hinter-die-Berge wieder. »Bete zu den Geistern und beachte die Tabus, dann kann dir nichts passieren. Der Große Geist wird dir die Kraft geben, alles Unheil von unserem Volk abzuhalten.«

Seit sie zur Frau geworden war und den grausamen Traum mit den Pfeilen gehabt hatte, war das Thema nicht mehr zur Sprache gekommen. Beide hatten Angst, über die heiligen Pfeile zu sprechen. Sie beruhigten sich damit, daß Wolfsgesicht das heilige Bündel verwahren und über das Schicksal des Volkes wachen würde. Dann konnte nichts passieren. Wie sollte ihr Blut an die Pfeile kommen, wenn das Bündel im Tipi des Süße-Medizin-Häuptlings lag? »Manchmal habe ich Angst«, sagte sie dennoch, »die Verantwortung ist sehr groß, Onkel.«

»Ich weiß«, erwiderte Sieht-hinter-die-Berge, »sie wird noch größer sein, wenn ich gegangen bin. Aber du bist stark. Du bist stärker, als ich es jemals gewesen bin.«

»Ich bin eine Frau, Onkel.«

»Eine starke Frau.«

Sie erreichten das Einsame Tipi, das mit farbigen Symbolen bemalt war. Es war geräumiger als das Zelt, in dem sie wohnten. Wolfsgesicht und die Schamanen der anderen Gruppen waren schon da und saßen schweigend um das lodernde Feuer herum. Büffelhöcker badete sein kunstvoll bemaltes Gesicht in den hellen Sonnenstrahlen, die durch die Rauchöffnung in das Tipi fielen. Seine beiden Frauen saßen im Hintergrund.

»Seid willkommen«, grüßte Büffelhöcker den alten Schamanen und seine Tochter, die das Tipi betreten und respektvoll stehen geblieben waren. »Setzt euch.«

Sieht-hinter-die-Berge und Büffelfrau kamen der Aufforderung des Häuptlings nach. Der Schamane stöhnte unterdrückt, als er den Schmerz in seinen Gelenken spürte. Büffelfrau griff nach seiner Hand und drückte sie, während sie schweigend verharrten.

Wolfsgesicht brach das Schweigen, als er die heilige Pfeife aus dem Futteral nahm. Der Kopf war kunstvoll aus schwarzem Stein geschnitzt, der breite Schaft war mit roter Farbe bemalt. Er stopfte sie mit seinem besten Tabak und entzündete ihn mit einem der beiden Stöcke, die dafür bereitlagen. Er rieb mit der rechten Hand über den Schaft, ein Zeichen dafür, daß er die Wahrheit sagen würde, und führte ihn zum Mund.

»Großer Geist, der du im Himmel wohnst, rauche!« begann er mit der gewohnten Zeremonie. »Ich verneige mich vor deiner Größe und bitte dich, uns auch diesmal zu erhören. Wache über die Krieger, die dir zu Ehren tanzen, und gib ihnen Kraft.« Er rauchte wieder und blies den Rauch zur Erde. »Geist der Erde«, fuhr er fort, »rauche! Wir sind gekommen, die lebendigen Dinge zu ehren, und brauchen deinen Schutz. Wir verneigen uns vor den Menschen und den Tieren, den Bergen und den Tälern, den Früchten, dem Holz, den Steinen und dem Gras.« Er blies den Rauch in die vier Himmelsrichtungen und sagte: »Geister der vier Richtungen, raucht! Seid bei uns, wenn wir die Wiedergeburt der Natur feiern und uns vor den mächtigen Geistern verneigen.«

Wolfsgesicht reichte die heilige Pfeife weiter und die anderen Schamanen wiederholten die Zeremonie. Sieht-hinter-die-Berge wußte, daß er zum letzten Mal beim Sonnentanz dabei war und bat die Geister vor allem darum, über Büffelfrau zu wachen. »Sie führt weiter, was ich begonnen habe«, sagte er, »seid bei ihr, wenn sie in den Krieg reitet, und gebt ihr die Kraft, die sie als heilige Frau des Volkes braucht. Sie ist unsere Hoffnung und unsere Zukunft. Das ist alles, was ich zu sagen habe.«

Büffelfrau ehrte den alten Mann, indem sie lange schwieg und ihn direkt ansprach, als sie geraucht hatte. »Sieht-hinter-die-Berge, du hast mich auf den Weg geführt, den ich für mein Volk gehen werde. Du bist ein großer Krieger und ein großer Schamane. Du hast viele Coups geschlagen, und unsere Feinde zittern noch heute vor dir. Du hast für uns in den heiligen Bergen gebetet. Du hast uns die Büffel gegeben und die heiligen Pfeile des Volkes verwahrt. Wir werden dein Andenken immer bewahren. Eni-to-eme. Ich ehre dich, mein Onkel!«

Sieht-hinter-die-Berge verneigte sich dankbar. Er schloß die Augen, um mit seinen Gedanken allein zu sein, und sagte sich, daß die Medizin des Volkes auch im nächsten Winter gut sein würde. Büffelfrau war stark genug, sich gegen die drohende Gefahr aus ihren Träumen zur Wehr zu setzen. Es hatte einen Sinn, daß der Große Geist sie zur Kriegerin gemacht hatte.

Gegen Abend brachte ein Krieger den heiligen Büffelschädel. Wolfsgesicht nahm ihn entgegen und legte ihn vor das Feuer. Die Augenhöhlen des Schädels blickten nach Osten. Der Süße-Medizin-Häuptling stopfte süßes Gras in die Öffnungen des Schädels, stand auf und erhob die Arme.

»Wir beten zu dir, Großer Geist«, beschwor er den Schöpfer aller Dinge. »Schicke uns die Büffel, die unser Leben sind. Nimm unsere Entschuldigung an, wenn wir die Tiere töten, denn ihr Tod ist unser Leben, so wie das Gras ihr Leben ist.«

Er blieb eine Weile stumm stehen, dann nahm er die Hände herunter und gab den anderen zu verstehen, daß der erste Teil der Zeremonie vorbei war. »Laßt uns tanzen«, sagte er.

Sie gingen nach draußen und wurden von den Hundesoldaten des Volkes begrüßt. Ein großes Feuer brannte. Weidenfrau und Windfrau hatten die Trommeln aus den Fellen gewickelt und schlugen einen monotonen Rhythmus. Die Männer tanzten, stießen wilde Schreie aus und sangen die heiligen Lieder, die Aufrechte Hörner ihnen beigebracht hatte. Sie erzählten von der langen Wanderung, die der legendäre Krieger unternommen hatte, um sein Volk vor dem drohenden Hungertod zu retten. Sieht-hinter-die-Berge saß auf einem Büffelfell, den schwachen Rücken gegen ein Gerüst aus Weidenästen gelehnt, und sang leise mit. Er war zu schwach zum Tanzen. Er beobachtete seine Schülerin und übertrug seinen Geist in ihren Körper. Ihre Füße waren seine Füße, und ihre Gedanken waren seine Gedanken.

Büffelfrau fühlte, wie der Tanz sie befreite. Der Rhythmus der Trommeln und die beschwörenden Lieder brachten sie den Geistern näher und ließen ihre Seele über dem Feuer fliegen. Sie sang, und sie tanzte. Die geheimnisvolle Kraft der Geister war bei ihr und lenkte ihre Schritte um das Feuer. Sie lebte den Rhythmus und folgte Aufrechte Hörner in die heiligen Berge, zu dem einsamen Gipfel, auf dem er mit dem Großen Geist gesprochen hatte. »Tanzt den Sonnentanz, und die Natur wird von neuem erblühen.«

Am Abend zogen sich Büffelhöcker, seine beiden Frauen und die Schamanen in das Einsame Tipi zurück. Sie würden es bis zum Beginn der eigentlichen Zeremonie nicht mehr verlassen. Es gab viel zu tun, bis die Sonne zum vierten Mal aufging, und sie in die Medizinhütte ziehen würden. Büffelfrau wußte aus den Erzählungen des alten Schamanen, daß die Rituale genau eingehalten werden mußten, wenn die Geister ihnen auch im nächsten Jahr wohlgesonnen bleiben sollten, und sie verfolgte aufmerksam, wie Wolfsgesicht und ihr Vater ihre Vorbereitungen für den eigentlichen Sonnentanz in der Medizinhütte trafen.

Alles, was sie für die Zeremonie brauchten, wurde von jungen Helfern der Schamanen in das Einsame Tipi getragen: zwei junge Weiden, zwei Pflaumenbäumchen, vier buntbemalte und zwanzig schwarze Stöcke, zwei Astgabeln, zwei Pflöcke und andere Dinge. Der Büffelschädel wurde bemalt. Es wurde viel geraucht und viel gebetet und von vergangenen Zeiten erzählt. Büffelfrau war jung und sagte kaum etwas. Sie war hier, um zu lernen, und es ziemte sich nicht, daß sie länger als nötig sprach.

Während Büffelhöcker, seine Frauen und die Schamanen sich im Einsamen Tipi auf die eigentliche Zeremonie vorbereiteten, errichteten die Männer und Frauen des Volkes die Medizinhütte. Sie bestand aus einem kräftigen Weidenstamm, den Gelber Wolf gefällt und ins Lager gebracht hatte. Das hatten die Schamanen bestimmt, und er genoß die Ehre. Um den Weidenstamm herum wurden in gebührendem Abstand geschälte Pfosten in den Boden getrieben und durch Streben mit dem Weidenstamm verbunden, bis ein Dach zu erkennen war. Das Gerüst wurde mit Strauchwerk und Büffelfellen verkleidet.

Bevor die Sonne zum vierten Mal aufging und die Schamanen in einer feierlichen Prozession in die Medizinhütte zogen, wurden Büffelhöcker und seine Frauen mit roter Farbe bemalt. Wolfsgesicht ehrte den Häuptling der Hundesoldaten mit einem Gebet und leitete die heiligen Handlungen, die Aufrechte Hörner den tsis tsis tas aufgetragen hatte. Weidenfrau trug den bemalten Büffelschädel. Der Süße-Medizin-Häuptling hielt die heilige Pfeife in beiden Händen. Büffelhöcker lief neben ihnen. Die anderen Schamanen folgten. Sieht-hinter-die-Berge ging am Schluß, gestützt von seiner Schülerin.

In der Medizinhütte wurde alles für den heiligen Sonnentanz vorbereitet. Die Pfosten wurden bemalt und der Büffelschädel an seinen Platz gelegt. Einige Krieger bauten den Altar. In einem bestimmten Muster wurden die Weidensträucher und die Pflaumenbäumchen in den Boden gesteckt. Sie symbolisierten die lebendige Natur. Auf die beiden Seiten einer kleinen Grube wurden die Stöcke gelegt, zehn rote Stöcke für die tsis tsis tas, zehn schwarze und weiße für die anderen Völker der Prärie. Die Kinder holten Schlamm vom Fluß und formten kleine Tiere, die neben dem Schädel aufgestellt wurden. Sie standen für alle jagdbaren Tiere, die durch den Sonnentanz beschworen und zurückgeholt werden sollten. Heilige Bündel und Opfergaben wurden in der Hütte verteilt und an Astgabeln gehängt.

Bevor der Tanz begann, hielt kleiner Wolf eine Rede. Er trug das reichverzierte Wildlederhemd, das er in der großen Schlacht gegen die Ho-he vor vielen Wintern getragen hatte. Seine Federhaube reichte bis zum Boden und erzählte von den mutigen Taten, die er in seinem Leben vollbracht hatte. Er sprach ein Gebet und bat den Großen Geist um glückliche Jahre, und er beschwor die Natur, die tsis tsis tas mit ihren Gaben zu beschenken. In blumenreichen Worten berichtete er von der glorreichen Vergangenheit des Volkes und den tapferen Taten seiner Krieger. Es war eine lange Rede, und vieles war schon an den vergangenen Abenden gesagt worden, aber die Zuhörer harrten geduldig aus und murmelten zustimmend, wenn der Häuptling die Cheyenne als einzig wahres Volk bezeichnete.

Dann sprach Wolfsgesicht, und auch er wiederholte, was er am großen Feuer und in dem Einsamen Tipi gesagt hatte. Es war bereits Mittag, als er das abschließende Gebet sprach und die heilige Pfeife kreisen ließ. »Und nun tanzt«, sagte er, nachdem er die Asche aus seiner Pfeife auf den Boden gehäuft hatte, »tanzt und bittet die Geister, die Natur zu beleben und ihr neue Kraft zu schenken. Bittet den Großen Geist um Milde, und seid demütig, dann werden die Büffel auch nächstes Jahr wieder kommen.«

Büffelfrau, die auch als Nachfolgerin von Sieht-hinter-die-Berge nicht zu dem Tanz zugelassen war, ging nach draußen und begegnete Weißer Biber, der gerade die Hütte betreten wollte. Er hatte seinen Körper mit blauer Farbe und weißen Punkten bemalt und trug lediglich seinen Lendenschurz. Um den Hals hatte er seine Tanzpfeife aus Adlerknochen hängen.

»Büffelfrau«, sagte er verlegen. Er war der jungen Frau aus dem Weg gegangen und hatte gehofft, ihr erst nach der Mutprobe am achten Tag zu begegnen. Er holte tief Luft und straffte seinen Körper. »Ich bin gekommen, mein Versprechen einzulösen. Ich werde diese Hütte erst verlassen, wenn die Pflöcke meine Haut durchschnitten haben. Das verspreche ich.«

»Das ist gut«, sagte sie, »ich bin bei dir.«

Weißer Biber nickte dankbar und verschwand in der Hütte. Sie blickte ihm nach und fühlte mit ihm, dann sattelte sie ihr Pferd und ritt in die Hügel, die im Norden an das Lager grenzten. Sie wollte allein sein, wenn der Tanz begann. Sie wollte fasten und nachdenken und mit den Geistern sprechen. Der dumpfe Klang der Trommeln verfolgte sie, bis sie einen schmalen Fluß durchquerte und Sturmwind zwischen die Bäume lenkte.

15

Mutprobe

Der achte Tag begann. Die Sonne schob sich groß und leuchtend über die Hügel und überschüttete das Dorf mit goldenem Licht. Zarte Schatten wanderten zwischen den Tipis. Die ersten Kinder rannten zum Fluß und stürzten sich in die kühlen Fluten, die Frauen holten Wasser und zündeten die Feuer an. Der Ausrufer ritt an den Zelten vorbei und verkündete, daß der große Tag gekommen war. Wenn die Sonnenstrahlen auf die Medizinhütte fielen, würden sich die jungen Krieger der Mutprobe unterziehen. Es war der wichtigste Tag im Leben von Roter Mond, Kleiner Falke und Weißer Biber, und Büffelfrau ritt ins Dorf zurück, um diesen Tag mit ihrem Volk zu verbringen.

Sie hatte die Sonne dreimal allein aufgehen sehen. In den Wäldern hatte sie mit den Tieren und den Bäumen gesprochen und zu den Geistern gebetet, die Weißer Biber und die anderen jungen Männer während der Prüfung beschützen sollten. Die Einsamkeit hatte ihr gutgetan. Sie hatte die Wunder der Natur beobachtet, den Himmel mit seinen Wolken, die wie ziehende Büffel aussahen, die Bäume, deren Kronen im warmen Wind wogten, die Blumen, deren bunte Blüten sich nach der Sonne reckten. Sie genoß die Ruhe, die ihren ganzen Körper ausfüllte, und verneigte sich vor den geheimnisvollen Kräften. Alle Dinge lebten, und sie war nur ein kleiner Teil des großen Wunders, das der Große Geist erschaffen hatte.

Vor dem Tipi ihrer Eltern stieg sie vom Pferd. Büffelhöcker und seine beiden Frauen waren in der Medizinhütte, wie es die strengen Regeln des Sonnentanzes vorschrieben. Sie pflockte Sturmwind an und begrüßte Otterfrau und Blitzfrau, die aufgeregt vom Fluß heraufkamen. »Büffelfrau«, rief eine der beiden jungen Frauen, »wo bist du gewesen?«

»In den Hügeln«, erwiderte sie. Die Morgensonne zauberte

einen geheimnisvollen Glanz auf ihr schwarzes Haar und ließ es wie das Gefieder eines Raben leuchten. »Ich habe für die jungen Männer gebetet, die heute ihre Mutprobe ablegen.«

Blitzfrau, die ein paar Pfunde abgenommen hatte, seit Kleiner Falke ihr den Hof machte, blickte sie ernst an. »Du bist geheimnisvoll, nicht mehr wie früher, als wir im Fluß spielten oder um die Wette ritten.«

»Wir haben uns alle verändert«, erwiderte Büffelfrau, »wir sind zur Frau geworden, und einige von uns werden bald heiraten.« Sie lächelte schwach. »Kleiner Falke ist sehr tapfer. Er wird dich gut versorgen und dir viele gesunde Kinder schenken.«

»Und du?« fragte Blitzfrau. »Wirst du auch heiraten? Du bist anders als wir. Du denkst viel nach und sprichst mit dem Großen Geist. Du hast den Büffel gejagt. Die alten Männer sagen, daß es seit vielen Wintern keine solche Frau mehr gegeben hat.«

Büffelfrau winkte ab. »Die alten Männer übertreiben. Ich bin nicht viel anders als du und Otterfrau. Wenn meine Vision es erlaubt, werde ich heiraten und Kinder bekommen.« Sie lächelte wieder. »Wenn ich den richtigen Mann finde.«

»Den hast du doch längst gefunden«, erwiderte Blitzfrau mit dem Lächeln, das Kleiner Falke verzaubert hatte, »das ganze Dorf weiß, daß Weißer Biber die Mutprobe ablegt. Er tut es nur für dich. Weil er glaubt, daß er deiner nicht würdig ist. Er will so tapfer sein wie du.« Sie spürte, daß sie etwas zu weit gegangen war, und fügte schnell hinzu: »Das erzählen die anderen.«

»Und was tust du für Kleiner Falke?« fragte Otterfrau lachend. »Du läßt die besten Fleischstücke liegen und stopfst dir beim Beerensammeln nicht mehr den Mund voll. Hast du Angst, daß er dich mit einer Büffelkuh verwechselt?«

Blitzfrau blieb stehen und funkelte sie wütend an. »Lieber eine gesunde Büffelkuh als ein klappriges Pony! Schau deine Hüften an. Wie willst du ein Kind bekommen, hm?«

»Kleiner Falke wird schon dafür sorgen.«

»Soll er das Kind für dich austragen?«

»Streitet euch nicht«, ging Büffelfrau dazwischen, bevor sich die beiden in den Haaren lagen. »Die Geister mögen es nicht, wenn wir uns an einem so wichtigen Tag streiten. Oder wollt ihr, daß sie Roter Mond und Kleiner Falke den Tag verderben?«

Das genügte. Die beiden Frauen beruhigten sich, schämten sich fast und folgten ihrer Freundin zur Medizinhütte. Irgend etwas im Verhalten von Büffelfrau hielt sie davon ab, ihre halb spaßig gemeinten Neckereien fortzusetzen. Büffelfrau war so ernst. Seit sie bei dem alten Sieht-hinter-die-Berge in die Lehre gegangen und zur Frau geworden war, benahm sie sich wie ein Krieger. Sie hatte keinen Sinn mehr für ihre Albernheiten und erweckte den Eindruck, als hätte sie eine schwere Last zu tragen. Wußte sie mehr als die anderen Hügelleute? Hatten sie bei ihren Gesprächen mit den Geistern etwas erfahren, das ihr das Leben schwermachte?

Die jungen Frauen gesellten sich zu den vielen Zuschauern, die vor der Medizinhütte standen oder im Gras saßen und zusahen, wie die jungen Krieger für die Mutprobe vorbereitet wurden. Büffelfrau entdeckte Weißer Biber auf einem Büffelfell vor einem der benachbarten Tipis. Er hatte drei Tage getanzt und war sehr erschöpft. Gelber Wolf war bei ihm. Er sollte ihn auf die schweren Stunden am Pfahl vorbereiten. Auch die anderen jungen Männer hatten erfahrene Männer ausgesucht und sie gebeten, die Pflöcke in ihre Haut zu treiben.

Es geschah vor den Augen des Volkes. Die jungen Männer stellten sich der Mutprobe und bemühten sich, keinen Schmerz zu zeigen. Die kleinen Holzpflöcke wurden durch die feste Haut über den Brustwarzen oder auf dem Rücken getrieben, dann standen sie auf und kehrten mit steinernem Gesicht in die Medizinhütte zurück. Dort wurden die langen Lederschnüre, die vom Mittelpfahl herabhingen, an den Pflöcken befestigt. Kein Schmerzenslaut drang aus der Hütte. Roter Mond, Kleiner Falke und Weißer Biber hielten sich tapfer. Büffelfrau trat näher an die Medizinhütte heran und beobachtete durch die Sträucher am Eingang, wie ihr Verehrer in ihre Richtung blickte und angestrengt das Gesicht verzog. Sie gab ihm durch einen aufmunternden Blick zu verstehen, daß sie auf seiner Seite war.

Die Geister verlangten von ihr, in ein stilles Gebet vertieft vor der Medizinhütte zu stehen und mit den jungen Männern zu leiden. Sie hatte die magische Kraft, einen stärkeren Angreifer mit ihren Gedanken zu besiegen. Hatten die Männer nicht am großen Feuer davon gesprochen? Aber sie hatte auch die Kraft, in die Seele eines anderen Menschen zu wandern und mit ihm zu fühlen und zu leiden. Das wußte sie, seitdem sie den langsamen Verfall von Sieht-hinter-die-Berge beobachtete. Er war ihr Onkel, und sie fühlte mit ihm.

Jetzt litt sie mit Weißer Biber. Sie spürte, wie die Holzpflöcke in ihrem Fleisch stachen und die Lederschnüre an ihrer Haut zerrten, als Weißer Biber sich nach hinten lehnte.

Die Trommeln setzten ein, und der eintönige Gesang der Krieger entführte sie in eine andere Welt. Im Rauchabzug erschien die Sonne und schleuderte grelle Lichtblitze in die Medizinhütte. Weißer Biber ließ sich nach hinten fallen. Im Rhythmus der Trommeln tanzte er mit der Sonne, die immer heißer und heller wurde. Jedesmal wenn er sich nach hinten lehnte, schnitten die Holzpflöcke in sein Fleisch, und er hätte am liebsten geschrien, aber er hielt durch. Die Mutprobe war erst vorbei, wenn die Pflöcke das Fleisch und die Haut zerrissen.

Büffelfrau folgte den Bewegungen ihres Verehrers. Ihr Blick war zur Sonne gerichtet, und Schweißtropfen rannen über ihr Gesicht. Sie tanzte und zuckte und litt unter den höllischen Schmerzen, die sich wie heiße Steine durch ihren Körper fraßen. Sie sah nicht die verwunderten Blicke der anderen tsis tsis tas, die erst allmählich verstanden, was in ihr vorging.

»Das ist seltsam«, sagte Blitzfrau, »sie zuckt, als hätte sie ein Pfeil der Shar-ha getroffen. Was ist mit ihr?«

»Sie leidet mit Weißer Biber«, erkannte Otterfrau. »Sie erleidet dieselben Schmerzen wie er. Es ist, als hätten sie dieselbe Seele und denselben Körper. Siehst du? Sie stöhnt laut, wenn Weißer Biber an den Lederstricken zerrt.«

»Das verstehe ich nicht.«

»Wie sollen wir es verstehen, wenn selbst die alten Männer keine Antwort wissen?« Sie deutete auf die weisen Krieger des Volkes, die erstaunte Blicke auf Büffelfrau warfen. »Auch sie haben so etwas noch nicht gesehen. Nicht mal Sieht-hinter-die-Berge hat sich so benommen, als er noch gesund war.«

Blitzfrau sah die Schamanin bewundernd an. »Büffelfrau ist eine besondere Frau«, sagte sie wieder, »sie ist anders. Sie kann sehen, wenn andere Menschen blind sind, und sie fühlt, was tapfere Krieger nur erahnen.«

Die Sonne stand jetzt hoch am wolkenlosen Himmel. Der Rhythmus der Trommeln war schneller geworden und trieb die Tänzer bis zur Ekstase. Sie hingen schweißüberströmt an den Lederstricken und stemmten sich mit aller Kraft gegen die heilige Fessel. Die Stricke schnitten tief in das blutige Fleisch. Die jungen Männer hatten längst die Orientierung verloren und taumelten nur noch im treibenden Rhythmus. In ihren Augen standen Tränen, und ihre Körper waren von dem stechenden Schmerz erfüllt. Maheo stellte sie auf eine harte Probe, und nur wer diese Probe bestand, hatte das Recht, ein Krieger zu sein.

Weißer Biber reckte die Arme nach oben. Seine Umgebung war ein glühendes Sonnenmeer, in dem er zu verbrennen drohte. Seine Gedanken explodierten. Die Lederstricke kamen direkt aus der Sonnenglut und bohrten sich als glühende Pfeile in seine Brust. Sein Körper schwankte willenlos, und er fühlte die große Schwäche, die sich wie ein unsichtbares Tuch über ihn legte und langsam zusammenzog. Er wollte seinen Schmerz und seine Verzweiflung hinausschreien, die Stricke aus der Haut reißen und sich der geheimnisvollen Kraft ergeben. Ich bin nicht stark genug, hämmerte es in seinen Gedanken, ich werde versagen und als ausgestoßener Feigling in der Fremde leben.

»Sei stark!« rief Büffelfrau und stimmte ein Lied an, das von dem Mut eines einsamen Kriegers erzählte. Sie blieb im Rhythmus der Trommeln und bewegte sich in der schwülen Luft. Ihr Körper war stark und geschmeidig, und ihre Gedanken widerstanden den geheimnisvollen Kräften, die Weißer Biber an seiner Mutprobe hindern wollten. Sie stemmte sich gegen den unsichtbaren Feind, und ihre Kraft übertrug sich auf den Körper des jungen Kriegers, der neuen Mut schöpfte und fühlte, daß er fast am Ziel war.

Büffelfrau öffnete die Augen und blickte direkt in die Sonne. Ein greller Blitz explodierte vor ihren Augen. Sie rief ein letztes Mal nach dem Großen Geist, und die Fesseln ihres Verehrers zersprangen. Die Haut riß, und die Lederstricke schnellten an den Pfahl zurück. Weißer Biber fiel stöhnend zu Boden. Er war halb bewußtlos und spürte kaum, wie ihn die Arme eines jungen Schamanen vom Boden hoben und auf ein weiches Büffelfell legten. Der Schmerz war noch da, aber er fühlte ihn kaum. Er war glücklich, es geschafft zu haben. Er hatte seinem Volk bewiesen, daß er ein tapferer Krieger war. Sein Name würde in einem Atemzug mit dem von Gelber Wolf genannt werden, und er würde mit den Hundesoldaten auf den Kriegspfad gehen.

Auch die anderen jungen Männer bestanden die Mutprobe. Sie ruhten sich auf bequemen Fellen von der Marter aus und genossen das glückliche Gefühl, jetzt zu den Erwachsenen zu gehören. Sie waren Krieger. Sie waren tapfere Männer. Die Frauen und Kinder würden sie respektvoll ansehen, und die Krieger würden sie als gleichwertige Männer behandeln. Roter Mond, der die Mutprobe am besten überstanden hatte und schon nach wenigen Minuten auf sein Pferd sprang, reckte eine Faust und rief: »Hokahey, dies ist ein guter Tag, meine Brüder!«

Am Abend beendete Wolfsgesicht den Sonnentanz. Er rauchte die heilige Pfeife und streckte das Bündel mit den heiligen Pfeilen der Sonne entgegen. »Es war ein guter Sonnentanz«, sagte er. »Wir haben getanzt und gebetet und der Natur ein Opfer gebracht. Wir haben junge Männer gesehen, die zu tapferen Kriegern wurden. Ich habe die heiligen Pfeile erneuert, die ich von Sieht-hinter-die-Berge empfangen habe, und ich habe das Lied von Süße Medizin gesungen. Ich danke euch, meine Brüder. Ich bin Wolfsgesicht, der neue Bewahrer der heiligen Pfeile. Ich werde für euch beten. Unser Volk ist einzigartig, wir sind die wahren Menschenwesen. Ei-e-ya! Wir sehen uns im nächsten Jahr. Ich habe gesprochen.«

Am großen Feuer wurde gesungen und getanzt. Einige Krieger hatten eine kleine Herde von Büffeln entdeckt und waren mit Fleisch beladen im Dorf erschienen. Die Stücke brieten über offenen Feuern. Das Fett spritzte in der Glut, und würziger Duft lockte die tsis tsis tas ans Feuer. Sie saßen im Schein der Flammen und sangen die fröhlichen Lieder, die nach einer guten Jagd oder einem erfolgreichen Kriegszug angestimmt wurden. Die Tanztrommeln dröhnten, und der rhythmische Gesang hallte über die Prärie. Es war ein guter Tag. Es hatte selten bessere Zeiten gegeben, und nur der alte Sieht-hinter-die-Berge saß gedankenversunken auf dem Büffelfell, das man am Feuer für ihn ausgebreitet hatte. Sein Rücken ruhte auf einem Gestell aus Weidenästen. Er hatte die lange Reise auf die andere Seite begonnen und war nur noch in dieser Welt, weil er auf Büffelfrau wartete. Sie würde ihre Vision suchen, und er wollte hören, was sie ihm zu sagen hatte.

Büffelfrau hatte ihm frisches Wasser gebracht. Sie hatte ihn zugedeckt und gewartet, bis er zufrieden gelächelt hatte. Sie war eine heilige Frau, und sie besaß die magische Kraft. Das hatte sie auch während der Mutprobe bewiesen, als sie mit Weißer Biber gelitten hatte. »Tanze mit den anderen, mein Kind«, hatte er zu ihr gesagt, »ich bin gut versorgt. Tanze, und sei fröhlich. Ich möchte sehen, wie sich dein Körper bewegt.«

Büffelfrau gesellte sich zu den anderen. Sie tanzte und sang, und ihre anmutigen Bewegungen erfreuten die jungen Krieger und die alten Männer. Ihre Augen funkelten im Feuerschein, und eine Aura ungebändigter Energie und Leidenschaft umgab sie wie ein unsichtbarer Schatten. Sie sah das stolze Gesicht von Weißes Pferd, der unverhohlen mit seinem jungen Freund turtelte, und sie hörte die Stimme von Läuft-rückwärts, der zu den ausdauerndsten Tänzern gehörte und laut sang. Ihr Vater war bei den anderen Häuptlingen und hörte Bärenkopf zu, der wieder einmal von Coyote erzählte und lauthals lachte.

Weißer Biber, aber auch Roter Mond und Kleiner Falke und ihre Freundinnen waren nicht zu sehen. Wenige junge

Leute waren am Feuer. Es war eine warme Nacht, und die Dunkelheit barg viele Geheimnisse. Sie stand auf und stieg über den alten Berührt-die-Wolken hinweg, der eine warme Fleischbrühe mit Knochenmark geschlürft hatte und in der Nähe des Feuers eingeschlafen war. Schmunzelnd stieg sie zum Fluß hinunter. Ich brauche etwas Ruhe, hatte sie zu Weidenfrau gesagt. Sie blieb im hohen Ufergras stehen und genoß den frischen Wind, der über den Fluß wehte. Der Mond spiegelte sich im Wasser.

Sie hörte ein Rascheln und griff nach ihrem Messer. Geduckt lief sie zu einem Weidendickicht. Als sie die beiden Gestalten erkannte, die zwischen den Bäumen flüsterten, blieb sie leise kichernd stehen. Roter Mond und Otterfrau hielten einander fest umschlungen. Sie liebkosten sich und waren so verliebt, daß sie nicht einmal hörten, wie Büffelfrau auf einen trockenen Ast trat, als sie aus ihrem Blickfeld verschwand. Dies war eine friedliche Nacht, und die Wachposten jenseits des Flusses würden schon dafür sorgen, daß sich keine Feinde näherten.

Das wußte auch Weißer Biber, der allein am Ufer saß und ein Liebeslied auf seiner Flöte spielte. Er war am Feuer gewesen und hatte mit klopfenden Herzen zugesehen, wie Büffelfrau sich im Feuerschein bewegte. Ihre Anmut und ihre schlanke Gestalt hatten auch ihn verzaubert und ihn sogar den Schmerz in seiner Brust vergessen lassen. Er hatte die Wunden mit einem heilenden Kräuterbrei beschmiert und einen Tee getrunken, den Angst-vor-Pferden ihm gebraut hatte, aber die Sonne würde noch einige Male aufgehen, bis die Wunden verheilt waren.

Er hatte nicht gewagt, die junge Frau anzusprechen. Seitdem er wußte, wie sie mit ihm gelitten hatte, erschien sie ihm noch geheimnisvoller und unnahbarer. Sie war eine Zauberin. Sie war mit den fremden Kräften im Bunde, und es stand einem gewöhnlichen Krieger wie ihm nicht zu, ihr den Hof zu machen. Und doch konnte er nicht aufhören, an sie zu denken. Das Liebeslied spielte er nur für sie, und sein Herz zersprang fast, wenn er daran dachte, wie sich ihr biegsamer Körper in seinen Armen anfühlen würde. Er ließ die Flöte sinken, schöpfte kühles Wasser aus dem Fluß und bespritzte sein Gesicht.

»Das war ein schönes Lied!« hörte er eine sanfte Stimme. »Hast du für mich gespielt, Weißer Biber?«

Er fuhr herum und sah Büffelfrau, die wie eine Traumgestalt im hohen Gras stand und ihn liebevoll anblickte. Das Mondlicht ließ ihr Gesicht noch weicher und hübscher erscheinen. Sie kam näher, und er sah, daß in ihren Augen helle Sterne blitzten. Er spürte einen dicken Knoten in seinem Hals. Seine Knie wurden weich, und er wäre am liebsten davongerannt.

»Hast du die Sprache verloren, Weißer Biber?«

Er bemerkte das verführerische Glitzern in ihren Augen und nahm seinen ganzen Mut zusammen. »Ja, ich habe für dich gespielt«, sagte er. »Ich verehre dich, Büffelfrau. Mein Herz klopft, wenn ich an dich denke, und ich träume davon, dich in den Armen zu halten. Meine Gedanken kreisen nur um dich.«

»Das ist gut«, antwortete sie, »auch ich habe an dich gedacht. Die Geister haben mich an den Fluß geführt, damit ich dein Liebeslied höre und meinen Gefühlen folgen kann.«

»Du hast ... Gefühle für mich?«

»Ja, Weißer Biber.«

Sie sanken einander in die Arme.

Sie genoß seinen starken Körper und den herben Geruch seiner Männlichkeit. Wie schön es war, Frau zu sein, dachte sie verwirrt. Sie gab sich der Lust und den neuen Gefühlen hin, bis sie seine Hand auf ihren Schenkeln spürte und ihr klar wurde, daß sie dabei war, ein strenges Tabu des Volkes zu brechen.

»Das dürfen wir nicht«, sagte sie keuchend. Sie löste sich aus seinen Armen und ordnete ihr Kleid. Mit einer nervösen Bewegung strich sie ihre Haare glatt. »Ich verehre dich, Weißer Biber, auch ich möchte ein Tipi mit dir teilen. Aber ich brauche Zeit. Warte, bis ich meinen Schutzgeist getroffen habe. Er wird uns sagen, was wir tun sollen. Gute Nacht, Weißer Biber.« Sie rannte davon und verschwand in der Dunkelheit.

16

Vision

Die ersten Strahlen der Morgensonne weckten das Dorf. Die tsis tsis tas hatten bis spät in die Nacht gesungen und getanzt, und sogar der alte Sieht-hinter-die-Berge war erst nach Mitternacht in seine Felle gekommen. Der Ausrufer saß müde auf seinem Pferd, als er seine Runde ritt und die einzelnen Gruppen des Volkes verabschiedete. »Es war ein guter Sonnentanz«, rief er, »und wir freuen uns auf das nächste Jahr, wenn wir uns in einem Tal des Gänseflusses treffen. Die Ratshäuptlinge verabschieden sich von euch. Wolfsgesicht, unser Süßer-Medizin-Häuptling, hat die heiligen Pfeile in sein Bündel gepackt und bürgt mit seinem Leben für die Zukunft des einzig wahren Volkes. Lebt wohl, meine Brüder. Das ist alles, was ich zu sagen habe.«

Die Hügelleute brauchten nur wenige Stunden, um die Tipis abzubauen und ihre Sachen zu packen. Sie überquerten den Verrückten Fluß und zogen durch das felsige Land nach Süden. Sie hatten beschlossen, ihr Sommerlager bei den Heiligen Bergen aufzuschlagen, auch mit dem Hintergedanken, daß Sieht-hinter-die-Berge sie verlassen würde und an einem heiligen Ort bestattet werden mußte. Sie wurden lautstark verabschiedet, und Kleiner Falke konnte es sich nicht verkneifen, am Flußufer entlangzureiten und einige seiner Kunststücke zu zeigen. »Aiee, ich bin Kleiner Falke«, rief er prahlerisch, »Ich habe die Mutprobe bestanden, und man wird überall an den Feuern von meinen Heldentaten erzählen.«

Die Zuschauer johlten begeistert, als der junge Krieger einen Handstand auf seinem Pony machte und sich mit einem Salto auf den Rücken des Tieres fallen ließ. Die meisten Hügelleute und vor allem Blitzfrau schüttelten nur den Kopf. Sie kannten Kleiner Falke und wußten seit vielen Jahren, daß er gerne mit seinen Reitkünsten angab. »He, Kleiner Falke!«

rief Gefleckter Wolf spöttisch. »Paß auf, daß du nicht runterfällst!«

Kleiner Falke ritt dicht an ihm vorbei und hüllte ihn in eine Staubwolke ein. »Paß du lieber auf, daß deine Haare nicht schmutzig werden!« Gefleckter Wolf war sehr modebewußt und trug seine langen Haare nur auf eine Seite gekämmt. Zahlreiche Knochenspangen und bunte Lederschnüre verzierten den schwarzen Zopf. Beim Sonnentanz hatten ihn einige Krieger verspottet, weil sie glaubten, daß er eine Mann-Frau wie Weißes Pferd war, aber er hatte sie eines Besseren belehrt und sich offen mit einem Mädchen der Felsenleute gezeigt. Er wollte sie im Mond der Pflaumen besuchen und die Flöte für sie spielen.

Büffelfrau sah schmunzelnd zu, wie Kleiner Falke sich auf eine Seite seines Ponys fallen ließ und den Kriegsruf der Hügelleute ausstieß. Er war ein feuriger Krieger. Sie ritt neben dem alten Packpferd, das die Schleppbahre mit dem schwachen Sieht-hinter-die-Berge zog. Der Schamane schlief die meiste Zeit. Er hielt seinen Wanderstock in der linken und sein heiliges Bündel in der rechten Hand. Sein Gesicht war eingefallen, und die Haut spannte sich wie Pergament über seinen Knochen.

Als sie an einer Quelle rasteten, holte Büffelfrau ihm etwas zu essen und frisches Wasser. Er trank die heiße Suppe und nickte dankbar, als die junge Frau ihm den Behälter mit dem kühlen Wasser an die Lippen setzte. Sein Körper war bereits gestorben, aber seine Augen lebten immer noch, und seine Stimme war zu einem heiseren Flüstern verkümmert. »Dein Schutzgeist wartet auf dich«, kam es leise über seine Lippen, »du mußt gehen.«

»Ich weiß«, erwiderte sie, »sobald wir den Platz erreicht haben, an dem wir unser Sommerlager aufschlagen, werde ich gehen. Willst du immer noch auf mich warten, Onkel?«

»Ja«, antwortete er leise.

Zwei weitere Tage vergingen, bis die Heiligen Berge in der flimmernden Hitze auftauchten, und einen Tag brauchten sie, um das fruchtbare Tal zu erreichen, das sich an einem Seitenarm des Gänseflusses erstreckte. Büffelfrau half ihrer Mutter und Windfrau, das Tipi aufzustellen, dann suchte sie ihren Vater und sagte: »Ich gehe in die Heiligen Berge, Vater. Ich werde fasten und meinen Schutzgeist treffen. So ist es vorbestimmt.«

»Ja«, erwiderte Büffelhöcker. Er wußte schon seit einigen Tagen, daß seine Tochter bereit war, ihre Vision zu erleben. Sie hatte die Büffel gejagt, und sie würde wie ein Mann in die Berge ziehen und die Nähe der Geister suchen. »Ich bin stolz auf dich, meine Tochter, und ich werde für dich beten.«

»Ich danke dir, Vater.«

Auch von ihrer Mutter und Windfrau verabschiedete sie sich. Sie packte etwas Trockenfleisch und einen Behälter mit Wasser in ihre Ledertasche, damit sie nach dem Fasten etwas hatte, und führte Sturmwind zum Tipi des Schamanen. Sie betrat das Zelt und blieb rechts vom Eingang stehen, bis der alte Mann sie mit einem Nicken zum Nähertreten aufforderte. Rehfrau hatte ihn auf ein Büffelfell gelegt und saß neben ihm. Sie würde ihn pflegen, bis Büffelfrau zurückgekehrt war. Als sie die junge Frau neben dem Eingang stehen saß, verließ sie das Tipi.

»Ich bin bereit«, sagte sie laut, damit er sie hören konnte. »Wirst du noch dasein, wenn ich zurückkomme?«

»Ja, meine Tochter«, flüsterte er.

»Das ist gut«, sagte sie dankbar. Sie blieb einen Augenblick lang stehen und erwies ihrem Lehrmeister stumm die Ehre, dann verließ sie das Tipi und sprang auf Sturmwind. Mit Tränen in den Augen ritt sie in den lehmgelben Fluß. Sie trieb ihr Pony durch das träge Wasser und sprengte auf die offene Prärie hinaus. Die neugierigen Blicke der Hügelleute folgten ihr, bis sie im Hitzedunst verschwunden war. Es geschah zum ersten Mal seit vielen Jahren, daß eine Frau in die Berge ritt, um zu fasten und ihre Vision zu bekommen, und alle waren stolz auf sie. Vor allem Weißer Biber, der auf einen Felsen geklettert war und auf seiner Flöte spielte, als Büffelfrau aus dem Dorf ritt.

Es war ein heißer Tag, und sie trug nur ihr weißes Lederkleid, das Keuschheitsband und die Mokassins. Ihre Haare hatte sie zu Zöpfen geflochten, und um den Hals trug sie eine

Kette aus Muscheln, die ein fremder Geschichtenerzähler aus dem Westen mitgebracht hatte. Ihr Gesicht hatte sie mit Farbe bemalt. Sie trug ihren Bogen und den Köcher mit den Pfeilen auf dem Rücken und hatte das Messer griffbereit im Gürtel stecken. Man wußte nie, wem man in den Bergen begegnete. Es gab Shar-ha, die keine Angst vor den Heiligen Bergen hatten und sich dort versteckten. Vor einigen Jahren waren zwei junge Mädchen von ihnen geraubt worden, als sie sich in den Bergen verirrt hatten.

Die Sonne stand hoch am Himmel, als sie die Ausläufer der Heiligen Berge erreichte. Sie ritt durch ein ausgetrocknetes Bachbett und trieb ihr Pony einen mit Geröll übersäten Hang hinauf. Auf dem Hügelkamm verharrte sie minutenlang, und ihr Blick wanderte über die felsigen Gipfel und die grünen Täler, die still und erhaben unter der Sonne lagen. Sie hatte die Heiligen Berge schon oft gesehen und war mit Sieht-hinter-die-Berge dort gewesen, als er die Pfeife geraucht und zu den Geistern gebetet hatte, aber diesmal machten sie einen ganz besonderen Eindruck auf sie. Eine seltsame Ruhe ging von ihnen aus, als hätten geheimnisvolle Kräfte von der Erde und allen lebendigen Dingen Besitz ergriffen.

Büffelfrau folgte dem Hügelkamm und ritt in eines der grünen Täler hinab. Dort gab es Bäume und Blumen, und das grüne Gras bildete einen deutlichen Kontrast zu den grauen Felsen, die wie drohende Wächter aus der Erde stiegen. Ein Bussard kreiste über ihr und krächzte laut. Er führte sie zu dem heiligen Ort, an dem sie ihre Vision empfangen würde, das wußte sie, seitdem sie den einsamen Raubvogel am Himmel entdeckt hatte. »Ich sehe dich, Bussard«, rief sie, »führe mich an den Ort!«

Der Bussard krächzte wieder und segelte lautlos über das Tal hinweg. Er verschwand in einer Felshöhle, die weit oben in dem grauen Stein klaffte, und sie wartete ungeduldig darauf, daß er wieder im Freien erschien und weiterflog. »Bussard, wo bist du?« rief sie ängstlich. »Komm und führe mich!« Aber der Raubvogel blieb verschwunden, und alles blieb still. »Du meinst, ich soll in die Höhle gehen? Wie komme ich dort hinauf, Bussard?«

Die Antwort blieb aus, und sie blickte verständnislos zu der Felshöhe hinauf. Sie lag im Schatten eines steinernen Gipfels verborgen, und niemand sagte ihr, wie man den Eingang erreichen konnte.

Sie ritt weiter und nahm ihren Bogen vom Rücken. Die Gegend kam ihr nicht geheuer vor, und sie hatte Angst. Mit den Oberschenkeln lenkte sie Sturmwind durch einen Bach und über eine Wiese mit bunten Blumen. Sogar die Grillen hielten den Atem an, als sie einen alten Pfad entdeckte, der in zahlreichen Windungen zu der Höhle führte.

Sturmwind zögerte, den staubigen Pfad zu betreten. Er war sehr schmal und führte über brüchigen Fels, der seit vielen Monden nicht mehr betreten worden war. Schwüler Wind verfing sich zwischen den Felswänden und sang ein geheimnisvolles Lied. Die Sonne wurde von einem Gipfel verdeckt. Büffelfrau blieb im Sattel und vertraute den Geistern, die sie in der Höhle sehen wollten, sonst hätten sie den Bussard nicht geschickt. Der Aufstieg dauerte mehrere Stunden. Der Abgrund öffnete sich dicht neben den Hufen ihres Ponys, und ein falscher Tritt bedeutete ihren sicheren Tod. Die Steine, die sich unter den Hufen des Tiers lösten, verloren sich in der ewigen Dunkelheit.

Endlich erreichte sie die Höhle. Der Eingang war größer, als sie gedacht hatte, und sie mußte sich nicht einmal bücken, obwohl sie im Sattel sitzen blieb. Es war kühl in der Höhle. Die Wände waren feucht, und sie hörte den hohlen Klang von plätscherndem Wasser. Eine Maus huschte vor den Hufen ihres Ponys über den Boden und verschwand in einer Felsspalte.

Sie ritt langsam weiter. Der Bussard war nicht zu sehen, und sie fragte sich bereits, ob die bösen Geister den Raubvogel geschickt und sie in eine Falle gelockt hatten. Das Flattern unsichtbarer Flügel belehrte sie eines Besseren. Sie folgte dem Geräusch und spürte einen leichten Windhauch im Gesicht. Irgendwo mußte ein zweiter Ausgang sein. Sie sah den Schatten des Bussards und folgte ihm durch die weitverzweigten Gänge der Höhle. Die Hufschläge ihres Ponys wurden als hohles Echo von den Wänden zurückgeworfen. Sie sah Licht, stieg aus dem Sattel und führte das Pony an den Zügeln. Sturmwind schnaubte freudig, als er spürte, daß sie gleich wieder im Freien waren.

Vor der Höhle öffnete sich ein langgestrecktes Tal mit grünen Bäumen und bunten Blumen. Hohe Felswände schirmten es nach allen Seiten ab. Am Ufer eines schäumenden Baches standen einige Rehe und grasten zufrieden. »Dies ist der Platz«, sagte Büffelfrau, als sie auf dem Kamm eines Hügels stand, »dies ist der Platz, an dem ich fasten werde.«

Sie band ihr Pony an einen Strauch und breitete ein Büffelfell auf dem Boden aus. Sie breitete die Arme aus und betete. »Großer Geist«, rief sie, »du hast mich in dieses Tal geführt, damit ich meinem Schutzgeist begegne. Ich werde fasten und beten, bis es soweit ist. Beschütze den alten Sieht-hinter-die-Berge, solange er noch in dieser Welt wohnt, und beschütze die Männer, Frauen und Kinder des wahren Volkes. Ei-e-ya, ich bin gekommen und werde fasten, bis ich meine Bestimmung finde. Beschütze mich auf meinem Weg in die Traumwelt.«

Die erste Nacht und der erste Tag vergingen, und nichts geschah. Sie spürte ihren leeren Magen und sie sehnte sich nach dem frischen Wasser, das mit dem Bach durch das Tal floß, aber sie blieb stark und fastete. Es war enttäuschend, keine Veränderung zu spüren und auch den zweiten Morgen ohne einen Traum und ohne eine besondere Erfahrung zu erleben. Das Tal veränderte sich nicht, und lediglich die Rehe waren vom Fluß in ein nahes Wäldchen gezogen. Die Bäume waren immer noch grün, und die Blumen waren immer noch bunt. Die Sonne schien unvermindert heiß vom Himmel und trieb ihr den Schweiß auf die Stirn, aber ihr Geist war wach und sperrte sich gegen die Träume und Bilder aus der anderen Welt. Erst als die Sonne hinter den Felsen verschwand, und die Dämmerung das Tal grau färbte, ging eine Veränderung in ihr vor. Sie sah plötzlich alles deutlicher vor ihren Augen, die Bäume, die Blumen und die kleinen Käfer, die zwischen den Grashalmen nach Nahrung suchten. Sie hörte sogar, wie die Insekten mit ihren dünnen Beinen über die Erde krabbelten. Ihre Sinne waren schärfer als zuvor, und sie schloß die Augen und betete zum Großen Geist, ihr endlich eine Vision und den Schutzgeist zu schicken.

Das geschah erst in der vierten Nacht. Die Erschöpfung war so stark, daß sie schon am frühen Abend in einen tiefen Schlaf versank und verwirrende Bilder sah. Später konnte sie sich an kein einziges dieser Bilder erinnern. Die Farben wechselten, und sie stürzte in einen dunklen Abgrund und versank in einem tiefen Fluß. Der Sog zerrte sie in die Tiefe. Dann erfaßte eine starke Strömung ihren Körper und schleuderte ihn auf eine feuchte Uferwiese. Dichter Nebel wogte über dem hüfthofen Gras. Sie erwachte und sah sich einem Büffel gegenüber.

»Ich grüße dich, mein Bruder«, sagte sie.

»Ich grüße dich«, erwiderte der Büffel. Er war mächtiger und stärker als alle Büffel, die sie bisher gesehen hatte, und seine Stimme hatte einen dunklen, beinahe rauhen Klang. Seine Augen leuchteten geheimnisvoll. »Ich bin gekommen, um dir zu sagen, welchen Weg du gehen mußt.«

»Ich danke dir, mein Schutzgeist.«

»Ich bin nicht dein Schutzgeist«, antwortete der Büffel ruhig, »ich bin der Schutzgeist von Sieht-hinter-die-Berge, der morgen in die andere Welt gehen wird. Du bist eine besondere Frau, und die Geister haben mich geschickt, dir etwas auszurichten.«

»Ich höre, mein Bruder.«

»Dein Schutzgeist wartet im Norden auf dich, dort, wo der frostige Mann die Kälte herbeizaubert. Zwischen den Gipfeln, die den Himmel berühren.«

»Wie sieht er aus?«

»So wie ich, aber er hat ein weißes Fell, und seine Stimme ist heller als meine. Geh und suche ihn, Schwester. Er wartet im Land der weißen Berge auf dich. Berühre sein weißes Fell und stelle ihm die Fragen. Er wird sie alle beantworten.«

»Ich habe von einem Feuer und dunklen Gestalten geträumt«, sagte sie, »ich habe Blut an meinen Händen gespürt und gesehen, wie jemand die heiligen Pfeile rauben wollte. Viele Gefahren bedrohen mein Volk. Wie kann ich es retten, Bruder?«

»Frage deinen Schutzgeist.«

»Aber die schneebedeckten Berge sind weit, und ich werde zwei oder drei Monde unterwegs sein. Wer soll die Hügelleute beschützen, wenn ich nach Norden reite?«

»Deinem Volk wird nichts geschehen«, sagte der Büffel, »ich werde es beschützen. Es wird keinen Krieg geben, und niemand wird sterben, solange du weg bist. Vertrau mir, meine Tochter.«

Büffelfrau dachte an ihren Verehrer, der ungeduldig auf sie wartete und auf ihre Liebe hoffte. »Was ist mit Weißer Biber? Darf ich ihn lieben? Darf ich ihn heiraten?«

»Du bist ungeduldig«, antwortet der Büffel, »das ist nicht gut. Frage deinen Schutzgeist, er wird es wissen. Verabschiede dich von Sieht-hinter-die-Berge und reite zu ihm.«

»Das werde ich tun, mein Bruder.«

Der Büffel versank im Morast, und sie erwachte. Ihre Augen flackerten, als sie in die Morgensonne blickte, und sie brauchte einige Zeit, um ihre Gedanken zu ordnen. Das ist seltsam, dachte sie, mir ist der Schutzgeist meines Lehrmeisters erschienen. Weil ich eine Frau bin? Weil der Große Geist eine besondere Aufgabe für mich bereithält? Sie stöhnte leise. Der Traum war unbefriedigend gewesen, weil sie keine Antworten bekommen hatte. Sie mußte weit nach Norden reiten und fernab der Heimat nach ihrem Schutzgeist suchen. Warum machte der Große Geist es ihr so schwer?

Sie trank frisches Wasser und aß ein wenig von dem Proviant. Es war nicht gut, die Nahrung nach einer Fastenzeit gierig in sich hineinzuschlingen. Es war auch nicht gut, sofort in den Sattel zu steigen. Sie wartete, bis die Sonne über den Gipfeln erschien und stieg erst dann auf ihr Pony. Sie ritt durch die Höhle und über den schmalen Pfad auf die Prärie zurück. Der Bussard erwartete sie. Als er sie bemerkte, schlug er mit den Flügeln und flog krächzend davon. Er würde zum Dorf eilen und dem Schamanen sagen, daß dessen Leidenszeit vorüber war.

17
Aufbruch

Sieht-hinter-die-Berge lag im Sterben, als sie das Dorf erreichte. Sie sprang von ihrem Pony, klopfte mit der flachen Hand an die Zeltklappe und betrat sein Tipi. Sie erschrak, als sie das eingefallene Gesicht ihres Lehrmeisters sah, und kniete betrübt vor ihm nieder. »Geh«, sagte sie leise zu Rehfrau, »ich will mit ihm allein sein.« Die alte Frau verließ das Tipi.

Büffelfrau griff nach der rechten Hand des Schamanen und erschrak, wie leicht und zerbrechlich sie war. »Ich grüße dich, Onkel«, sagte sie, »es freut mich, dich in dieser Welt zu sehen. Ich bin gekommen, um mich von dir zu verabschieden.«

Der Schamane lächelte kaum sichtbar. Er bewegte die dünnen Lippen und brauchte ein ganze Weile, um sich verständlich zu machen. »Ich grüße dich, meine Tochter«, erwiderte er leise. »Ich habe auf dich gewartet. Mein Körper ist schwach, und ich werde diese Welt verlassen, wenn ich dich gehört habe.«

»Du hattest ein gutes Leben, Onkel.«

»Ich weiß«, sagte der Schamane, »meine Medizin war immer stark, und ich habe viele Winter gesehen. Ich habe die Ponys der Ho-he gestohlen und die Skalpe der Shar-ha erbeutet, und ich habe für mein Volk gebetet und die Büffel gefunden. Jetzt bin ich alt, und der Große Geist ruft mich in eine andere Welt.«

»Aiee, du warst ein großer Mann.«

»Und du bist eine würdige Nachfolgerin.« Der alte Mann rang nach Luft, und es dauerte einige Atemzüge, bis er neue Kraft gesammelt hatte. »Du wirst unser Volk in eine neue Zukunft führen. Du wirst die Büffel holen und Krankheiten und Hunger von ihm fernhalten. Deine Kraft wird den Hügelleuten helfen, die Gefahren des Lebens zu meistern.« Er hustete leise, und sie wischte ihm den Speichel aus den

Mundwinkeln. »Was hast du in den Bergen gesehen? Wie war deine Vision?«

»Ich hatte eine seltsame Begegnung«, begann sie mit ihrem Bericht, »ich habe deinen Schutzgeist gesehen.« Sie erzählte von dem großen Büffel und den Anweisungen, die sie von ihm bekommen hatte. »Ich soll den weißen Büffel finden«, sagte sie, »er wartet im Land der weißen Berge auf mich. Er wird mir sagen, welchen Weg ich gehen muß.« Sie schob eine Hand unter den Nacken des sterbenden Schamanen und hielt ihm eine Schale mit Wasser an den Mund. Sie wartete, bis einige Tropfen über seine Lippen perlten, und fragte: »Warum habe ich deinen Schutzgeist getroffen, Onkel? Warum muß ich nach Norden ziehen und nach dem weißen Büffel suchen?«

»Ich weiß es nicht«, antwortete der Schamane mit schwacher Stimme. Seine Augen hatten allen Glanz verloren, und seine Hände begannen zu zittern. »Die Geister werden einen Grund dafür haben, dich auf eine so lange Reise zu schicken.« Seine Stimme brach. Er rang mühsam nach Luft und stammelte: »Es muß ... etwas ... sein, daß ... am Wege ... auf dich ... wartet ...«

»Onkel!« rief sie erschrocken.

Sieht-hinter-die-Berge spürte, wie das Leben aus ihm entwich. Er hatte keine Angst. In der anderen Welt gab es ein Tipi für ihn, und er würde wieder als junger Krieger über die Prärie reiten und den Büffel jagen. Der Weg dorthin war beschwerlich, und es tat weh, die Menschen des Volkes zu verlassen, aber am Ende der hängenden Straße am Himmel brannte das Licht eines neuen Lebens.

Er nahm seine letzte Kraft zusammen und richtete sich auf. »Ich ... muß ... gehen«, brachte er mühsam hervor, »leb wohl, meine ... Tochter ... es war ... ein ... gutes ... Leben ...« Er streckte die freie Hand nach seinem heiligen Bündel aus und schloß die Augen. »Ich ... bin ... müde ...«

Sieht-hinter-die-Berge sank zurück und starb. Der Medizinmann der Hügelleute war tot. Der heilige Mann, der als junger Krieger viele Feinde getötet und als weiser Schamane zu den Geistern gebetet hatte, war nicht mehr auf dieser Welt.

»Eni-to-eme«, sagte Büffelfrau leise. Sie stimmte das Totenlied der tsis tsis tas an und öffnete ihre Zöpfe, bis ihr Haar offen auf die Schultern fiel. Mit dem Messer fügte sie sich blutige Wunden an Beinen und Armen zu. Ihr Klagelied drang durch das ganze Dorf, und überall in den Tipis verstummte das Lachen, und Männer, Frauen und Kinder trauerten mit der jungen Frau. Sieht-hinter-die-Berge war von ihnen gegangen. Ein tapferer Krieger und ein großer Schamane lebte jetzt in einer anderen Welt. Das war ein schwerer Tag, und es würde lange dauern, bis die Fröhlichkeit in die Tipis der Hügelleute zurückkehrte.

Sieht-hinter-die-Berge wurde auf einem Gerüst in den Heiligen Bergen bestattet. Mit seinem Leichnam wurden das heilige Bündel und die heiligen Gegenstände in ein Fell gewickelt. Sein bestes Pferd wurde erschossen, damit es ihn auch in der anderen Welt über die Prärie tragen konnte. Sein Tipi und die wenigen Dinge, die er besessen hatte, wurden verbrannt.

»Großer Geist«, sagte Büffelfrau, als ihr Vater und die anderen Männer und Frauen gegangen waren, »wache über den alten Mann, der von uns gegangen ist. Führe ihn in die andere Welt, die jenseits der hängenden Straße auf ihn wartet. Heilige Kraft der Erde, sei bei ihm. Geister der vier Richtungen, begleitet ihn auf der langen Reise, die wir alle einmal antreten werden. Er war ein großer Mann. Ich werde seine Botschaft immer im Herzen tragen und den Hügelleuten eine gute Medizinfrau sein.«

Büffelfrau kehrte ins Dorf zurück und verabschiedete sich von ihren Verwandten und Freunden. Sie wollte keine Zeit verlieren. Als heilige Frau der Hügelleute mußte sie wissen, welcher Weg ihr vorbestimmt war. Es war lebensnotwendig, den Weißen Büffel zu finden und seine Antworten zu hören. Sie verstaute einen Behälter mit frischem Wasser und eine Ledertasche mit Pemmikan und anderen Vorräten auf ihrem Pony und prüfte, ob der Medizinbeutel mit der toten Eidechse und dem Stein um ihren Hals hing. Nachdem sie ihr Pony am Fluß getränkt hatte, ritt sie geradewegs nach Norden.

Von den Felsenleuten wußte sie, daß die schneebedeckten

Berge jenseits des Sandigen Flusses lagen, an dem sie vor vielen Jahren gegen die Ho-he gekämpft hatten. Es war ein langer und gefährlicher Ritt. Auf der anderen Seite des Sandigen Flusses begannen die Jagdgründe der Ho-he, und sie mußte damit rechnen, von feindlichen Kriegern überfallen zu werden. Sie war eine gutaussehende Frau, für die viele Ho-he einen Finger ihrer rechten Hand gegeben hätten. Sie war auf sich allein gestellt und hatte nur ihren Bogen und die Pfeile, die sie während des langen Winters angefertigt hatte. Es lag an den Geistern, sie unbehelligt durch das feindliche Land zu führen.

Während der ersten Tage kam sie rasch voran. Sie ritt in einem leichten Galopp über die sanft gewellte Prärie und hielt nur an, um ihrem Pony etwas Ruhe zu gönnen. Sie wollte so schnell wie möglich das Land der Felsenleute erreichen. In den eigenen Jagdgründen hatte sie kaum etwas zu befürchten, die Feinde waren viele Tagesreisen entfernt, und auch die Natur stellte ihr keine Hindernisse in den Weg. Sie war nicht sorglos. Wenn ihre Medizin schlecht war, trieben sich die Shar-ha oder Ho-he auch in ihrem Land herum. Aber ihre Träume waren gut, und sie vertraute den Kräften der guten Geister, die wollten, daß sie ihren Schutzgeist traf und zu den Hügelleuten zurückkehrte.

Sie aß und trank im Sattel und stieg erst ab, wenn die Sonne unterging. Die Nacht verbrachte sie in tiefen Bodensenken und zwischen den Bäumen, die am Ufer von Flüssen, Seen und anderen Wasserstellen wuchsen. Sie aß von dem Pemmikan, das sie eingepackt hatte, einer Masse aus Trockenfleisch und Waldbeeren, und trank von dem Wasser, das sie in einem Darm mitführte. Am dritten Abend erlegte sie ein Kaninchen und briet die besten Stücke über einem kleinen Feuer. Die langen Fastentage hatten sie hungrig gemacht, und es dauerte einige Zeit, bis sie wieder bei Kräften war. Sie wachte mit der Sonne auf und ging mit der Sonne schlafen. Sie brauchte ihre Kraft für die kalten und gefahrvollen Nächte im Norden.

Nach den ereignisreichen Tagen beim Sonnentanz tat es gut, allein über die Prärie zu reiten. Sie empfand die Einsamkeit wie ein erfrischendes Bad, das sie von der Vergangenheit befreite und auf eine lange Zukunft vorbereitete. Der Wind blies die Erinnerung an sorgenvolle Träume aus ihren Gedanken und machte sie frei für die Botschaft des Weißen Büffels, die ihr Denken und Handeln in der Zukunft bestimmen würde. Würde sie ihn finden? Wußte er die Antworten auf ihre Fragen?

Büffelfrau ließ ihr Pony in einen leichten Trab fallen. Vor ihr breitete sich die Prärie wie ein grüner Teppich aus. Sattes Gras bedeckte die sanften Hügel, deren Umrisse in dem klaren Licht noch schärfer wirkten. Die Sonne stand hell am leicht bewölkten Himmel. Der Wind kam von Süden und zauberte einen silbernen Glanz auf die Hügel, wenn sich das kniehohe Gras unter den warmen Böen duckte und flach auf den Boden legte. Es war ein weites Land, das bis zum Rand der Erde reichte, und sie war ein Teil dieser unermeßlichen Natur.

Zwei Wochen lang begegnete sie keinem anderen Menschen. Sie war allein auf der Prärie und genoß den Wind und das hochsommerliche Wetter. In einer Senke schreckte sie einige Büffel auf, die in einer dichten Staubwolke verschwanden, und auf der Ebene traf sie Antilopen, Hirsche und einen alten Wolf, der vergeblich nach den Spuren der Büffel suchte. Ein Bussard zog weit über ihr seine Kreise. Keines der Tiere sprach zu ihr, und auch das Land blieb stumm.

Nach einigen Tagen wurde es schwüler, und am Himmel erschienen dichte Wolken, aber der Donnervogel schwieg.

Büffelfrau dachte oft an den toten Schamanen. Ihre Wunden waren verheilt, und sie trauerte nicht mehr. Sieht-hinter-die-Berge war in einem Dorf der anderen Welt, das keinen Hunger und keine Sorgen kannte. Warum sollte sie um ihn weinen? Das Leben nach dem Tod war wunderbar. Es war das Sterben, vor dem sich alle Menschen fürchteten. Das langsame Dahinsiechen in einem Tipi oder das Verhungern in einem strengen Winter. Sieht-hinter-die-Berge hatte die qualvollen Tage des Alters überstanden. Er war in einer besseren Welt, und sie freute sich schon jetzt darauf, ihm einmal in dieser Welt zu begegnen.

Die Gedanken an den Schamanen gaben ihr Kraft. Ihr Körper füllte sich mit neuer Wärme, und das Blut pulsierte stärker in ihren Adern. Das Wissen und die Stärke des weisen Mannes waren in ihren Körper übergegangen und schenkten ihr den Mut, mit offenen Augen in eine sorgenvolle Zukunft zu blicken. Sie würde die Antworten des weißen Büffels annehmen, auch wenn sie ihr nicht gefielen. Der Traum von den blutigen Pfeilen, die unheilvollen Gestalten am nächtlichen Feuer, was hatte das zu bedeuten? Welche Rolle spielte Weißer Biber in ihrer Zukunft?

Der halbe Mond war zum Vollmond geworden, als sie von drei Spähern der Felsenleute entdeckt wurde. Ein erfahrener und zwei junge Krieger, die am Verrückten Fluß ihre Mutprobe abgelegt hatten, zügelten ihre Ponys auf einem Hügelkamm und grüßten sie ehrerbietig. Sie hatten Büffelfrau erkannt. Seit dem Sonnentanz wußten alle Krieger, daß sie eine heilige Frau mit magischen Kräften war und die Nachfolge von Sieht-hinter-die-Berge angetreten hatte. Sie hatte den Büffel gejagt, und man mußte ihr mit Respekt und Hochachtung begegnen.

»Ich grüße Büffelfrau, die tapfere Medizinfrau der Hügelleute«, sagte der erfahrene Krieger. Er war mit einem Lendenschurz und Mokassins bekleidet und trug drei Adlerfedern im Haar. Neben seinem schmalen Mund war eine Messernarbe. »Ich bin Stehender Vogel von den Felsenleuten. Das sind Schneller Fuchs und Steht-auf-dem-Boden, der Sohn unseres Häuptlings.« Er deutete auf seine jungen Begleiter. »Wir haben vom Tod des alten Mannes gehört und trauern mit euch.«

Büffelfrau hatte eine Hand erhoben und grüßte die Krieger. Sie erinnerte sich an die jungen Krieger, die beim Sonnentanz besonders tapfer gewesen waren und bald auf den Kriegspfad gehen würden. Das sah sie an ihren entschlossenen Gesichtern.

Sie ließ die Hand sinken. »Ich reite zu den schneebedeckten Bergen, um mehr über die Zukunft meines Volkes zu erfahren.«

Stehender Vogel wußte, daß sie ihm nicht mehr sagen

würde, und es schickte sich nicht, eine heilige Frau nach Dingen zu fragen, die nur sie etwas angingen. »Die schneebedeckten Berge liegen weit im Norden«, sagte er nur. »Möchtest du dich an unserem Feuer ausruhen, bevor du weiterziehst?«

Büffelfrau überlegte und willigte ein. Sie war einen halben Mond allein unterwegs gewesen, und die Geister hatten sicher nichts dagegen, daß sie sich stärkte, den Geschichten der Felsenleute lauschte und in einem Tipi übernachtete, bevor sie in das Land der Ho-he ritt. Sie folgte den Kriegern in ein grünes Tal, das von braunen Felsen eingerahmt wurde, und wurde von den Felsenleuten überschwenglich begrüßt. Sie empfanden es als Ehre, die heilige Frau des Volkes bewirten zu dürfen, und führten sie zum Tipi des Häuptlings. Adlerkopf war durch das Bellen der Hunde nach draußen gelockt worden, und hielt ihr beide Hände zur Begrüßung hin. »Sei willkommen, Büffelfrau!«

Abends wurde ein großes Feuer angezündet, und die jungen Krieger, die Büffelfrau gefunden hatten, brachten zwei Antilopen und ließen sie von den Frauen über den Flammen braten. Das fette Fleisch schmeckte herrlich. Dazu gab es Wurzelgemüse und frische Waldbeeren, die einige der Frauen am selben Morgen gepflückt hatten. Es war ein guter Sommer, und die Vorratstaschen der Felsenleute waren prall gefüllt.

Nach dem Essen hielt Adlerkopf eine Rede, die von seinen Heldentaten und dem Kriegszug vor zwei Wintern erzählte, als er mit den Hundesoldaten gegen die Ho-he geritten war und die Skalpe mehrerer Krieger erbeutet hatte. »Ich habe die heiligen Pfeile in das Dorf des Feindes getragen«, berichtete er stolz, »und die Skalpe der tapfersten Krieger hingen an meiner Lanze, als ich das Lager verließ. Ho, das waren gute Zeiten.« Auch von dem Kriegszug im Mond des leichten Schnees berichtete er. Seine Augen funkelten wütend, als er schilderte, wie er zwei Kriegern der Ho-he die Schädel gespalten hatte. »Wir haben den Tod unserer ehrenwerten Krieger gerächt, meine Brüder!«

Büffelfrau wollte dem Häuptling nicht nachstehen und

erzählte von ihrer ersten Büffeljagd. Sie lobte den Mut der tapferen Hügelleute, und sie sprach von den jungen Kriegern, die unerschrocken in den Staub geritten waren und am Verrückten Fluß die Mutprobe abgelegt hatten. Sie erzählte von Roter Mond, der sich den Hundesoldaten anschließen und mit ihrem Vater, dem tapferen Büffelhöcker, auf den Kriegspfad reiten würde, und sie nannte den Namen von Kleiner Falke, der besser als die meisten Hundesoldaten reiten konnte und die schönsten Pferde der Shar-ha stehlen würde. Auch von Weißer Biber berichtete sie. Ihre Stimme zitterte ein wenig, als sie ihn einen großen Denker nannte, aber niemand bemerkte es.

»Du bist eine ehrenwertes Frau«, sagte Adlerkopf anerkennend. Zustimmendes Gemurmel wurde laut. »Du lobst die jungen Männer deines Volkes und sprichst von Büffelhöcker, Bärenkopf, Läuft-rückwärts und Weißes Pferd. Wir kennen diese Namen und wissen, wie tapfer diese Krieger sind. Aber du sprichst wenig von dir. Wir haben gehört, daß du einen Büffel mit der bloßen Kraft deines Geistes aufgehalten hast, und wir wissen, daß du mehr Büffel getötet hast als die meisten Männer! Aiee, seit vielen Wintern hat es keine so tapfere Frau gegeben!«

»Ich fühle mich geehrt, Adlerkopf.«

Der Häuptling der Felsenleute rieb seine fettigen Hände an den Haaren trocken und griff nach seiner Pfeife. Er stopfte sie und ließ den Tabak von einem jungen Krieger entzünden. »Laß uns die geheimen Kräfte ehren«, sagte er, und sie rauchten beide und brachten Maheo, dem Erdgeist und den Kräften der vier Himmelsrichtungen ein Rauchopfer. Büffelfrau genoß den herben Duft des Tabaks. In ihrem Gebet bat sie den Großen Geist um eine gute Jagd und einen milden Winter.

»Du reitest nach Norden?« meinte der Häuptling, nachdem sie eine Weile geraucht hatten. Er wollte nicht aufdringlich erscheinen und stellte die Frage eher beiläufig.

Büffelfrau nickte. »Die Geister wollen es so.«

»Ein gefährliches Land.«

»Ich weiß, mein Häuptling.«

»Die Heimat der Ho-he.«

Sie nickte erneut. »Ich muß nach Norden reiten. So will es der Schutzgeist des Mannes, der gerade gestorben ist.« Sie vermied es, den Namen eines gerade Verstorbenen auszusprechen. »Am Fuße der schneebedeckten Berge werde ich erfahren, welchen Weg ich für unser Volk gehen muß. So will es Maheo.«

Adlerkopf zog an der Pfeife und blickte nachdenklich in den Rauch, der sich im Feuerschein verlor. Seine Augen waren ernst. »Soll ich einige Krieger mit dir schicken? Die Ho-he sind wütend auf uns und lauern darauf, daß wir ihnen in die Falle gehen. Es ist nicht gut, allein durch ihr Land zu reiten.«

»Ich weiß deine Hilfe zu schätzen«, erwiderte Büffelfrau, »aber die Geister wollen, daß ich allein reite. Ich suche meine Vision und habe erst den halben Weg hinter mir.«

»Das wußte ich nicht, meine Schwester.«

»Es ist gut, mein Bruder.«

Später, als sie allein in ihrem Tipi lag, wurde Büffelfrau klar, was die Geister wirklich von ihr verlangten. Sie schickten sie in das Land der feindseligen Ho-he und befahlen ihr, in das Land der schneebedeckten Berge zu reiten, das bisher nur wenige Krieger des Volkes betreten hatten. Sie schloß die Augen und umfaßte mit beiden Händen ihren Medizinbeutel. »Gebt mir die Kraft, diese Aufgabe zu bestehen«, betete sie, »seid bei mir, wenn ich den Fluß überquere und ins Land der Ho-he reite.«

18

Veho

Büffelfrau ritt ins Feindesland. Schmutziges Wasser spritzte unter den Hufen ihres Ponys, als sie den Sandigen Fluß an einer Furt durchquerte. Die Luft war frisch und kühl. Dichte Wolken hingen am Himmel und warfen Schatten auf das bergige Land. Viele Tagesritte vor ihr ragten die schneebedeckten Gipfel in den Dunst. Der Donnervogel flatterte über den schroffen Felsen und kämpfte gegen die Sonne, deren Licht in den Wolken zerfloß und lange Schatten auf den Boden warf.

Sie ritt über eine weite Ebene. Der harte und trockene Boden war mit Büffelgras und Salbei bewachsen. Ein lichter Laubwald versperrte die Sicht nach Osten, im Westen verlor sich die Prärie in einem Labyrinth aus Schluchten und Tälern. Es war ein unübersichtliches Land, wie geschaffen für einen Hinterhalt, deshalb zügelte sie auf jeder Anhöhe ihr Pony und sah sich aufmerksam nach Feinden um. Adlerkopf hatte recht. Es war sehr leichtsinnig, allein in das Land der Ho-he zu reiten, aber ihr blieb keine andere Wahl. Die Geister verlangen, daß man allein nach seiner Vision suchte. Der weiße Büffel wußte sicher, warum er sie in den Bergen der Ho-he erwartete.

Die ersten beiden Tage verliefen ohne einen Zwischenfall. Sie sah keinen Menschen, und selbst die Geister gaben ihr keine Rätsel auf. Ihr einziger Begleiter war der Wind, der aus den Bergen im Norden kam und kühle Luft mitbrachte. Die Sonne hatte ihren Kampf gegen den Donnervogel verloren und blieb hinter einer dichten Wolkendecke. Es regnete leicht. Sie hatte sich ein Büffelfell umgehängt und kniff die Augen gegen den immer stärker werdenden Wind zusammen. Es war kein angenehmer Ritt, aber sie hatte es nicht anders erwartet. Die Geister stellten sie schon mit der langen Reise auf die Probe.

Sie übernachtete zwischen einigen Felsen. Die mannshohen Steine boten ihr guten Schutz, aber sie war allein im Feindesland und zündete kein Feuer an. Ein paar Bissen von dem Pemmikan und einige Schluck aus dem Wasserdarm mußten genügen. Sie rollte das Büffelfell zwischen Krüppelkiefern aus. Ihr Bogen und der Köcher mit den Pfeilen lagen dicht neben ihr. Wenn die Ho-he kamen, war sie bereit. Sturmwind stand hinter einigen Büschen und zupfte an dem kniehohen Gras. Auch er wußte, daß dies ein besonderer Ritt war. Beim leisesten Geräusch würde er seine Herrin warnen, so hatte sie es ihm beigebracht. Sie betete und schlief ein.

Als der blasse Mond am höchsten stand, wurde sie durch ein Geräusch geweckt. Sturmwind schnaubte leise. Sie schreckte hoch, griff nach ihrem Bogen und zog einen Pfeil auf die Sehne. Ein kleiner Hirsch tauchte zwischen den Büschen auf, witterte die fremden Wesen und rannte davon. Sie ließ den Bogen sinken und legte sich wieder hin. Der Schlaf hüllte sie ein, und die Geister schickten ihr einen Traum, in dem Weißer Biber als stolzer Krieger über die Prärie ritt. An seiner Lanze hingen die heiligen Pfeile. Ein schwarzer Vogel stürzte sich auf ihn, und er stürzte vom Pony und verschwand in der Dunkelheit.

Sie wachte schweißgebadet auf und brauchte einige Zeit, bis sie sich an die Wirklichkeit gewöhnt hatte. Das Morgengrauen tauchte die Felsen in schiefergraues Licht. Es regnete nicht mehr, aber die Luft war feucht, und die dunklen Wolken am Himmel kündigten schlechtes Wetter an. Sie trank von dem Wasser und aß etwas Pemmikan, dann stieg sie auf ihr Pony und ritt aus dem Versteck.

Sie hielt auf einem Hügelkamm und musterte das Land, das vor ihr lag. Es hatte sich kaum verändert, seit sie den Fluß überquert hatte. Sie befand sich immer noch auf der Prärie, und die Berge waren immer noch weit entfernt. Die Ho-he waren nicht zu sehen. In einer Senke weideten einige Antilopen, und ein Kaninchen verschwand dicht vor ihr in seinem Bau. Sie rückte den Bogen und den Köcher auf ihrem Rücken zurecht und trieb das Pony an. »Ei-e-ya«, sagte sie leise, »lauf schneller, mein Pony. Der weiße Büffel wartet auf uns.«

Sturmwind verstand, was sie sagte, und flog über das bergige Land. Seine Mähne flatterte im Wind, von seinem Maul trieben Schaumfetzen. Büffelfrau lag flach auf seinem Rücken und genoß den frischen Wind, der sich in ihren Haaren verfing. Sie trieb ihn in eine langgestreckte Schlucht und griff ihm heftig in die Zügel, als sie die Aasvögel hinter den Felsen entdeckte. Sie kreisten über einem schlauchartigen Seitencanyon, der von dem Tal abzweigte und sich zwischen den Felsen verlor.

Minutenlang verharrte sie stumm im Sattel. Sie beobachtete die Schlucht und das hügelige Land, das dahinter lag. Von ihrem Vater hatte sie gelernt, daß man einen Feind auch sehen konnte, wenn man ihn nicht sah. Wenn die Präriehunde vor Angst in ihren Höhlen verschwanden, und die Rehe im Wald untertauchten, waren Menschen in der Nähe. Wenn die Vögel schwiegen, oder Vögel aus einem Weidendickicht stiegen, waren sie durch Menschen aufgeschreckt worden. Auch die Bäume und Büsche und die Steine konnten sprechen und verrieten ihr, wenn Gefahr drohte.

Nach einer Weile ritt sie weiter. Sie lenkte ihr Pony in die Schlucht hinab und stieß auf die Spuren von drei Reitern. Sie stieg ab und untersuchte die Abdrücke in der vom Regen aufgeweichten Erde. »Ho-he«, sagte sie. Zwei erwachsene Krieger und ein Junge. Die Spuren des einen Ponys hatten sich nicht so tief wie die anderen in den Boden gegraben. Sie waren nebeneinander geritten. Das zeigte ihr, daß sie keine Feinde in der Gegend vermuteten und glaubten, sich sorglos bewegen zu können. Die Spuren waren keinen halben Tag alt. Die Erde an den Rändern der Abdrücke war noch nicht eingefallen. Büffelfrau führte ihr Pony an den Zügeln. Vor dem Seitencanyon hatten die Ho-he ihre Ponys heftig angetrieben, anscheinend hatten sie ein Wild aufgestöbert und verfolgt. Sie entdeckte die Spuren einer Antilope und die Abdrücke der Ponys, die in einem gemächlichen Trott zurückgekehrt waren.

Büffelfrau schwang sich in den Sattel. Sie ritt in den schmalen Seitencanyon und fand die Überreste der Antilope. Einige Aasvögel flatterten erschrocken davon, als sie das lebendige Wesen sahen. Sie blickte sich um, nickte zufrieden und kehrte in die Schlucht zurück. Die Ho-he waren verschwunden. Es bestand keine Gefahr mehr, und sie brauchte keine Angst zu haben, von den Kriegern in einen Hinterhalt gelockt zu werden. Sie waren arglos. Die deutlichen Spuren erzählten Büffelfrau, daß die Ho-he hinter der Schlucht nach Westen abgebogen und zwischen einigen Hügeln verschwunden waren.

Sie ritt weiter nach Norden. Das Land wurde zerklüfteter, und der Wind blies immer kühler von den Bergen herab. Manchmal, wenn die Wolken auflockerten, konnte sie die schneebedeckten Gipfel sehen. Sie schienen zum Greifen nahe, aber sie hatte gelernt, Entfernungen richtig einzuschätzen, und wußte, daß die Sonne noch vier- oder fünfmal aufgehen würde, bis sie ihr Ziel erreicht hatte. Obwohl sie keine Spuren mehr sah, bewegte sie sich mit äußerster Vorsicht durch das feindliche Land.

Auf einem der zahlreichen Hügelkämme, die sie auf ihrem Weg nach Norden überquerte, zügelte sie erschrocken ihr Pony. Sie riß es hinter den Hügel zurück und sprang aus dem Sattel. Bäuchlings schob sie sich auf den Kamm zurück. Sie blickte zwischen einigen Sträuchern hindurch auf eine sattgrüne Wiese und hielt angestrengt den Atem an. Ihre Hände umklammerten den Bogen. Ein Mann ritt den Bergen entgegen. Er saß auf einem grauen Pferd, das wesentlich größer als ihr Pony war, und zog ein Packpferd hinter sich her. Es war mit Vorräten beladen.

»Ve-ho!« flüsterte sie. So nannte ihr Volk die weißen Männer mit den Haaren im Gesicht, die jetzt immer öfter in ihren Jagdgründen auftauchten. Ve-ho, die Spinne. Das Tier mit den langen Beinen, das ein Netz von Fäden spinnt und darauf wartet, daß sich die Feinde darin verfangen. So hinterhältig war der weiße Mann. Das erzählten Bärenmann und viele andere Krieger, die ihm schon einige Male begegnet waren.

Büffelfrau zog einen Pfeil auf den Bogen. Vor einigen Monden, als die ersten weißen Männer im Land der tsis tsis tas aufgetaucht waren, hatte es eine große Ratsversammlung gegeben, und die Häuptlinge hatten entschieden, daß Ve-hos es nicht wert waren, am Leben zu bleiben. Sie besaßen Feuerstöcke und rollende Tipis, aber ihre Haut war blaß, und sie taten seltsame Dinge, die kein Krieger des Volkes verstand. Von den Pflanzern im Osten ging das Gerücht aus, daß sie keine Ehrfurcht vor der Natur und den Geistern hatten und sich nicht bei den Tieren entschuldigten, die sie erlegten. Zum Glück waren sie nicht zahlreich. Es gab nur wenige weiße Männer, und es war leicht, sie zu töten.

Das glaubte Büffelfrau. Sie hätte den einsamen Reiter mit einem Pfeil von seinem Pferd schießen können, aber irgend etwas hielt sie zurück. Es war kein Mitleid. Ein Krieger ihres Volkes kannte kein Mitleid, und sie machte keine Ausnahme. Bei einem Ho-he hätte sie keinen Augenblick gezögert. Sie hätte ihm den Pfeil in die Brust gejagt, und auf ihren Lippen wäre der Kriegsruf der Hügelleute gewesen, wenn sie einen Coup geschlagen und seinen Skalp vom Kopf gerissen hätte. Es war Neugier, die sie zurückhielt. Sie sah zum ersten Mal einen Ve-ho und war fasziniert von den vielen Haaren in seinem Gesicht.

Der Mann hatte keine Ahnung, daß sie in der Nähe war. Er war nicht unvorsichtig und hatte seinen Feuerstock quer über dem Sattel liegen, aber sein prüfender Blick entdeckte nur die Erdhörnchen am Waldrand. Er trägt einen seltsamen Hut, dachte sie, wie ein Schamane beim Wolfstanz, aber seine Jacke ist warm, und die hohen Mokassins sind fest und praktisch.

Büffelfrau war fasziniert von dem fremden Wesen und hatte längst den Pfeil von der Sehne genommen. Sie würde diesen Mann nicht töten. Was war, wenn die Geister ihn geschickt hatten? Hatte der Schutzgeist des toten Schamanen nicht einen Hintergedanken dabei gehabt, sie so weit nach Norden zu schicken? Vielleicht war es ihr bestimmt, diesen Ve-ho zu sehen und über ihn nachzudenken. Warum ritt er sonst über diese Wiese, mitten im Land der feindlichen Ho-he? Die Männer mit den Haaren im Gesicht mochten dumm sein, aber doch nicht so dumm. Die Ho-he waren mächtige

Krieger, und man ritt nur durch ihr Gebiet, wenn es nicht anders ging. Was wollte der Ve-ho im Westen? Sein Stamm lebte doch weit im Osten, das erzählten wenigstens die Pflanzer, und die hatten es von einem Geschichtenerzähler, der dort gewesen sein wollte.

Sie beobachtete, wie der weiße Mann im Wald verschwand und blieb minutenlang liegen. Sein Anblick hatte sie verstört, und es fiel ihr schwer, sich wieder auf ihre Aufgabe zu konzentrieren. Sie hatte das unbestimmte Gefühl, daß der Ve-ho etwas mit ihrer Vision zu tun hatte. Sie würde ihm wiederbegegnen, irgendwann und irgendwo. Ein Adler schrie in den fernen Bergen. Sie schwang sich auf ihr Pony und folgte dem geheimnisvollen Ruf des Raubvogels. Ob er wußte, wo der weiße Büffel auf sie wartete?

In der Nacht, als der Mond voll wurde und die Zeit der reifen Kirschen und Pflaumen ankündigte, schlief Büffelfrau zwischen einigen Fichten, einen kurzen Ritt von der nächsten Quelle entfernt. Nur ein Narr schlief direkt am Wasser, wenn er sich im Feindesland befand, und jeden Augenblick feindliche Krieger auftauchen konnten. Die Wolken hatten sich verzogen und standen nur noch vereinzelt am Himmel. Der Mond hing bleich in der endlosen Dunkelheit und überschüttete die Bäume mit seinem silbernen Glanz. Es war ein schöner Anblick, fast wie in einem Traum. Büffelfrau fragte sich, warum die Ni-mou-sin immer bei Vollmond auf den Kriegspfad gingen. Vielleicht lag es daran, daß es in ihren Jagdgründen weniger Bäume gab.

Die letzten Tage hatten keine Überraschungen gebracht, und sie war sicher, daß es im näheren Umkreis keine Ho-he gab. Vor dem Schlafengehen war sie in einem großen Bogen um ihr Lager geritten. Es hatte keine Spuren gegeben, und die Natur hatte ihr eine ruhige Nacht versprochen. Dennoch blieb sie vorsichtig. Leichtsinn war der sicherste Weg in einen schnellen Tod. Sie zündete kein Feuer an, obwohl sie erbärmlich fror, und sie legte ihren Bogen und den Köcher mit den Pfeilen bereit.

Sie befand sich in den Ausläufern der schneebedeckten Berge. Im hellen Licht des Vollmonds waren die Gipfel deutlich zu erkennen. Sie ragten aus dem felsigen Boden und streckten sich bis in den Himmel, der schwarz und mit hellen Sternen über den Berg hing. Der Anblick der weißen Kuppen brachte sie zum Frösteln. Wie weit mußte sie noch reiten, um den weißen Büffel zu treffen? Gab es hier überhaupt Büffel, oder erschien ihr der Schutzgeist in einem Traum? Sie schmunzelte. Geister hatten es einfach. Sie konnten überall sein und sich in Luft auflösen, wenn ihnen etwas nicht paßte.

Bevor die junge Frau sich in den Fellen wärmte, sprach sie ein leises Gebet. Sie kletterte auf einen der klobigen Felsen, die überall im Gras lagen, und reckte die Arme zum Himmel. Ihre Augen hafteten an den schneebedeckten Bergspitzen. »Hört mich an, meine Geister!« rief sie. »Ich bin eurem Ruf gefolgt und in das Land der weißen Berge geritten. Ich habe die Spuren der Ho-he gefunden und den weißen Mann gesehen. Ich bin hier. Ich suche den weißen Büffel.«

Büffelfrau schlief in dieser Nacht sehr unruhig. Sie wälzte sich nervös in ihren Fellen und wachte immer wieder auf. Sie spürte den Glanz des Mondes auf ihrem Gesicht, auch dann, wenn sei ihren Kopf unter dem Fell vergrub. Ihr Lager befand sich zwischen den schützenden Felsen, und der Wind war kaum zu hören, aber es war kälter als sonst, und sie behielt alle ihre Kleider an, damit sie nicht fror. Auch in dieser Abgeschiedenheit wagte sie es nicht, ein Feuer anzuzünden.

Als der Mond genau in ihre Augen schien, wachte sie erneut auf. Eine seltsame Unruhe befiel sie. Sie stand auf und sah nach dem Pony, das nervös mit den Hufen stampfte. Die Ho-he? Der weiße Mann? Sie hörte ein Geräusch und fuhr herum und sah sich einem Wolf gegenüber, der sie mit glühenden Augen ansah. Es war kein gewöhnlicher Wolf. Er war so weiß wie der Schnee, der auf den Bergkuppen lag, und seine Augen loderten rot wie ein Feuer. »Folge mir«, sagte der Wolf zu ihr.

Sie wußte jetzt, daß der Wolf von den Geistern kam, und folgte ihm in die Felsen. Er lief sehr schnell, und sie hatte Mühe, mit ihm Schritt zu halten. Einmal schlug er einen überraschenden Haken, und sie wäre beinahe gestolpert, als sie ihm zu folgen versuchte: Er blieb einen Augenblick stehen und sah sie an. Sie hatte das Gefühl, daß er spöttisch lächelte. Dann lief er weiter, und sie stiegen immer weiter in die Berge hinauf. Der Wolf kannte versteckte Pfade, die sie nie gefunden hätte, und er fand Öffnungen zwischen den Felsen, die auch der beste Krieger der Hundesoldaten nicht gesehen hätte. Er sagte kein Wort, während sie in immer kältere Regionen kletterten.

Sie erreichten eine Felsbrücke, die sich über einen tiefen Abgrund spannte. Seltsamerweise hatte sie keine Angst, als der Wolf sie über den schmalen Pfad führte. Am Ende der Brücke blickte der Wolf sich nach ihr um, und wieder glaubte Büffelfrau, ein Lächeln in seinen Augen zu erkennen. »Wie weit ist es noch?« fragte sie. Der Wolf gab keine Antwort.

Im hellen Mondlicht liefen sie über einen felsigen Hang. Sie erreichten eine Wiese und blieben in dem kniehohen Gras stehen, das wie ein Meer im böigen Wind wogte. Wo die Felsen über die Wiese ragten, war verkrusteter Schnee. Das Mondlicht lag wie flüssiges Silber auf dem Gras und ließ den Schnee wie kostbare Steine funkeln. Seltsame Lieder klangen im Wind.

»Du bist da«, sagte der Wolf.

»Ich danke dir«, erwiderte Büffelfrau.

Der Wolf verschwand in einem dunklen Loch, und sie war allein auf der Bergwiese. Sie hatte keine Angst. Sie ahnte, daß gleich ihr Schutzgeist erscheinen würde, und sie wußte, daß sie dann die langgesuchten Antworten auf ihre Fragen bekommen würde. »Aiee«, flüsterte sie, »ich bin bereit, mein Schutzgeist.«

19

Schutzgeist

Es begann zu schneien. Der Wind trieb dichte Flocken über die Hochebene und verfing sich in den felsigen Bergen. Er heulte und stöhnte zwischen den Felsen und sang die Lieder, die Büffelfrau aus ihren Träumen kannte. Der Himmel war ein graues Meer, und das Büffelgras verschwand unter einer weißen Decke. Jenseits der Hochebene quoll dichter Nebel aus den Tälern.

Das Schnauben schien aus einer anderen Welt zu kommen. Ein mächtiger Büffel löste sich aus dem Flockenwirbel und stapfte über die Hochebene. Sein Fell war weiß, weißer als der Schnee und der undurchdringliche Nebel. Schmutziger Schnee wirbelte unter seinen Hufen, und seine Augen leuchteten rot, als er einige Schritte vor Büffelfrau stehenblieb. Vor seinem Maul gefror der Atem. Er war so groß, daß sie zu ihm aufschauen mußte, und über seinen Hornspitzen funkelten helle Blitze.

Die junge Frau erstarrte. Sie wußte nicht, ob sie sich in der wirklichen Welt oder in einem Traum befand. Sie war dem Büffel so nahe, daß sie seinen Atem riechen konnte. In seinen roten Augen glaubte sie ein Lächeln zu erkennen, und der rechte Vorderhuf ragte aus dem Schnee, als wollte er sie begrüßen. »Du bist Büffelfrau, die tapfere Medizinfrau der Hügelleute«, sagte er. Seine Stimme war erstaunlich hell und schien einer Frau zu gehören. »Ich grüße dich, meine Tochter. Ich bin dein Schutzgeist und bin gekommen, deine Fragen zu beantworten.«

Sie zeigte ihre Ehrfurcht. Dies war ein großer Augenblick in ihrem Leben, und sie erlebte die gewaltige Erscheinung des weißen Büffels mit einem Gefühl, das sie nicht erklären konnte, einer Mischung aus Dankbarkeit, Angst und Respekt. »Ich grüße dich, mein Schutzgeist«, sagte sie furchtlos. »Du bist ein mächtiges Tier, und ich habe Respekt vor dir. Warum hast du mich in das Land der weißen Berge gerufen?«

»Hier bin ich zu Hause«, antwortete der Büffel. Sein schwerer Kopf schwankte in dem heftigen Wind, und seine Hufe scharrten im Schnee. »Ich werde in deinen Träumen erscheinen, wenn du mich rufst, aber die Berge sind meine Heimat.« Er schnaubte und blickte sie lange an, bevor er weitersprach. »Du bist lange geritten, meine Tochter«, sagte er. »Du hast die Spuren der Ho-he gefunden, und du bist einem fremden Mann begegnet.«

Sie nickte. »Das ist wahr. Ich habe die Stelle gefunden, an der die Ho-he eine Antilope getötet haben, und ich habe den weißen Mann mit den vielen Haaren im Gesicht gesehen.«

»Ich wollte, daß du ihn siehst«, erwiderte der Schutzgeist. Das Schneetreiben war noch dichter geworden, und sein weißes Fell leuchtete jetzt so stark, daß sie geblendet wurde. »Er gehört zu einem Volk, das jenseits des Großen Flusses wohnt und in rollenden Tipis die weiten Ebenen überquert.«

»Das habe ich gehört«, bestätigte sie. »Einige Krieger meines Volkes haben die weißen Männer gesehen. Die Häuptlinge sagen, daß die Ve-hos unsere Feinde sind. Wir sollen sie töten. Wir sollen ihnen die Ponys und die Feuerstöcke abnehmen.«

»Es wird Krieg geben«, erwiderte der Büffel, »und die Krieger des Volkes werden gegen den weißen Mann reiten.« Er schnaufte angestrengt, als bereitete es ihm große Mühe, weiterzusprechen. »Der Kampf wird viele Menschenwesen das Leben kosten. Die Ve-hos sind ein großes Volk.«

»Wie groß, mein Bruder«, fragte sie erstaunt.

»Zähle die Schneeflocken, die aus den Wolken fallen. Zähle die Sterne, die in einer klaren Nacht am Himmel stehen. Zähle die Grashalme, die auf den weiten Ebenen wachsen.«

»Aiee!« erschrak sie. »Dann werden wir alle sterben!«

»Nicht alle Ve-hos sind eure Feinde«, sagte der weiße Büffel. Seine roten Augen verbrannten den Schnee vor seinen Vorderhufen und befreiten einige Bergblumen von ihrer weißen Last. Er lächelte, als er die roten und gelben Blüten sah. »Es gibt gute Ve-hos, die eure Freunde sein wollen.« Er schnaubte wieder, und Büffelfrau wunderte sich, daß ein Wesen so wild und gleichzeitig so sanft wirken konnte. »Du hast einen dieser Ve-hos getroffen. Der Mann mit den zwei Pferden. Du wirst ihm noch viele Male begegnen. Du brauchst diesen Mann, meine Tochter, und er braucht dich. Ihr gehört zusammen.«

»Wir sollen ein Tipi teilen?«

»Das habe ich nicht gesagt«, widersprach der Büffel. »Ich sehe nur, daß ihr dieselbe Luft atmet. Du wirst ihm begegnen und ihm in die Augen sehen. Dann wirst du erkennen, welchen Weg ihr gehen werdet. Das ist alles, was ich darüber weiß.«

»Und Weißer Biber?«

»Der junge Krieger, der dir den Hof macht?«

»Ja, mein Schutzgeist. Was ist mit ihm?«

»Er trägt die heiligen Pfeile.«

»Er zieht in den Krieg?« Büffelfrau spürte plötzlich, wie eisige Schneeflocken auf ihren Lippen zerschmolzen. Das Heulen des Windes klang laut in ihren Ohren. »Gegen die Shar-ha?«

»Ich sehe eine große Schlacht.«

»Wann? Gegen wen?«

»Das weiß ich nicht, meine Tochter. Einiges ist vorbestimmt, und vieles bleibt den Launen der Geister überlassen. Bete und erfülle deine Aufgabe, dann wird dir nichts passieren.«

»Und Weißer Biber?«

»Ich weiß es nicht.«

»Die Pfeile«, stieß sie hervor. Ihre Stimme klang nervös, und sie fürchtete sich auf einmal vor den Antworten des weißen Büffels. »Was ist mit den Pfeilen? In meinen Träumen habe ich gesehen, wie jemand das heilige Bündel stehlen wollte. An den Pfeilen klebte Blut. Was hat das zu bedeuten?«

»Du stellst viele Fragen«, erwiderte der Schutzgeist. Er stand immer noch an derselben Stelle, und seine Stimme war unvermindert hell und sanft. Er hatte viel Geduld. »Aber auch ich weiß nicht alle Antworten. Es liegt an dir, die

Antworten auf viele Träume zu finden. Denke nach, meine Tochter.«

Büffelfrau stemmte sich gegen den heftiger werdenden Wind. »Das Blut«, sagte sie, »es war schrecklich anzusehen. Die Pfeile, die Hand, die das heilige Bündel nehmen wollte. Eine fremde Macht bedroht das Volk! Sie will die heiligen Pfeile stehlen!«

»Es kommen schwere Zeiten«, bestätigte der Büffel, »und dein Volk wird von dem Feuer erfahren, das seine Träume zerstören soll. Meide das Feuer! Lauf vor den Flammen davon und suche deinen eigenen Stern. Denke an meine Worte!«

»Welches Feuer, mein Schutzgeist?«

»Du wirst es erkennen.«

»Ich bin eine schwache Frau«, widersprach sie, »wie kann ich allein gegen die bösen Mächte kämpfen? Warum haben die Geister nicht Gelber Wolf oder Roter Mond ausgesucht?«

»Du bist die heilige Frau der Hügelleute«, sagte der Büffel, »du hast die Kraft.«

»Ich habe Angst, mein Schutzgeist. Ich habe die dunklen Gestalten am Feuer gesehen. Wie kann ich ihnen entkommen?«

»Geh deinen Weg«, schlug der Büffel vor, »folge der Stimme, die tief in deiner Seele wohnt. Folge dem Pfad, den die Geister für dich in den Boden gegraben haben, und du wirst die dunklen Gestalten aus deinen Träumen verjagen. Du bist nicht allein. Ich werde dir beistehen, wenn du mich brauchst.«

»Ich danke dir, mein Schutzgeist.«

»Das ist alles, was ich zu sagen habe«, fügte der weiße Büffel hinzu. »Ich muß jetzt gehen.« Er verneigte sein schweres Haupt und verschwand in dem dichten Schneetreiben.

Büffelfrau blieb nachdenklich in der Kälte stehen und starrte in den trüben Dunst. Sie merkte gar nicht, daß es zu schneien aufhörte. Auch der Nebel verschwand, und der Wind wurde zu einem sanften Rauschen. Sie kehrte zu ihrem Pony zurück und ritt nachdenklich aus den kalten Bergen. Sturmwind freute sich, daß es zurück in die milden Täler ging. Sie ließ ihm die Zügel, und er galoppierte schnaubend in den Sommer zurück. Die Sonne hatte den Regen über den Ebenen verdrängt und wärmte die Wälder und Wiesen. Goldenes Licht verfing sich im Laub der Bäume und ließ das Gras leuchten.

Sie genoß das schöne Wetter und den inneren Frieden, den sie durch ihre Begegnung mit dem weißen Büffel gefunden hatte. Er hatte viele Fragen beantwortet und ihr seine Hilfe zugesichert. Er würde immer dasein, wenn sie ihn brauchte, das hatte er gesagt. Aber er hatte auch neue Probleme geschaffen. Welche Rolle spielte der weiße Mann in ihrem Leben? Was war mit Weißer Biber? Welche Gefahren warteten auf ihn? Und was für ein Feuer bedrohte sie? Wer waren die dunklen Gestalten? Höre auf deine Träume, hatte der Büffel ihr empfohlen, und versuche selbst eine Antwort zu finden. War ihre Medizin stark genug für die schwere Aufgabe, die man ihr zugedacht hatte?

Die Sonne war viermal aufgegangen, seitdem sie den weißen Büffel gesehen hatte, als sie erneut auf die Spuren der Ho-he stieß. Sie war nach Osten ausgewichen, um ihnen aus dem Weg zu gehen, und ritt ihnen fast vor die Augen. Die Spuren waren nur wenige Augenblicke alt. Es waren dieselben Krieger, die beiden Männer und der Junge, und sie hatten es eilig, wie man am Abstand der Hufabdrücke erkennen konnte. Sie waren schnell geritten. Zwischen den Spuren der Ho-he waren die Abdrücke eines anderen Pferdes zu erkennen, dessen Hufe mit Stein oder dem harten Material beschlagen waren, aus dem die Feuerstöcke und die anderen Waffen des weißen Mannes gefertigt waren. Diese Spuren waren älter.

»Sie verfolgen den Mann mit den Haaren im Gesicht«, sagte sie leise zu ihrem Pony, »sie wollen ihn töten.«

Sturmwind drehte sich schnaubend im Kreis, als spürte er die Nähe der feindlichen Krieger. Er warf den Kopf hoch und zerrte an den Zügeln. »Ho«, beruhigte sie ihn. Sie nahm den Bogen vom Rücken und folgte den Spuren, die in der immer noch feuchten Erde deutlich zu erkennen waren. Sie wußte nicht, warum sie das tat. Es geschah instinktiv. Die Geister wollten, daß sie dem weißen Mann und den Ho-he folgte. Ich sehe, daß ihr dieselbe Luft atmet, hatte ihr Schutzgeist gesagt. Das betraf den Mann mit den Haaren im Gesicht. Was war mit den Ho-he? Wußte er von ihnen? Sollte sie allein gegen zwei Männer und einen Jungen kämpfen? War sie stark genug? War dies der Augenblick, in dem sie sich als Kriegerin beweisen mußte?

Sie dachte nicht darüber nach. Die Ho-he waren nur wenige Atemzüge vor ihr, und es galt, sich auf den bevorstehenden Kampf zu konzentrieren. Die Spuren führten über einen Hügel und durch ein fruchtbares Tal und verschwanden in dem dichten Laubwald, der die Ausläufer der Berge bedeckte. Sie duckte sich unter den ausladenden Ästen und lenkte ihr Pony immer tiefer in den Wald hinein. Es war leichtsinnig, so vorzugehen. Einer der Ho-he brauchte nur hinter einem Baum auf sie zu warten und konnte sie aus einer sicheren Deckung heraus töten. Sie hatten bestimmt gemerkt, daß sie verfolgt wurden. Sie benahm sich wie ein hungriger Berglöwe, der die Witterung eines schwarzen Rehs aufgenommen hatte und durch das Unterholz brach. Ihm konnte niemand etwas anhaben.

Ein erfahrener Krieger wäre einen Bogen geritten, um vor die Feinde zu kommen und sie zu überraschen. Büffelfrau war nicht erfahren. Sie war auch nicht klug, nicht in diesem Augenblick. Sie hatte nur den einen Gedanken, diese drei Ho-he zu töten und dem weißen Mann das Leben zu retten. Dem weißen Mann? Warum? Gedanken blitzten vor ihren Augen auf und verschwanden wieder. So war es immer vor dem ersten Kampf, das hatten die alten Krieger erzählt. Die Gedanken quälten einen bis zum letzten Augenblick. Sie schüttelte die dunklen Bilder ab und beugte sich weit im Sattel nach vorn.

Ein Ho-he wartete hinter einem umgestürzten Baumstamm. Er lag flach auf den Boden und hatte einen Pfeil auf seinen Bogen gespannt. Er war ein erfahrener Krieger und hatte viele Coups geschlagen, aber er hatte noch nie eine kämpfende Frau gesehen und hob verwirrt den Kopf, als Büffelfrau zwischen den Bäumen auftauchte. Dieser Augenblick kostete ihn das Leben. Der Pfeil der jungen Frau bohrte sich durch seinen Hals, und er stürzte blutüberströmt zu Boden. Büffelfrau ritt weiter. Den Skalp des toten Kriegers konnte sie später nehmen, wenn sie die anderen Ho-he erwischt hatte.

Sie ritt weiter, spannte einen zweiten Pfeil auf ihren Bogen. Ihr Gesicht war angespannt. Sie lenkte das Pony mit den Schenkeln, hielt den gespannten Bogen mit beiden Händen. Sie ritt durch einen schmalen Bach und über das moosbewachsene Ufer.

Wo waren die anderen Ho-he? Ihr Blut pulsierte, und ihr Blick geisterte durch das dichte Laub. Das Sonnenlicht hing in dünnen Schleiern zwischen den Bäumen. Ein Eichhörnchen huschte über den Boden und verschwand hinter einem Baum. Einige Vögel stoben aufgeregt aus dem Unterholz.

Sie erreichte den Waldrand und galoppierte in die Senke, die zu einem schmalen Fluß hinabführte. Am Ufer warteten die Ho-he. Ein Krieger mit drei Adlerfedern im Haar und einer bemalten Lanze und ein Junge von höchstens zehn Wintern. Sie erstarrten zu Stein, als sie die junge Frau am Waldrand sahen und den schrillen Kriegsruf der Hügelleute hörten. Warum hatte Bär-auf-dem-Hügel sie nicht getötet? Einer der tapfersten Krieger der Ho-he? Wie kam es, daß er gegen eine junge Frau der Halsabschneider den kürzeren zog? Was war geschehen?

Auch Steht-aufrecht, der ältere Bruder des gefallenen Bär-auf-dem-Hügel, wurde ein Opfer seiner Gedanken. Er wunderte sich immer noch, daß eine junge Frau, ein Mädchen fast, einen erfahrenen Krieger der Ho-he besiegt hatte, als der Pfeil seine Brust durchschlug. Ohne einen Schmerzenslaut ging er zu Boden. Der Junge beobachtete entsetzt, wie Blut aus der Wunde des getroffenen Kriegers quoll, und sang sein Todeslied, als er die junge Frau auf sich zureiten sah. Sie gehörte zu den Halsabschneidern, das erkannte er an den bunten Verzierungen ihrer Mokassins und ihrem ebenmäßigen Gesicht. Sie waren schön, die Frauen der Halsabschneider, und einige seiner Verwandten hatten es sogar darauf abgesehen, diese Frauen zu stehlen und in ihr Tipi zu entführen.

Büffelfrau berührte den toten Krieger mit ihrem Bogen und sah den Jungen an. Er sang immer noch, aber seine Stimme war leiser geworden, und in seinen Augen schimmerte Furcht. »Ich bin Büffelfrau, die heilige Frau der Hügelleute«, gab sie ihm zu verstehen. Sie benutzte die Zeichensprache, die alle Bewohner der weiten Ebenen verstanden. Ihr rechter Zeigefinger bewegte sich wie ein Messer über ihren linken Unterarm, das Zeichen für tsis tsis tas, das von den Feinden als ›Halsabschneider‹ mißverstanden wurde. Die Shar-ha behaupteten sogar, daß die Cheyenne ihren toten Feinden den Kopf abtrennten und damit Fußball spielten, obwohl das niemals geschehen war.

Der Junge erklärte zögernd, daß er Wiesel gerufen wurde und zu den tapferen Ho-he gehörte. »Töte mich!« forderte er Büffelfrau auf. »Dies ist ein guter Tag zum Sterben.« Seine Worte klangen mutig, aber tief in seinen schwarzen Augen stand die nackte Angst.

Büffelfrau schüttelte den Kopf. »Reite zurück zu deinem Volk!« sagte sie ruhig. »Sage ihnen, daß Büffelfrau zwei ihrer besten Krieger getötet hat.« Sie wandte sich ab und fing die Ponys der toten Männer ein. Als sie zur Leiche von Steht-aufrecht zurückkehrte, war der Junge verschwunden. Sie skalpierte den toten Krieger und reckte die blutige Trophäe zum Himmel. Der Kriegsruf der Hügelleute kam über ihre Lippen und hallte als unheilvolles Echo durch die Senke. »Ich bin Büffelfrau, die tapfere Kriegerin der Hügelleute«, rief sie, »ich habe zwei Krieger der Ho-he getötet und Coups bei ihnen geschlagen!«

Sie band den Skalp an ihren Bogen und ritt an dem toten Ho-he vorbei. Ein seltsames Glücksgefühl erfüllte sie, als ihr bewußt wurde, daß sie zwei erfahrene Feinde besiegt hatte. Als wäre sie dazu geboren worden, in den Krieg zu ziehen. Sie spürte, wie ihr Blut pulsierte und ihr Herz vor Freude schlug. Aiee, dies war ein guter Tag! Sie hatte ihren Schutzgeist getroffen, und sie hatte die Ho-he besiegt. Hokahey, ihre Medizin war stark, und die tsis tsis tas waren unbesiegbar.

Das Schnauben eines fremden Pferdes störte sie in ihrem Siegesrausch. Sie riß ihr Pony herum und sah den weißen

Mann auf der anderen Seite des Flusses. Er saß auf seinem Pferd und blickte stumm zu ihr herüber. Seinen Feuerstock hatte er quer über dem Sattel liegen. Er hob seine rechte Hand.

Büffelfrau erwiderte das Friedenszeichen. Ihr blieb gar nichts anderes übrig. Der weiße Mann ruhte in sich selbst und machte einen so selbstbewußten Eindruck, daß es ihr gar nicht in den Sinn kam, einen Pfeil aus dem Köcher zu ziehen. Sie hing an seiner hageren Gestalt, der seltsamen Kleidung und dem bärtigen Gesicht mit den blauen Augen. Sie waren blau, diese Augen! Spiegelte sich der Himmel darin? Was war das Geheimnis dieses Mannes, der so ruhig und gelassen wirkte und etwas sagte, das sie nicht verstand. Warum lächelte er? Hatten die Häuptlinge nicht gesagt, daß jeder Ve-ho getötet werden mußte? War er nicht ihr Feind? Ihr werdet dieselbe Luft atmen, hatte der Schutzgeist gesagt. Warum?

Sie lächelte zurück, einen Augenblick nur. Eine unbekannte Macht verband ihre Seelen und verschwand wieder.

»Aiee«, sagte sie beinahe ärgerlich, »ich muß gehen.« Sie feuerte ihr Pony an und ritt davon. Sie war froh, als sie den Wald erreicht hatte und den Blick seiner blauen Augen nicht mehr spürte.

20

Trauer

Im Mond der Pflaumen erreichte Büffelfrau die Heiligen Berge ihrer Heimat. Sie war einigen Lakota begegnet und hatte das Feuer mit ihnen geteilt, und die Krieger hatten von einem ganzen Trupp weißer Männer gesprochen, die durch ihr Land gezogen waren. »Wir haben mit ihnen gehandelt«, berichtete ein Krieger, »wir haben ihnen Otterfelle gegeben und Feuerstöcke dafür bekommen. Siehst du?« Er zeigte ihr die neue Flinte und erklärte ihr, wie sie geladen und abgefeuert wurde. »Willst du auch mal schießen, Schwester?« Er zwinkerte seinen Freunden zu, als er die junge Frau der Hügelleute fragte.

Büffelfrau willigte ein und nahm die Büchse in beide Hände. Der Feuerstock war lang und schwer, und es war schwierig, ihn auf ein Ziel zu richten. Als sie den Abzug durchdrückte, erfolgte eine ohrenbetäubende Explosion. Der Kolben schlug gegen ihre Brust, und sie wurde ins Gras geworfen. Die Krieger hielten sich den Bauch vor Lachen, als sie sich auf die Unterarme stützte und erschrocken zu ihnen aufblickte – wie ein junger Krieger, der zum ersten Mal von einem Pony geworfen worden war. »Das war ein schlechter Scherz«, sagte sie immer noch verstört.

Der Krieger hob lachend die Flinte auf. »Wolltest du die Sonne vom Himmel schießen, Schwester?« Er half der jungen Frau vom Boden hoch und trat schnell einen Schritt zurück. Die Hügelfrau sah sehr wütend aus. »Dieser Feuerstock ist schwerer als die anderen Waffen des weißen Mannes«, erklärte er, »damit kann man einen Bären töten. Willst du es noch einmal versuchen?«

Büffelfrau trat auf den Krieger zu und riß ihm die Waffe aus der Hand. Diesmal preßte sie den Kolben fest gegen ihre Schulter. Sie zielte auf ein Gebüsch und drückte ab. Ihre Hände hielten die Flinte umklammert, und ihre Füße gruben sich fest in den Boden, als der Kolben nach hinten stieß. Sie blieb stehen und beobachtete lachend, wie das Gebüsch zerfetzt wurde, und ein Coyote ängstlich jaulend das Weite suchte.

»Aiee!« rief der Krieger, der sie ausgelacht hatte. »Du lernst schnell! Ich wußte nicht, daß die Frauen der Shahi-yena so gut schießen können.« Er benutzte das Lakota-Wort für tsis tsis tas, das soviel wie ›Volk einer fremden Sprache‹ bedeutete. Er blickte sie neugierig an. »Wer bist du, Schwester«?

»Ich bin Büffelfrau, die Frau der Hügelleute.«

»Aiee!« rief er wieder. Diesmal war Ehrfurcht in seinen Augen zu erkennen. »Ich habe von dir gehört. Du bist die Frau, die viele Büffel getötet hat. Aiee, das habe ich nicht gewußt.«

»Es ist gut, mein Bruder.«

»Dann hast du auch diese Pferde gestohlen?« fragte er und deutete auf die Ponys der toten Ho-he, die mit Sturmwind am Waldrand grasten. »Sie gehörten unseren Feinden.«

Büffelfrau zeigte ihm den Bogen mit den beiden Skalpen. »Ich habe die Krieger getötet. Sie haben sich nicht gewehrt. Ich habe sie wie feige Coyoten durch den Wald gejagt.«

»Du bist eine besondere Frau.«

»Ich danke dir, mein Bruder.« Die Lakota wollten, daß sie noch eine Nacht blieb und von ihren Abenteuern erzählte, aber Büffelfrau entschuldigte sich und ritt weiter. Es war gut, von erfahrenen Kriegern bewundert zu werden, aber sie hatte keine Lust, den ganzen Abend über sich zu reden. Die Lakota verehrten sie, weil sie etwas getan hatte, daß von Frauen nicht erwartet wurde, dabei gab es Hundesoldaten, die viel tapferer als sie waren. Aiee, sie war nur eine Frau, die ihren Weg ging.

Und sie wollte nach Hause. Zwei Monde waren vergangen, seit sie nach Norden aufgebrochen war, und sie vermißte ihre Eltern und ihre Freunde. Es tat gut, allein über die Prärie zu reiten und über das Leben nachzudenken, und es machte ihr Spaß, neue Berge und neue Täler kennenzulernen. Es war aufregend, das Land der Ho-he zu erkunden und gegen ihre Krieger zu kämpfen, und sogar in den schneebedeckten Bergen hatte es ihr gefallen. Aber sie sehnte sich auch danach, über vertraute Erde zu reiten und bekannte Gesichter zu sehen. Sie vermißte Büffelhöcker und seine spannenden Geschichten, sie wollte Weidenfrau und Windfrau in die Arme schließen und mit den Gefährten ihrer Jugend über die Ebene galoppieren.

Roter Mond und Otterfrau ... hatten sie schon geheiratet? Wie stand es mit Kleiner Falke und Blitzfrau? Was machten Angst-vor-Pferden, Gefleckter Wolf und Schlangenfrau? Wartete Weißer Biber auf sie? Was sollte sie ihm sagen? Der weiße Büffel hatte ihr nicht verboten, ihn zu heiraten. Er hatte aber auch gesagt, daß Weißer Biber die heiligen Pfeile tragen würde. Das konnte nur bedeuten, daß eine große Schlacht bevorstand und er bei den Kriegern war, die sich als erste auf den Feind stürzten. Ho, sie durfte nicht lange darüber nachdenken. Ihr Kopf wurde schwer, wenn die Worte des weißen Büffels in ihren Ohren klangen. Du wirst dieselbe Luft atmen wie der weiße Mann. Wann und wo würde sie den Mann mit den blauen Augen wiedertreffen? Welche Rolle spielte er in ihrem Leben?

Es wurde dunkel, und sie schlug in den Heiligen Bergen ihr Lager auf. Sie fachte ein kleines Feuer an und briet die Reste des wilden Truthahns, den sie vor zwei Tagen erlegt hatte. Nach dem Essen betete sie zu den Geistern, die in den Heiligen Bergen zu Hause waren. Sie spürte ihre geheimnisvollen Kräfte und die unsichtbare Berührung durch den Wind, der aus den vier Himmelsrichtungen blies. »Hilf mir, meine Gedanken zu ordnen«, schloß sie das Gebet, »und gibt mir die Kraft, die Aufgabe zu erfüllen, die ihr mir gestellt habt.«

Nachts hatte sie einen unheimlichen Traum. Sie hörte das Kriegsgeheul der Shar-ha, und sie sah die verzerrten Gesichter der feindlichen Krieger, die aus dem Nichts kamen und sich mit blutigen Keulen und Äxten auf die Hügelleute stürzten. Sie erwachte schweißgebadet. Nein, beruhigte sie sich, das konnte nicht sein, die Geister hatten ihr versprochen, daß es keinen Krieg geben würde, solange sie unterwegs war.

Oder hatte sie ein Tabu verletzt? War es falsch gewesen, die Ho-he zu verfolgen? Hätte sie auch den Jungen töten sollen? Das war es. Sie hatte den Jungen am Leben gelassen, weil er von ihrer Tapferkeit erzählen sollte. Die Ho-he sollten wissen, daß sie eine große Kriegerin war. Das war selbstsüchtig gewesen. Als heilige Frau mußte sie immer an das Wohl des Volkes denken, und das hatte sie nicht getan.

Sie verstaute ihre Sachen in der Rohhauttasche, sattelte ihr Pony und ritt los. Sturmwind schnaubte unwillig, und auch die beiden Pferde der Ho-he hatten keine Lust, so früh am Morgen aufzubrechen. Sie kümmerte sich nicht darum. Der Traum hatte etwas zu bedeuten, und sie mußte so schnell wie möglich das Dorf der Hügelleute finden. Sie schlug mit den Zügelenden auf das Tier ein. Das Lager befand sich noch an derselben Stellen, an der sie es verlassen hatte. Die Büffel waren immer in der Nähe gewesen. Ein heller Streifen zeigte sich am Horizont, und die ersten Sonnenstrahlen spiegelten sich im Großen Fluß, als sie den Hügelkamm erreichte, auf den einst Weißer Biber geritten und ihr seine Liebe erklärt hatte. Diesmal zügelte sie ihr Pony und blickte entsetzt in das Tal hinab.

Die Shar-ha waren dagewesen. Sie hatten die Hügelleute im Schlaf erwischt und waren wie ein Sturmwind über das Lager hergefallen. Einige Tipis waren umgerissen worden. Die Häute hatten Feuer gefangen und hingen in verkohlten Fetzen an den Stangen. Dunkler Rauch trieb wie der Atem eines bösen Geistes über das zerstörte Dorf. Zwischen den Tipis lagen die Toten. In den meisten Körpern steckten Pfeile, einige waren von den Kugeln der Feuerstöcke zerfetzt worden. Beißender Gestank und die Klagelieder der Überlebenden wehten zu ihr herauf.

Büffelfrau kniff die Augen gegen den Rauch zusammen. Ihre Lippen waren dünn und farblos, als sie ihr Pony im Schritt ins Dorf lenkte. Ihr Gesicht war aus Stein. Sie machte sich Vorwürfe, weil sie gegen den Willen der Geister gehandelt hatte. Sie hatte nur an sich gedacht und ihre Pflichten als heilige Frau des Volkes vernachlässigt. Maheo hatte sie bestraft. Er hatte die Shar-ha geschickt und viele Männer, Frauen und Kinder zu sich geholt. Es war ein schlechter Tag, und sie war nicht bei ihrem Volk, wie man es von einer heiligen Frau erwartete. War ihr der eigene Ruhm wichtiger als das Wohlergehen der tsis tsis tas?

Tränen rannen über ihre Wangen. Kaum jemand beachtete sie, als sie durch das verwüstete Dorf ritt. Sturmwind schnaubte nervös. Der Gestank des Todes stieg in seine Nüstern, und der scharfe Rauch brannte in seinen Augen. Büffelfrau klopfte ihm beruhigend auf den Hals. Sie sah einen Krieger, der drei Pfeile in der Brust stecken hatte und sein Todeslied sang. Seine beiden Frauen hockten neben ihm und hielten seine Hände.

Weinende Kinder stolperten durch den Rauch. Eine Frau kam ihr entgegen, ein blutiges Messer in der Hand, und schnitt Wunden in ihren linken Arm und ihre Beine. Sie trauerte um ihre beiden Söhne. Neben einem verkohlten Büffelfell lag eine junge Frau. Sie hatte keine Haare mehr, und ihr Körper war rot vom Feuer. Neben ihrem Kopf lagen zwei glitzernde Ohrringe aus Muschelstein.

Büffelfrau zügelte ihr Pony. Langsam und bedächtig wie in einem Traum stieg sie aus dem Sattel. Ihre Augen waren groß und leer, und ihr Mund war zu einem stummen Schrei geöffnet. Ihre Hände verkrampften sich. »Blitzfrau!« flüsterte sie entsetzt. Sie kniete neben ihrer toten Freundin nieder und weinte laut und hemmungslos. Der Gestank des verbrannten Fleisches stieg in ihre Nase, aber sie kümmerte sich nicht darum.

»Warum habt ihr das zugelassen?« wandte sie sich an die Geister. »Warum habt ihr euren Zorn nicht auf mich gerichtet? Ich habe mein Volk verlassen! Ich habe nur an mich gedacht! Warum habt ihr sie getötet? Warum habt ihr die Shar-ha nicht zu mir geschickt?«

Sie weinte, bis keine Tränen mehr kamen. Der Geruch des Todes umgab sie wie ein dunkler Schatten, und es dauerte lange, bis sie wieder bei Kräften war und in die Wirklichkeit zurückfand. Sie stand auf und griff nach den Zügeln ihres Ponys. Langsam und mit geröteten Augen ging sie durch das Lager. Sie entdeckte den verstümmelten Körper von Gefleckter Wolf, der immer so stolz auf seine glänzenden und sorgfältig gekämmten Haare gewesen war und seinen Skalp an einen Shar-ha verloren hatte. Sie konnte sich gut vorstellen, wie stolz der feindliche Krieger auf diese prächtige Trophäe sein mußte.

Sie sah den alten Berührt-die-Wolken, der in stoischer Ruhe vor seinem Tipi hockte und auf seiner Pfeife kaute. Inzwischen hatte er auch sein Augenlicht verloren, und man fragte sich bereits, warum Maheo ihn so lange am Leben ließ. Hatten die Geister ihn vergessen? Würde er ewig leben?

Büffelfrau stolperte über einen toten Krieger? Er lag seltsam verrenkt im trockenen Gras und umklammerte den Schaft der federgeschmückten Lanze, die seine Brust durchbohrt und ihn an den Boden genagelt hatte. Selbst im Tod schien er sich noch darüber zu wundern, von einem Shar-ha überrascht worden zu sein. Nur ein paar Schritte entfernt lagen die beiden Frauen, die in seinem Tipi gewohnt hatten. Auch sie waren tot.

Ein kleines Mädchen löste sich aus dem Rauch. Seine Augen waren stumpf, das Haar zerzaust, das Wildlederkleid hing in dunklen Fetzen von ihrem Körper. Kein Wort kam über seine Lippen. Es stolperte an Büffelfrau vorbei und merkte nicht, daß die Schamanin ihr eine Hand auf die Schulter legte.

Erst jetzt fiel Büffelfrau auf, daß sich kaum Krieger im Dorf aufhielten. Wo war Bärenkopf, der Häuptling? Wo war Läuftrückwärts, Weißes Pferd und Gelber Wolf? Wo war Roter Mond und Kleiner Falke? Wo war Weißer Biber?

Wo war ihr Vater?

Sie ging jetzt schneller, rannte fast. Ihr Pony schnaubte unwillig. Sie ließ die Zügel los, beachtete nicht mal einen kleinen Jungen, der hilflos neben seinen toten Eltern weinte, und rief laut nach ihrem Vater und ihrer Mutter. Waren auch sie unter den Axthieben der Shar-ha gefallen? Steckten Pfeile in ihren Körpern? Hatten Kugeln ihr Fleisch zerrissen?

Sie erreichte das Tipi und sprang vom Pony. Weidenfrau saß neben dem Trockengestell und weinte um Windfrau, die von einem Pfeil getroffen worden war.

»Windfrau!« rief die Schamanin entsetzt. Sie rannte zur toten Schwester ihrer Mutter und kniete neben ihr. Mit zitternden Fingern berührte sie das reglose Gesicht. Sie sang leise das Klagelied und umarmte erst dann ihre Mutter, die gar nicht gemerkt zu haben schien, daß sie gekommen war. »Mutter!« sagte sie. »Ich bin zu spät gekommen.«

Weidenfrau blickte auf und sah sie lange an. In ihrer Trauer mischte sich Freude, ihre Tochter gesund wiederzusehen. »Die Geister haben es so gewollt, mein Kind.«

Die beiden umarmten sich. Sie weinten stumm und trauerten um Windfrau und die vielen anderen Männer, Frauen und Kinder, die bei dem Überfall der Shar-ha ums Leben gekommen waren. Später würden sie achtzehn Tote zählen, sieben Krieger, acht Frauen und drei Kinder.

»Wo ist Vater?« fragte Büffelfrau, als sie sich voneinander lösten. »Wo sind die Krieger?«

»Sie sind zum Hauptlager geritten«, antwortete Weidenfrau. Ihre Stimme klang heiser. »Sie wollen mit den Häuptlingen über einen großen Krieg gegen die Shar-ha beraten.« Sie zögerte, bevor sie weitersprach. »Weißer Biber hat vorgeschlagen, die heiligen Pfeile auf den Kriegszug mitzunehmen.«

»Weißer Biber?« erschrak Büffelfrau. Sie dachte an die Weissagung des Weißen Büffels und die Bilder in ihren Träumen, die blutige Hand, die nach den Pfeilen griff. »Das darf er nicht tun!« rief sie ängstlich.

»Was darf er nicht tun?«

»Er darf die Pfeile nicht gegen die Shar-ha tragen!« beschwor Büffelfrau ihre Mutter. In ihrer Stimme schwang Panik mit. »Weißer Biber wird sterben! Die Shar-ha werden unsere Pfeile stehlen! Großes Unglück wird über unser Volk kommen!«

»Hast du das von deinem Schutzgeist erfahren?«

»Ich habe es in meinen Träumen gesehen«, antwortete Büffelfrau, »und der Schutzgeist hat es mir bestätigt. Er sah eine Schlacht, und er wußte, daß Weißer Biber die heiligen Pfeile tragen würde. Was soll ich tun, Mutter?«

Weidenfrau sah abgespannt und müde aus. »Ich weiß es

nicht, mein Kind.« Sie hätte gern gewußt, wie der Schutzgeist aussah, und was er noch gesagt hatte, aber es ziemte sich nicht, einen anderen über seine Vision auszufragen.

»Wie ist das passiert?« wechselte Büffelfrau das Thema. Sie deutete mit einer müden Handbewegung auf die schwelenden Zelte und die Toten. Der kleine Junge, der neben seinen toten Eltern geweint hatte, hockte jetzt apathisch im Gras und starrte ins Leere. Ein Hund schnüffelte an dem Blut, das in den Boden gesickert und das Gras gefärbt hatte.

»Die Shar-ha haben uns im Schlaf überrascht«, berichtete Weidenfrau. »Manche Leute sagen, sie greifen nur tagsüber an, weil sie nachts Angst vor den bösen Geistern haben, aber das ist eine Lüge.

Sie kamen kurz vor dem Morgengrauen, und sie töteten Gefleckter Wolf, der die letzte Wache übernommen hatte.«

»Ich habe ihn gefunden«, sagte Büffelfrau traurig.

Weidenfrau schloß die Augen, bevor sie weitersprach. »Sie rissen Tipis ein und töteten Frauen und Kinder. Aiee, ich verachte sie dafür. Nur Feiglinge vergreifen sich an den Wehrlosen.« Sie deutet auf Windfrau. »Sie rannte nach draußen, als die ersten Schreie erklangen, und wurde von einem der ersten Pfeile getroffen. Büffelhöcker war dicht hinter ihr, aber es war schon zu spät. Sie war tot, als er dem feigen Shar-ha den Schädel spaltete.«

Büffelfrau blickte auf den toten Krieger, der einige Schritte entfernt im Gras lag. Sein Gesicht war kaum noch zu erkennen, aber sein Mund war jetzt noch zu einem stummen Schrei geöffnet. Er war ein großer Mann mit starken Muskeln, viel stärker als die Ho-he, die sie in den Bergen getötet hatte. Sie fragte sich, ob sie gegen einen solchen Mann bestanden hätte. Sie preßte die Lippen aufeinander und wandte sich wieder an ihre Mutter. »Was ist mit den Pferden? Wer hat sie bewacht?«

Weidenfrau nannte den Namen eines Jungen, der bei Dachs aufgewachsen war. »Er ist tot«, sagte sie, »die Shar-ha haben ihn erschossen und alle Pferde gestohlen.«

»Ein schlechter Tag.«

»Ja.«

Büffelfrau umarmte ihre Mutter und drückte sie fest. »Ich muß gehen«, sagte sie, »ich muß den Kriegern folgen.«

»Ich weiß.«

Sie standen auf, und Weidenfrau verschwand im Tipi und kam mit einer langstieligen Pfeife und einem Beutel mit Tabak wieder. Der Kopf der Pfeife war aus schwarzem Stein gefertigt. »Für dich«, sagte Weidenfrau, »dein Vater hat sie für dich geschnitzt. Halte sie in Ehren und rauche sie, wenn die Geister es verlangen. Ich bete für dich, meine Tochter.«

Büffelfrau nahm die Pfeife und den Beutel. »Ha-ho«, sagte sie gerührt, »ich danke dir.« Sie verstaute beides in ihrer Ledertasche und stieg auf ihr Pony.

»Du wirst unser Volk retten, Büffelfrau!«

»Die Geister werden uns beistehen«, sagte die Schamanin. Sie hob eine Hand zum Gruß und ritt aus dem Dorf. Die Hufschläge ihres Ponys verhallten in dem Dunst, der über den Tipis lag.

21

Kriegsrat

Die Häuptlinge der tsis tsis tas saßen am großen Feuer, als Büffelfrau das Dorf der Flußleute erreichte. Sie hatte den Fluß an einer flachen Stelle überquert und war von den Spähern respcktvoll begrüßt worden. Drei Tage lang war sie durch die Schluchten und Täler der heiligen Berge geritten. Abends hatte sie gebetet und ihren Schutzgeist angerufen, aber der Weiße Büffel war nicht erschienen. Sie hatte es als schlechtes Zeichen empfunden und war noch nachdenklicher geworden.

Auf einer Anhöhe, knapp zwei Tagesritte vom Dorf der Hügelleute entfernt, hatte sie Otterfrau getroffen. Die Freundin war nach dem Überfall in die Berge geritten, und hatte in der Einsamkeit versucht, die schrecklichen Ereignisse zu verarbeiten.

»Ich habe für Roter Mond und die anderen Krieger gebetet«, sagte sie, nachdem sie einander stumm umarmt hatten, »aber ich bin keine Medizinfrau. Du kannst das besser.«

»Ich habe es versucht«, erwiderte Büffelfrau. Sie dachte an den kleinen Jungen, der neben seinen Eltern geweint hatte. »Reite nach Hause, Otterfrau. Kümmere dich um die Kinder, die ihre Eltern verloren haben. Du wirst gebraucht.«

»Ich habe Angst um Roter Mond.«

»Seid ihr verheiratet?«

»Ja«, antwortete Otterfrau. Zum ersten Mal seit dem Überfall lächelte sie. »Er ist ein tapferer Krieger, und es lag nicht an ihm, daß die Shar-ha so viele von uns getötet haben. Er hat drei Skalps genommen.«

»Reite nach Hause, Otterfrau.«

»Kommst du mit?«

Büffelfrau schüttelte den Kopf. »Ich kann nicht. Die Krieger warten auf mich. Ich reite mit ihnen. So will es mein Schutzgeist, und so will es Maheo.«

»Sag Roter Mond, daß ich ihn vermisse.«

»Das will ich tun.«

Jenseits des Flusses wurde Büffelfrau von den Spähern der Flußleute empfangen. Sie ließ ihr Pony am Ufer zurück, wo es saftiges Gras gab, und lief zum Feuer, das unheilvoll in der Dunkelheit leuchtete. Ihr Gesicht war hart geworden während der letzten Tage, ihre Augen kalt und unnachgiebig, doch im sanften Schein der Flammen war sie fast so schön wie Otterfrau, bevor die Shar-ha gekommen waren, und ihre Augen glitzerten noch geheimnisvoller und leidenschaftlicher. Sie war zu einer reifen Frau herangewachsen, zu einer stolzen tsis tsis tas mit schmalen Hüften und langen Beinen und einer Ausstrahlung, die selbst die weisen und alten Männer am Feuer verzauberte.

Es wurde still, als Büffelfrau ans Feuer trat. Sie hielt die neue Pfeife in der rechten Hand. Sie hatte vorgehabt, sich abseits der Ratsversammlung niederzulassen, aber Kleiner Wolf begrüßte sie und forderte sie auf, sich zu den Männern zu setzen. Sie verbeugte sich respektvoll und gesellte sich zu den jungen Kriegern. Sie sah die Anspannung in den Gesichtern von Roter Mond und Weißer Biber, und sie spürte die verzweifelte Wut von Kleiner Falke, der krampfhaft seinen Bogen umklammerte.

Weißer Biber saß keine zwei Schritte entfernt von ihr, wagte aber nicht, sie anzusprechen. Ein schneller Blick, ein schüchternes Lächeln, mehr zeigte auch Büffelfrau nicht. Sie mochte den jungen Krieger, der zu einem starken und stattlichen Mann herangewachsen war, sie mochte ihn sogar sehr und konnte sich gut vorstellen, ein Tipi mit ihm zu teilen, aber sie mußte immer daran denken, was der Weiße Büffel zu ihr gesagt hatte. Weißer Biber würde die heiligen Pfeile in eine große Schlacht tragen. Er wollte beweisen, wie tapfer er war, und er würde sein Leben aufs Spiel setzen. Mußte Weißer Biber sterben, damit sie leben konnte? Sollte sie frei sein für den geheimnisvollen weißen Mann, dessen blaue Augen sie bis in den Schlaf verfolgten? Sie erschauderte, als sie an die Begegnung im fernen Norden dachte. Es war wie in einem Traum gewesen, in einer Welt voller Magie und farbenprächtiger Bilder. Eine seltsame Kraft hatte sie verbunden, als wären sie seit ewiger Zeit füreinander bestimmt gewesen.

»Hört mich an, meine Brüder!« rief Büffelhöcker. Er hatte seine Haare entflochten, und sein Gesicht wirkte noch kantiger und entschlossener als sonst. »Die Shar-ha haben uns überlistet. Sie haben Frauen und Kinder getötet, und sie haben unsere Pferde gestohlen. Ich schäme mich dafür. Ich habe einem ihrer Krieger den Schädel gespalten und zwei andere mit meinem Feuerstock erschlagen, aber das ist nicht genug. Ich sage, wir müssen Krieg führen. Wir müssen sie mit einer großen Streitmacht angreifen und ihr Dorf dem Erdboden gleichmachen. Folgt uns in den Krieg, Flußleute! Du, Bärenmann! Sage deinen tapferen Kriegern, daß wir viele Coups schlagen werden. Warum zögern wir noch? Laßt uns reiten! Morgen früh, wenn die Sonne erwacht. Laßt uns die heiligen Pfeile in eine Schlacht tragen, von der noch die Söhne unserer Söhne sprechen werden!«

Büffelhöcker hatte sein Anliegen leidenschaftlich vorgetragen, und die Rede verfehlte ihre Wirkung nicht. Zahlreiche Krieger, vor allem jüngere Männer, sprangen auf und schüttelten drohend ihre Fäuste. Sie wollten am besten sofort gegen die Shar-ha reiten. Besonders Kleiner Falke war kaum zu bremsen. Er hatte seine Frau verloren und brannte darauf, die Shar-ha dafür zu bestrafen. »Was gibt es da zu reden?« rief er. »Laßt uns endlich reiten! Ich will das Blut der Shar-ha sehen!«

Kleiner Wolf stand auf und brachte die aufgeregten Krieger mit einer Handbewegung zum Schweigen.

Er legte eine Hand auf sein Herz und blickte auf die versammelten Krieger.

»Meine Brüder«, begann er, »aus Büffelhöcker spricht der gerechte Zorn. Ich verstehe ihn. Ich verstehe auch die jungen Krieger. Viele von euch haben Verwandte und Freunde verloren, und in euch brennt das Verlangen, die Shar-ha zu überfallen und ihre Skalps zu nehmen. Ihr seid wütend. So wie der Berglöwe, dem man seine Jungen genommen hat. Wie der graue Bär, den man im Winterschlaf überrascht hat.

Ich leide mit euch, meine Brüder, und mein Herz wird schwer, wenn ich an die Toten denke.« Er atmete tief ein und sammelte Kraft für die Worte, die nicht allen gefallen würden. »Ihr wollt alle in den Krieg ziehen«, fuhr er fort, »ihr wollt die Feuer in eueren Tipis verlassen und die feigen Hunde töten, die eure Brüder und Schwestern auf dem Gewissen haben. Ich verstehe euch. Aber ich denke auch an die Zukunft. Wenn wir alle auf den Kriegspfad gehen und die Shar-ha in einer großen Schlacht vernichten, ist das Leben unserer Kinder in Gefahr. Unsere Späher melden, daß sich einige Shar-ha mit den Ve-hos verbündet haben. Sie arbeiten als Kundschafter für den weißen Mann. Sie helfen ihm, einen Pfad durch ihre Jagdgründe zu schlagen. Noch werden uns die Weißen nicht gefährlich. Noch wissen wir nicht, wie zahlreich sie wirklich sind. Aber ich warne euch, meine Brüder. Wenn unser ganzes Volk gegen die Shar-ha in den Krieg zieht, haben wir auch die Ve-hos gegen uns. Denkt an die Zukunft!«

»Seit wann fürchtet sich mein Häuptling vor den Ve-hos?« fragte Büffelhöcker wütend. Er war aufgesprungen. »Haben wir nicht beim Sonnentanz über die Männer mit den Haaren im Gesicht gesprochen, und hat Wolfgesicht nicht gesagt, daß die Weißen es nicht wert sind, von uns beachtet zu werden?«

»Das sage ich immer noch«, rief der Süße-Medizin-Häuptling, »und ich verstehe meinen Häuptling nicht. Wir sind das wahre Volk, wie sind die Menschenwesen. Was kümmern uns die Shar-ha? Was kümmern uns die Ve-hos? Sollen wir vor unseren Feinden in die Knie gehen? Sind wir Feiglinge?«

»Aiee, du redest mit dem Herzen«, erwiderte der Häuptling. Er hob beschwörend die Arme und wartete, bis sich die Aufregung unter den Kriegern gelegt hatte. »Hört mich an, meine Brüder!« rief er sie zur Ordnung. »Ich hatte einen Traum. Einen seltsamen Traum. Ich sah, wie wir gegen die Shar-ha kämpften. Unser ganzes Volk war auf dem Kriegspfad, die Männer, Frauen und sogar die Kinder. Wir überraschten die Shar-ha im Schlaf und durchbohrten sie mit unseren Pfeilen. Ah, es war ein guter Anblick, aber mein Herz wurde nicht froh, den aus jedem toten Shar-ha sprang ein neuer Shar-ha, und manche von ihnen waren weiß und schossen mit neuen Gewehren auf uns.«

Betretene Stille machte sich breit. Auch Büffelfrau war nachdenklich geworden und überlegte, was dieser Traum mit ihren Träumen zu tun haben konnte. Die Gestalten am Feuer, die Hand, die nach den Pfeilen griff ... waren das Ve-hos? War ihr Schicksal mit dem Auftauchen dieses seltsamen Volkes verknüpft? Hatten die Geister bestimmt, sie in einem aussichtslosen Krieg zu opfern? Sie sah die Ratlosigkeit in den anderen Gesichtern, sogar bei Bärenkopf und ihrem Vater, und wartete darauf, daß Kleiner Wolf eine Entscheidung traf. Er war ein weiser Häuptling.

Wolfsgesicht hob drohend eine Faust. Die Narben in seinem Gesicht glühten, ein Zeichen dafür, wie erregt er war. »Ich habe Respekt vor deinen Träumen«, verneigte er sich vor dem obersten Ratshäuptling, »aber ich bin nicht bereit, die feigen Hunde der Shar-ha zu schonen. Sie haben unsere Frauen und Kinder getötet. Dafür haben sie den Tod verdient!«

Zustimmendes Gemurmel wurde laut. »Wolfsgesicht hat recht!« rief Büffelhöcker. Seine Stirnadern waren angeschwollen. Weißes Pferd schlug mit der Faust auf den Boden und rief: »Krieg!« Kleiner Falke zog ein Messer und ließ die Klinge blitzen. Läuft-rückwärts schüttelte heftig den Kopf und tat auf seine Weise kund, was er über den Vorschlag des Schamanen dachte. Fast alle Krieger der Hügelleute stimmten Wolfsgesicht zu. Nur Büffelfrau blieb nachdenklich. Sie beobachtete ihre aufgebrachten Stammesbrüder und dachte über Weißer Biber nach, der genauso wütend war wie Roter Mond und die anderen. Würde er die Pfeile tragen, wenn es zu einem Krieg kam? Und würde sie auf dem Kriegspfad erfahren, was die unheilvollen Bilder aus ihren Träumen bedeuteten? War ihre Medizin stark genug, um Weißer Biber am Leben zu erhalten, oder hatten die Geister schon vor vielen Wintern seinen Tod bestimmt?

»Ich sage: Tötet die Shar-ha!« rief Wolfsgesicht den Kriegern zu. »Tötet auch die weißen Männer, die Kleiner Wolf in seinem Traum gesehen hat! Die tapferen Krieger der tsis tsis tas sind stark genug, gegen jeden Feind zu bestehen!« Er reckte wieder eine Faust empor und genoß die Zustimmung, die er in den Gesichtern seiner Brüder sah.

Kleiner Wolf blieb sitzen und reagierte mit ausdrucksloser Miene auf die Worte des Schamanen. Er war ihm nicht böse. Die Ratsversammlung war dazu da, daß man einander die Meinung sagte. Sie waren Freunde, und gerade von einem Freund erwartete er, daß er offen und ehrlich seine Meinung vertrat. Die besseren Argumente sollten gewinnen.

Er entdeckte das nachdenkliche Gesicht von Büffelfrau im Feuerschein und rief ihren Namen. »Du hast lange geschwiegen«, sagte er, »was würdest du tun?«

Büffelfrau blickte in die erwartungsvollen Gesichter der Männer. Du wirst für eine bessere Zukunft unseres Volkes kämpfen, hatte der alte Sieht-hinter-die-Berge gesagt. »Hört mich an, meine Brüder!« rief sie. »Auch ich hatte einen Traum. Ich sah, wie eine Hand nach den heiligen Pfeilen unseres Volkes griff. Die Shar-ha haben unsere Existenz bedroht, und es liegt an uns, sie dafür zu bestrafen. Auch ich ehre den Traum unseres Häuptlings, obwohl ich weiß, daß es auch gute Weiße gibt.« Sie wußte nicht, warum sie das sagte. »Die Geister haben es mir verraten. Ich schlage vor, die Shar-ha mit einem kleinen Trupp anzugreifen. Die Krieger der Hügelleute sind stark genug, sich an den feigen Hunden zu rächen. Wir werden ihre Späher umbringen und unsere Pferde zurückholen. Und wir werden in ihr Dorf reiten und ihre besten Büffelponys stehlen. Wolfgesicht wird die heiligen Pfeile erneuern und für uns beten.«

Sie war geschickt vorgegangen und hoffte, daß die Krieger auf ihren Vorschlag eingingen. Wenn ein kleiner Trupp gegen die Shar-ha ritt, wurde die große Schlacht vermieden, die ihr Schutzgeist angedroht hatte, und wenn Wolfsgesicht die Pfeile erneuerte und in den Bergen betete, würde Weißer Biber sie nicht in den Kampf tragen und sein Leben riskieren.

Aber es hatte keinen Sinn, sich gegen etwas aufzulehnen, was die Geister vor langer Zeit beschlossen hatten.

»Ich werde mit euch auf den Kriegspfad reiten«, entschied

Wolfsgesicht, »ich werde die heiligen Pfeile an meine Lanze binden und mit euch gegen die Shar-ha ziehen.«

Fast alle Krieger waren einverstanden. Büffelfraus Vorschlag wurde angenommen, und Bärenkopf entschied für die Hügelleute, daß am nächsten Tag geschwitzt und getanzt werden sollte. Wenn die Sonne zum zweiten Mal aufging, würde Büffelhöcker mit den Hundesoldaten und anderen Kriegern gegen die Shar-ha ziehen. Auch Büffelfrau würde dabeisein. Es hatte sich bereits herumgesprochen, daß sie zwei Skalps der Ho-he genommen hatte, und man vertraute ihren magischen Kräften. Wolfsgesicht würde die heiligen Pfeile tragen. Bärenkopf wollte nach Hause reiten und den Frauen und Kindern helfen, einen neuen Anfang zu finden. Als Häuptling war er für den Frieden verantwortlich.

Nach dem Essen versammelten sich die tsis tsis tas am Feuer. Sie wollten hören, was Büffelhöcker und andere Krieger im Kampf erlebt hatten. Die Geschichten sollten sie aufmuntern und auf den Kriegszug vorbereiten. Die Männer rauchten Pfeife, und die Trommeln erklangen im Rhythmus eines Liedes, das sich über die Feinde des Volkes lustigmachte.

Büffelfrau war nicht nach Feiern zumute. Sie hatte auch keine Lust, von ihren Abenteuern in den Bergen zu erzählen. Sie zog es vor, am Fluß ihren Gedanken nachzuhängen. Sie saß auf einem Felsbrocken und hörte dem Rauschen des Windes zu, der frische Luft vom Wasser brachte. Der Fluß zog träge nach Westen. Einige Wachteln stiegen aus einem nahen Gebüsch und verschwanden in der Dunkelheit. Der Mond leuchtete am wolkenlosen Himmel.

Wenn die Sonne aufging, würde sie in die Schwitzhütte gehen und nach ihrem Schutzgeist rufen. Vielleicht wußte er, warum Wolfsgesicht mit den Hügelleuten auf den Kriegspfad ging. Hatte der Süße-Medizin-Häuptling mit den Geistern gesprochen und beschlossen, die Verantwortung des jungen Weißer Biber zu übernehmen? Hatten die Geister ihre stillen Gebete erhört?

Er raschelte in den Weidenbüschen, und Weißer Biber trat

aus der Dunkelheit. Das Mondlicht lag auf seinen kräftigen Schultern, und in seinen Augen blitzten die Sterne, die sie schon vor einigen Monaten verzaubert hatten. Er trug nur seinen Lendenschurz, obwohl es abends schon empfindlich kalt wurde. Er war während der letzten Monde noch kräftiger geworden. »Büffelfrau«, sagte er, »ich bin froh, daß du wieder bei uns bist. Ich habe oft an dich gedacht.«

»Und ich habe an dich gedacht«, erwiderte sie. Ihr gefiel die neue Selbstsicherheit des jungen Kriegers, der eine ebenso imposante Erscheinung bot wie der weiße Mann mit den blauen Augen. Seltsam, daß sie ihn gerade mit dem Fremden verglich, sie hatte den Mann mit den Haaren im Gesicht doch kaum gesehen. Sie legte eine Hand auf die Brust ihres Verehrers und fühlte seine Muskeln. »Du bist stark geworden, Weißer Biber.«

Er lächelte. »Ich habe Hirsche und Antilopen gejagt und viele Ringkämpfe gewonnen.« Er berührte seine Schläfen. »Auch meine Gedanken sind stark. Während du im Land der Nordwinde warst, habe ich oft gebetet. Ich habe es für unsere Zukunft getan.« Er sagte nicht, ob er die Zukunft des Volkes oder ihre gemeinsames Schicksal meinte. »Ich habe von dir geträumt. Ich habe die Flöte für dich gespielt, und du hast mich angelächelt und mir Hoffnung gemacht. Es waren gute Träume, Büffelfrau.«

Sie wußte, was er von ihr erwartete. Er wollte, daß sie ihm in die Arme fiel und ewige Treue schwor. Hatte sie nicht gesagt, daß ihr Schutzgeist die Antwort wußte? Hatte sie ihm nicht versprochen, daß sie bereit für ihn war, wenn sie aus dem Norden zurückkehrte? Sie seufzte in Gedanken. Alles war nur noch verwirrender geworden. Der Weiße Büffel hatte nicht von ihrer Liebe gesprochen und nur gesagt, daß Weißer Biber die heiligen Pfeile in die Schlacht tragen würde. Er hatte ihr den weißen Mann mit den blauen Augen geschickt und gesagt, daß sie dieselbe Luft atmen würden. Aiee, was sollte sie ihrem Verehrer sagen?

»Ich denke an dich«, wich sie einer direkten Antwort aus, »und ich freue mich, daß wir gemeinsam auf den Kriegspfad gehen. Wir werden viele Coups schlagen, und wenn wir zurückkehren, werde ich bereit für dich sein. Ich habe gesprochen.«

Er faßte ihre Antwort als Heiratsversprechen auf und nahm sie in die Arme. Sie umklammerte ihn und drückte ihre Lippen an seinen Hals, dann rannte sie in die Dunkelheit davon.

22

Hinterhalt

Sie waren seit drei Tagen unterwegs und befanden sich in den östlichen Hügeln, die an die Jagdgründe der Shar-ha grenzten. Leichter Nieselregen fiel auf das Land. Der Salbei verströmte einen intensiven Duft, und der Boden war weich. Ihre Ponys hinterließen deutliche Abdrücke. Die Wolken hingen tief am Himmel. Der böige Wind beugte das braune Büffelgras und rauschte im Laub der Cottonwoods. Am fernen Horizont schlug der Donnervogel mit seinen schwarzen Flügeln, und ein feuriger Pfeil zuckte aus den Wolken und bohrte sich in den Boden.

Wolfsgesicht ritt an der Spitze. Er hatte seine langen Haare gegen den Wind zusammengebunden und trug die gehörnte Büffelhaube des Süße-Medizin-Häuptlings. Sein Skalphemd wies ihn als tapferen Krieger aus, verbot ihm aber auch, persönlich Rache zu nehmen. Es war nicht sein Kriegszug. Es war der Rachefeldzug der Hügelleute, die achtzehn Männer, Frauen und Kinder im Kampf gegen die Shar-ha verloren hatten. Er war der Pfeilbewahrer des ganzen Volkes. Die Kraft der heiligen Pfeile sollte die Hügelleute beschützen und ihnen auch helfen, die verhaßten Shar-ha zu schlagen und ihre Pferde zu rauben.

Das Bündel mit den heiligen Pfeilen hing an seiner Lanze. Er hatte die schwarzen und die roten Pfeile erneuert und den ganzen Tag und die ganze Nacht gefastet und zu den Geistern gebetet, bevor sie aufgebrochen waren. Die Pfeile waren der heilige Besitz des Volkes und Ausdruck einer ungebrochenen Seele, die auch von den Shar-ha nicht zerstört werden konnte. Die Geister hatten ihm keine befriedigende Antwort gegeben. Sie wußten nicht, ob der Kriegszug erfolgreich verlaufen würde. Es hatte viele Schatten in seinen Träumen gegeben, und er machte sich Sorgen, schon deshalb war es gut, daß er die Pfeile mitgenommen hatte.

Büffelfrau ritt hinter ihm. Auch sie war in der Schwitzhütte gewesen, und während das kalte Wasser auf den heißen Steinen verdunstete, hatte sie zu Maheo gebetet und mit ihrem Schutzgeist gesprochen. Er war erst am späten Abend in ihren Träumen erschienen, und er war nicht lange geblieben. »Folge dem Adler, der einsam seine Kreise am Himmel zieht«, sagte er, »und folge dem Weg, den Maheo für dich gezeichnet hat. Folge dem jungen Krieger, der die Pfeile in die Schlacht tragen wird, und hüte dich vor dem Morgenstern, der am Himmel leuchtet.«

Sie hatte nicht alles verstanden, was der weiße Büffel zu ihr gesagt hatte. Wie konnte Weißer Biber die Pfeile tragen, wenn Wolfsgesicht das heilige Bündel an seine Lanze gebunden hatte? Wie konnte es eine große Schlacht geben, wenn sie nur die Späher der Shar-ha töten und die Ponys rauben wollten? Welche böse Kraft ging vom Morgenstern aus, der bei klarem Wetter am Himmel sichtbar war? Ihr Schutzgeist hatte keine dieser Fragen beantwortet und war wortlos verschwunden. Es gab Fragen, auf die auch er keine Antwort wußte.

Am Schluß des langen Zuges, der sich im Gänsemarsch über die Hügel bewegte, ritten die Hundesoldaten. Büffelhöcker hielt die Pfeife des Anführers in den Händen und blickte grimmig in den regnerischen Dunst. Roter Mond hatte das Gewehr über dem Rücken hängen, das er einem toten Shar-ha abgenommen hatte. Gelber Wolf trug ebenfalls ein Gewehr, und die schwarze Farbe in seinem Gesicht deutete an, daß es keine Gnade für seine Feinde geben würde. Sie waren unterwegs, um zu töten.

Auf einem Hügelkamm tauchten Weißes Pferd und ein junger Krieger auf. Sie hatten das vor ihnen liegende Land erkundet und die Spuren eines Jagdtrupps gefunden.

»Shar-ha«, berichtete Weißes Pferd, »so viele Krieger, wie es Finger an meiner Hand gibt. Sie sind auf dem Rückweg. Eines ihrer Ponys ist schwerbeladen. Sollen wir sie töten?«

»Noch nicht«, antwortete Büffelhöcker, »wir warten, bis sie die Felsen am Fluß erreicht haben. Dort werden wir ihnen eine Falle stellen und sie töten. Laßt sie nicht aus den Augen.«

»Aiee«, erwiderte Weißes Pferd, der sein Gesicht und seine Leggins mit gelben und schwarzen Streifen bemalt hatte und vier ebenfalls gestreifte Adlerfedern in den sorgfältig gekämmten Haaren trug. »Es fällt schwer, die Waffen stecken zu lassen, wenn man die feigen Hunde direkt vor der Nase hat.«

»Hab' Geduld. Wir werden sie töten.« Er wandte sich an Dachs, der als kleiner Junge von den Shar-ha geraubt worden war, und dem es erst nach vier Wintern gelungen war, sich zu befreien und zu den Hügelleuten zurückzukehren. »Du verstehst die Sprache der Shar-ha, Dachs. Reite mit Weißes Pferd und höre, was sie am Feuer sprechen.«

»Aiee«, antwortete der Krieger mit seiner dunklen Stimme. Seine Haare waren grau geworden, aber er war ein erfahrener Krieger, auf den man nicht verzichten konnte. Er trieb sein Pony nach rechts und folgte Weißes Pferd und dem jungen Krieger, die bereits nach Osten galoppierten.

Am Abend lagerten die tsis tsis tas in einem Wäldchen. Sie befanden sich bereits in den Jagdgründen der Shar-ha, aber die Bäume boten guten Schutz, und Büffelhöcker befahl, ein kleines Feuer anzuzünden. Sie brieten die besten Stücke des Rehs, das Roter Mond am Nachmittag mit einem Pfeil erlegt hatte, und tranken von dem Kräutertee, den Büffelfrau in einer Schüssel aus Büffelhorn erhitzt hatte. Die Kräuter schützten sie gegen den Regen und den kühlen Wind. Wie auf jedem Kriegszug bedienten die jungen Männer den Häuptling, der für sie dachte und den Angriff auf die Shar-ha in seinem Kopf vorbereitete.

»Du bist eine tapfere Frau«, sagte Büffelhöcker zu seiner Tochter, als sie am Feuer saßen, »und ich bin stolz auf dich. Wovor fürchtest du dich? Hattest du einen schlechten Traum?«

Ihre Aufgabe als heilige Frau der Hügelleute war es, mit den Geistern zu sprechen und die Träume zu deuten die eine Bedeutung für die Zukunft des Volkes haben konnten. Es war ihre Pflicht, einen Kriegszug abzubrechen, wenn die Geister nicht wollten, daß sie gegen die Shar-ha zogen. »Die Geister sind dafür, daß wir unsere Toten rächen«, sagte sie, »das hat auch Wolfsgesicht geträumt. Ist es nicht so, mein Bruder?«

Es gab keine Eifersucht zwischen den beiden Schamanen. »So ist es, meine Schwester«, antwortete Wolfsgesicht, »Aber ich habe Schatten gesehen. Es wird uns nicht leichtgemacht. Deshalb habe ich die heiligen Pfeile dabei. Sie sollen uns vor den bösen Mächten schützen und uns neue Kraft geben.«

»Das ist gut«, sagte Büffelfrau, »aber ich will nicht verleugnen, daß mich schon seit vielen Wintern böse Träume quälen. Unsere heiligen Pfeile sind in Gefahr. Ich habe geträumt, daß Weißer Biber sie in den Kampf tragen wird. Das darf nicht geschehen.«

»Es wird nicht geschehen«, erwiderte der Süße-Medizin-Häuptling. »Ich werde die Pfeile tragen.«

»Das ist gut«, sagte sie wieder. Sie trank von dem Kräutertee und genoß die Wärme in ihrem Magen. »Die Zeiten sind schlecht«, antwortete sie ihrem Vater, »und die Angst in meinen Augen bezieht sich auf die Zukunft unseres Volkes. Es gibt verwirrende Träume über die Ve-hos, und selbst die Geister wissen nicht, was sie von ihnen halten sollen.«

»Meine Schwester hat recht«, bestätigte Wolfsgesicht, »auch die Geister kennen nicht alle Antworten. Die unbeschwerten Tage sind vorbei. Wir müssen stark sein. Wir müssen beten und die Tabus beachten, dann werden wir in eine glückliche Zukunft gehen. Wir sind das einzig wahre Volk.

Wer unsere Kinder tötet, wird seine Kinder verlieren, und wer uns verdammt, wird einen grausamen Tod sterben und im ewigen Dunkel schmoren.«

»Das ist wahr«, kam Zustimmung von allen Seiten.

Büffelfrau dachte daran, daß sie von den Geistern ausgesucht war, die dunklen Wolken einer ungewissen Zukunft vom Himmel zu vertreiben. Sie war eine heilige Frau. Sie war eine Kriegerin. Aber sie war immer noch eine Frau und viel zu schwach, gegen die vereinten Feinde des Volkes in den Krieg zu ziehen. Dieser Gedanke beschäftigte sie vor allem und war schuld an der ängstlichen Ungewißheit in ihren Augen. Aber das wollte sie ihrem Vater und den anderen Kriegern nicht sagen. Ihre persönlichen Probleme hatten am Feuer nichts zu suchen.

»Wir sind stark«, sagte sie deshalb, »wir töten viele Shar-ha.«

Weißer Biber trat ans Feuer. Er hielt seinen Bogen in der Hand und wirkte nervös. Er war ein junger Mann, der offen seine Gefühle zeigte, das wußten alle, und es war kein Geheimnis bei den Hügelleuten, daß er Büffelfrau schon seit vielen Monden den Hof machte. Die anderen Krieger glaubten nicht so recht daran, daß die heilige Frau auf sein Werben einging, dafür waren ihre Aufgaben zu groß, aber vor ihm sprach niemand darüber. Man wollte den jungen Mann nicht kränken. Auch jetzt sahen wieder alle weg, als Weißer Biber sich ans Feuer setzte und Büffelfrau unverhohlen bewunderte.

»Wie weit ist es noch bis zum Dorf der Shar-ha?« fragte er, nur um etwas zu sagen. Er blickte Büffelhöcker an.

Der Anführer der Hundesoldaten zuckte mit den Schultern. »Es ist nicht mehr weit«, sagte er, »morgen erreichen wir die Felsen am Fluß, dann geht die Sonne noch zweimal auf.«

Die Shar-ha lebten in festen Lehmhäusern und folgten nur im Sommer und im Herbst den Büffeln. Vor allem waren sie Pflanzer, die immer am selben Ort blieben und Mais anbauten.

Weißer Biber nickte zufrieden. »Ich brenne auf den Kampf«, sagte er mit vollem Mund, »ich brenne darauf, es diesen gemeinen Hunden zu zeigen. Sie werden die Klinge meines Messers und die scharfen Spitzen meines Bogens zu spüren bekommen. Aiee, ich kämpfe für die tapferste und schönste Frau, die es bei den Hügelleuten jemals gegeben hat.«

Büffelfrau blickte verlegen ins Feuer. Sie mochte nicht, wenn man sie so unverhohlen bewunderte, und es war auch gar nicht die Art von Weißer Biber, sich vor den anderen Kriegern zu offenbaren. Dafür war er viel zu schüchtern und empfindsam. Anscheinend merkte er erst jetzt, was er gesagt hatte, denn er nahm seinen Bogen und verschwand wortlos in der Nacht.

Büffelhöcker teilte die Wachen ein und rollte seine Decke

zwischen den Bäumen aus. Auch die anderen Krieger legten sich schlafen. Roter Mond löschte das Feuer und begrub die Asche unter feuchter Erde. Er war zur ersten Wache eingeteilt und folgte Weißer Biber in die Dunkelheit, während Kleiner Falke sitzenblieb und gedankenvoll in die Nacht blickte.

»Du mußt schlafen«, sagte Büffelhöcker zu ihm. »Es ist nicht gut, ständig an die Toten zu denken. Wenn das Herz vor Trauer zerbricht, werden die Gedanken schwer, und die Feinde haben es leichter. Denke an den Kampf, Kleiner Falke! Leg dich hin und sammle Kraft für den schweren Kampf gegen die Shar-ha.«

Der junge Krieger rollte sich in seine Felle und schloß die Augen. Die Bilder des grausamen Überfalls waren nur schwer zu verdrängen. Immer wieder sah er die Shar-ha aus dem Dunkel kommen. Er hörte ihre schrillen Kriegsrufe, und er sah seine geliebte Blitzfrau nach draußen rennen. Er hörte ihren Schrei, und er sah noch einmal, wie sich ihr sterbender Körper unter den tödlichen Pfeilen aufbäumte und reglos liegenblieb. In seinem Traum sang er das Todeslied, das Blitzfrau auf ihrer langen Reise in die andere Welt begleitete.

Weißes Pferd, Dachs und der junge Krieger kehrten am frühen Morgen von ihrem Erkundungsritt zurück. Sie zügelten ihre Ponys, und Dachs wandte sich an den Häuptling, der bereits im Sattel saß und ruhig und entschlossen wirkte.

»Ich habe nicht viel erfahren«, sagte er, nachdem er seine Stammesbrüder begrüßt hatte. »Die Shar-ha sind nachlässig und glauben nicht, daß wir nach ihrem großen Sieg gleich auf Rache sinnen. Sie glauben, daß wir immer noch unsere Wunden lecken. Sie wollen keinen Krieg führen, solange das Wetter so schlecht ist.«

»Sie werden sich wundern«, höhnte Weißes Pferd, »sie werden eher Krieg führen müssen, als ihnen lieb ist!«

»Wann erreichen sie die Felsen am Fluß?« fragte Büffelhöcker.

»Wenn die Sonne am höchsten steht«, antwortete der Krieger, »sie beeilen sich nicht. Sie wissen nicht, daß wir hinter ihnen sind. Sie haben ein großes Feuer angezündet, und wir hätten sie alle töten können. Sie sind arglos wie Kinder.«

»Wir überfallen sie in den Felsen«, erwiderte Büffelhöcker, »so haben wir es beschlossen. Nehmen sie den direkten Weg?«

»Ja, mein Häuptling.«

»Dann reiten wir durch das lange Tal im Norden. Du, Weißes Pferd, Dachs, Gelber Wolf, Büffelfrau, Kleiner Falke und ich. Läuft-rückwärts und Wolfsgesicht bleiben mit den anderen Kriegern hinter den Shar-ha.« Er wandte sich an Läuft-rückwärts, der seine rote Lanze trug und noch grimmiger als sonst wirkte. Als geborener Krieger brauchte er den Sieg, und es hatte zu lange keinen Kampf mehr gegeben. Die Niederlage gegen die Shar-ha lastete wie ein Fluch auf ihm. »Laßt euch nicht von den Shar-ha entdecken«, warnte Büffelhöcker. »Wenn die Sonne untergeht, treffen wir uns auf der anderen Seite des Flusses.«

»Aiee«, sagte Läuft-rückwärts. Bei ihm wußte man nie, was er damit meinte, und Büffelhöcker war erst zufrieden, als der Krieger der Gegenteil-Leute nach Osten abzog.

Der Häuptling der Hundesoldaten zog mit den restlichen Kriegern und seiner Tochter nach Norden und trieb sein Pony in einen scharfen Galopp, als sie die offene Prärie erreichten. Er hatte nur gute Reiter bei sich, und sie kamen schnell voran. Sie ritten durch das langgestreckte Tal und dann durch hügeliges Land, das immer zerklüfteter und felsiger wurde, als sie sich dem Fluß näherten. Sie blieben am Ufer, bis sie die Felsen erreicht hatten. Die grauen Steine wuchsen unvermittelt aus dem Büffelgras und lagen wie die zerfurchten Panzer riesiger Schildkröten am Ufer. Dort war die flachste Stelle des Flusses, und es lag nahe, daß die Shar-ha ihn hier überqueren würden.

Büffelhöcker verteilte die Krieger in den Felsen und befahl ihnen, so lange zu warten, bis er den ersten Schuß abgefeuert hatte. Er bedeutete seiner Tochter, mit ihm zu kommen, und ging mit ihr hinter einem der Felsbrocken in Deckung. Sie kauerten auf dem felsigen Boden, hoch über dem ausgetretenen Pfad, der zur Furt führte. Unter ihnen würden die Shar-ha vorbeikommen.

Büffelfrau hatte ihren Bogen vom Rücken genommen und

hielt einen Pfeil in der anderen Hand. Die Sonne war zwischen den Wolken hervorgekommen, und sie schwitzte ein wenig, obwohl der Mond der Pflaumen schon fast vorüber war. Dies war ein denkwürdiger Tag. Sie war zum ersten Mal mit ihrem Volk auf dem Kriegspfad und lag mit ihrem Vater, dem Häuptling der Hundesoldaten, in einem Hinterhalt. Es war ein gutes Gefühl, aber in dieses Gefühl mischte sich die Sorge, denn ihre Träume waren kummervoll gewesen, und sie hatte den Kriegern nicht einmal die ganze Wahrheit gesagt.

»Hast du heute nacht geträumt?« fragte Büffelhöcker, als er in das sorgenvolle Gesicht seiner Tochter blickte.

»Nein«, antwortete sie.

»Du hast nicht mit den Geistern gesprochen?«

»Nein, Vater. Es ist alles gesagt.«

Büffelhöcker ließ nicht locker. Er spürte, daß sie sich große Sorgen machte und am Feuer nicht alles gesagt hatte. »Ist es wegen Weißer Biber?« fragte er vorsichtig.

»Er liebt mich, Vater.«

»Das wissen alle. Und du?«

»Ich weiß es nicht«, antwortete sie ehrlich, »ich respektiere ihn und würde gern ein Tipi mit ihm teilen. Aber mein Schutzgeist konnte mir keine endgültige Antwort geben. Er hat schwere Zeiten vorausgesagt, und prophezeit, daß Weißer Biber die heiligen Pfeile in die Schlacht tragen würde. Wie kann er die Pfeile tragen, wenn Wolfsgesicht bei uns ist? Wie kann es zu einer Schlacht kommen, wenn wir das Dorf verschonen?«

»Ich weiß es nicht«, antwortete Büffelhöcker, »vielleicht haben sich die Geister geirrt. Auch das ist schon vorgekommen. Wir werden sie mit dem Tod der Shar-ha versöhnen, die gleich in unsere Falle reiten. Das wird sie umstimmen.«

23

Rache

Weißes Pferd hatte gut gerechnet. Die Sonne stand hoch am Himmel und leuchtete hinter einigen Wolken, als die Shar-ha auf einem Hügelkamm auftauchten. Sie ritten einer hinter dem anderen und unterhielten sich laut. Der vorderste Krieger, anscheinend der Anführer, hatte eine Flinte über dem Sattel liegen. Sein Schädel war bis auf die Skalplocke kahlrasiert. Die restlichen Krieger trugen ihre Haare lang und über der Stirn zu einem hornartigen Gebilde frisiert, das mit Fett und Farbe gefestigt war. Ihre Gesichter waren kantig und streng.

Büffelfrau legte einen Pfeil auf ihren Bogen und duckte sich tiefer hinter ihre Deckung. Sie würde einen der feindlichen Krieger töten. Kalt und gefühllos, ohne eine Spur von Mitleid. Die Shar-ha hatten ihr Dorf überfallen und viele ihrer Freunde und Verwandten getötet. Sie hatten Blitzfrau umgebracht. Dafür mußten sie sterben. So wollten es die Geister, die jeden bestraften, der sich gegen das Volk wandte.

Sie blickte nach rechts und sah Weißes Pferd und Kleiner Falke hinter einem Felsen kauern. Der junge Krieger zitterte vor Wut. Er hatte seine Frau verloren und würde erst Ruhe geben, wenn viel Shar-ha dafür gebüßt hatten. Büffelfrau sah an seinem angespannten Gesicht, wie es in ihm brodelte.

Weißes Pferd sagte etwas zu ihm. Er war ein erfahrener Krieger und lag nicht zum ersten Mal in einem Hinterhalt. Er wirkte ruhig und gefaßt, und man erzählte, daß er auch im Kampf keine Gefühle zeigte. Er zog in einen Krieg, um zu töten. Zu Hause war er ein freundlicher und zuvorkommender Krieger, der sich liebevoll um seinen jungen Gefährten kümmerte, im Kampf war er ein mutiger und erbarmungsloser Krieger.

Gelber Wolf und Dachs waren bei den Pferden geblieben. Sie hatten sich die Zügel um die Handgelenke gewickelt und kauerten auf einem schmalen Pfad zwischen den Felsen. Sie konnten die Shar-ha nicht sehen, hörten aber ihre Stimmen und den Hufschlag ihrer Pferde. Gelber Wolf hielt seine Flinte schußbereit in den Händen. Er hatte sein Gesicht mit roter Farbe bemalt und wirkte noch entschlossener als sonst. Auch er hatte gute Freunde verloren.

»Sie kommen«, sagte Dachs leise.

Büffelfrau zog ihren Kopf hinter den Felsen zurück und betete in Gedanken zu den Geistern. Ihr Vater entsicherte sein Gewehr und schob es vorsichtig nach vorn.

»Wartet, bis ich den ersten Schuß abgefeuert habe«, sagte er, »es darf uns niemand entkommen.«

»Ja, Vater.«

Sie warteten geduldig, bis die Shar-ha herangekommen waren. Die feindlichen Krieger waren immer noch arglos und ließen sich auch durch den Ruf einer Eule nicht in ihrer Unterhaltung stören. Dachs verstand, was sie sagten, zuckte aber nur mit den Schultern, als Gelber Wolf ihn anblickte. Die Shar-ha sprachen über ihr Erntefest, das gerade zu Ende gegangen war. Eine ausgelassene Feier, die fast einen Mond dauerte und die Teilnehmer mit festlichen Speisen, Tänzen und anderen Aufführungen für die harte Arbeit auf den Feldern versöhnte. »Die Hunde haben keine Ahnung«, flüsterte Dachs, »es wird leicht sein, sie auf die andere Seite zu schicken.«

»Aiee«, antwortete Gelber Wolf leise. Er hielt einem unruhigen Pony die Nüstern zu und griff ihm beruhigend in die Mähne. Er sah viel zu spät, wie Kleiner Falke aufgeregt zwischen den Felsen auftauchte und auf den Rücken seines Ponys sprang.

Der schrille Kriegsruf der Hügelleute zerriß die Stille. Der Schrei wiederholte sich als vielfaches Echo zwischen den Felsen und hallte unheilvoll über die offene Prärie. Hufschlag erklang. Kleiner Falke ritt schreiend aus dem Versteck und griff die verdutzten Shar-ha an. Er lag flach auf seinem Pony, den Bogen schußbereit in der linken Hand, mehrere Pfeile griffbereit im Köcher. »Ich bin Kleiner Falke«, rief er, »der tapfere Krieger der Hügelleute! Ich räche den Tod von Blitzfrau! Hört mich, ihr Feiglinge! Ich reiße euch das Herz aus dem Leib!«

Büffelhöcker fluchte unterdrückt. »Dieser Narr!« schimpfte er. »Hat er keinen Verstand im Kopf? Die Shar-ha werden ihn töten. Er macht unseren Plan zunichte.«

Die feindlichen Krieger erfaßten die Situation sofort. Der vordere Reiter deutete auf die Felsen und rief einen Befehl. Sofort stoben die Shar-ha auseinander. Der Anführer wendete sein Pferd, hob die Flinte und schoß Kleiner Falke aus dem Sattel. Das Kriegsgeschrei verstummte. Der junge Krieger landete im Gras, überschlug sich und blieb blutüberströmt liegen. Die Kugel hatte seine Lunge durchbohrt.

»Hokahey!« rief Büffelhöcker wütend. Er sprang auf und tötete den Anführer mit einem gezielten Schuß. Der kahlköpfige Shar-ha stürzte vom Pferd und überschlug sich mehrmals.

Büffelfrau tötete den zweiten Krieger. Ihr Pfeil durchbohrte die Brust des Feindes und hob ihn aus dem Sattel. Er war tot, bevor er den Boden berührte.

»Aiee!« triumphierte sie laut.

Weißes Pferd erwischte den dritten Krieger. Er brauchte eine Kugel und zwei Pfeile, um ihn zu töten, und schnaufte erleichtert, als der Shar-ha wenige Schritte vor dem Felsen zu Boden stürzte. Sein Pony wieherte laut und galoppierte ängstlich davon.

Gelber Wolf und Dachs waren bereits auf den Pferden. Sie folgten den letzten beiden Kriegern und versuchten, ihnen den Weg abzuschneiden. Die Shar-ha durften den Fluß nicht überqueren. Wenn sie es schafften, war es beinahe unmöglich, sie einzuholen. Sie ritten ausgeruhte Ponys und kannten sich in ihren Jagdgründen besser aus als die Hügelleute.

Auch Büffelhöcker und Weißes Pferd ritten den flüchtenden Kriegern nach. Der Anführer der Hundesoldaten ritt ohne Zügel und hielt seinen Büffelschild und die Kriegsaxt in den Händen. Er ritt das beste Pferd der Hügelleute und wollte die Shar-ha im Zweikampf besiegen.

Büffelfrau führte ihr Pony an den Zügeln aus den Felsen und ging zu dem sterbenden Kleiner Falke. Er war bereits in die andere Welt unterwegs. Das erkannte sie an dem hellen Blut, das aus seiner Wunde sprudelte. Genauso war die Antilope gestorben, die sie vor einem Mond erlegt hatte. Es war ein grausamer Tod, weil man spürte, wie das Leben langsam aus dem Körper entwich.

Sie blickte in die flackernden Augen ihres Freundes und legte eine Hand auf seine Stirn. »Kleiner Falke«, sagte sie heiser, »du bist ein tapferer Krieger. Ich habe gesehen, was du getan hast.«

»Ich war dumm«, erwiderte er leise. Vor seinem Mund zerplatzten hellrote Schaumbläschen. »Ich hätte in Deckung bleiben sollen. Nur ein Narr widersetzt sich einem guten Befehl und reitet allein gegen fünf Shar-ha.« Er hustete und spuckte Blut. Büffelfrau schob eine Hand unter seinen Nacken und richtete ihn vorsichtig auf. »Habt ihr die Shar-ha getötet?«

»Ja«, antwortete sie, »drei der feigen Hunde sind tot. Die anderen kommen nicht weit. Mein Vater wird ihre Schädel spalten und ihre Leichen in den Fluß werfen.« Ihre Stimme hob sich nicht, als sie es sagte, sie hielt es für beschlossene Sache.

Kleiner Falke hustete wieder. Die Schmerzen wurden immer stärker, und das Sprechen bereitete ihm große Mühe. Er spürte, daß er nicht mehr lange in dieser Welt sein würde. »Weißt du noch, wie ihr die Schnüre an meinem Sattel durchgeschnitten habt?« Er verzog das Gesicht, und Büffelfrau glaubte, so etwas wie ein Lächeln zu erkennen. »Ich war sehr wütend auf euch.«

»Dann hast du uns einen Streich gespielt«, erwiderte sie. Auch ihr fiel das Lächeln schwer, obwohl der Schmerz nur in ihrer Seele lastete. »Ich hatte große Angst vor dir und bin davongelaufen. Blitzfrau konnte die ganze Nacht nicht ...« Sie bemerkte ihren Fehler und hielt eine Hand vor ihren Mund.

»Es ist ... gut«, flüsterte er. Sein Lächeln war eingefroren. »Ich habe ... nur ... für Blitzfrau ... gelebt. Ich ... bin froh, daß ... ich sie bald ... wiedersehe ...« Er sprach jetzt so leise, daß sie sich tief über ihn beugen mußte. Sie hielt ihn wie ein krankes Kind in den Armen und sah, wie der Atem langsam aus ihm entwich.

»Es ist ein ... guter Tag ... zum Sterben, nicht wahr?« Sein Körper bäumte sich in ihren Armen auf, und ein Schwall hellroten Blutes sprudelte aus seinem Mund. Sein Gesicht war fahl geworden. »Ich liebe ... Blitzfrau ... ich ... freue ... mich ...« Er stimmte seinen Totengesang an, aber schon die ersten Worte erstarben auf seinen Lippen und wurden von dem roten Schaum erstickt. Er erschlaffte, und sein Geist ging auf die lange Reise in die andere Welt.

Büffelfrau legte den toten Krieger vorsichtig ins Gras und sang ein kurzes Klagelied. Es blieb wenig Zeit zum Trauern, wenn man auf dem Kriegspfad war. Sie drückte dem toten Freund die Augen zu und stand auf. »Die Geister haben gewollt, daß du stirbst«, tröstete sie sich, »sie haben gesehen, wie sehr du Blitzfrau liebst. Sie wollten daß du zu ihr gehst.«

Sie stieg auf ihr Pony und ritt ihrem Vater und den anderen Hügelleuten entgegen. Büffelhöcker und Gelber Wolf hatten die Shar-ha getötet. Sie hatten blutige Skalps an ihre Sättel gebunden, triumphierten aber nicht. »Ihr habt die gemeinen Stinktiere erwischt«, rief sie grimmig, »das ist gut. Der junge Krieger, der von uns gegangen ist, freut sich darüber.« Sie sprach den Namen des Toten nicht aus, wie es Sitte bei ihrem Volke war. »Warum seid ihr nicht zufrieden?«

»Die Pferde sind entkommen«, erwiderte ihr Vater grimmig, »das hätte uns nicht passieren dürfen. Sie werden zum Dorf der Shar-ha laufen und die Krieger warnen.« Er spuckte wütend ins Gras. »Wir haben uns benommen wie Kinder.«

»Aber dein Pferd ist schneller«, sagte sie.

»Die beiden Ponys hatten Angst und trugen keine Reiter mehr«, sagte er. »Wir hätten zuerst die Pferde und dann die Männer töten sollen. Ah, dies ist ein schlechter Tag!« Büffelhöcker war so wütend, daß er nicht mal einen Coup schlug. Er ritt zu dem toten Kleiner Falke und preßte die Lippen aufeinander, damit er ihn nicht beschimpfte. Der junge Krieger war schuld daran, daß alles sich zum Schlechten gewandt hatte. Büffelhöcker ritt einmal um den Toten herum. »Wir legen ihn zwischen die Felsen«, sagte er, »das muß genügen.«

So geschah es. Sie legten ihn in eine Felsspalte und verschlossen den Eingang mit Geröll. Sein Pferd wurde zwischen die Felsen getrieben und erschossen. Er würde sich freuen, sein geliebtes Pony in der anderen Welt zu sehen.

Büffelfrau blieb in den Felsen und betete für ihren toten Freund. Er war ein Angeber gewesen, und seine Dummheit hatte dafür gesorgt, daß die Shar-ha von ihrem Kommen erfuhren. Aber er war ein guter Freund, ein tapferer Krieger, dem man alles verzieh. Ein Weggefährte in den unbeschwerten Tagen der Jugend, als sie im Fluß herumgetollt und um die Wette geritten waren. »Ei-e-ya, ich werde immer an dich denken«, sagte sie, »mögest du ein glückliches Leben in der anderen Welt führen und viele Büffel jagen!«

Wolfsgesicht und die anderen Hügelleute waren bereits da, als sie zu ihrem Pony zurückkehrte. Sie wechselte einen schnellen Blick mit Weißer Biber, der über den sinnlosen Tod seines Freundes trauerte und sich ärgerte, weil er nicht zu Büffelhöcker und seinem Kriegstrupp gehört hatte. Er hätte Büffelfrau gern gezeigt, was für ein mutiger Krieger er war. Er hätte sich nicht so dumm angestellt wie Kleiner Falke. Er hätte den Anführer der Shar-ha getötet und einen Coup geschlagen, und er hätte mit einem Skalp in der Hand vor Büffelfrau triumphiert.

»Und ich sage, wir reiten weiter«, sagte Wolfsgesicht entschlossen. »Ich habe die heiligen Pfeile. Sie werden uns beschützen.« Er deutete in die Richtung, aus der Büffelfrau gekommen war. »Ich hätte mit euch reiten sollen, dann wäre er noch am Leben.« Er stieß die Lanze mit dem heiligen Bündel in die Luft. »Laßt uns reiten und den feigen Hunden zeigen, wie stark unser Volk ist!«

»Hokahey!« stimmte Weißer Biber ihm zu. Er war neben den Schamanen geritten und stemmte seinen Kriegsbogen. »Laßt uns reiten, meine Brüder!«

Einem jungen Krieger stand es nicht zu, sich so in den Vordergrund zu drängen. Büffelhöcker furchte ärgerlich die Stirn und wandte sich an seine Tochter. »Was sagt die tapfere Medizinfrau der Hügelleute?«

Büffelfrau spürte den mißtrauischen Blick des Süße-Medizin-Häuptlings. Wolfsgesicht brannte darauf, die Macht der Pfeile gegen die Shar-ha auszuspielen. Er hatte Angst, daß ihm die junge Schamanin der Hügelleute in die Quere kam, aber er hatte auch nicht ihre bösen Träume gehabt.

»Die heiligen Pfeile sind unsere stärkste Medizin«, gab sie zu. Sie war fest entschlossen, ihre Bedenken zu äußern, wollte den älteren Schamanen aber nicht vor den Kopf stoßen. »Sie sind unsere Kraft und unser Leben. Solange wir das heilige Bündel besitzen, kommen die Büffel, und unsere Feinde zittern.«

»Das ist wahr«, sagte Wolfsgesicht zufrieden.

»Ich habe geträumt«, fuhr Büffelfrau fort. Sie wollte von der Hand erzählen, die nach den heiligen Pfeilen griff, von dem Blut und den dunklen Schwingen des Donnervogels, aber der Adler kam ihr zuvor. Er kreiste über den grauen Felsen und ließ sich vom Wind nach Osten treiben, über den Fluß und die Wälder, die am anderen Ufer die Hügel bedeckten.

»Der Adler«, sagte sie, »auch ihn habe ich in meinen Träumen gesehen.«

»Das ist gut«, meinte Wolfsgesicht, »dann sagen dir die Geister dasselbe wie mir. Sie wissen, daß wir die heiligen Pfeile dabeihaben. Uns kann nichts geschehen. Wir werden viele Shar-ha töten und ihre Pferde stehlen. Wenn die Sonne aufgeht, werden wir sie schlagen.«

Büffelfrau hatte immer noch Bedenken. Die herrenlosen Pferde würde den Shar-ha verraten, daß sie in der Nähe waren. Es klebte Blut an diesen Pferden, und in den Sätteln steckten Pfeile. War ihre Medizin stark genug, die Shar-ha zu besiegen? Sie waren nur vierzig Krieger, und hinter den fernen Hügeln wartete die gesamte Streitmacht des feindlichen Volkes. War der Adler gekommen, sie in den Kampf zu führen, oder schwebte er nur für sie am Himmel? Zeigte er ihr den Weg, den sie gehen mußte, um ihr Volk vor dem drohenden Untergang zu retten?

Wolfsgesicht sah ihre Bedenken und wischte sie mit einer energischen Handbewegung hinweg. »Laßt uns reiten«, sagte er, »wir dürfen keine Zeit verlieren.«

Auch Büffelhöcker brannte darauf, sich an den Shar-ha zu rächen, und war dankbar für die entschiedenen Worte des Süße-Medizin-Häuptlings. Sie hatten die heiligen Pfeile dabei. Sie würden viele Shar-ha töten, auch wenn die herrenlosen Pferde in ihr Dorf gelaufen und sie gewarnt hatten.

Er schob die Haube mit den verzierten Rabenfedern aus der Stirn. »Wir sind schnell wie der Wind«, sagte er entschlossen, »bevor sie wissen, was die herrenlosen Pferde bedeuten, sind einige von ihnen schon tot. Wir sind stärker als sie, meine Brüder! Wir sind das Volk! Laßt uns reiten, bevor die Sonne untergeht.«

Sie ritten zum Fluß und überquerten ihn an der flachen Stelle. Entschlossen trieben sie die Ponys ans andere Ufer und in den Laubwald hinein.

24

Niederlage

Sie ritten schweigend durch den lichten Laubwald. Die Wolken waren nach Norden gezogen, und helles Sonnenlicht verfing sich in den Baumkronen. Der Boden war mit abgestorbenen Blättern bedeckt. Der Mond der reifen Pflaumen war fast vorüber, und im Schatten spürte man bereits die Nähe des kalten Mannes aus dem Norden.

Wolfsgesicht hatte die Führung übernommen. Er hielt die Lanze mit dem heiligen Bündel fest in der Hand und blickte zuversichtlich in das flackernde Sonnenlicht zwischen den Bäumen. Er hatte keine Angst. Sie waren stark, und mit den heiligen Pfeilen waren sie unbesiegbar. Solange das Bündel an seiner Lanze hing, konnte ihnen auch eine Übermacht der Shar-ha nichts anhaben. Längst hatte er die Schatten aus seinen Träumen verdrängt. Er ritt mit den tapfersten Kriegern der Hügelleute, und die Geister waren auf ihrer Seite. Kleiner Falke war nur gestorben, weil Rachegedanken seinen Blick getrübt hatten, und die Pfeile nicht in seiner Nähe gewesen waren. Ho, das würde nicht mehr passieren. Er würde sich als erster in den Kampf stürzen, und die feindlichen Pfeile und Kugeln würden wirkungslos an seinem Skalphemd abprallen.

Büffelfrau ritt hinter Wolfsgesicht und hielt die Zügel locker in der Hand. Sie hatte die Augen geschlossen. Ihre Gedanken wirbelten durcheinander, und sie versank in einem seltsamen Traum, der sie in die schneebedeckten Berge des hohen Nordens entführte. Ein heftiger Sturm tobte in den zerklüfteten Canyons. Sie sah die schemenhaften Umrisse eines Reiters, der verzweifelt versuchte, sein Pferd in ihre Nähe zu treiben, und sie spürte den Blick seiner Augen, die blau in dem weißen Flockenwirbel leuchteten. Sie sah die roten Augen ihres Schutzgeistes, der durch den kniehohen Schnee stapfte und sie aufforderte, in eine andere Welt zu kommen. Rief er sie in das Reich der Toten? Wollte er, daß sie Kleiner Falke und Blitzfrau in neue Jagdgründe begleitete? Die Flocken wirbelten dicht, und das Heulen des Windes war so laut, daß sie seine sanfte Stimme kaum verstand. Er sprach von Wolfsgesicht und von Weißer Biber, und seine roten Augen zerflossen in dem dichten Schneetreiben und wurden zu Blut.

Das Knacken eines Astes zerstörte ihren Traum. Es war aus dem Unterholz gekommen und von den Geistern zu Büffelfrau gebracht worden. Sie öffnete die Augen und warnte die anderen durch einen leisen Zischlaut. Die Krieger verstanden und hielten sofort ihre Pferde an. Sie verharrten schweigend im Schatten der Bäume und lauschten in die unheimliche Stille hinein. Wieder ein Knacken, diesmal lauter, dann gedämpfter Hufschlag und das Rascheln von Laub. Die Schatten von zwei Kriegern, die einen Herzschlag lang im einfallenden Sonnenlicht zu sehen waren und zwischen den Bäumen verschwanden.

»Shar-ha!« flüsterte Büffelfrau. Sie griff nach ihrem Bogen und zog einen Pfeil aus dem Köcher. Auch die anderen Krieger hielten ihre Waffen schußbereit. Erst als die Vögel wieder arglos in den Bäumen zwitscherten, und die Shar-ha weit genug entfernt waren, ließ ihre Aufmerksamkeit nach. »Zwei Jäger«, brach Büffelfrau das Schweigen. »Oder Späher, die nach uns Ausschau halten«, warnte Weißes Pferd.

Büffelhöcker sicherte sein Gewehr und ritt nach vorn. Er zügelte sein Pony neben Wolfsgesicht und sagte: »Reite ihnen nach. Finde heraus, was sie vorhaben. Du hast die Pfeile dabei, dir wird nichts passieren. Nimm einen jungen Krieger mit.«

Weißer Biber meldete sich freiwillig und folgte dem Süße-Medizin-Häuptling. Zu spät erinnerte Büffelfrau sich an die Weissagung ihres Schutzgeistes. Er hat gesehen, wie Weißer Biber die heiligen Pfeile in eine große Schlacht trug und großes Unglück über das Volk hereinbrach. War dies der Augenblick? Ritt er deshalb mit Wolfsgesicht? »Weißer Biber darf die Pfeile nicht tragen«, sagte sie mehr zu sich selbst.

Ihr Vater hatte es gehört und erschrak. Daran hatte er nicht gedacht, sonst hätte er einen anderen Krieger mit Wolfsgesicht geschickt. »Es wird keinen Kampf geben«, beruhigte er seine Tochter, »sie folgen den Shar-ha bis zum Waldrand und sehen nach, was sie vorhaben, dann kommen sie zurück. Wolfsgesicht ist ein großer Krieger. Er gibt die Pfeile nicht aus der Hand.«

»Ich weiß«, sagte sie. Sie schalt sich eine Närrin, weil gar nicht passieren konnte, was sie in ihren bösen Träumen gesehen hatte. Weißer Biber würde nur nach den Pfeilen greifen, wenn Wolfsgesicht starb, und das war beinahe unmöglich. Er war einer der tapfersten Krieger des Volkes, beinahe so erfahren wie ihr Vater, und es war ausgeschlossen, daß er sich von zwei Shar-ha überlisten ließ. Schon gar nicht, wenn er sie nicht angriff.

Die Hügelleute lagerten zwischen den Bäumen und warteten auf die Rückkehr von Wolfsgesicht und Weißer Biber. Büffelfrau mußte schmunzelnd daran denken, wie sie zum ersten Mal allein über die Prärie geritten und ihrem Vater auf den Kriegspfad gefolgt war. Das war lange her. Jetzt ritt sie mit den tapfersten Kriegern der Hügelleute durch Feindesland, und es war kaum etwas von dem Hochgefühl zu spüren, das sie als Kind in ihren Träumen empfunden hatte. Dunkle Schatten lagen über ihrem Volk, das eine bittere Niederlage gegen die Shar-ha erlitten hatte und von den Geistern im Stich gelassen worden war.

»Du machst dir Sorgen um Weißer Biber«, sagte Büffelhöcker zu seiner Tochter, »du hast Angst, daß er genauso handelt wie der junge Krieger, der gestorben ist.«

»Nein«, erwiderte sie, »das wird nicht geschehen. Weißer Biber hat keine Verwandten verloren. Er will nur zeigen, daß er ein großer Krieger ist. Er will viele Coups schlagen und blutige Skalps an seinen Bogen binden. Er tut es um meinetwillen.«

»Auch das ist gefährlich«, erkannte Büffelhöcker, »die Liebe macht selbst aus erfahrenen Männern blinde Coyoten. Listig und gewandt, aber dumm.« Er blickte seufzend ins Halbdunkel des Waldes und hoffte insgeheim, daß Wolfsgesicht und Weißer Biber umkehrten. »Aiee, ich wollte, er wäre hiergeblieben.«

»Wolfsgesicht ist bei ihm«, sagte sie, »er wird verhindern, daß so etwas geschieht.« Sie hoffte, daß die Macht der Pfeile stark genug war und die beiden Krieger schützte. Die bösen Bilder aus ihren Träumen durften keine Wahrheit werden. Sie blickte ihren Vater beinahe trotzig an. »Nein, ich mache mir keine Sorgen um Weißer Biber. Ich habe Angst um mein Volk. Ich spüre die dunklen Schwingen des Donnervogels über uns.«

»Ich weiß«, erwiderte Büffelhöcker. »Du hast Angst, daß unsere Feinde die heiligen Pfeile stehlen. Das hast du am Feuer gesagt. Du denkst, die Shar-ha töten Wolfsgesicht und Weißer Biber und stürzen unser Volk ins Unglück.«

Genau davor hatte Büffelfrau Angst, aber sie gab es nicht zu. Sie hoffte immer noch, daß die Kraft der Pfeile stärker als die dunklen Bilder war. Sie hatte alles getan, die Geister günstig zu stimmen. Sie waren nur mit einem kleinen Kriegertrupp auf den Kriegspfad geritten, und Wolfsgesicht hatte die heiligen Pfeile erneuert, ihnen neue Kraft gegeben. Sie hatten gebetet, gefastet und geschwitzt. Es durfte nichts geschehen. »Ich weiß es nicht«, wich sie ihrem Vater aus.

»Wolfsgesicht und Weißer Biber werden nicht kämpfen«, sagte Büffelhöcker wieder, »sie beobachten unsere Feinde nur. Wenn unsere Medizin schlecht ist, kehren wir um. Wir fasten in den Bergen und bitten die Geister, uns beizustehen. Dann reiten wir noch einmal gegen die Shar-ha. Es ist nicht gut, in einen Kampf zu ziehen, wenn die Schamanen böse Träume haben.«

»Wolfsgesicht will kämpfen«, erwiderte Büffelfrau betrübt, »er hat die dunklen Schatten aus seinen Träumen längst vergessen. Er vertraut der starken Medizin der Pfeile. Auch ich vertraue ihr, aber meine Träume werden immer schlechter. Die Bilder sind rot wie unser Blut, und ich habe Angst vor einer neuen Niederlage. Der Tod des jungen Kriegers sollte eine Warnung sein.«

»Er war selbst schuld.«

»Das wissen wir nicht.«

Büffelhöcker überlegte angestrengt und stimmte seiner Tochter zu. »Wir warten auf Wolfsgesicht und Weißer Biber und hören, was sie zu sagen haben. Wenn unsere Medizin schlecht ist, reiten wir nach Hause zurück. Ich habe gesprochen.«

Büffelfrau war zufrieden. Sie trieb ihr Pony in den Schatten eines großen Baumes und aß von dem Trockenfleisch, das sie in ihrer Ledertasche aufbewahrte. Sie spülte den Bissen mit Wasser hinunter. Nach dem Gespräch mit ihrem Vater fühlte sie sich noch unwohler, und ihre Gedanken wirbelten wie ein stürmischer Herbstwind in ihrem Kopf. Eine unsichtbare Decke lag über ihrem Kopf und raubte ihr den Atem. Sie spürte die Nähe ihres Schutzgeistes, obwohl er nicht zu sehen war, und sie roch das Blut in seinen Augen.

»Ich reite ihnen nach«, sagte sie zu Büffelhöcker, »die Schatten werden dunkler.« Ein unbestimmtes Gefühl zwang sie dazu. Sie behielt den Bogen in der Hand und folgte den Spuren von Wolfsgesicht und Weißer Biber. Das Laub knisterte unter den Hufen von Sturmwind. Sie duckte ihren Kopf unter den tiefhängenden Zweigen und blickte angestrengt in das Halbdunkel. Nur an wenigen Stellen des Waldes kämpfte sich das Sonnenlicht bis ins Unterholz vor. Überall im Schatten konnten Shar-ha lauern, und sie hoffte, daß ihre Medizin stark genug war, sie von den Hügelleuten fernzuhalten.

Ein Schuß fiel, dumpf und wie aus weiter Ferne. Hufschlag erklang. Die schrillen Kriegsrufe der Shar-ha kamen aus vielen Kehlen und hallten durch den Wald. Der Donnervogel kreiste über den Bäumen und verdunkelte mit seinen breiten Schwingen den Himmel. Es wurde schwarz im Wald, und Büffelfrau fühlte, wie die Hand aus ihrem Traum nach ihrem Herzen griff und es fest zusammenpreßte. Der Schmerz erfüllte ihren ganzen Körper, und ihre Gedanken ertranken in einem dunklen See. »Aiee!« befreite sie sich. Sie ritt zum Waldrand und sprang aus dem Sattel. Auf dem Bauch kroch sie auf den nächsten Hügelkamm.

Ihre Alpträume wurden zur bitteren Wirklichkeit. Sie blickte in ein weites Tal hinab und sah, wie hundert feindliche Krieger auf den Hügelkämmen auftauchten und Wolfsgesicht und Weißer Biber umzingelten. Sie hatten gewußt, daß sie kamen. Die beiden Kinder im Wald waren Lockvögel gewesen. Aber warum hatten sie nicht gewartet, bis ihr ganzer Trupp in das Tal geritten war? Hatte ein junger Krieger zu früh geschossen? War es ihm wie Kleiner Falke gegangen? Hatte ihr Schutzgeist eingegriffen und sie vor dem sicheren Tod bewahrt? Oder wußten die Shar-ha um die Bedeutung der heiligen Pfeile, und reichte es ihnen, wenn sie das heilige Bündel erbeuteten?

Büffelfrau würde es niemals wissen. Sie lag im trockenen Büffelgras, den Bogen in der rechten Hand, und mußte hilflos mitansehen, wie Wolfsgesicht und Weißer Biber abgeschlachtet wurden. Viele Shar-ha hatten Feuerstöcke. Die Kugeln rissen den Schamanen vom Pferd und warfen ihn zu Boden. Die Lanze mit den Pfeilen fiel ins Gras. Weißer Biber hob sie auf und rief verzweifelt: »Ich werde leben! Ich habe die heiligen Pfeile! Die Macht unserer Pfeile wird euch vernichten!« Die Shar-ha lachten nur und töteten ihn mit Kugeln und Pfeilen. Einer der feindlichen Krieger ritt zu dem leblosen Körper, schlug einen Coup und riß das Bündel mit den heiligen Pfeilen von der Lanze. Er hielt es triumphierend hoch und rief etwas in seiner Sprache.

Sie wissen, wie wichtig die Pfeile für uns sind, erkannte sie entsetzt. Nur deshalb haben sie gleich angegriffen. Sie begann zu weinen. Um Wolfsgesicht, um Weißer Biber, um ihr ganzes Volk. Es gab keine Möglichkeit für sie, einzugreifen. Selbst wenn sie doppelt so viele Krieger gewesen wären, hätte es nichts genützt. Ohne das heilige Bündel waren sie hilflos. Die Shar-ha hatten die Seele der tsis tsis tas zerstört. Ihr Angriff hatte das Herz des Volkes vernichtet und ihm die Hoffnung und die Zukunft genommen.

»Maheo«, sagte Büffelfrau, während die Tränen über ihre Wangen rannen, »warum tust du uns das an?«

Büffelhöcker tauchte neben ihr auf und war entsetzt. Er konnte seine Tränen nicht zurückhalten. Sie erstickten seine Seele und nahmen ihm die Luft zum Atmen. Er blieb wortlos neben seiner Tochter liegen und bedeckte die Augen mit seinem Unterarm. Wie ein kleines Kind, das gefallen war und weinte.

Es war ein trauriger Tag für die tsis tsis tas. Sie hatten

keinen Kampf, sondern ihre Zukunft verloren. Wenn die heiligen Pfeile nicht in ihrem Besitz waren, gab es nur Unglück. Dies geschah zum ersten Mal in der langen Geschichte ihres Volkes, und sie wußten nicht damit umzugehen. Sie starben, ohne auf die lange Reise in eine andere Welt zu gehen. Sie fielen in das schwarze Loch, aus dem sie vor vielen Wintern gekommen waren.

»Du hast es gewußt«, sagte Büffelhöcker leise.

»Ich habe es geahnt«, erwiderte Büffelfrau.

Sie beobachteten, wie die Shar-ha ihre Pfeile in die leblosen Körper von Wolfsgesicht und Weißer Biber schossen, sie skalpierten und verstümmelten. Die Shar-ha waren trunken vor Freude. Sie hatten ihren schlimmsten Feind vernichtet und gedemütigt und feierten ausgelassen wie Kinder. Sie ahnten, daß die Hügelleute zuschauten, und labten sich an der Hilflosigkeit der unsichtbaren Feinde, die hilflos mitansehen mußten, wie das heilige Bündel ihrer Götter verschwand.

Der Anführer der Shar-ha, ein stämmiger Mann mit starken Muskeln und der hornartigen Frisur seines Volkes, hielt das Bündel triumphierend hoch. Die Halsabschneider waren besiegt. Sie hatten zwei einsame Krieger getötet und mit wenigen Kugeln ein ganzes Volk vernichtet. »Reitet nach Hause!« rief der Shar-ha in seiner Sprache, aber sein spöttischer Tonfall wurde auf von den Hügelleuten verstanden. »Ohne die Pfeile seid ihr hilfloser als die Käfer im Sand. Reitet nach Hause und erzählt eueren Frauen, daß sie es nicht wert sind, solche Männer zu haben. Ei-ya, die cha-hik-sicha-hiks werden sie holen!« Er gebrauchte den Namen, den die Shar-ha sich gegeben hatten. Cha-hik-sicha-hiks, das Volk. Er rief seinen Kriegern einen Befehl zu, und sie ritten aus dem Tal. Noch einmal erfüllte der Kriegsruf der Shar-ha die Luft. Sie ritten über die Hügel im Osten, und nur der Anführer blickte sich noch einmal um und reckte das heilige Bündel der Sonne entgegen. »Ei-ya«, verhöhnte er die Hügelleute, »seid verflucht, ihr feigen Halsabschneider! Wir werden am Feuer über euch lachen und die Seelen eurer toten Krieger verspotten!« Er folgte seinen Kriegern zufrieden grinsend über den Hügelkamm.

Die Hügelleute traf der geballte Spott der Shar-ha mitten ins Herz. Nur Läuft-rückwärts hielt drohend seine rote Lanze nach oben und rief ihnen Schimpfwörter nach. Die anderen weinten still und erduldeten den Schmerz wie ein Hund, der im strengen Winter erdrosselt wird, wenn es nichts anderes mehr zu essen gibt. Er weiß, daß er nichts gegen die starken Menschenwesen ausrichten kann. Wenn sein Tod beschlossene Sache ist, kann ihn nichts mehr vor den Händen der Frauen retten.

Es verging viel Zeit, bis die Krieger den ersten Schmerz überwunden hatten. Stumm blickten sie auf die beiden Toten im Tal der Tränen hinab. So würde dieser Platz auch noch in vielen Wintern heißen. Büffelfrau hatte ihr Messer gezogen und brachte sich blutigen Wunden bei. Sie sang ein Klagelied und trauerte um ihren Verehrer, der für die Zukunft seines Volkes gestorben war. So hatten es die Geister gewollt. Er hatte die Pfeile in eine große Schlacht getragen, wie ihr Schutzgeist vorausgesagt hatte. Er war von den Shar-ha getötet worden. Ihr Alptraum hatte sich erfüllt, und es lag an ihr, das Volk von diesem lebenslangen Fluch zu befreien. Wolfsgesicht, der Bewahrer der heiligen Pfeile, war tot.

Nur sie konnte ihr Volk retten. Aber wie?

Sie ritten in das Tal hinab und erwiesen den Toten die letzte Ehre. Büffelfrau stieg neben Weißer Biber von ihrem Pony und starrte mit leeren Augen auf das, was die Shar-ha von ihm übriggelassen hatten. Ihr Mund war trocken und fühlte sich pelzig an. Sie hatte lange geweint, und jetzt kamen keine Tränen mehr, aber ihr ganzer Körper war vor Trauer erfüllt, und sie schrie das Klagelied der Hügelleute in den Wind. Sie riß einen Pfeil aus dem leblosen Körper und zerbrach ihn über ihrem Kopf »Hört mich, Shar-ha!« rief sie. »Ich bin Büffelfrau, die Schamanin des Volkes! Ich werde den Tod dieses tapferen Kriegers rächen und eure Skalpe an meine Lanze binden! Aiee, ich bin Büffelfrau, ich glaube an die Kraft des Volkes!«

25

Hoffnung

Die Hügelleute bestatteten ihre toten Krieger in einer Felshöhle und ritten in ihre Heimat zurück. Keiner sagte etwas. Sie saßen schweigend auf ihren Ponys und sahen nicht einmal auf, als der Donnervogel am fernen Horizont erschien und feurige Blitze auf die Erde schleuderte. Die Geister hatten sich gegen das Volk verschworen. Sie hatten die tsis tsis tas im Stich gelassen und sich mit den Shar-ha verbündet.

Büffelfrau hatte viele Tränen vergossen. Ihren Augen waren rot, und ihr Herz schmerzte. Sie ritt mit gesenktem Kopf und merkte nicht, daß hoch über ihr ein Adler kreiste und schützend seine Flügel ausbreitete. Ihre Gedanken waren dunkel. Sie machte sich Vorwürfe, weil sie den Ratshäuptlingen empfohlen hatte, mit einem kleinen Kriegstrupp gegen die Shar-ha zu reiten, und sie würde sich niemals verzeihen, daß sie Weißer Biber erlaubt hatte, mit Wolfsgesicht in den sicheren Tod zu ziehen.

Von den Kriegern hörte sie kein aufmunterndes Wort. Die Männer hatten genug mit ihren eigenen Gefühlen zu tun und kümmerten sich nicht um sie. Sie war allein. Allein mit ihren Gedanken und der Gewißheit, daß die schweren Zeiten gekommen waren, die ihr vorhergesagt worden waren. Die Geister waren verärgert, und nur ihr Schutzgeist hielt noch zu Büffelfrau. Aber auch er war machtlos gegen die Kraft des Bösen, sonst wären seine Augen nicht im Blut ertrunken. Was würde er sagen, wenn sie ihn rief? War er noch am Leben? Wußte er, wie sie ihr Volk retten konnte, oder war dies das Ende? Sie erinnerte sich an die Entschlossenheit des alten Sieht-hinter-die-Berge, der oft tagelang gefastet und mit den Geistern gesprochen hatte. Er hatte gewußt, daß schwere Zeiten auf das Volk zukamen. Und er hatte schon damals gesagt, daß sie stark genug war, gegen die bösen Mächte zu bestehen.

Sie hob den Kopf und sah den Adler am Himmel kreisen. Eine seltsame Kraft ergriff Besitz von ihrem Körper und erfüllte sie mit neuer Energie. Ihre Muskeln strafften sich, ihr Blick wurde klar. »Du bist gekommen, mir etwas zu sagen«, dachte sie. Ihre Gedanken erreichten den Adler, der heiser krächzte. »Dein Schutzgeist hat mich geschickt«, sagte er. Nur sie hörte seine Stimme. »Ich soll dich beschützen und dir den Weg zeigen.«

»Wohin soll ich gehen«, fragte sie.

»Du wirst es erfahren, wenn du in die heiligen Berge gehst und mit deinem Schutzgeist sprichst«, antwortete der Adler. »Er weiß, was geschehen ist, und wartet auf dich.«

»Warum mußte das geschehen?«

»Ich weiß es nicht«, sagte der Adler, »ich bin nur der Bote. Ich werde meine Flügel über dich ausbreiten und dir folgen, wenn du den Sternen folgst. Die Reise ist lang und beschwerlich.«

»Was für eine Reise?«

»Mehr weiß ich nicht«, erwiderte der Adler. »Reite nach Hause und frage deinen Schutzgeist. Sage den Ratshäuptlingen, was er dir aufgetragen hat. Du bist die erwählte Frau.«

»Warum, mein Bruder?«

Es kam kein Antwort mehr. Der Adler zog stumm seine Kreise und flog mit den Hügelleuten in das Land der heiligen Berge. Er wachte in der Krone eines Baumes, wenn sie lagerten, und er lockte einen Jagdtrupp der Shar-ha auf eine andere Fährte, damit es kein Blutvergießen mehr gab. Er führte die Hügelleute ins heimatliche Dorf zurück und beob achtete krächzend, wie Dachs durch das Lager ritt und die schlimme Kunde von dem gescheiterten Kriegszug und dem Verschwinden der Pfeile verbreitete. Großes Wehklagen setzte ein, und Bärenkopf schickte sofort einen Krieger los, der Kleiner Wolf und den anderen tsis tsis tas berichten sollte. Die Wahl fiel auf Roter Mond, weil er zu den schnellsten Reitern gehörte.

Der junge Krieger ritt sein bestes Pony und führte ein anderes an den Zügeln hinter sich her. Er wechselte die Pferde im vollen Galopp und dachte betrübt daran, wie sehr

Kleiner Falke diese Kunststücke geliebt hatte. Er war nicht sein bester Freund gewesen. Sie hatten sich oft gestritten, und jeder hatte geglaubt, dem anderen überlegen gewesen zu sein. Aber er trauerte um ihn, weil er ein tapferer Krieger gewesen war. Die Geister hatten ihn vor einem Mond verlassen, als die Shar-ha das Dorf überfallen hatten. Sie hatten ihm Blitzfrau genommen und seinen Geist vernebelt, bis er von Rache und Trauer erdrückt wurde. Aiee, er war wie ein großer Krieger gestorben.

Als die Sonne zum zweiten Mal am Horizont aufging, erreichte er das Hauptlager des Volkes. Er ritt zum Tipi des Häuptlings und trat ein. Er blieb rechts vom Eingang stehen und sagte: »Mein Häuptling, ich hab dir etwas Wichtiges mitzuteilen.« Die Tradition hätte erfordert, daß er den Häuptling begrüßte und darauf wartete, von ihm ans Feuer gebeten zu werden, und Kleiner Wolf hatte bereits eine scharfe Erwiderung auf den Lippen, aber er sah, daß Roter Mond eine schlimme Nachricht brachte, und verzichtete darauf. »Berichte, mein Bruder.«

Der Krieger erzählte von den tragischen Ereignissen im Lande der Shar-ha und wartete, bis Kleiner Wolf seine Pfeife entzündet hatte und geduldig rauchte. Dann fügte er hinzu: »Büffelfrau ist in die heiligen Berge geritten und spricht mit ihrem Schutzgeist. Er wird ihr sagen, wie unser Volk gerettet werden kann. Er weiß, wie wir das Bündel mit den Pfeilen zurückbekommen.«

Kleiner Wolf war nicht so zuversichtlich wie der junge Krieger der Hügelleute. Der Häuptling war kein Schamane, aber auch er hatte während des letzten Mondes oft geträumt und schlimme Bilder in der Dunkelheit gesehen. Eine Zeit der schweren Prüfungen kam auf die tsis tsis tas zu. Er hatte gehofft, daß Wolfsgesicht die Geister versöhnen würde und die Macht der heiligen Pfeile stark genug war. Nicht in seinen schlimmsten Träumen hatte er daran gedacht, daß es die bösen Mächte auf diese Pfeile abgesehen hatten. Aiee, das brachte sein Volk an den Rand eines Abgrundes. Büffelfrau war eine heilige Frau mit besonderen Fähigkeiten, aber sie war jung und unerfahren, und er wußte nicht, ob sie stark genug war, den Kampf gegen die bösen Kräfte zu bestehen. Er hoffte es. Es gab keine Schamanen mit vergleichbaren Fähigkeiten, und sie war die einzige Hoffnung des Volkes!

»Wir warten, bis Büffelfrau aus den Bergen zurückkehrt«, sagte Kleiner Wolf, nachdem er lange geraucht und nachgedacht hatte. »Wenn die Ränder der Flüsse zufrieren, treffen wir uns am Ufer des Verrückten Flusses zur großen Ratsversammlung.«

»Ja, mein Häuptling.«

Kleiner Wolf lud den jungen Krieger ein, die Nacht in einem Tipi der Flußleute zu verbringen, aber Roter Mond lehnte freundlich ab. Er wollte so schnell wie möglich nach Hause reiten. Dies war eine schwere Prüfung, und er hatte keine Lust, am Feuer zu sitzen und von den alten Zeiten zu träumen. Er wollte seine geliebte Otterfrau im Arm halten und gemeinsam mit ihr zum Großen Geist beten. Er sollte Büffelfrau die Kraft geben, das Volk in eine neue und glückliche Zukunft zu führen.

Sein Blick wanderte zum Horizont, als er die Pferde nach Hause trieb. Dort erhoben sich die Heiligen Berge aus dem kalten Dunst. In Gedanken war er bei Büffelfrau, die allein in die felsigen Schluchten geritten war, um ihren Schutzgeist zu treffen. Er beobachtete einen Adler, der krächzend über den Felshängen schwebte und sich vom Wind treiben ließ. »Aiee, wir sind bei dir, Büffelfrau!« rief Roter Mond. »Das ganze Volk ist bei dir und betet für dich! Du wirst die Antwort erfahren, die uns retten wird! Wir werden die Pfeile holen, und der geballte Zorn der tsis tsis tas wird die Shar-ha vernichten!«

Büffelfrau hörte ihn nicht, aber sie spürte die Kraft, die von allen Menschen der Hügelleute ausging und sich auf sie übertrug. Sie war die letzte Hoffnung eines gepeinigten Volkes. Sie wollte dieses Vertrauen nicht enttäuschen und hatte drei Tage und drei Nächte in einem einsamen Canyon gefastet und zu den Geistern gebetet. Die magischen Kräfte ihrer Seele waren erwacht. Ihre Gedanken waren seltsam klar geworden, und sie hatte sogar durch das Federkleid des Adlers gesehen, der über den Felsen schwebt und über sie wachte. Ihr Körper war schwach, aber ihr Geist war stark, und sie hatte den Kampf gegen die bösen Geister aufgenommen. Sie war bereit, die Worte ihres Schutzgeistes zu hören und endlich zu handeln.

Der weiße Büffel erschien am Morgen des vierten Tages. Er zeigte sich im Schatten einer riesigen Felswand und machte durch ein lautes Schnauben auf sich aufmerksam. »Ich bin gekommen, meine Schwester«, sagte er mit sanfter Stimme.

Büffelfrau stand auf und ging ihm ein paar Schritte entgegen. Sie erhob eine Hand. »Ich grüße dich, mein Bruder. Mein Volk leidet große Not, und ich bin gekommen, dich um Hilfe zu bitten. Warum hast du mich im Tal der Tränen im Stich gelassen?«

»Ich habe dich gerettet«, antwortete der Büffel. »Die Kugeln und Pfeile der Shar-ha haben dich nicht getroffen. Ich habe auch deinen Vater und die anderen Hügelleute verschont.«

»Sie wären lieber gestorben.«

»Ich weiß«, sagte der Büffel ruhig, »aber dein Volk kann nur am Leben bleiben, wenn seine Krieger an die Zukunft glauben. Es liegt an dir, ihnen diesen Glauben zu geben.«

»Wolfsgesicht und Weißer Biber sind tot.«

Der Büffel schnaubte und vertrieb einige Fliegen. »Die Geister haben es so gewollt. Sie mußten sterben, damit dein Volk leben kann. Sie haben die heiligen Pfeile getragen.«

»Warum, mein Bruder?«

»Alles ist vorbestimmt. Auf gute Zeiten folgen schlechte Zeiten. Es liegt an starken Menschen wie dir, dem Volk neue Hoffnung und Zuversicht zu geben. Vor vielen Wintern fielen die Sterne vom Himmel, und die Büffel machten einen weiten Umweg. Auch damals gab es einen starken Krieger, der die Botschaft der Geister erfuhr und dein Volk in eine bessere Zukunft führte. Jetzt ist es wieder soweit, und du bist die erwählte Frau.«

»Bin ich stark genug?«

»Du wirst Hilfe haben«, antwortete der Schutzgeist, »der Adler wird dich auf deiner langen Reise begleiten, und ich werde an dich denken, wenn der rote Stern verglüht. Vertraue deiner Kraft und glaube dem weißen Mann, der den Wolf tötet.«

Sie erschrak. »Der Mann mit den blauen Augen?«

»Ja, meine Schwester.«

»Er ist ein Ve-ho. Er ist mein Feind.«

»Nein.«

Sie blickte in den weißen Nebel, der aus den Nüstern des Büffels kam, und dachte über seine Worte nach. Der Mann mit den blauen Augen besaß eine starke Medizin, das hatte sie bei ihrer flüchtigen Begegnung deutlich gespürt. Er war in Frieden gekommen. Obwohl er in ihrem Rücken gewesen war, hatte er seinen Feuerstock nicht erhoben. Und er hatte sie wie ein Mann angesehen, der sie verehrte. In seinen blauen Augen war derselbe Glanz gewesen wie im Blick von Weißer Biber. Hatten die Geister diesen Mann geschickt? War er gekommen, die Stelle ihres toten Verehrers einzunehmen? Sie kannte den weißen Mann doch kaum und konnte sich nicht vorstellen, ihn jemals wiederzutreffen. Oder doch? Der Schutzgeist hatte von einem fremden Land gesprochen. Wohin führte ihre Reise?

Sie schüttelte die Gedanken ab. Wenn sie den weißen Mann traf, war immer noch Zeit, darüber nachzudenken. »Shar-ha haben viele meiner Freunde und Verwandten getötet«, erinnerte sie den Büffel an den Überfall. »Blitzfrau ist tot. Wolfsgesicht und Weißer Biber sind im Tal der Tränen gestorben.« Sie sprach die Namen der Toten aus, weil es wichtig war. »Die Shar-ha haben die heiligen Pfeile gestohlen. Warum, mein Bruder? Warum?«

»Ich habe versucht, es dir zu erklären.«

»Ich verstehe es nicht.«

»Die Gedanken der Geister sind unergründlich«, erwiderte der Büffel, »sei stark und erdulde, was sie dir aufbürden. Bete zu ihnen und tue nichts, was sie verärgern könnte.«

»Wie kann ich mein Volk retten?«

»Folge deinen Träumen«, riet ihr der Büffel, »und erinnere dich an die Worte, die ich dir im hohen Norden gesagt habe. Meide das Feuer! Laufe vor den Flammen davon und suche deinen eigenen Stern! Er wird dich in eine neue Zukunft führen.«

»Welches Feuer? Welcher Stern?«

»Das Feuer der vierten Nacht«, antwortete der Büffel vieldeutig.

»Folge dem Adler ins Land der Shar-ha und achte auf den Stern mit dem roten Schatten. Wenn du ihn siehst, ist der Morgen der Entscheidung gekommen. Folge ihm in ein fremdes Land und suche nach dem Mann mit den blauen Augen!«

»Das verstehe ich nicht, mein Bruder.«

»Mehr kann ich dir nicht sagen. Vertraue meinen Worten und reite zu den Shar-ha. Wenn du deinen Träumen folgst, wirst du die Pfeile zurückholen. Sei stark, meine Schwester!«

»Die Shar-ha werden mich töten!«

»Nein«, widersprach der weiße Büffel, »sie werden dich wie eine Prinzessin behandeln. Du bist eine heilige Frau. Sie werden dir das beste Essen und die beste Hütte geben.«

»Warum?«

»Das weiß ich nicht.«

»Du sprichst in Rätseln, mein Bruder.«

»Das muß ich.«

Büffelfrau ließ seufzend die Schultern hängen und sah ihrem Schutzgeist in die roten Augen. Sie waren nicht mehr blutig und wirkten nur müde. »Wann soll ich reiten?« fragte sie.

»Im Mond, wenn das Hochwasser kommt.«

Sie erschrak. »Und wie sollen wir den Winter überstehen? Die Pfeile unserer Krieger treffen nicht, solange das heilige Bündel bei den Shar-ha ist. Wir haben kein Jagdglück. Von was sollen wir leben? Mit was sollen wir die Kleinen füttern? Wenn der Winter hart ist, werden viele Hügelleute sterben.«

»Die Sommerjagd war gut, und ihr habt viele Vorräte«, sagte der Büffel, »ihr werdet keinen Hunger leiden. Sei stark und verzweifle nicht. Du wirst dein Volk retten. Ich glaube an deine Stärke, meine Schwester. Das ist alles, was ich zu sagen habe.«

Der Schutzgeist verschwand, und Büffelfrau ritt zu ihrem Volk zurück. Sie aß wenig und betete viel, und ihr Gesicht wurde hager und ließ die Knochen hart hervortreten. Sie brauchte einige Zeit, bis sie ihre Gedanken geordnet hatte und bereit war, mit den Kriegern ins Hauptlager zu ziehen. Die Verantwortung des ganzen Volkes lastete auf ihr, und sie mußte stark sein, wenn sie den Kriegern mitteilte, was der Schutzgeist ihr aufgetragen hatte. Einige Krieger würden daran zweifeln, daß sie stark genug war, allein gegen die Shar-ha zu ziehen.

Als die ersten Eisschichten am Rand des Flusses zu sehen waren, zogen Büffelfrau und die Krieger der Hügelleute ins Hauptlager. Die Ratsversammlung wurde einberufen, und die Häuptlinge versammelten sich am großen Feuer. Fast alle Krieger des Volkes waren erschienen und warteten gespannt darauf, was die heilige Frau der Hügelleute zu sagen hatte. Das Land am Verrückten Fluß erlebte eine Unruhe, wie man sie sonst nur während des Sommertanzes kannte. Eine düstere Stimmung lag über dem Feuer. Der Mond des harten Gesichtes hatte begonnen, und der kalte Mann aus dem Norden hatte kalten Wind ins Land der tsis tsis tas geschickt. Fast alle Krieger hatten Büffelfelle umgelegt, und das Feuer loderte hoch zum Himmel.

Kleiner Wolf ließ die heilige Pfeife des toten Schamanen von einem jungen Krieger anzünden. Es sprach ein langes Gebet und reichte sie den anderen Häuptlingen. »Die Zeiten sind schlecht«, begann er, »und viele unserer Freunde und Verwandten sind auf die andere Seite gegangen.« Er schilderte ihre Verdienste und hob die Stärke des Volkes hervor, das strenge Winter und lange Trockenheiten überstanden hatte. »Wir sind das einzig wahre Volk«, rief er, »und die Shar-ha werden es niemals schaffen, unseren Stolz zu brechen!« Das hatten sie längst getan, aber Kleiner Wolf wollte die tsis tsis tas aufrütteln und ihnen neuen Mut geben. »Die Shar-ha haben unsere Krieger getötet«, schloß er seine flammende Rede, »und sie haben die heiligen Pfeile gestohlen. Unsere Seele ist in ihrer Hand. Aber Büffelfrau verfügt über magische Kräfte und wird uns sagen, wie wir die Pfeile zurückholen können. Sprich, meine Schwester!«

Büffelfrau trat in den Feuerschein. Dunkle Schatten tanzten über ihr Gesicht, ihre Augen leuchteten. »Hört mich an, meine Brüder!« rief sie. Ihre Stimme war dunkler geworden und schallte über das ganze Lager. »Die Shar-ha haben unsere heiligen Pfeile gestohlen, und die Hügelleute weinen um ihre Verwandten und Freunde. Die Geister haben uns verlassen. Unsere Pfeile und Kugeln treffen nicht mehr ins Ziel, und in den Tipis klagen die Frauen und Kinder. Aiee, dies sind harte Zeiten.« Sie spürte die Niedergeschlagenheit der versammelten Krieger und reckte die Arme zum Himmel. »Aber unser Volk ist stark. Wir reiten seit vielen Wintern über die Prärie, und keiner unserer Feinde hat uns in die Knie gezwungen.«

Zustimmendes Gemurmel wurde laut. Einige Krieger stießen ihre Fäuste nach oben oder riefen aufmunternde Worte. Kleiner Wolf lächelte zufrieden und zog an der heiligen Pfeife.

»Ich habe mit meinem Schutzgeist gesprochen«, fuhr sie fort. »Er hat mir gesagt, was schon der alte Schamane wußte, der im letzten Winter von uns ging. Ich habe die Kraft, die heiligen Pfeile zurückzuholen.« Wieder bekundeten Krieger ihre Zustimmung, diesmal lauter und leidenschaftlicher. Einige Männer sprangen auf und riefen das Mutwort des Stammes. Kleiner Wolf brachte sie mit einer Handbewegung zum Schweigen. »Hört, was Büffelfrau zu sagen hat«, rief er, »hört auf ihre Worte, meine Brüder!«

Büffelfrau spürte, wie sich Hoffnung in den Kriegern regte. Sie fühlte die unsichtbare Kraft des Adlers, der irgendwo in der Dunkelheit über ihr wachte, und sie wußte auf einmal, daß sie stark war. »Im Mond, wenn das Hochwasser kommt, werde ich ins Land der Shar-ha reiten«, kündigte sie an, »ich werde die Pfeile holen und unsere verwundeten Seelen heilen. So habe ich es von meinem Schutzgeist erfahren. Es ist eine schwere Aufgabe, aber ich werde sie meistern. Ich habe die Kraft, meine Brüder! Ich werde unser Volk in eine neue Zukunft führen!«

Nach Mitternacht, als sie längst in den Fellen lag und auf den Schlaf wartete, hörte sie das Schnauben eines Büffels vor ihrem Tipi. Sie blickte nach draußen und sah einen weißen Büffel auf den nahen Hügelkamm. Ihr Schutzgeist. Sie würde auf ihrer Reise nicht allein sein.

26

Singende Krähe

Im Mond, als das Hochwasser kam, ritt Büffelfrau in das Land der Shar-ha. Sie trauerte immer noch um Weißer Biber und trug ihr Haar offen auf dene Schultern. Das weiße Wildlederkleid, das sie während des langen Winters genäht hatte, war bis zu den Schenkeln hochgerutscht und gab den Blick auf die mit gelben Streifen verzierten Leggins frei. Auf ihren Bogen hatte sie eine neue Sehne gespannt, und auch die Pfeile in ihrem Köcher waren neu. Sie trug feste Mokassins und hatte ein Ersatzpaar in die Rohhauttasche gepackt. Nur die Geister wußten, wie lange ihr Ritt dauern würde, und sie war darauf gefaßt, viele Monde in einem fremden Land zu verbringen.

Der Winter war sehr streng gewesen, aber sie hatten nicht gehungert. Die Vorratstaschen waren gut gefüllt gewesen, und Weidenfrau hatte nur im Mond des großen Rades einen Hund erwürgt. Sogar der alte Berührt-die-Wolken hatte überlebt. Als sich die ersten Knospen an den Bäumen zeigten, hatte Büffelhöcker zwei Antilopen erlegt, und auch die anderen Krieger waren erfolgreich gewesen. Der Fluch der verlorenen Pfeile hatte den Jagderfolg nicht verhindert. Büffelfrau hatte viel gefastet und gebetet, und die Geister hatten sich versöhnlich gezeigt. Aus dem getrockneten Fleisch hatten sie Pemmikan zubereitet, von dem auch sie während des Rittes zehren würde.

Die kalte Jahreszeit war den Geschichtenerzählern, Sängern und Spielern vorbehalten, die abends an den Feuern saßen und das Volk unterhielten. Die lustigen Geschichten um den listigen Coyote und fröhliche Lieder sollten den kalten Wind vertreiben, und bei aufregenden Würfelspielen wollte man den kniehohen Schnee vor den Tipis vergessen. Diesmal war in den Zelten kaum gelacht worden, und nicht einmal Bärenkopf hatte von seinem Bruder, dem Coyoten, erzählt. Die Gesichter waren ernst und angespannt gewesen, und die meisten Hügelleute hatten ins Feuer geblickt und vor sich hingebrütet. Die Zeiten waren hart, und es gab keinen Grund, sich zu freuen.

Büffelfrau hatte die tsis tsis tas aufgemuntert. Sie hatte tagelang in den Bergen gefastet und zu Maheo gebetet und in ihren langen Zwiegesprächen mit den Geistern neue Hoffnung gefunden. Die Zeichen waren spärlich gewesen. Der eisige Nordwind hatte sie in ihren einsamen Lagern gequält, und auch die dichten Schneeflocken waren kein gutes Zeichen gewesen, aber im Mond des harten Gesichtes war die Sonne am Himmel erschienen, und der Wind hatte beruhigende Worte geflüstert. Es gab noch Hoffnung.

Ihre Träume waren selten gewesen. Es hatte dunkle Bilder gegeben, ein loderndes Feuer und mit weißer Farbe bemalte Gesichter.

Strenge Worte, die sie nicht verstand. Und sie hatte die blauen Augen des Mannes mit den Haaren im Gesicht gesehen. Sie hatten gelächelt, und als sie aufgewacht war, hatte sie ihn immer noch neben sich gespürt. Er war ein starker Mann mit starken Gedanken, und sie sehnte sich danach, dieselbe Luft wie er zu atmen.

Büffelfrau war seit einigen Tagen unterwegs. Sie führte ein zweites Pony an den Zügeln und ritt zügig nach Osten. Sie hatte den Fluß überquert, an dem sie die Shar-ha getötet hatten und befand sich mitten im Feindesland. Das Land war hügelig und mit den hellgrünen Trieben des neuen Grases bedeckt. Vereinzelte Cottonwoods erhoben sich aus dem Boden. Auf den Berghängen erstreckten sich dichte Laubwälder, zerklüftete Granitfelsen ragten wie graue Riesen in den Himmel. Die Sonne schien, seitdem sie ihre Heimat verlassen hatte, und die warme Luft war vom Summen der Insekten erfüllt.

Sie versteckte sich nicht und erwartete, schon bald von den Shar-ha entdeckt zu werden. Noch immer verstand sie nicht, warum ausgerechnet die Shar-ha sie freundlich behandeln sollten, aber sie vertraute ihrem Schutzgeist und seinem Bruder, dem Adler, der über den Felsen kreiste und sie mit wachen Augen beobachtete. Wenn die Weissagung nicht stimmte und die Shar-ha sie töteten, war das Schicksal des Volkes endgültig besiegelt, aber der weiße Büffel kannte die Shar-ha, und sie mußte ihm vertrauen. Es gab keine andere Hoffnung mehr.

Am Abend des siebten Tages lagerte sie in einer kleinen Schlucht. Sie entzündete ein kleines Feuer, weil sie sich nicht verstecken wollte, und kochte etwas Kräutertee in dem Gefäß aus Büffelhorn, das sie in ihrer Rohhauttasche mitgeführte. Einige Bissen von dem Pemmikan genügten ihr. Es war gut, einen leeren Magen zu haben, wenn man den Shar-ha oder den Geistern gegenübertrat und einen klaren Kopf brauchte. Sie rollte sich in ihr Fell und blickte zu den Sternen empor, die als silberne Punkte am endlosen Himmel leuchteten. Dort oben, irgendwo in endloser Ferne, wartet eine neue Welt mit vertrauten Gesichtern.

Wo war der Stern mit dem roten Schatten, von dem der weiße Büffel gesprochen hatte? Sie suchte den Himmel ab, konnte ihn aber nicht entdecken. Was hatte er zu bedeuten? Sie sprach zu Maheo und den Geistern, wie sie es an jedem Abend tat, und schloß die Augen. Der Adler kreiste über ihr und ließ sich in den Felsen nieder, dann schlief auch sie ein und träumte von dem lodernden Feuer und den weißbemalten Gesichtern.

Als sie erwachte, war ihr kleines Feuer erloschen, aber dicht über ihr waren drei kantige Gesichter, und die fettverklebten Skalplocken und die weiße Kriegsfarbe verrieten ihr, daß die Shar-ha sie gefunden hatten. Sie blieb ruhig. Eine unbedachte Bewegung hätte ihren sofortigen Tod bedeutet. Die Krieger waren mit Gewehren bewaffnet und an ihren Gürteln hingen Kriegsäxte und Messer. Seltsamerweise lächelte sie, und sie erinnerte sich an die Worte ihres Schutzgeistes, der prophezeit hatte, daß die Shar-ha sie wie eine Prinzessin empfangen würden. Es ist wahr, dachte sie, sie wollen mich nicht töten.

Sie blickte die drei Männer verwundert an. Ihr Verhalten zeigte ihr, daß sie nicht erstaunt waren, eine Frau der Halsabschneider in ihren Jagdgründen zu sehen. Sie freuten sich sogar. Ihr Anführer, ein großer Mann mit einer ausgestopften Krähe in den Haaren, lachte wie ein Kind, das im Fluß herumtollt, und deutete mit dem ausgestreckten Zeigefinger auf sie. Er sagte etwas in seiner Sprache, und die beiden anderen Krieger nickten begeistert.

Der kleinere von ihnen trug seine Haare offen und über den halben Rücken hinab, der andere hielt ihr seine Hand entgegen und lachte, als sie ängstlich zurückwich. Die Hand war verkrüppelt und seltsam gekrümmt.

Der Anführer der Shar-ha benutzte die Handzeichen, die von allen Prärievölkern verstanden wurden. »Ich grüße dich, meine Prinzessin«, sagte er. »Wie heißt du?«

»Ich bin Büffelfrau, die heilige Frau des Volkes«, antwortete sie. »Warum nennst du mich Prinzessin? Ich bin eine tsis tsis tas. Warum habt ihr mich nicht getötet?«

»Du bist die auserwählte Frau«, erwiderte der Krieger. Er begleitet seine Zeichen mit Wörtern in seiner Sprache. »Ich bin Singende Krähe, ein Häuptling der cha-hik-sicha-hiks. Das sind Langes Haar und Gekrümmte Hand. Wir sind gekommen, dich in unser Dorf zu bringen. Der xinesi wartet auf dich.«

Büffelfrau kannte das Zeichen für xinesi nicht und blickte den Häuptling fragend an. »Wer ist das? Ein Anführer?«

»Ein heiliger Mann, ein Priester. Er weiß, was die Sonne und der Mond und die anderen Götter denken, und er kennt den Weg, den die Sterne gehen. Er ist ein großer Mann.«

»Was will er von mir?«

»Er will dich ehren.«

Büffelfrau wunderte sich. »Warum sollte mich der Mann eines Volkes ehren, das die heiligen Pfeile gestohlen hat? Er ist unser Feind. Unser Todfeind. Alle Shar-ha sind unsere Feinde.«

»Du bist unsere Freundin.«

»Das verstehe ich nicht.«

»Du wirst sehen«, sagte Singende Krähe. Er berührte seine Brust mit der rechten Hand und zeigte ihr seine Ehrerbietung. In seinen Augen waren Bewunderung und Respekt zu erkennen. Er half ihr vom Boden hoch und hielt ihre Hand länger als nötig, dann trat er einen Schritt zurück und blickte sie verwirrt an. Er sagte etwas zu seinen Begleitern und wiederholte es unwirsch, als sie nicht antworteten. Langes Haar und Gekrümmte Hand reagierten erschrocken und gingen davon. Sie banden die Ponys los und blieben in respektvoller Entfernung stehen.

Singende Krähe brummte etwas. »Gib mir deine Waffen«, sagte er. Er deutete auf den Bogen in ihrer rechten Hand und das Messer an ihrem Gürtel. Es klang nicht wie ein Befehl, aber Büffelfrau wußte, daß sie keine andere Wahl hatte, als ihm die Waffen auszuhändigen.

»Warum?« fragte sie dennoch.

»Du bist unsere Prinzessin ... unsere Freundin«, erklärte er, »du brauchst keine Waffen. Wir beschützen dich. Du bist die auserwählte Frau unseres Priesters. Du bist heilig.«

Büffelfrau verstand ihn nicht. Die Zeichen waren eindeutig, machten aber nur wenig Sinn. Er war ein Häuptling der Shar-ha und ein Todfeind ihres Volkes. Warum tötete er sie nicht? Warum nannte er sie eine Prinzessin, eine Freundin, die auserwählte Frau des Priesters? Sollte sie die Frau eines heiligen Mannes werden? Hatte man die Krieger deshalb geschickt? Und warum blickte der Mann, der sich Singende Krähe nannte, sie so respektvoll an? Hatte der Große Geist die Shar-ha verwirrt?

»Wenn ich eure Freundin bin, kann ich keine Gefangene sein«, erwiderte sie fest. »Ich behalte meine Waffen!«

Die Miene des Häuptlings veränderte sich. Seine Augen sprühte Funken, als er mit einer plötzlichen Bewegung nach ihr griff und den Bogen aus ihrer Hand wand. Sie zog ihr Messer, aber da waren Langes Haar und Gekrümmte Hand bei ihr und hielten sie an beiden Armen fest. Das Messer fiel auf den Boden, und Singende Krähe hob es auf und schob es hinter seinen Gürtel. »Fesselt sie!« sagte er zu seinen Begleitern.

Büffelfrau wurde mit einer Rohhautschnur an den Händen gefesselt und auf eines ihrer Ponys gesetzt. Dann wurden ihre Füße unter dem Bauch des Tieres zusammengebunden. Sie fluchte in ihrer Sprache, aber Singende Krähe war nicht mehr wütend und benahm sich jetzt wie ein befreundeter Krieger, der sie in sein Dorf eingeladen hatte. Er reichte ihr sogar seinen Wasserschlauch, aber sie schüttelte heftig den Kopf und preßte ihre Lippen trotzig zusammen. Was hat du mit mir vor, betete sie still zu Maheo, warum läßt du dies geschehen?

Singende Kälte übernahm die Führung. Hinter ihm ritt gefesselt Büffelfrau, dann folgten die beiden anderen Krieger. Langes Haar führt das Ersatzpony am Zügel. Sie ritten aus der kleinen Schlucht und folgten einem ausgetretenen Pfad, der über die hügelige Prärie und an einem See entlangführte. Die Ufer waren mit kniehohem Schilf bewachsen. Ein Kranich erhob sich aus dem Morast und verschwand im Unterholz eines nahen Birkenwäldchens. Insekten summten über bunten Blumen. Es war ein friedlicher Morgen. Sie war mit Kriegern zusammen, die sie verehrten, und nur die Fesseln an ihren Händen und Füßen sagten ihr, daß die friedliche Ruhe täuschte. Sie war eine Gefangene. Sie war in der Gewalt der Shar-ha, die auch durch ihr seltsam freundliches Benehmen nicht zu Freunden wurden.

Sie entdeckte den Adler am Himmel. Er hatte sie nicht im Stich gelassen und begleitete sie ins Dorf der Shar-ha. Das gab ihr Hoffnung. Es mußte einen Sinn haben, daß die Todfeinde ihres Volkes sie gefesselt hatten und dennoch wie eine Schwester behandelten. Ihr Schutzgeist hatte es vorausgesagt und ihr versprochen, daß die Shar-ha sie gut behandeln würden. Aber was bezweckten sie? Hatten sie wirklich Respekt vor ihr? Hatten sie Angst vor ihren magischen Kräften? Oder war dies nur ein Vorspiel zu einem grausamen Tod im Dorf der Shar-ha?

Ihr blieb nichts anderes übrig, als abzuwarten, und sie fügte sich in ihr Schicksal. Sie ärgerte sich darüber, daß sie die Sprache der Shar-ha nicht beherrschte und nichts von dem verstand, was Singende Krähe und seine Begleiter sagten. Ihre Blicke und ihr Verhalten sagten ihr, daß sie großen Respekt vor ihr hatten, und der sanfte Ausdruck in den Augen des Anführers verriet aufrichtige Zuneigung, fast so etwas wie Stolz, die heilige Frau der tsis tsis tas getroffen zu haben. Das war seltsam, denn ihre Völker waren verfeindet, solange sie denken konnte, und es hatte immer Krieg zwischen ihnen geherrscht.

Abends lagerten sie in der Nähe eines kleinen Flusses, der über die Ufer getreten war, sein Wasser war eiskalt. Langes Haar fing ein paar Forellen und briet sie über dem Feuer, das Gekrümmte Hand zwischen einigen Steinen angezündet hatte. Singende Krähe und Büffelfrau saßen auf ihren Fellen und sagten nichts. Sie starrten ins Feuer und hingen ihren Gedanken nach, und beide schien die Nähe des anderen unangenehm zu berühren. Der Häuptling gab vor, sich mit seiner Pfeife zu beschäftigen, während Büffelfrau still betete.

Sie musterte den Anführer der Shar-ha. Im Glanz der Flammen und im Zwielicht des scheidenden Tages bot er eine imposante Erscheinung, daran gab es keinen Zweifel. Sein mit Fett eingeriebener Körper glänzte im Feuerschein, und seine Muskeln traten deutlich hervor. Er trug eine Kette aus Wolfszähnen um seinen Hals, und die Augen der ausgestopften Krähe auf seinem Kopf funkelten geheimnisvoll. Sein Gesicht war kantig, die Stirn hoch, die Nase gebogen und die Lippen fest und schmal. Seine Zähne glänzten. Seltsam waren nur seine Augen, die hart und unnachgiebig und im nächsten Augenblick sanft und großmütig blicken konnten.

Büffelfrau wollte etwas sagen, konnte mit ihren gefesselten Händen aber kein Zeichen geben. Sie hielt sie hoch und blickte den Häuptling fragend an. Singende Krähe zögerte eine Weile, willigte aber ein. Er stand auf, zog sein Messer und durchtrennte ihre Handfesseln. »Ha-ho«, sagte sie.

»Warum tust du das?« fragte Gekrümmte Hand mißtrauisch. Er saß an einem Baum gelehnt und reinigte seine Flinte.

»Sie ist auserwählt.«

»Sie darf uns nicht entkommen, Krähe.«

»Du wirst aufpassen.«

Büffelfrau verstand die Worte nicht. Sie massierte ihre steifen Hände und hielt sie über das Feuer. »Wann erreichen wir euer Dorf?« fragte sie den Häuptling.

»Wenn die Sonne am höchsten steht«, antwortete Singende

Krähe. Er blickte sie nicht an, und seine Miene verriet ihn erst, als er die größte Forelle aus dem Feuer nahm und ihr mit feierlichem Gesicht gab. Er goß frisches Flußwasser in eine Büffelschale und reichte es ihr. Sie nahm es verwundert an. Es war genauso, wie der Schutzgeist ihr gesagt hatte, sie bekam die größte Portion und das frischeste Wasser.

»Iß und trink«, gab er ihr zu verstehen. »Du mußt stark sein, wenn du unseren xinesi begrüßt und das Kleid mit dem Kreuz trägst.«

Sie verstand nicht, was er damit meinte, fragte aber nicht. Im Dorf der Shar-ha würde sie erfahren, was die feindlichen Krieger mit ihrem seltsamen Verhalten bezweckten. Dann war aber auch keine Gelegenheit mehr, sich gegen ein drohendes Schicksal aufzulehnen. Büffelfrau hatte keine Wahl. Sie wurde wie eine Prinzessin behandelt, aber sie war immer noch eine Gefangene, auch ohne Fesseln. Das machte Gekrümmte Hand ihr klar, der seine Flinte zusammengesetzt und geladen und sie scheinbar nachlässig über die Knie gelegt hatte. Seine entschlossene Miene sagte ihr, daß er sofort schießen würde, wenn sie einen Fluchtversuch unternahm.

Büffelfrau aß die Forelle und trank von dem kühlen Wasser. Sie hatte lange nicht mehr so gut gegessen. Danach legte sie sich hin und zog das Fell über ihren Kopf. Sie fühlte, daß der Adler immer noch in ihrer Nähe war, und betete zu ihm und allen Geistern, die sie hören konnten. »Helft mir«, sagte sie in Gedanken, »helft mir, dieses Schicksal zu ertragen! Ich habe mich nicht gegen die Shar-ha gewehrt, weil ich euch vertraue. Ich reite mit meinen Feinden. Ich tue es für die Zukunft meines Volkes und für die Rückkehr der heiligen Pfeile. Bleibt bei mir und zeigt mir den richtigen Weg in eine bessere Zukunft.«

Sie schlief ein und hörte nicht mehr, wie Singende Krähe zu seinem Gott sprach. Er bat ihn, seine Entscheidung noch einmal zu überdenken. »Noch sehe ich den Morgenstern nicht am Himmel«, sagte er, »noch bleibt Zeit. Ich sehe ein seltsames Licht in den Augen dieser Frau und spüre, daß sie eine Frau mit magischen Kräften ist. Sprich zu mir, Tirawa. Führe uns auf den richtigen Weg und sage uns, wie wir dem

Morgenstern und den anderen Göttern am besten dienen können.« Er legte sich hin und kümmerte sich nicht um die neugierigen Blicke, die wie Feuer in seinem Nacken brannten. Seine Krieger waren ahnungslos und machte sich selten Gedanken. Sie vertrauten den Priestern und stellten kaum Fragen.

Er war ein Häuptling und fühlte, daß es neue Antworten auf neue Fragen gab.

27

Gefangenschaft

Das Dorf der Shar-ha lag in einer windgeschützten Senke und erstreckte sich bis zum Ufer des Zedernflusses, der weiter westlich in den Verrückten Fluß der tsis tsis tas mündete. Zwanzig Erdhütten erhoben sich aus dem lehmhaltigen Boden. Ihre Wände waren fest und mündeten in einen tunnelartigen Eingang, der nach Osten zeigte. Die Hütten waren wesentlich größer als die Tipis des Volkes und konnten nicht abgebaut und bewegt werden. Auf den festgetretenen Dächern saßen vor allem die Alten und wärmten sich in der hellen Frühlingssonne.

Büffelfrau griff Sturmwind erschrocken in die Zügel, als sie die seltsamen Behausungen sah. Sie war noch nie in einem Dorf der Shar-ha gewesen und kannte das seltsame Volk nur aus den Erzählungen ihres Vaters und einiger anderer Krieger. Auch sie hatten von den Lehmhäusern gesprochen, aber sie hatte sich die Hütten nicht so groß und fest vorgestellt. Zwischen den Wänden wohnten bestimmt fünf bis sechs Familien. Sie sah zahlreiche Frauen vor den Hütten sitzen und in der Sonne kochen oder nähen, und vom Fluß kamen einige Kinder herauf, als sie Singende Krähe und seine Begleiter entdeckten.

Der Ort für das Dorf war gut gewählt. Die Senke lag abseits der ausgetretenen Pfade, und der Fluß führte frisches klares Wasser. Im Osten lagen Felder mit Mais, Kürbissen und anderem Gemüse, und in dem Laubwald, der sich weit nach Norden erstreckte, gab es viel Wild. Die Shar-ha waren ein seßhaftes Volk und brachen nur im Frühling und im Herbst zur Büffeljagd auf. Sie verabscheuten das rastlose Nomadenleben der Halsabschneider und wohnten seit ungezählten Wintern am Zedernfluß. Es war ein guter Platz, der auch der Sonne, dem Mond und dem Morgenstern gefiel.

Die Sonne stand hoch am Himmel, als Singende Krähe mit

den Kriegern und seiner Gefangenen in das Dorf ritt. Von allen Seiten liefen Männer, Frauen und Kinder zusammen, um die auserwählte Frau zu sehen. Es war lange her, daß ihr Häuptling im Eis eingebrochen und ertrunken war und der Morgenstern nach einer jungen Frau gerufen hatte. Der Priester hatte ihn gehört und war in seinem schwarzen Umhang mit dem roten Kreuz des Morgensterns vor seine Krieger getreten.

›Hört mich an‹, hatte er gesagt, ›wir haben die Halsabschneider besiegt und ihr heiliges Bündel gestohlen. Dann starb unser Häuptling, und viele Kinder erkrankten, und ich spürte, wie großes Unglück über unser Volk kam. Der Morgenstern wandte sich von uns ab, und seine untreue Frau, der Abendstern, verließ ihn und wandte sich anderen Göttern zu. Die Zeit ist gekommen, meine Brüder! Der Morgenstern sucht eine Frau, und wir sind aufgefordert, sie für ihn zu finden. Wer die Vision hat, wird auf einen langen Ritt gehen und die auserwählte Frau in unser Dorf bringen.‹

Es hatte einen Mond gedauert, bis Singende Krähe die Bilder in seinen Träumen gesehen hatte. Der neue Häuptling ritt mit den Büffeln über die weite Prärie und beobachtete eine junge Frau, die wie ein Mann bewaffnet war und den Kriegsruf der Halsabschneider ausstieß. Sie erlegte einen weißen Büffel und ritt in den wolkenlosen Himmel, wo sie mit den Sternen schlief und das Fell dem Morgenstern zu Füßen legte. »Ich habe die auserwählte Frau gesehen«, sagte er am nächsten Morgen zum Priester. Er schilderte seinen seltsamen Traum. Als der xinesi bedeutungsvoll nickte, fügte er hinzu: »Ich werde mit zwei Kriegern nach Westen reiten und sie holen. Wie lange wird es dauern, mein Priester, bis ich sie gefunden habe?«

»Das wissen nur die Götter«, antwortete der Priester. »Wir warten geduldig und bereiten alles für die Hochzeit vor. Seid vorsichtig und tut nichts, was die Götter erzürnen könnte.«

»Ja, mein Priester.«

Am nächsten Morgen waren Singende Krähe und seine beiden Begleiter aufgebrochen. Das war im Mond des großen Rades, wie die tsis tsis tas den Februar nannten, und sie waren einen Mond lang über die kalte Prärie geritten und hatten erst die Sonne gespürt, als die auserwählte Frau bereits in ihrem Land gewesen war. Sie hatten sie auf einem Hügelkamm entdeckt und waren ihr drei Tage gefolgt, um ganz sicher zu sein. Aber es gab keinen Zweifel. Sie gehörte zu den Halsabschneidern und trug ihr Haare offen wie die Frau in dem geheimnisvollen Traum. Die letzten Zweifel beseitigten ihre tiefen und braunen Augen, die fast wie Kohle in ihrem ebenmäßigen Gesicht brannten.

Singende Krähe zügelte sein Pony vor der großen Erdhütte des Priesters und rief: »Ich bin zurück, mein Priester. Ich habe die auserwählte Frau gefunden.«

Es dauerte eine Weile, bis der Priester aus dem dunklen Eingang trat. Er war ein großer Mann mit einem ausgeprägten Gesicht, das von kalten Augen und einer knochigen Nase beherrscht wurde. Sein Schädel war kahlrasiert, und seine Stirn wurde nur von der hornartigen Skalplocke beschattet. An dem fettigen Haar waren zwei Federn und zahlreiche Amulette befestigt. Er trug bunte Ohrringe aus bemalten Muscheln und funkelnde Armreifen, die ein weißer Händler mitgebracht hatte, der seit einigen Monden ihr Dorf besuchte. Sein schwarzer Umhang mit dem roten Kreuz des Morgensterns und zahlreichen Symbolen reichte bis auf den Boden.

Büffelfrau hielt unwillkürlich den Atem an. Die Krieger ihres Volkes hatten die heiligen Männer der Shar-ha immer nur aus der Ferne gesehen, wie sie Pferde geraubt hatten, und niemand wußte, welche Bedeutung die geheimnisvollen Männer in den schwarzen Umhängen wirklich hatten. Es ging etwas Bedrohliches von dem Priester aus, der sich seiner Bedeutung bewußt war und wie ein Gott vor sein Volk trat. Er hielt einen mit bunten Federn verzierten Coupstab in der rechten Hand und deutete damit auf die eingeschüchterte Büffelfrau. Seine Augen brannten sich in ihre Seele und flößten ihr Furcht ein.

»Ich grüße dich, auserwählte Frau«, sagte er zu ihr. Auch er benutzte die Zeichen, die von allen Prärievölkern verstanden wurden. Sein Coupstab behinderte ihn dabei, aber er legte ihn nicht aus der Hand. Er berührte sie damit und blickte ihr in die Augen. »Du bist die Frau, auf die unser Volk gewartet hat.«

Büffelfrau war viel zu eingeschüchtert, um etwas zu sagen, und nickte nur. Sie hatte keine Ahnung, was die Shar-ha von ihr wollten, und kam sich erbärmlich und klein vor. Es ging eine besondere Kraft von dem heiligen Mann der Shar-ha aus, vor allem von seinen stechenden Augen, und sie hatte Angst, daß es niemand gab, der ihm gewachsen war. Kein Schamane der tsis tsis tas, kein Geist, nicht einmal seine eigenen Leute.

»Bringt sie in die Hütte, die wir für sie vorbereitet haben«, befahl der Priester. »Singende Krähe, du bist ihr Wolfsmann und wirst sie nicht aus den Augen lassen, bis die Vereinigung stattgefunden hat. Bleibe bei ihr.« Er blickte sie an, gebrauchte aber kein Zeichen. »Ich werde vier Frauen schicken. Sie werden ihr erlesene Speisen und kostbare Geschenke bringen.«

»Ja, mein Priester.«

Singende Krähe führte die auserwählte Frau in eine Erdhütte und bedeutete ihr, sich auf das bereitgelegte Büffelfell zu setzen. Es war mit weichem Gras gefüttert und wesentlich bequemer als das Bett in ihrem Tipi oder ihr Sattel. Das Fell war von erlesener Qualität und fühlte sich flauschig und weich an. Büffelfrau blickte sich neugierig um. Vom Eingang bis zu dem bemalten Büffelschädel auf der anderen Seite waren es bestimmt zehn Schritte. Über dem Feuer, das in der Mitte brannte, hing ein Kessel mit dampfendem Gemüse, und in den Regalen an der Wand lagen weitere Speisen und frisches Obst bereit. In einem anderen Gefäß stand kühles Wasser bereit.

Das kuppelartige Dach wurde durch hölzerne Pfosten gestützt. Durch den Rauchabzug fiel helles Licht und ließ das Innere der Hütte geheimnisvoll erscheinen. Das Feuer knisterte leise. Es war seltsam ruhig in der Erdhütte, aber Büffelfrau war feste Behausungen nicht gewöhnt und fühlte sich unsicher und eingeengt. Sie sehnte sich nach ihrem Tipi und der frischen Luft, die überall in den Dörfern ihres Volkes zu spüren war. Die Erdhütte war wie eine Schlucht, die jeden Eindringling mit ihren Felswänden erdrückte und ihm das

Gefühl gab, langsam zu ersticken. Dies war ein schlechter Ort, auch wenn es ihr an nichts fehlte und Singende Krähe sich höflich verbeugte.

»Ich bin dein Beschützer«, sagte er mit seiner sanften Stimme, die sie an ihren Schutzgeist erinnerte. Er gebrauchte die Zeichen ›Wolf‹ und ›Mann‹ und bedeutete ihr, daß der Beschützer einer auserwählten Frau ›Wolfsmann‹ genannt wurde. »Ich bleibe bei dir, wie der Priester es befohlen hat.«

Singende Krähe nahm seine Aufgabe sehr ernst. Er wich während der folgenden Tage nicht von ihrer Seite und schlief auf einem Fell vor dem Eingang, wie es das Gesetz des Morgensterns vorschrieb. Er war für das Leben der auserwählten Frau verantwortlich, er garantierte mit seinem Leben für ihr Wohlbefinden. Vier Frauen wechselten sich ab und bedienten sie wie eine Prinzessin. Sie bekam nur erlesene Speisen, frisches Obst und kühles Wasser, und jede der Frauen verbeugte sich ehrerbietig, bevor sie ihr etwas brachte.

Zehnmal ging die Sonne auf, und nichts veränderte sich. Sie lebte wie eine Prinzessin, der man jeden Wunsch von den Augen ablas, und die doch eine Gefangene war. Sobald sie sich dem tunnelartigen Ausgang näherte, wies Singende Krähe sie darauf hin, daß es ihr nicht gestattet war, ins Freie zu treten. Nur einmal am Tag führte der Wolfsmann sie zum Fluß oder in den nahen Wald und erlaubte ihr, frische Luft zu atmen und sich zu erleichtern. Er achtete beinahe eifersüchtig darauf, daß sie nicht mit anderen Kriegern sprach oder auf andere Weise versuchte, mit ihrer Umwelt in Kontakt zu kommen. Der Priester hätte ihn sofort getötet, wenn er eines der heiligen Gesetze brach.

Büffelfrau genoß die kurzen Spaziergänge und benutzte sie dazu, sich ihre Umwelt genau einzuprägen. Es half einem Krieger immer, wenn er das Dorf seines Feindes genau kannte. Und die Shar-ha waren ihre Feinde, das dürfte sie nicht vergessen. Daran ändert auch die gute Behandlung nichts. Noch wußte sie nicht, warum die Shar-ha sie nicht töteten oder wie eine Gefangene zu den Hunden jagten, und Singende Krähe hatte nie etwas gesagt, wenn sie ihn danach gefragt hatte. Er war ihr immer ausgewichen und hatte anscheinend

Angst, ihr zuviel zu verraten oder eines der Tabus zu verletzen, die der Priester ihm auferlegt hatte. Er mochte sie, das glaubte sie nach der langen Zeit, die sie ununterbrochen zusammen waren, zu wissen. Er blickte sie wie ein Freund an, und in seinen Augen war eine Sanftheit, die sie bisher nur bei ihren Eltern, bei Weißer Biber und in ihren Träumen gesehen hatte.

»Singende Krähe«, sagte sie, als sie am elften Tag durch den Wald gingen. Sie hatte gelernt, seinen Namen auszusprechen, und gebrauchte die Zeichen erst, als sie weitersprach. »Ich weiß, daß du über das Geheimnis nicht reden willst, aber ich muß es wissen. Warum behandelt ihr mich so gut? Was habt ihr vor?«

Der Häuptling sah ohne die weiße Kriegsfarbe freundlicher aus, und selbst seine harten Gesichtszüge wirkten im Zwielicht des Waldes sanft wie bei einer Frau. »Ich darf es dir nicht sagen«, antwortete er wie an den vergangenen Tagen, aber irgend etwas in seiner Stimme verriet ihr, daß es heute anders war. »Du bist die auserwählte Frau. Du bist in meinen Träumen erschienen, und der Priester hat mich geschickt, dich in unser Dorf zu holen. Es ist eine große Ehre, meine Schwester.«

So nannte er sie zum ersten Mal, und sie glaubte jetzt zu wissen, daß er mehr als Sympathie für sie empfand. Sein Herz schlug für sie, obwohl sie auch erkannte, daß er sich dagegen wehrte. Sie erwiderte seine Zuneigung nicht, aber es war angenehm, einen Todfeind auf ihrer Seite zu wissen. Es konnte ihr von Nutzen sein, wenn die Zeiten schlechter wurden und die Shar-ha sich gegen sie wandten. Sie war nüchtern genug, um ständig damit zu rechnen. Einige der Krieger, die sie auf ihren täglichen Spaziergängen beobachtete, hatten ihre Verwandten und Freunde getötet. Vielleicht war sogar Singende Krähe dabeigewesen. Sie hatte nie gewagt, ihn danach zu fragen. Wenn es so war, hätte sie ihn töten müssen. »Was hat dein Volk mit mir vor?« bohrte sie weiter. »Was will der Priester?«

»Ich darf dir nicht mehr sagen«, fuhr der Häuptling fort, »und du sollst wissen, daß es mir schwerfällt, dich im ungewissen zu lassen. Du wirst eine wichtige Vereinigung erleben. Wenn der Morgenstern am höchsten steht, wird es soweit sein. Du wirst unsterblich werden, und wir werden dich als Göttin verehren.«

Vom Morgenstern hatte auch ihr Schutzgeist gesprochen. Hüte dich vor dem roten Stern, hatte er gesagt. Der Morgenstern, der rote Stern. Eines der heiligen Wesen, zu dem die Shar-ha beteten, soviel wußte sie inzwischen. Sie verehrten die Sonne, den Mond und die Sterne. »Der rote Stern«, signalisierte sie.

»Er leuchtete nur für dich«, sagte er.

Sie wurde nachdenklich. Hüte dich vor dem roten Stern. Wenn der weiße Büffel sie gewarnt hatte, bedeutete das Erscheinen des Morgensterns nichts Gutes für sie. Die gute Behandlung würde aufhören, wenn der Stern leuchtete. Sie behielt ihre düsteren Gedanken für sich und ging langsam weiter. Nach einer Weile blieb sie wieder stehen. »Wo sind die heiligen Pfeile, die ihr uns gestohlen habt?« fragte sie ernst. Auch sie sprach, während sie die Handzeichen benutzte.

»Das Bündel?« Er versuchte, Zeit zu gewinnen, entschied sich aber, ihr zu antworten. »Es hängt in der Medizinhütte des Priesters. Warum haben eure Krieger es in den Kampf getragen? Ihr konntet nicht gewinnen. Die Shar-ha sind ein mächtiges Volk, und niemand kann sie besiegen.«

»Die tsis tsis tas sind das wahre Volk«, erwiderte sie streng, »ihr habt uns unsere Seele geraubt, aber ihr habt uns nicht gebrochen. Ich bin die heilige Frau der Hügelleute und werde die heiligen Pfeile zurückholen.«

Es war albern, so etwas zu sagen, wenn man unbewaffnet war und von mehr als zweihundert feindlichen Kriegern umgeben war, aber sie konnte nicht anders. Die heiligen Pfeile waren die Seele ihres Volkes, und sie würde alles versuchen, sie zu den tsis tsis tas zurückzubringen. Auch wenn es im Augenblick so aussah, als würde diese Gelegenheit niemals kommen. Sie war die heilige Frau der Hügelleute. Sie hatte mit ihrem Schutzgeist gesprochen und erfahren, daß sie die Kraft hatte, diese schwere Aufgabe zu bewältigen.

Aber wie? Was hatten die Geister mit ihr vor? Was würde geschehen, wenn der rote Stern am Himmel leuchtete und die Vereinigung stattfand, von der Singende Krähe gesprochen hatte. Sollte sie den Priester lieben? Sie erschauderte bei diesem schrecklichen Gedanken. Der Mann in dem schwarzen Umhang gehörte in einen bösen Traum.

Die Unterhaltung im Wald verschlechterte das Verhältnis zwischen Büffelfrau und Singende Krähe. Sie hatte ihn beleidigt, als sie die tsis tsis tas als das einzig wahre Volk bezeichnet hatte. Der Zorn des Augenblicks war stärker als ihre Vernunft gewesen. Er ließ es sie nicht spüren und behandelte sie mit der gleichen Höflichkeit wie an den Tagen zuvor, aber ihre Unterhaltungen im Wald waren verstummt, und seine Augen hatten wieder einen härteren Ausdruck angenommen. Erst eine Woche später, als sich die dunklen Wolken eines Gewitters verzogen hatten und die Luft nach frischer Erde und den Kräutern des Waldes roch, sagte er wieder etwas.

»Der Tag rückt näher«, signalisierte er unvermittelt, »das sagt der Priester des Morgensterns. Die Sonne wird nur noch wenige Male aufgehen, bis der rote Stern am Himmel leuchtet und dir den Weg in ein neues Glück zeigen wird.«

»Was geschieht dann?« fragte sie wieder.

»Du wirst es sehen«, antwortete er.

Sie blickte ihn forschend an und wagte es, nach seiner Hand zu greifen. Maheo würde ihr verzeihen, daß sie mit den Gefühlen eines Menschen spielte, aber es gab keine andere Wahl.

»Du siehst traurig aus, mein Bruder. Was bedrückt dich?«

»Ich habe mich an dich gewöhnt, meine Schwester.«

»Das ehrt mich. Was geschieht?«

Singende Krähe senkte den Blick und brauchte lange, bis er die Hände zu einem neuen Zeichen hob. »Du wirst es erfahren«, sagte er wieder. Er ging ein paar Schritte, blieb wieder stehen und fügte ein Zeichen hinzu, das auch die Shar-ha nur selten gebrauchten. Es bedeutete: ›Ich verehre dich.‹

28

Entscheidung

Büffelfrau erwachte und wußte, daß an diesem Morgen alles anders war. Sie hatte nicht geträumt und auch keine Bilder gesehen. Es war ein seltsames Gefühl, das sie noch vor dem Morgengrauen aus dem Schlaf geholt hatte. Ein schwerer Druck, der auf ihrem Magen lastete und sich wie dicker Saft in ihrem Körper ausbreitete. So mußte Blitzfrau gefühlt haben, als die Schreie der Shar-ha sie aus ihren Träumen gerissen hatten.

Sie schreckte hoch und blickte sich ängstlich in der Hütte um. Sie war allein. Das Feuer brannte schwach und verbreitete trüben Schein. Schatten tanzten über die Erdwand und den Boden und verwandelten den Büffelschädel in ein lebendiges Wesen, das sie an den aufgebrachten Büffelbullen erinnerte, der sie vor vielen Wintern angegriffen hatte. Sie hatte ihn mit ihren bloßen Händen aufgehalten. Was würde diesmal geschehen? Würde sie auch die unbekannte Macht besiegen, die im Dorf der Shar-ha auf sie wartete? War sie stark genug?

Singende Krähe hatte von einer Vereinigung gesprochen. Du wirst unsterblich, und wir werden dich wie eine Göttin verehren. Das hatte er gesagt. Sie wußte noch immer nicht, welches Geheimnis sich hinter diesen Worten verbarg. Du wirst ein neues Glück erleben. Wie konnte etwas glücklich sein, wenn ein Häuptling der Shar-ha sich davor fürchtete? Der Priester hatte verboten, ihr die Wahrheit zu sagen, das spürte sie. Dieses Gesetz war stark genug, ihn daran zu hindern, mit ihr über die geheimnisvolle Vereinigung zu sprechen. Es war stärker als das Gefühl, das er für sie empfand. Hatte der Priester sie einem anderen versprochen? Wurde sie mit einem Gott verheiratet? Schrieb ein Gesetz der Shar-ha vor, daß eine auserwählte Frau sich mit dem Priester vereinigte, wenn der Morgenstern leuchtete? Wurde sie seine Frau? Wartete nach dieser Vereinigung der Tod auf sie? War

Singende Krähe deshalb so traurig? Oder waren seine Gefühle so stark, daß er sie keinem anderen gönnte? Es gab viele offene Fragen.

Singende Krähe kam in die Hütte und begrüßte sie. Er legte einige Holzscheite ins Feuer und vermied es, sie anzublicken. Seine Bewegungen waren langsamer, und als er den Kopf hob, sah Büffelfrau die Tränen in seinen Augen. Sie hatte immer geglaubt, die Shar-ha seien nüchterne und gefühlskalte Krieger, die niemals lachten und niemals weinten, aber Singende Krähe war anders. Er schämte sich nicht, seine Gefühle zu zeigen.

»Es ist soweit«, sagte sie leise.

»Ja«, antwortete er, »ich habe den Morgenstern gesehen. Wenn die Sonne aufgeht, beginnen die Feierlichkeiten. In vier Tagen holt dich der Priester. So lauten die Gesetze der Götter.«

»Vier Tage?«

»Die heilige Zahl.«

»Du bist traurig, mein Freund.«

Singende Krähe stellte ein Gefäß mit Kräutertee ins Feuer. Er rührte mit einem Löffel aus Büffelhorn darin und nickte. »Ich werde dich verlieren, meine Schwester.«

»An den Priester?«

»An den Morgenstern.«

»Das verstehe ich nicht.«

»Ich darf nichts sagen.«

Sie schwiegen, bis Singende Krähe ihr den Tee reichte. Sie atmete den Kräuterduft und schloß die Augen. Ihr stilles Gebet galt Maheo, ihrem Schutzgeist und den geheimnisvollen Kräften der vier Richtungen. Sie war von ihnen losgeschickt worden, die heiligen Pfeile zurückzuholen, und jetzt war sie eine Gefangene und wartete auf ein unbekanntes Schicksal, das ihre Entweihung durch die böse Kraft des Priesters und lebenslange Verbannung im Lande der Shar-ha bedeuten konnte. War Singende Krähe dazu verdammt, sie auch nach der Vereinigung zu bewachen? Verlangte das Gesetz, das sie bis zum Tod bei den Shar-ha blieb und in der Gefangenschaft lebte?

Büffelfrau trank den heißen Tee und stellte das leere Gefäß auf den Boden. Sie kroch neben den Häuptling und legt eine Hand auf seinen rechten Arm.

»Deine Gefühle sind stark«, sagte sie, »und ich fühle, daß ich in deinen Träumen lebe. Willst du, daß die Vereinigung stattfindet? Willst du es, mein Bruder?«

»Nein«, antwortete er ehrlich, »ich will dich in meine Hütte holen und zu meiner Frau machen. Du gehörst zu dem Volk, das wir seit vielen Wintern bekämpfen. Ihr stehlt unsere Pferde, und wir stehlen eure. Ihr tötet unsere Krieger, und wir töten eure. So ist es, seit ich denken kann. Aber es gibt Frauen deines Volkes, die bei uns aufgewachsen sind. Sie haben Krieger unseres Volkes geheiratet und sind glücklich mit ihnen.« Er legte eine Hand auf ihre Hand. »Ich will, daß du glücklich wirst.«

»So wird es geschehen«, erwiderte sie, »am vierten Tag. Das hast du gesagt. Hast du die Wahrheit gesprochen?«

»Ich habe nicht gelogen«, wich er aus, »und doch ist mein Herz traurig. Morgenstern ist ein mächtiger Gott. Aber er ist mit Abendstern verheiratet und braucht keine auserwählte Frau.«

»Ich soll beim einem Gott schlafen?« fragte sie.

»Ja, meine Schwester. Der Priester wird dir dabei helfen. Wenn der Morgenstern zum fünften Mal leuchtet, wirst du dich mit einem unserer mächtigsten Götter vereinigen. Morgenstern braucht eine auserwählte Frau. Abendstern ist zänkisch und verweigert sich ihm. Sie kann ihn nicht befriedigen.«

»Das darfst du nicht zulassen«, sagte sie eindringlich. Allein der Gedanke, sich durch den Priester mit einem Gott der Shar-ha zu vereinigen, bereitete ihr Übelkeit. War das der Preis, den sie für die Rückgabe der heiligen Pfeile zahlen mußte? Oder hatten die Geister sie belogen? Würde sie niemals zu ihrem Volk zurückkehren? Waren die tsis tsis tas dem Untergang geweiht? »Du mußt es verhindern, Singende Krähe!«

»Der Priester würde mich töten«, sagte der Häuptling. »Es ist uns nicht erlaubt, an der göttlichen Macht des Priesters zu zweifeln. Wer seine Entscheidungen in Frage stellt, wird mit dem Tod bestraft. Es gibt keinen anderen Weg, meine Schwester.«

»Es muß einen Weg geben!«

Singende Krähe schüttelte den Kopf. »Viele Krieger meines Volkes zweifeln an der Macht des Priesters. Sie wollen nicht, daß Morgenstern eine andere Frau nimmt. Aber sie sind machtlos. Es gibt keine Möglichkeit, sich gegen den Priester und die Götter aufzulehnen. So wurde es beschlossen.«

»Denke nach!« drängte Büffelfrau den Häuptling. »Es gibt immer einen Weg, wenn man etwas unbedingt will. Ich weiß, daß mein Herz für dich schlägt. Auch ich fühle für dich. Es muß eine Möglichkeit geben, die Vereinigung zu verhindern.«

Büffelfrau hatte nicht gelogen. Sie empfand etwas für den Häuptling der Shar-ha. Es war keine Liebe. Eher Mitleid, weil sich ein Mann mit so starken Gefühlen den ehernen Gesetzen eines allmächtigen Priesters unterordnen mußte. Auch die tsis tsis tas gehorchten den Göttern. Sie waren Maheo ergeben, dem Schöpfer aller Dinge, und sie ehrten die geheimnisvollen Kräfte der vier Richtungen und fürchteten die bösen Erdgeister. Alles hatte seine Bedeutung, und es gab strenge Tabus, die beachtet werden mußten, wenn sie leben wollten. Als heilige Frau wußte sie am besten, wie mächtig die Geister waren. Aber ihr Volk hatte keine allmächtigen Priester, die selbst wie Götter regierten und ihr Volk unterdrückten. Auch die Schamanen waren Menschen. Sie vermittelten zwischen dem Volk und den Geistern und zwangen den Menschen keine Befehle auf.

»Ich werde darüber nachdenken«, sagt der Häuptling und stand auf. »Sei bereit, wenn der Priester dich ruft.« Er verschwand und ließ Büffelfrau am Feuer allein. Sie blickte in die Flammen und hatte plötzlich das Gefühl, nie mehr ihre Heimat zu sehen. Tränen rannen über ihr Gesicht. Der Gedanke, nie mehr die geliebte Heimat zu sehen, war unerträglich. Ihre Eltern, Otterfrau und die Krieger, die mit ihr gegen die Shar-ha gezogen waren. Weißes Pferd, die kämpferische Mann-Frau. Läuft-rückwärts, der Mann mit der roten Lanze.

Gelber Wolf, der tapfere Hundesoldat. Roter Mond, der Mann ihrer Freundin. Aiee, sie vermißte die vertrauten Gesichter. Nicht einmal in ihren Träumen erschienen sie mehr. War ihr Volk schon gestorben?

Singende Krähe kehrte in die Hütte zurück. Er hatte sein Gesicht bemalt und trug ein besonderes Amulett um den Hals. Mit der Farbe wirkte sein Gesicht ernster und härter. Er verbeugte sich und sagte: »Es ist soweit, meine Schwester.«

Sie folgte ihm nach draußen und blieb vor der Hütte stehen. Ihre Augen gewöhnten sich nur langsam an das helle Licht. Die Morgensonne stand bereits über den Maisfeldern und warf helles Licht zwischen die Erdhütten. Es war ein friedlicher Morgen, und sie fragte sich in diesem Augenblick, warum ihr Volk und die Shar-ha nicht in Frieden zusammen leben konnten. Das Land war groß genug. Auf der Prärie gab es keine Grenzen, und es gab genug Platz für alle. Sogar für den weißen Mann. Die Büffel kamen zweimal im Jahr, und es würde niemals genug Pfeile geben, um sie alle zu töten. Warum schlossen sie keinen Frieden? Warum mußte immer getötet werden?

Auch sie war eine Kriegerin. Es gab nichts Schöneres, als sich auf der Jagd oder in einem hitzigen Kampf zu beweisen. Sie hatte sich selten so gut gefühlt wie an jenem Tag, als sie die toten Ho-he mit ihrem Bogen berührt hatte. Auch als sie den Shar-ha bei den Felsen getötet hatte, waren ihre Gedanken froh gewesen. Sie waren als Krieger geboren, und Krieger mußten sich im Kampf beweisen. Aber warum mußte ein blutiger Krieg daraus werden, der die Seele eines Volkes vernichtete? Reichte es nicht, wenn man die Pferde des anderen stahl und sich im Zweikampf mit anderen Kriegern maß? Warum mußten Frauen und Kinder unter den Auseinandersetzungen leiden?

Sie trat dem Priester gegenüber. Er wartete vor der großen Medizinhütte auf sie und hielt den Coupstock in der linken Hand. Die Sonne ließ sein strenges und mit weißer Farbe bemaltes Gesicht noch kantiger erscheinen. Er trug seinen schwarzen Umhang und sagte etwas in seiner Sprache. Singende Krähe übersetzte seine Worte in die Zeichensprache:

»Der Tag ist gekommen, die Zeremonie kann beginnen. Tritt vor mich und empfange das Zeichen des Morgensterns.«

Mit dem Priester waren seine Helfer und besonders mutige Krieger seines Volkes gekommen. Sie standen hinter dem heiligen Mann und hingen ehrfürchtig an seinen Lippen. Aiee, dachte sie, dieser Mann ist sehr mächtig. Die anderen Bewohner des Dorfes saßen auf den Kuppeldächern oder drängten sich zwischen den Erdhütten. Es geschah selten, daß Morgenstern nach einem Opfer verlangte, und sie wollten alle dabeisein.

Irgendwo wurden Trommeln geschlagen. Die Schläge hallten durch das Dorf und kündigten den ersten Tag der heiligen Zeremonie an. »Gebt mir die Farbe«, forderte der Priester einen seiner Helfer auf. Einer der jungen Krieger reichte ihm ein Gefäß mit rotem Lehm, und der heilige Mann tauchte einen Finger hinein und malte ein rotes Kreuz auf die Stirn von Büffelfrau. Sie zuckte zusammen, als er sie berührte. »Empfange das Zeichen von Morgenstern«, sagt der Priester. »Trage das Kreuz, das dich mit ihm verbindet und dich zu seiner Frau macht.« Wieder wurden die Trommeln geschlagen, und einige der ausgesuchten Krieger begannen, auf dem festgestampften Boden zu tanzen.

Die Zeremonie dauerte bis zum frühen Abend. Büffelfrau stand im Mittelpunkt der Feierlichkeiten, verstand aber nur wenig von den Worten des Priester, obwohl Singende Krähe sich große Mühe gab, alles in die Zeichensprache zu übersetzen. Die vier Frauen, die sich um ihr leibliches Wohl kümmerten, brachten ihr köstliche Speisen und frisches Wasser, und der Priester lud sie ein, sich auf einen Thron aus Büffelfell zu setzen. Es war seltsam. Die Shar-ha behandelten sie wie eine Prinzessin, und doch hatte sie das Gefühl, vor einem tiefen Abgrund zu stehen.

Am Abend wurde Büffelfrau in ihre Hütte zurückgeführt. Sie setzte sich erschöpft ans Feuer und griff dankbar nach dem Wassergefäß, das Singende Krähe ihr reichte. Er sagte nichts. Er war sehr nachdenklich geworden, und sie spürte, daß sich die Gedanken in seinem Kopf überschlugen. Er dachte angestrengt nach. Er suchte nach einer Lösung. Nach einem Ausweg, wie er Büffelfrau vor ihrem Schicksal retten konnte. Aber er sagte nichts und legte sich wortlos auf die Felle vor dem Ausgang, nachdem er hastig zu Abend gegessen hatte.

Singende Krähe hatte das Feuer verändert. Vier Holzscheite ragten sternförmig in die Flammen: Zeder, Cottonwood, Buche und Weide. So verlangte es das Gesetz. Vier Holzarten und vier Scheite für die vier Richtungen. Vier war die heilige Zahl, denn Morgenstern hatte gegen vier wilde Tiere gekämpft, als er um Abendstern geworben hatte. Vier Tage dauerte die Zeremonie. Vier Kleider trug die ausgesuchte Frau, bis sie vor Morgenstern trat und seine Frau wurde. Vier Sprossen hatte die Holztreppe, die zum allmächtigen Morgenstern und in sein Bett führten.

Der zweite Tag unterschied sich kaum vom ersten. Der Priester und seine Helfer warteten im Morgengrauen auf sie, und es wurde getrommelt, gesungen und getanzt. Sie wurde wie eine Prinzessin behandelt. Sie versuchte, die strengen Gesichter der Krieger zu ergründen, aber keine Regung zeigte ihr, was sie am Morgen des fünften Tages erwarten würde.

Singende Krähe war noch nachdenklicher geworden und schwieg beharrlich, als sie in ihre Hütte zurückkehrten. Er wälzte seine Gedanken hin und her, und sann verzweifelt nach einem Ausweg. Er liebte die erwählte Frau. Er achtete die Gesetze der Götter, aber er konnte nicht zulassen, daß sie mit Morgenstern verheiratet wurde. Es mußte andere Mittel geben, den strengen Gott zu erfreuen. Oder bestand der Priester nur darauf, weil er seine Macht gefährdet sah? Schon vor vielen Wintern, als sie ein Mädchen aus dem eigenen Volk mit Morgenstern verheiratet hatten, war es zu einem Tumult gekommen. Er war damals noch ein Kind gewesen. Ein Krieger hatte sich gegen die Zeremonie gewehrt und am großen Feuer behauptet, es sei der cha-hik-sicha-hiks nicht würdig, die alten Gesetze der Götter zu beachten. Der Priester hatte ihn getötet. Was geschah mit ihm, wenn er sich für die Frau einsetzte?

Büffelfrau störte ihn nicht in seinen Gedanken. Er war ihre letzte Hoffnung, sie durfte ihn nicht drängen. So wollten es die Geister, mit denen sie in ihren Träumen gesprochen hatte. Der Tag wird kommen, hatten sie gesagt, und du wirst gegen den mächtigen Priester der Shar-ha antreten. Vertraue deinen magischen Kräften! Vertraue dem Krieger, der sein Herz an dich verloren hat! Fliehe vor dem roten Stern, der dich mit seinem blutigen Schein verfolgt!

Am dritten Tag sprach Singende Krähe wieder mit ihr. Er erzählte von einem Holzgerüst, das außerhalb des Dorfes errichtet wurde. »Es ist mir verboten, darüber zu sprechen«, sagte er, »aber ich kann nicht länger schweigen. Es ist eine Treppe aus Holz.« Er beschrieb die beiden Holzpfähle, die tief in den Waldboden gerammt und mit Sprossen aus unterschiedlichen Holzarten verbunden waren. »Vier«, erklärte er, »die heilige Zahl. Du wirst die Stufen hinaufsteigen und an eine fünfte Sprosse gebunden werden. Wenn das große Feuer brennt und die Trommeln schlagen, findet die Vereinigung statt.«

»Wie?« fragte sie verzweifelt.

»Du wirst es sehen.«

Der vierte Tag brach an, und sie erduldete die eintönige Zeremonie mit ihren endlos erscheinenden Reden, die sie nicht verstand, weil Singende Krähe längst aufgegeben hatte, für sie zu übersetzen und nur noch seinen Gedanken nachhing. Selbst der Priester war schon auf ihn aufmerksam geworden, nickte aber zufrieden, als der Häuptling ihm antwortete.

Büffelfrau sah die grimmige Entschlossenheit im Gesicht des Priesters und wußte auf einmal, was sie am nächsten Morgen erwartete. Vielleicht hatte sie es schon die ganze Zeit gewußt und nur nicht zugegeben. Sie würde sterben. Nur im Tod konnte sie sich mit dem Morgenstern vereinigen. Nur im Tod wurde sie zur Frau des mächtigen Gottes. Die Shar-ha wollten ihn mit einem Menschenopfer versöhnen, und sie war auserwählt, ihre Feinde vor dem Zorn des Morgensterns zu retten. Wenn sie starb, durften die Shar-ha auf eine glückliche Zukunft hoffen.

Sie wußte es, ließ sich aber nichts anmerken. Höre auf deine Träume, hatte ihr Schutzgeist gesagt, und die Träume verrieten ihr, daß sie noch nicht verloren war. Es gab eine Chance. Wenn Singende Krähe auf ihrer Seite war, konnte sie es schaffen. Sie hatte keine Ahnung, wie sie den Shar-ha entkommen konnte, wenn sie auf Schritt und Tritt bewacht wurde, aber sie vertraute ihrem Schutzgeist und reckte in Gedanken eine Faust zum Himmel.

Ich werde es schaffen, schwor sie sich, ich werde die Shar-ha besiegen und die heiligen Pfeile zurückholen!

29
Feuer

Büffelfrau schlief kaum in dieser Nacht. Sie betete und sang die heiligen Lieder und starrte durch den Rauchabzug zum sternenbedeckten Himmel empor. Dort oben leuchtete der Morgenstern, ein eigensüchtiger Gott der Shar-ha, der sie als Opfer haben wollte. Wenn die Dämmerung kam, würde man sie auf das Holzgerüst treiben und auf grausame Weise töten. Das wußte sie. Nur Maheo konnte sie noch retten, wenn er den Morgenstern vom Himmel vertrieb. Und Singende Krähe, wenn seine Liebe stärker als die Treue zu seinem Volk und die Ehrfurcht vor den schwarzen Priestern war.

Ihr Schutzgeist ließ sie in dieser Nacht allein. Auch Maheo und die anderen Geister schwiegen, und der Adler kreiste weit entfernt über einem See. Es war windstill, das spürte Büffelfrau, obwohl der Rauchabzug sehr klein war und kaum frische Luft nach innen drang. Die Nacht hielt den Atem an.

Sie hörte dumpfe Trommelschläge und die Gesänge einiger Krieger, die zu Ehren des Morgensterns tanzten, und wenn sie in den tunnelartigen Ausgang kroch, sah sie die Umrisse des unruhig schlafenden Singende Krähe. Er lag vor der Hütte auf einem Büffelfell und hatte viel getrunken, damit er durch seine drückende Blase geweckt wurde, bevor der Priester kam.

Der Häuptling der Shar-ha träumte. Er beobachtete, wie der heilige Pfeil des Priesters sich in die Brust der jungen Büffelfrau bohrte, und weinte bittere Tränen. Er erlebte, wie er die junge Frau aus der Umklammerung des Priesters befreite und in seine Hütte trug. Ein Wechselbad der Gefühle, das ihm den Schweiß auf die Stirn trieb und ihn immer wieder aus dem Schlaf holte.

Auch Büffelfrau träumte. Als sie nach den vielen Gebeten vor Erschöpfung auf ihr Fell sank, sah sie seltsame Bilder, die sie an die Worte ihres Schutzgeistes erinnerten. Der Morgenstern mit dem roten Schatten leuchtete unheilvoll an einem dunklen Himmel. Lodernde Flammen schossen aus einem Wald und züngelten an den Bäumen hervor. Sie sah das mit weißer Farbe bemalte Gesicht des Priesters, das im Halbdunkel gespenstisch leuchtete und sich verzerrte, als sie auf das Gerüst stieg. Der Kriegsruf ihres eigenen Volkes erklang, und sie beobachtete, wie der Priester getroffen zu Boden sank, und der Adler sie aus dem Dorf und in die Freiheit führte. In ihren Armen lagen die heiligen Pfeile unversehrt.

Singende Krähe weckte sie, bevor das erste Grau durch den Rauchabzug fiel und den Tag der Entscheidung ankündigte. Sie schreckte aus ihrem Traum und starrte ihn lange an, bevor sie erkannte, daß sie in die Wirklichkeit zurückgekehrt war. Der Häuptling blickte sie ernst an und legte die rechte Hand auf seine Brust, bevor er die ersten Zeichen gab. »Dies ist der Tag, an dem sich alles entscheiden wird«, sagte er. »Noch bevor die Sonne aufgeht, werden der Priester und seine Helfer kommen.«

»Ich werde sterben«, erwiderte sie, »ich weiß es.«

Singende Krähe schüttelte den Kopf. »Dazu wird es nicht kommen. Ich habe lange nachgedacht, und ich habe geträumt. Ich werde die Vereinigung mit dem Morgenstern verhindern.«

»Was willst du tun?«

Er berührte wieder seine Brust und deutete mit der rechten Hand auf sie. »Höre meine Worte, Büffelfrau«, sagte er, »es bleibt uns nicht mehr viel Zeit. Höre mir zu und handele, wenn es soweit ist. Es wird ein großes Feuer geben. Du wirst erleben, wie der Priester stirbt, und du wirst den Kriegsruf deines Volkes hören.« Sie glaubte, ein leichtes Lächeln in seinem Gesicht zu erkennen. »Deine Fesseln werden abfallen. Laufe vor dem Morgenstern davon! Nimm die heiligen Pfeile deines Volkes und kehre in deine Heimat zurück. Deine Ponys stehen hinter der Medizinhütte des Priesters bereit. Reite, Büffelfrau!«

Sie blickte ihn erstaunt an. »Ich verstehe dich nicht, Singende Krähe. Ich denke, du liebst mich. Warum willst du, daß ich zu meinem Volk zurückkehre? Du hast doch selbst gesagt, daß es Frauen meines Volkes in diesem Dorf gibt. Warum tust du das?«

»Du liebst mich nicht«, erkannte er nüchtern. »Ich tadle dich nicht dafür. Die Götter gehen seltsame Wege und wollen nicht, daß wir zusammenleben. Aber ich kann nicht anders handeln. Meine Gefühle für dich sind stärker als der Wille des Priesters, und ich könnte niemals weiter leben, wenn du zu Morgenstern gehst. Ich will, daß du lebst, Büffelfrau, und ich bin bereit, dafür mein Leben zu geben. Hüte dich vor den starken Augen des Priesters und reite zu deinem Volk zurück. So habe ich entschieden.«

Büffelfrau empfand großen Respekt für den Häuptling. Er hatte recht, sie liebte ihn nicht, aber sie fühlte sich zu ihm hingezogen und empfand wie eine Schwester für ihn. »Ich ehre dich«, sagte sie noch einmal, »und ich respektiere deine Gefühle. Zwischen uns soll es keine Feindschaft geben, und auch ich würde mein Leben opfern, um deines zu retten. Ich will deine Schwester sein, Singende Krähe, und wenn ich diesen Tag überlebe, will ich an jedem Feuer von deiner Tapferkeit singen.«

Zwei Frauen erschienen und brachten das schwarze Kleid mit dem roten Stern, das sie bei der Vereinigung tragen sollte. Singende Krähe nickte den Frauen zu und verschwand. Sie ließ sich das Kleid willenlos überstreifen und trank von dem frischen Wasser, das sie ihr mitgebracht hatten. Scheinbar willenlos folgte sie den Frauen nach draußen. Ihre Gestalt straffte sich, als sie den Priester gegenübertrat. Der Traum und die Worte des Häuptlings hatten sie stark gemacht, und sie war bereit, den Kampf gegen die Shar-ha aufzunehmen.

Der xinesi war feierlich gekleidet. Sein schwarzer Umhang war aus feinstem Leder gefertigt und trug das rote Kreuz des Morgensterns. Seine Mokassins waren mit bunten Borsten bestickt. Sein Gesicht trug die weiße Farbe der heiligen Männer, und von seiner hornartigen Skalplocke hingen Federn und Amulette herab. Neben ihm stand ein junger Krieger und hielt ein Bündel in der Hand. Die vier Frauen, die sich während der Vorbereitungszeit um Büffelfrau gekümmert hatten, hatten ihre Gesichter mit roter Farbe bemalt und blickten den Priester ehrfürchtig an. Einige Krieger standen mit Handtrommeln bereit und warteten auf den Befehl des heiligen Mannes.

»Ich grüße dich, auserwählte Frau«, sagte der Priester. »Dies ist der Tag, an dem du dich mit Morgenstern vereinigen wirst. Dir wird eine große Ehre zuteil, meine Tochter.«

Sie spürte den stechenden Blick des Priesters und setzte ihre Kraft dagegen. Er versuchte, mit seinem Blick tief in ihre Seele zu dringen und ihr jeden Willen zu nehmen. Diese Fähigkeit, einem Menschen seine Gedanken aufzuzwingen, wurde von seinem eigenen Volk gefürchtet, und es gab keinen, der seinem Blick je widerstanden hatte. Büffelfrau war stark genug. In ihrem Körper war dieselbe Kraft, die sie vor vielen Wintern empfunden hatte, als sie den Büffelbullen mit ihren Gedanken aufgehalten hatte. Es war die magische Kraft, die von den Geistern kam und jetzt den Priester überwand.

Sie ließ sich ihren Sieg nicht anmerken. Scheinbar willig ging sie mit einigen Kriegern durch das leere Dorf. Singende Krähe war nicht zu sehen. Er wartete irgendwo in der Dunkelheit, um sie vor dem Opfertod zu retten. Dumpfe Trommelschläge und eintöniger Gesang begleitete sie zu dem Holzgerüst, das außerhalb des Dorfes am Waldrand errichtet worden war. Alle Bewohner hatte sich in respektvoller Entfernung versammelt und sahen dem Priester und seiner Gefangenen erwartungsvoll entgegen. Es geschah nicht oft, daß Morgenstern nach einer jungen Frau verlangte, und keiner wollte das Schauspiel versäumen. Ein Feuer brannte neben dem Gerüst und warf unheilvolle Schatten in das vom Tau feuchte Gras.

Der Priester rief etwas, das Büffelfrau nicht verstand, und die Krieger brachten sie zu dem Holzgestell und befahlen ihr, die heilige Treppe zu erklimmen und ihre Hände um die oberste Sprosse zu legen. Sie gehorchte widerwillig. Die Krieger banden sie mit Rohhautschnüren fest und kehrten zum Priester zurück. Sie war dem grausamen Willen des xinesi ausgesetzt, und nur Singende Krähe konnte sie jetzt noch retten. Sie begann, leise ihr Todeslied zu singen. Es schien unmöglich, daß Singende Krähe seinen kühnen Plan in die

Tat umsetzte und sie vor dem tödlichen Pfeil des Priesters rettete. Das ganze Dorf war zusammengekommen, und es mußte sich der Boden vor ihnen auftun und die Shar-ha verschlucken, wenn sie sich aus dieser tödlichen Umklammerung noch befreien wollte.

Die Trommeln verstummten, und der Priester ließ sich das Bündel geben. Er wickelte den heiligen Bogen und den heiligen Pfeil aus, den er in der Medizinhütte mit einem neuen Schaft versehen und neuen Rohhautschnüren umwickelt hatte. Er sprach die Worte, die ihm die Zeremonie für diese heilige Handlung vorschrieb, und spannte den Pfeil auf die Sehne. Büffelfrau hielt den Atem an. Sie mußte stark sein, wenn die Geister ihren Tod wollten, und durfte vor den Shar-ha keine Schwäche zeigen.

Im nahen Wald brach Feuer aus. Die Flammen kamen aus dem Nichts und fraßen sich in das trockene Laub. Ein Brandherd nach dem anderen entstand, und der Kriegsruf der tsis tsis tas schallte durch die Nacht. Die Shar-ha blieben wie versteinert stehen und starrten in die Dunkelheit. Eine Flinte krachte, und die Kugel zerriß die Brust des Priesters und trieb seinen sterbenden Körper in das Feuer. Seine Todesschreie gingen in der wilden Panik unter, die alle Shar-ha ergriffen hatte. Dies war die Rache der Götter! Sie hatten Unrecht getan, und Morgenstern lud seinen ganzen Zorn auf sie ab. Männer, Frauen und Kinder rannten nach allen Seiten davon, und Angstschreie hallten über die Wiese, die das Dorf vom Wald trennte.

Büffelfrau spürte, wie ihre Fesseln zerschnitten wurden. Sie stürzte ins Gras, kam wieder hoch und rannte zum Dorf. Die Shar-ha waren viel zu aufgeregt, um sich ihr in den Weg zu stellen. Sie flohen vor den wütenden Göttern und bemerkten sie nicht einmal.

Es gelang ihr, ungehindert in der Dunkelheit zu verschwinden und sich gegen die kalte Wand einer Erdhütte zu pressen. Ihre Chancen standen gut, das erkannte sie mit wenigen Blicken. Die Shar-ha fürchteten sich vor dem Zorn ihrer Götter und dachten nicht daran, nach ihr zu suchen. Sie blickte sich nach Singende Krähe um, sah ihn aber nicht.

Sie schlich geduckt zur Medizinhütte. Es war niemand in der Nähe. Sie kroch durch den Eingang, sah eine alte Frau beim Feuer sitzen und schlug sie bewußtlos. Das Bündel mit den heiligen Pfeilen hing an der Wand über einem bemalten Büffelschädel. Sie griff danach und preßte es fest gegen ihre Brust. Jetzt wird alles gut, dachte sie, jetzt kann mir nichts mehr geschehen. Die heiligen Pfeile werden mich beschützen. Sie stopfte das Bündel unter ihr Kleid, griff nach ihrem Bogen und dem Köcher mit den Pfeilen und kroch in die Nacht zurück.

Ein Krieger stellte sich ihr entgegen. Es war Langes Haar, der die List seines Häuptlings als erster durchschaut hatte und wußte, woher das Feuer und der Kriegsruf gekommen waren. Er hatte schon an ihrem ersten gemeinsamen Lagerfeuer gefühlt, daß Singende Krähe etwas für die Halsabschneiderin empfand. Aiee, er war ein tapferer Krieger, aber diese Frau hatte ihn verzaubert und ihm ihre magischen Kräfte aufgezwungen. Sie hatte ihn dazu gebracht, sich gegen die Götter und den Priester des Morgensterns zu stellen. Er mußte sie töten, wenn die Shar-ha überleben wollten. Er hob die Flinte und drückte ab.

Büffelfrau spürte, wie die Kugel ihr Kleid an der Hüfte aufriß und dann in die Hüttenwand fuhr. Sie stolperte und kroch in der Dunkelheit davon. Langes Haar folgte ihr. Ihre Ponys standen hinter der Medizinhütte, wie Singende Krähe versprochen hatte. Ein Wassersack hing über der Schulter von Sturmwind. Sie sprang mit letzter Kraft in den Sattel und entging einer zweiten Kugel ihres Verfolgers nur, weil das Pony vor dem Feuerschein scheute und einen verzweifelten Satz nach vorn machte. »Houp! Houp!« trieb sie Sturmwind an. »Reite, mein Bruder, reite!«

Sie galoppierte über das Maisfeld nach Norden. Ihr zweites Pony blieb zurück. Die Wunde schmerzte stark, und sie verlor Blut, aber sie durfte nicht absteigen. Hinter ihr waren bereits wütende Schreie zu hören. Die Shar-ha hatten sich schneller von ihrer Panik erholt, als sie gehofft hatte. Aiee, sie mußte sich beeilen. Sie preschte auf den Wald zu und sah einen einsamen Krieger im Morgengrauen stehen. »Singende Krähe!« erkannte sie den Häuptling. »Du lebst!« Sie zügelte ihr Pony und verzog das Gesicht, als stechender Schmerz in ihrem Körper tobte.

»Die Götter waren auf unserer Seite!« signalisierte er. »Du bist frei! Reite zu deinem Volk zurück, meine Schwester!«

»Eni-to-eme!« sagte sie laut. Sie reichte ihm die Hand und drückte sie fest. Der Schmerz wurde stärker.

»Du bist verletzt!« erschrak er.

»Nicht schlimm«, bedeutete sie ihm.

Sie wiederholte das Zeichen der Ehrerbietung und feuerte ihr Pony an. Der Schmerz wurde unerträglich, als das Tier über ein Hindernis sprang und über die holprige Wiese galoppierte, aber sie erreichte sicher den Waldrand. Dort blickte sie sich noch einmal um. Sie beobachtete entsetzt, wie Langes Haar über die Wiese ritt und Singende Krähe mit einem gezielten Schuß niederstreckte. Der Häuptling griff sich an die Brust und starb, während Langes Haar die Flinte lud und sich an die Verfolgung von Büffelfrau mache. Er war allein, aber sie wußte natürlich, daß ihm bald andere Krieger folgen würden.

Büffelfrau ritt um ihr Leben. Sie trieb Sturmwind durch den dichten Laubwald und erreichte einen Hohlweg, der in ein weites Tal mündete. Sie galoppierte, bis sie erneut einen Wald erreichte und den Blicken ihres Verfolgers entschwand. In einem leichten Trab durchquerte sie den Wald. Die ersten Strahlen der Sonne fielen durch das Laub und warfen helle Flecken auf den weichen Boden. Die Spuren ihres Ponys waren deutlich zu sehen, aber sie fühlte das Bündel mit den heiligen Pfeilen an ihrer Brust und hatte keine Angst.

Am Waldrand zügelte sie ihr Pferd. Sie stieg ab, hielt sich einen Augenblick am Sattel fest, um nicht ohnmächtig zu werden, und pflückte einige Kräuter. Sie zerkaute sie mit etwas Wasser und preßte sie auf die Wunde. Die Kugel hatte nur das Fleisch zerfetzt, aber sie verlor Blut und würde sterben, wenn es ihr nicht gelang, den Blutfluß aufzuhalten. Sie riß einen Streifen von ihrem schwarzen Kleid und band ihn um ihre Hüfte. Mit der feuchten Hand rieb sie das rote Kreuz von ihrer Stirn. Sie bestieg ihr Pony und ritt langsam weiter. Es kam nicht darauf an, möglichst schnell zu reiten. Wenn sie Langes Haar entkommen wollte, mußte sie den richtigen Weg wählen.

Sie lenkte ihr Pony in den schmalen Fluß, der durch das Tal floß, und ritt nach Nordwesten. Der Fluß war an den Ufern nicht einmal knöcheltief, und sie kam rasch voran. Die starke Strömung verwischte ihre Spuren. Sie folgte dem Flußlauf in ein Labyrinth von grauen Felsen ritt über einen steinernen Pfad der Sonne entgegen und fand eine Einbuchtung, die sich wie eine Höhle in die Felsen gegraben hatte. Sie stieg vorsichtig vom Pferd und duckte sich hinter die brusthohe Felswand.

Tief unten im Tal ritt Langes Haar. Er war immer noch allein und zügelte sein Pony am Flußufer. Er stieg ab, lief am Ufer entlang und suchte vergeblich nach Spuren. Sein Fluch war bis in die Felsen zu hören. Er wußte, daß er Büffelfrau verloren hatte und es lange Zeit dauern würde, bis er ihre Spur wiederfand. Allein hatte er kaum eine Chance. Sie konnte in den Felsen geritten sein, sie konnte weiter dem Fluß gefolgt oder in den östlichen Wäldern verschwunden sein. Büffelfrau hörte wieder einen lauten Fluch und beobachtete zufrieden, wie er sein Pony wendete und zurück ritt.

Sie hatte es geschafft. Die heiligen Pfeile hatten ihr die Kraft gegeben, ihrem Verfolger zu entkommen. Sie sprach ein leises Gebet, trank einen Schluck Wasser und zog sich wieder in den Sattel. Die Kräuter hatten den Blutfluß aufgehalten und die Schmerzen gelindert, aber sie war schwach und brauchte dringend Ruhe und etwas zu essen. Sie ritt weiter, durch die Felsen und über die offene Prärie, am Ufer eines Sees entlang, bis die Sonne im Westen versank. Im Schutz eines Wäldchens stieg sie aus dem Sattel. Sie war müde und konnte sich kaum noch auf den Beinen halten. Seufzend ließ sie sich zu Boden gleiten. Ihre Hände umklammerten das heilige Bündel unter ihrem Kleid, als sie das Bewußtsein verlor.

30

Weiße Jäger

Büffelfrau roch den weißen Mann, bevor sie ihn sah. Er stank nach schlechtem Tabak und altem Schweiß, und ihr wurde beinahe übel, als sie seinen Atem spürte. Da war etwas, das sie noch nie gerochen hatte. Als sie die Augen öffnete, erkannte sie ein faltiges Gesicht mit weißen Haaren um den Mund und buschigen Augenbrauen. Der Schädel des Mannes war kahl und wies zahlreiche Narben auf. Zwischen den wulstigen Lippen glänzten zwei gelbe Stummelzähne. Sie glaubte an einen bösen Traum und schloß schnell die Augen, aber der Gestank war zu stark und bewahrte sie vor einer neuen Ohnmacht.

»He, Jean«, rief Zeb Pitchard mit seiner heiseren Fistelstimme. Er war ein hochgewachsener Mann mit hervorstehenden Knochen, die von seiner speckigen Lederkleidung nur mühsam verborgen wurden. »Die verdammte Kleine kommt zu sich!«

»Mon dieu! Ich dachte, sie wäre tot?«

»Sah nur so aus, Mann.«

Jean Baptiste ließ die Truthahnkeule sinken und trat neben seinen Kumpan. Er war gut einen Meter kleiner als der andere Mann und trug schmutzige Wildlederhosen, einen grauen Pullover und hohe Mokassins, die unter den Knien geschnürt waren. Sein schwarzes Lockenhaar wurde von einem roten Stirnband gebändigt. »Hübsches Ding«, sagte er, »hat ordentlich was dran. Wenn ich's mir recht überlege, wird's langsam Zeit, daß ich mir eine neue Frau suche. Ist verdammt einsam in den Bergen, seit Hirschkuh das Zeitliche gesegnet hat.«

»Die hier ist noch keine zwanzig, Mann! Seit wann treibst du's mit Kindern, Franzose?«

»Indianer heiraten früh, das weißt du doch. Hirschkuh war zwölf oder dreizehn, als sie sich den ersten Krieger ins Tipi holte. Die wissen mehr über solche Sachen als wir. Als sie von dem Bären angefallen wurde, war sie gerade mal zwanzig.«

»Hirschkuh war eine Blackfeet.«

»Na und?«

»Die sind anders.«

»Unsinn, Indianer sind alle gleich.« Er blickte auf Büffelfrau hinab, die ihre Augen wieder geschlossen hatte und den beiden zuhörte, ohne ihre Worte zu verstehen. »Hm, komischer Stamm, zu dem die hier gehört. So ein Kleid hab' ich noch nie gesehen. Was ist das für'n rotes Kreuz?«

»Irgendein Hokuspokus«, antwortete Zeb. »Hat dem obersten Häuptling einen Sohn geboren oder so'n Scheiß. Was weiß ich denn?« Er kniete nieder und berührte sie wie ein totes Tier, das sich in seiner Falle verfangen hat. »Die gestreiften Leggins, hm, könnte eine Sioux oder Cheyenne sein.«

»Die leben weiter westlich.«

»Hat sich eben verirrt!«

Jean kramte eine Maiskolbenpfeife aus seiner Jackentasche und stopfte sie mit einer Hand. »Sollen wir eine Schleppe bauen, oder willst du warten, bis sie gesund ist?«

»Die kann reiten.«

»Sie hat viel Blut verloren.«

»Ach, was«, erwiderte Zeb, »diese verdammten Rothäute sind zäh. Die sind zäher als wir, wenn du mich fragst.« Er schneuzte sich mit zwei Fingern und schüttelte sich wie ein nasser Hund. »Verdammter Schnupfen, krieg' ich jedes Frühjahr. So ein Mist. Liegt bestimmt an dieser beschissenen Gegend!«

»Hat dich kein Mensch gezwungen, hier rauszukommen.«

»Soll ich in St. Louis bleiben, eh?« Zeb rieb sich mit der flachen Hand über die Glatze und verzog das Gesicht. »Soll ich nach Boston gehen? Mann, in St. Louis wimmelt es von Menschen. Ein verdammter Ameisenhaufen ist das.«

»Aber niemand hat Schnupfen.«

Zeb verstand den Humor seines französischen Freundes nicht. »Die sterben an was anderem. Cholera oder Typhus oder so'n Zeug. Was machen wir jetzt mit der verdammten Kleinen?«

»Wir fragen sie aus«, sagte der Franzose ruhig. »Ich möchte wissen, woher sie die Schußwunde hat. Ich habe keine Lust, in einen Haufen wilder Crows zu laufen.«

»Und wie willst du mit ihr reden, hm?«

»Ich kann ein bißchen Zeichensprache.«

Büffelfrau spürte, wie der kahlköpfige Mann gegen ihre Füße trat. Sie öffnete die Augen. Er sagte etwas, das sie nicht verstand, und deutete auf den jüngeren Mann mit dem roten Stirnband. Auch er hatte diesen seltsamen Geruch an sich, aber er lächelte freundlich, und jetzt versuchte er sogar, sich mit ihr zu unterhalten. Aiee, er beherrschte die Zeichensprache. Nicht sehr gut, aber so, daß sie den Sinn seiner Worte verstand.

»Wir sind Jäger«, sagte er. »Das ist Zeb, und ich bin Jean. Jean«, wiederholte er, als sie nicht verstand. »Wir jagen Pelztiere, oben in den Bergen, im Land der Blackfeet. Wer bist du?«

»Ich bin Büffelfrau, die heilige Frau der tsis tsis tas.«

Der Trapper wiederholte das Zeichen für ihr Volk und blickte sie fragend an. »Du bist eine Cheyenne? Dein Volk lebt im Westen, weit entfernt von hier. Was tust du hier?«

Büffelfrau wußte nicht, ob sie den Männern trauen konnte. Alle weißen Männer sind unsere Feinde, das hatten die Häuptlinge schon vor langer Zeit gesagt. Der Mann, der mit ihr sprach, benahm sich wie ein Freund, aber dem Kahlkopf traute sie nicht. Er würde sie töten, wenn sie ihm lästig war. Sie bewegte sich und spürte den festen Verband an ihrer Hüfte. »Unsere Feinde haben mich angeschossen«, sagte sie.

»Welche Feinde? Crows?«

»Feinde«, wiederholte sie ruhig. Wenn die weißen Männer mit den Shar-ha verbündet waren, brauchten sie nicht mehr zu wissen. »Habt ihr mich verbunden?«

»Das war ich«, sagte der Mann mit dem Stirnband. Er zog an der Maiskolbenpfeife und blickte sie nachdenklich an. Diese Indianerin war eine besondere Frau, das spürte er ganz deutlich. Hatte sie nicht gesagt, sie sei eine heilige Frau? Er paffte wieder. »Sind die Feinde noch in der Nähe?« fragte er.

»Ich glaube nicht«, antwortete sie.

Zeb griff fluchend nach seiner Büchse und schob Erde in das heruntergebrannte Feuer. »Was soll dieser Scheiß?« unterbrach er die beiden ungeduldig. Er war zu träge gewesen, die Zeichensprache der Indianer zu lernen und war wütend, weil er nichts verstand. »Willst du ein verdammtes Palaver abhalten?«

Jean erklärte seinem Partner, was die Indianerin gesagt hatte. »Wir können sie nicht hierlassen«, fügte er hinzu, »sie hat zuviel Blut verloren. Sie braucht Ruhe. Wir nehmen sie mit.«

»Ins Camp?«

»Wohin denn sonst?«

»Sie ist eine Cheyenne, verdammt! Mit denen haben wir noch nie Handel getrieben. Was ist, wenn sie uns verrät und mit einer Horde wilder Krieger zurückkommt?«

»Wir werden die Pfeife mit ihr rauchen.«

»Und das soll helfen?« Zeb lachte laut.

Der Franzose wandte sich wieder an die Indianerin. »Wir sind deine Freunde«, signalisierte er, »wir nehmen dich in unser Dorf mit und pflegen dich gesund.«

»Ich muß nach Hause«, widersprach Büffelfrau.

Sie traute den weißen Männern noch immer nicht und wäre sie am liebsten losgeworden. »Ich kann reiten.«

»Du bist zu schwach.«

»Laß sie doch, wenn sie will!« schaltete Zeb sich ein. »Wenn's nach mir gegangen wäre, hätten wir sie erschossen, und es hätte das verdammte Problem gar nicht gegeben.«

»Wir nehmen sie mit.«

Zeb lachte meckernd. »Du willst sie heiraten, hm? Du willst das verdammte Miststück in deine Blockhütte schleppen! Ihr Franzosen seid schon eine komische Rasse! Wenn ihr zwei Tage keine Frau im Bett habt, dreht ihr durch.«

»In meiner Hütte ist es kalt«, antwortete der Franzose, »und ich hab' keine Lust, dauernd aufzustehen und neues

Holz ins Feuer zu werfen. Ich brauche eine Wärmflasche, mon dieu.«

Wieder entging Zeb der feine Zynismus seines Partners. Er brummte einen Fluch und ging zu seinem Pferd. »Dann nimm sie meinetwegen mit. Aber du kümmerst dich um sie, hast du gehört? Und glaub' ja nicht, daß ich dir helfe, wenn dieser verdammte Bloody sich die Kleine schnappt. Der macht vor keinem Weiberrock halt, der ist noch schlimmer als du.«

»Joshua ist auch noch da.«

»Josh ist ein Einzelgänger.«

»Du kommst mit«, sagte Jean zu der Indianerin.

Büffelfrau blieb nichts anderes übrig, als sich zu fügen. Vorerst. Unterwegs würde sie fliehen und zu ihrem Volk zurückreiten. Sie ging zu ihrem Pony und zog sich in den Sattel. Die Schmerzen hatten nachgelassen, aber der weiße Mann mit dem Stirnband hatte recht, sie war schwach und brauchte Ruhe. Sie spürte den Bogen und den Köcher auf ihrem Rücken und lächelte. Die weißen Männer waren arglos und ließen ihr sogar den Bogen und die Pfeile. Hatten sie keine Angst vor ihr, weil sie eine Frau war? Weil sie krank und schwach war? Oder war der Mann mit dem Stirnband ihr wirklich freundlich gesonnen?

Sie drückte das Bündel mit den heiligen Pfeilen an ihre Brust und fühlte die magische Kraft. Die Geister waren wieder mit den Hügelleuten im Bunde. Ihr konnte nichts geschehen, wenn sie den Gesetzen ihres Volkes folgte. Sie hofft, daß ihr Vater und die anderen Krieger in ihren Träumen davon erfahren hatten, und freute sich auf den Augenblick, wenn sie mit den heiligen Pfeilen in ihr Dorf ritt. Aiee, noch war dieser Tag nicht gekommen, aber sie freute sich schon jetzt. Daran konnten nicht einmal die beiden Männer etwas ändern, die vor ihr aus dem Wäldchen ritten und kaum noch Notiz von ihr nahmen.

Es wäre leicht, sie mit zwei Pfeilen von ihren Pferden zu schießen. Die Krieger der tsis tsis tas würden ihr zujubeln, wenn sie mit den Skalpen der weißen Männer im Dorf auftauchte. Aber die Geister wollten es nicht. Der Adler, der ein

Abgesandter ihres Schutzgeistes war, kreiste über ihr und flog in dieselbe Richtung wie die weißen Männer. Er wollte, daß sie mit den Jägern ritt. Wartete im Dorf der weiße Mann mit den blauen Augen auf sie? Der geheimnisvolle Mann, der in ihren Träumen wiedergekehrt war? So mußte es sein, sonst wäre der Adler nicht am Himmel gewesen, oder er hätte sie in eine andere Richtung geführt.

Sie ritten den ganzen Tag nach Nordwesten und lagerten zwischen einigen Felsen. Der Mann mit dem kahlen Kopf zündete ein viel zu großes Feuer an und stellte einen Becher mit einem dampfenden Getränk vor sie. Es war kein Tee und auch kein heißes Wasser. Eher eine schwarze Brühe, die bitter auf ihrer Zunge lag und ihr überhaupt nicht schmeckte. »Warte«, sagte Jean lachend, als er die Miene der Indianerin sah. Er holte eine Handvoll weißes Pulver aus einem Sack und schüttete es in die dunkle Brühe. »So schmeckt es besser«, sagte er.

Büffelfrau kostete vorsichtig und war angenehm überrascht. Das weiße Pulver war noch süßer als der Honig, mit dem ihr Volk den Kräutertee süßte. »Das schmeckt gut«, sagte sie.

»Mit Zucker fängt man Mäuse!« lästerte Zeb.

»Ich dachte, das war Speck.«

Sie brieten die Reste des Truthahns, den sie am vergangenen Tag erlegt hatten und boten ihr das weiße Brustfleisch an. Sie nahm dankend an. Es ging ihr schon viel besser, obwohl der Ritt sehr anstrengend gewesen war, und sie die Müdigkeit tief in ihren Knochen spürte. Sie ging früh schlafen und war froh, daß die weißen Männer sie nicht belästigten.

Zeb lachte wieder. »Die mag dich«, sagte er, »die verdammte Kleine hat einen Narren an dir gefressen, sonst wäre sie längst abgehauen. Liegt bestimmt an meinem Kaffee.«

»Und an meinem Zucker.«

Sie wechselten sich mit der Wache ab und stiegen mit den ersten Sonnenstrahlen auf die Pferde. Büffelfrau folgte ihnen willig. Sie hatte im Traum die blauen Augen gesehen und war jetzt ganz sicher, daß am Ende des Weges der geheimnisvolle weiße Mann wartete. Ihr werdet dieselbe Luft atmen, hatte ihr Schutzgeist gesagt. Es war alles vorbestimmt.

Sie erreichten das Dorf am frühen Abend. Die Blockhütten standen zwischen einigen Bäumen verborgen und waren von einem mannshohen Palisadenzaun umgeben. Aus einigen Schornsteinen kräuselte Rauch. Auf dem Plankengang neben dem großen Eingangstor stand ein rothaariger Riese und bekam große Augen, als er die Indianerin entdeckte. »He«, rief er mit seiner dröhnenden Baßstimme, »ich will verdammt sein, wenn das keine Indianerbraut ist!« Er lachte schallend. »Wird höchste Zeit, daß ich mal wieder was vor die Flinte bekomme!«

»Da hast du's!« sagte Zeb zu dem Franzosen. »Bloody reißt dir die Kleine aus den Armen, darauf kannst du dich verlassen! Du hast keine Chance gegen den verdammten Riesen!«

»Er wird mich schon nicht umbringen.«

Zeb war anderer Meinung, sagte aber nichts. Er war ein Mann, der Kummer aus dem Weg ging, und war immer gut damit gefahren. Frauen bedeuteten Ärger. Das wußte er seit jenem denkwürdigen Tag, als er die Tochter eines entfernten Onkels geschwängert hatte und gerade noch rechtzeitig nach Westen entkommen war. Mit Weibern hatte er nichts im Sinn.

Büffelfrau unterdrückte nur mühsam ihr Erstaunen. Diese weißen Männer bauten feste Dörfer, das mußte sie zugeben. Der Zaun schützte sie vor Angreifern, und die Hütten machten einen noch sichereren Eindruck als die Behausungen der Shar-ha. Als sie sich dem Dorf näherten, entdeckte sie sogar Löcher in den Wänden, die frische Luft hereinließen. Die hatte es bei den Shar-ha nicht gegeben. Vor einer Hütte stand ein rollendes Tipi und wurde von zwei jungen Männern mit Pelzen beladen.

Bloody Leggins kam ihnen durch das offene Tor entgegen und baute sich breitbeinig vor ihnen auf, die Hawken Rifle lässig in der Armbeuge. Er hatte das blasseste Gesicht, das Büffelfrau jemals gesehen hatte, und seine Haare waren so rot wie Feuer und wucherten wie wilde Kräuter unter seiner Wollmütze hervor. Auch er trug speckige Wildlederkleidung. Er bekam rote Flecken im Gesicht, als er Büffelfrau anschaute, und seine grünen Augen blitzten gierig. »Komm her!« sagte er zu ihr. Er unterstrich mit einer Handbewegung, was er meinte.

Büffelfrau spürte die Gefahr, die von dem rothaarigen Mann ausging, und überlegte, welche Chance sie gegen ihn besaß. Wenn sie ihn töten wollte, mußte sie schnell sein. Alles mußte in einer fließenden Bewegung geschehen, der Griff nach dem Pfeil, der schrille Kriegsruf, der ihr Pony aus seiner Schußrichtung brachte, und das Spannen der Sehne, die den tödlichen Pfeil in seine Brust oder in seinen Hals jagen würde.

Bloody richtete seine Flinte auf sie. »Steig ab und komm her!« befahl er, und wieder verdeutlichte er seine Worte durch eine heftige Handbewegung. »Ab heute bist du meine Frau!«

»Laß den Scheiß!« versuchte Jean, ihn zu beruhigen.

»Dich hab' ich nicht gefragt«, erwiderte Bloody barsch. Er ging ein paar Schritte auf die Indianerin zu und freute sich schon jetzt auf den Augenblick, wenn sie hilflos unter seinem schweren Körper zappelte. Ha, er würde es dem verdammten Indianerweib ordentlich besorgen, und wenn er genug von ihr hatte, würde er sie an den nächsten Händler verkaufen.

Büffelfrau wußte, daß sie zu lange gewartet hatte. Sie mußte dem rothaarigen Mann gehorchen, wenn sie nicht sterben wollte. Widerwillig stieg sie aus dem Sattel. Sie empfand eine tiefe Abscheu gegenüber dem blassen Mann und schwor, ihn bei nächster Gelegenheit zu töten. Der rote Skalp würde an einer Stange vor ihrem Tipi hängen und jedem verraten, daß sie den blassen Mann mit den roten Haaren getötet hatte.

Der Mann wollte nach ihr greifen, ließ die Büchse sinken und streckte die freie Hand nach ihr aus, als ein scharfer Befehl aus dem Dorf drang und ihn erstarren ließ.

»Rühr sie nicht an!« rief der Mann mit den blauen Augen, den sie in ihren Träumen gesehen hatte. »Das ist eine Cheyenne! Oder willst du den ganzen Stamm auf uns hetzen?«

»Was geht dich das an?«

»Ihr habt mich zum Anführer gewählt.«

»Dann wählen wir dich eben wieder ab.«

»Laß sie in Ruhe und geh auf deinen Posten! Wenn ich dich bei dem Mädchen sehe, knalle ich dich ab, verstanden?«

Der Mann mit den roten Haaren verzog sich fluchend und kehrte auf den Palisadengang zurück. Büffelfrau blickte ihm nicht nach und beobachtete erstaunt, wie der Mann aus ihren Träumen eine Hand zum Gruß hob und die Zeichen der Prärievölker benutzte.

»Du bist gekommen«, sagte er.

31

Blaue Augen

Joshua Freeman war dreißig Jahre alt. Er war ein hagerer Mann mit einem wettergegerbten Gesicht, das zur Hälfte von einem dunklen Bart bedeckt war. Seine Haare hingen wie bei einem Indianer bis auf die Schultern hinab. Sie wurden von einer Kappe aus Wolfsfell zusammengehalten, die schräg auf seinem Kopf saß und ihm ein verwegenes Aussehen gab. Von allen weißen Jägern sieht er einem Mann meines Volkes am ähnlichsten, dachte Büffelfrau. Seine Kleidung war aus Wildleder, die Mokassins waren mit Stachelschweinborsten bestickt, und seine Haut war in der Sonne dunkel geworden. Fremd waren nur seine blauen Augen. Sie waren so blau wie der weite Himmel und die klaren Bergseen ihrer Heimat und erinnerten an die geheimnisvollen Träume, die sie seit einigen Wintern erlebte. Ihr werdet dieselbe Luft atmen, hatte ihr Schutzgeist gesagt. Sie griff nach seiner Hand und folgte ihm.

Bloody schwang drohend eine Faust. »Willst die rote Schlampe wohl für dich behalten!« schimpfte er. »So haben wir nicht gewettet!« Er hob seine Büchse, aber Jean hielt ihn zurück und schüttelte den Kopf. Er hatte erkannt, daß zwischen Josh und der Indianerin etwas Besonderes war, und verspürte keine Lust, sich mit dem langhaarigen Mann anzulegen. Es führte zu nichts, wenn sie einen Krieg anfingen. »Laß sie doch«, beruhigte er den wütenden Jäger, »sie wird ihm ordentlich das Gesicht zerkratzen. Morgen ist sie weich, und wir haben ein leichtes Spiel.«

»Hast du auch wieder recht«, sagte der rothaarige Trapper und ließ die Büchse sinken. »Laß uns lieber einen trinken, damit wir es dem Weib morgen richtig besorgen können!« Er stapfte wie ein Bär auf den Laden zu, in dem auch Whisky und Rum ausgeschenkt und gegen Pelze oder Gold verkauft wurden.

»Endlich mal eine gute Idee«, meine Zeb und folgte dem

Iren in das Blockhaus. »Kommst du mit, Jean? Der Whisky reicht nur noch für eine Nacht, und Brandy gibt's hier draußen nicht.«

»Der Händler wollte welchen mitbringen.«

»Tinker will viel.«

»Er hat's versprochen. Ist er nicht bald fällig?«

»Müßte in ein paar Tagen kommen«, bestätigte Zeb, »wenn er nicht bei dieser Hure in St. Louis hängengeblieben ist. Du weißt schon, die Rothaarige, von der er immer erzählt.«

»Tinker? Der kriegt doch keinen mehr hoch!«

»Hast du 'ne Ahnung.«

Sie verschwanden in dem Blockhaus und ließen ihre Krüge mit Whisky füllen. Ein spindeldürrer Engländer führte den Laden. Er war bei einer Handelsgesellschaft in St. Louis angestellt, die mit freien Trappern zusammenarbeitete und mit friedlichen Indianern Handel trieb. In einer vertraulichen Mitteilung, die der Engländer bei seinem letzten Besuch in St. Louis erhalten hatte, stand zu lesen, daß die Handelsgesellschaft innerhalb der nächsten drei Jahre die Rocky Mountains mit ihren Niederlassungen erreicht haben wollte.

Das wußte auch Joshua, der die Indianerin in das leerstehende Blockhaus führte, das sie erst vor einigen Tagen gebaut hatten. Die Stämme rochen nach frischem Harz, und die beiden Stockbetten im Schlafraum waren noch unbenutzt. Er griff nach einem Bärenfell, das neben dem Kanonenofen lag, und breitete es auf einem der unteren Betten aus. »Leg dich hin«, sagte er zu ihr, »du brauchst Ruhe. Du bist verletzt.«

»Es ist nicht schlimm«, erwiderte sie.

Joshua griff nach ihrer linken Hand und ließ sie erst los, als sie sich auf das Bett gesetzt hatte. »Leg dich hin«, wiederholte er. »Ich verbinde deine Wunde und koche dir was zu essen.«

»Warum tust du das?«

»Ich muß es tun.«

»Warum?«

»Ich weiß es nicht.« Er wußte es tatsächlich nicht. Seitdem er sie zum ersten Mal gesehen hatte, war sie ihm nicht mehr aus dem Sinn gegangen. Er hatte sie in seinen Träumen gesehen, er hatte ihre Seele und ihre Nähe gespürt. Ihre sanften Augen, ihre schlanke Gestalt. Er hatte ihre Stimme gehört, die wie ein leises Liebeslied über die Prärie geklungen war. Seinen Kumpanen hatte er nie davon erzählt. Sie hätten ihn nur ausgelacht und ihre derben Scherze mit ihm getrieben. Er erinnerte sich an ihren grimmigen Gesichtsausdruck, als sie die Assiniboins getötet hatte. Ihren verwunderten und beinahe zärtlichen Blick, als sie ihn über den Fluß hinweg angesehen hatte. Sie waren sich nahe gewesen, und er hatte gewußt, daß sie sich irgendwann und irgendwo begegnen würden.

Joshua war kein religiöser Mensch. Er war selten zur Kirche gegangen und hatte nie viel von Predigern gehalten. Er glaubte an Gott, an eine unerklärliche Macht, die alle lebendigen Dinge geschaffen hatte, aber seine Kirche waren die weiten Ebenen und die einsamen Täler der Rocky Mountains. Wenn er allein in den Bergen war, sprach er mit den Felsen, den Bäumen und den Sternen, und von ihnen hatte er erfahren, daß er die Indianerin wiedertreffen würde. Es gab keinen Schutzgeist, der mit ihm sprach. Aber es gab unerklärliche Sehnsüchte und Träume, die ihm in der Einsamkeit dieses Landes besonders deutlich wurden.

»Du bist kein Ve-ho«, erkannte sie, »du bist ein Mann meines Volkes. Ich sehe es in deinen Augen. Du glaubst an unsere Geister. Du hast dieselben Träume, weißer Mann.«

»Ich heiße Joshua«, sagte er.

»Jo-shu-a«, wiederholte sie langsam. »Jo-shu-a.« Die weißen Männer benutzten eine seltsame Sprache. Sie lächelte. »Ich werde dich ›Blaue Augen‹ nennen.« Sie deutete auf seine Augen und sagte den Namen in ihrer Sprache.

»Wie heißt du?« fragte er.

»Büffelfrau«, antwortete sie, »ich bin Büffelfrau, die heilige Frau der tsis tsis tas. Ich gehöre zu den Hügelleuten.«

Er verstand das Zeichen für ›Cheyenne‹ und nahm an, daß die Hügelleute ein eigenständiger Stamm dieses Volkes waren. Er wußte nicht viel über die Indianer. Im letzten Sommer hatte er einige Sioux getroffen und war mit ihnen in ihr Dorf geritten. Sie hatten ihn freundlich empfangen. Er hatte die besten Stücke einer Antilope bekommen und hatte mit ihnen getanzt und gesungen. Ein junges Mädchen hatte ihm die Zeichensprache beigebracht. Später war er unbeschadet wieder aus dem Dorf geritten. Von anderen Pelztierjägern hatte er gehört, daß die Sioux besonders wild und kriegerisch waren und jeden Weißen sofort töteten. Das mochte stimmen, wenn man sie nicht verstand und die Krieger gegen sich aufbrachte. Josh hatte sie als liebenswerte Freunde kennengelernt, die sogar über seine Geschichten gelacht hatten, die er mit einfachen Zeichen am großen Feuer erzählt hatte.

Mit den Blackfeet hatte er weniger Glück gehabt. Als er seine Fallen untersucht hatte, war er in drei junge Krieger gelaufen, die ihm am Ufer eines Sees aufgelauert hatten. Er hatte versucht, mit ihnen zu reden, hatte die Zeichen benutzt, die er bei den Sioux gelernt hatte, aber sie hatten sofort angegriffen. Er hatte sie mit einem gezielten Schuß aus seiner Hawken Rifle und zwei wuchtigen Axthieben getötet. Später hatte er sie nach indianischer Art in den Bäumen begraben. Er respektierte die Indianer. Sie mochten Wilde sein und irgendwelchen Unsinn glauben, aber er fühlte sich ihnen verwandt und er hatte sich selten so gut gefühlt wie bei den Sioux.

»Ich nenne dich bei deinem Namen«, sagte er zu Büffelfrau. Er half ihr, sich auf das Bett zu legen, und hielt ihre Hand länger als notwendig. Es war eine schwielige Hand, die viel gearbeitet haben mußte, aber sie strahlte Wärme aus.

»Ha-ho«, sagte Büffelfrau. Sie legte sich auf das Fell und entspannte sich. Der weiße Mann mit den blauen Augen hatte recht. Sie hatte viel Blut verloren und brauchte Ruhe. Eine Nacht in dieser Hütte, etwas Warmes zu essen, dann war sie wieder bei Kräften. Sie beobachtete, wie Blaue Augen in den angrenzenden Raum ging, und blickte sich neugierig in der Hütte um. Vieles war wie bei den Shar-ha. Die festen Wände, die bequemen Schlaflager, der festgestampfte Boden. Sonst aber war alles anders. Die Öffnungen in den Wänden, der feste Behälter, in dem das Feuer geschürt wurde, das Brett mit den Holzbeinen, auf dem eine Schüssel und zahlreiche Trinkgefäße standen, die Sitzgelegenheiten aus Holz und die weiße Stangen, die an der Spitze brannten und trübes Licht verbreiteten.

Blaue Augen stand vor dem schwarzen Behälter, in dem das Feuer brannte, und rührte in einem Topf. Er nahm einen Kessel von der heißen Platte und schenkte einen Becher voll. »Trink das«, sagte er in seiner Sprache, »hab' ich selbst gebraut.«

Sie griff zögernd nach dem Becher und trank vorsichtig von der heißen Flüssigkeit. Kräutertee, stellte sie erleichtert fest, nur besser und süßer, als sie ihn gewohnt war. Er verbreitete angenehme Wärme in ihrem Körper. Sie trank den Becher leer und stellte ihn auf den Boden. Blaue Augen hatte inzwischen einen Verband und eine Dose mit übelriechender Salbe aus einer Tasche gekramt und kniete neben ihr nieder. Er legte beides auf das Bett und bedeutete ihr: »Ich verbinde deine Wunde. Das ist ...« Es gab kein Zeichen für Salbe, und er überlegte eine Weile. »... Brei, der macht dich wieder gesund.«

»Brei?«

»Medizin«, fand er ein besseres Zeichen. Er griff nach einer Schere und lächelte, als sie ängstlich zurückzuckte. »Schere«, sagte er in seiner Sprache, weil es auch dafür kein Zeichen gab. »Zwei Messer, die schneiden. Für das Kleid und den Verband.«

Sie nickte schwach und wehrte sich nicht, als er ihr das Kleid bis zum Bauch hinaufschob. Sie trug Leggins und das lederne Band zwischen ihren Beinen, und es mußte sein, wenn er ihre Wunde mit dem weißen Tuch verbinden wollte. Sie vertraute ihm. Die anderen Jäger hatten ein Loch in ihr Kleid geschnitten und einen bunten Fetzen auf die Wunde geklebt. Blaue Augen wollte einen festen Verband anlegen, wie es auch die tsis tsis tas bei schweren Wunden taten. Ihre Wunde war leicht, aber ein Verband war besser, wenn sie morgen reiten wollte.

Blaue Augen holte einen Becher mit heißem Wasser und löste den bunten Flecken von der Wunde. Er tauchte ein frisches Tuch in das Wasser und säuberte die blutigen Ränder. Die Wunde heilte bereits. Er schmierte die Kräutersalbe darauf und band einen festen Verband um ihren Körper. Er spürte, wie ihm das Blut ins Gesicht schoß, als er ihren nackten Bauch berührte, aber auch sie war verlegen. Die Hände des Trappers waren rauh und doch sanft und lagen warm auf ihrer Haut.

»Du hast kein Fieber«, sagte Joshua in seiner Sprache, nur um etwas zu sagen. »Es ist nicht schlimm«, signalisierte er.

Sie hielt seine Hand fest. »Du bist gut zu mir«, sagte sie in ihrer Sprache. Als er nicht verstand, ließ sie ihn lächelnd los und wiederholte mit Zeichen, was sie gesagt hatte.

»Morgen bist du gesund«, erwiderte er verlegen. Er vermied es, sie anzusehen und zog ihr Kleid nach unten. Dabei entdeckte er das heilige Bündel. »Was ist das?« fragte er neugierig?

»Die heiligen Pfeile meines Volkes«, antwortete sie feierlich, »sie sind unsere Seele und unser Leben. Es gibt sie nur einmal. Ohne sie haben wir keine Luft zum Atmen mehr. Ohne sie stirbt unser Volk.«

Davon hatte er noch nie gehört. Muß so etwas wie das Kreuz sein, das in unseren Kirchen hängt, dachte er.

»Maheo hat uns diese Pfeile geschickt«, fuhr sie fort. »Maheo. So heißt unser Gott. Die Pfeile geben uns Kraft und versprechen uns, daß wir viele Büffel jagen und viele Feinde töten.«

Büffelfrau hatte Vertrauen zu dem Mann mit den blauen Augen. Sie wußte nicht, warum, aber es war ihr wichtig, daß er sie verstand.

»Hör mir zu«, sagte sie, »denn dies ist die Geschichte unseres Volkes.« Sie erzählte von Süße Medizin, der die heiligen Pfeile gebracht hatte, und sie berichtete von dem alten Sieht-hinter-die-Berge, ohne seinen Namen zu benutzen. »Die Shar-ha haben unsere Pfeile gestohlen«, sagte sie.

»Die Shar-ha?«

»Ihr nennt sie anders?« Sie zuckte mit den Schultern und beschrieb die hornartigen Frisuren ihrer Feinde.

»Pawnees«, erkannte er.

»Sie haben die Pfeile gestohlen«, fuhr sie fort, »und ich habe sie zurückgeholt.« Sie schilderte, wie sie dem Morgenstern geopfert werden sollte und im letzten Augenblick entkommen war.

»Du bist eine tapfere Frau«, erwiderte Joshua. Er hatte nicht gewußt, daß die Pawnees auch Menschen opferten, aber es gab viel westlich des Missisippi, was er noch nicht wußte. Auf den Landkarten waren immer noch weiße Flecken, und jenseits der Berge gab es Indianerstämme, von denen noch nie jemand gehört hatte. »Der Krieger, der dir geholfen hat …«

»Er ist tot.«

Draußen war es dunkel geworden. Aus der Ferne drang das Grölen der betrunkenen Trapper herüber, und Joshua hatte die brennende Kerze ins Schlafzimmer gebracht. Das flackernde Kerzenlicht ließ das Gesicht der Indianerin noch sanfter und schöner aussehen und spiegelte sich in ihren dunklen Augen. Er liebte diese Frau, das wußte er, obwohl er noch nie jemanden geliebt hatte. Seine Mutter war bei seiner Geburt gestorben, und sein Vater hatte sich ohnehin nie blicken lassen, und die Tante, bei der er bis zu seinem dreizehnten Lebensjahr gelebt hatte, war ihm keine Mutter gewesen. Er hatte sich als Soldat und Jäger durchgeschlagen, und er war mit einigen Mädchen ins Bett gestiegen, aber geliebt hatte er keine.

Bei Büffelfrau war alles anders. Er kannte die Indianerin kaum, und doch hatte er das Gefühl, schon jahrelang mit ihr zusammenzusein. Es war ein seltsames Gefühl. Wenn er sie ansah, verlor er den Boden unter den Füßen, und in seinem Bauch summten tausend Bienen. Er verlangte nach ihr, nach ihrem weichen Mund und ihrem biegsamen Körper, aber er spürte auch, daß ihn mehr mit ihr verband. Eine geheimnisvolle Kraft, die er nicht deuten und nicht greifen konnte.

Büffelfrau empfand ähnlich. Ihr Leben war vollkommen, seit sie in seiner Nähe war, und seine blauen Augen leuchteten tief in ihr Herz hinein. Die Geister hatten ihn geschickt. Er war ein unabdingbarer Teil ihres Lebens, und ihre Medizin war stark durch ihn geworden. Sie war ihren Träumen gefolgt, wie der Schutzgeist es befohlen hatte, und der Adler hatte sie zu ihm geführt. Aiee, dies war ein guter Tag. Sie würden dieselbe Luft atmen, und sie würden immer in die selbe Richtung reiten.

»Ich verehre dich«, bedeutete sie ihm.

»Ich liebe dich«, sagte er. Er benutzte das Zeichen, das er bei den Sioux gelernt hatte, und folgte einem plötzlichen Impuls, als er sie in die Arme nahm und sanft küßte. Sie erwiderte seinen Kuß, obwohl ihr Volk diese Liebkosung nicht kannte, und umarmte ihn fest. Sie schmeckte den Tabak und den Kaffee, den er vor einigen Stunden getrunken hatte, und er roch das ranzige Fett, das die Pawnees in ihre Haare geschmiert hatten, aber das störte ihn nicht. Sie waren eins, und es gab nichts, was sie jemals trennen konnte.

Erst nach einer ganzen Weile lösten sie sich voneinander. Ein Speichelfaden verband ihre Lippen, bis er zerplatzte. Er sah, daß ihre Augen feucht waren, und rieb sich selbst eine Träne vom Gesicht. Ihre Seelen waren zu einer großen Macht geworden.

»Das ist gut«, sagte sie.

Er stand auf und brummte verlegen. »Die Suppe ist fertig«, zeigte er an. Er ging zum Ofen, schöpfte etwas Fleischbrühe in einen Becher und kehrte zu ihr zurück. Er reichte ihr den Becher. »Das ist besser als jede Medizin«, sagte er.

Sie trank einen Schluck und nickte zufrieden. So eine Suppe aßen sie auch bei ihrem Volk. Sie kaute die Fleischstücke, die in der Brühe schwammen, und spürte plötzlich, wie sie müde wurde. Sie gab ihm den Becher und legte sich hin. »Ich bin müde«, signalisierte sie, »ich muß schlafen.«

»Ich bleibe bei dir«, erwiderte er in seiner Sprache. Er holte seine Büchse und einen Stuhl und machte es sich vor dem Bett der Indianerin bequem.

32
Angst

Es war früh am Morgen, als die betrunkenen Trapper in die Hütte stürmten und den Wasserkessel vom Ofen schossen. Bloody Leggins hielt seine Büchse wie einen Prügel. Er trat Joshua entgegen, der wütend aus dem Schlafraum gerannt kam, und drosch sie ihm ins Gesicht.

Joshua zog den Abzug durch, aber seine Kugel schlug ins Dach und richtete kaum Schaden an. Vor seinen Augen war Blut, und er sah nichts mehr. »Ihr verdammten Schweine!« fluchte er laut. Er stürmte unkontrolliert nach vorn, rannte in einen weiteren Schlag des Iren und brach bewußtlos zusammen.

Büffelfrau rannte ins Wohnzimmer, einen Pfeil auf dem gespannten Bogen. Mit einem raschen Blick erkannte sie, daß sie keine Chance hatte. Alle Trapper hatten Büchsen, und sie wollte nicht sterben. Widerwillig ließ sie den Bogen fallen.

»Fesselt sie!« befahl Bloody und nickte einem seiner Kumpane zu. Er grinste. »Oder wartet ... vielleicht sollte ich sie noch mal ordentlich durchvögeln, bevor wir sie verkaufen ...«

»Mon dieu, laß den Scheiß!« sagte Jean. Er hatte nicht soviel getrunken wie die anderen und war froh, daß sich das Problem mit der Indianerin so leicht aus der Welt schaffen ließ. Den Tinker hatte der Himmel geschickt. Er war kurz vor Mitternacht im Camp erschienen, und Bloody hatte ihm in seinem Suff von der Indianerin erzählt. Was er alles mit ihr anstellen, und wie er sie am nächsten Morgen durchvögeln würde.

»Ich hab' 'ne bessere Idee«, hatte Tinker geantwortet, »ich kauf' euch die rote Schlampe ab! Wie wär's mit einem Beutel Gold und der Fuhre Whisky, die ich auf dem Wagen hab'?«

»So viel willst du für die Kleine ausgeben?« fragte Zeb.

»Wenn sie hübsch ist«, antwortete der Tinker.

»Sie ist verdammt hübsch«, lallte Bloody, »und sie wird noch viel hübscher sein, wenn ich sie erst mal durchgevögelt ...«

»So läuft der Handel nicht!« wehrte Tinker ab. »Ich nehm' die Kleine, so wie sie ist, oder ihr könnt sie behalten!«

Sie hatten eingewilligt und waren mit ihren Büchsen zu der Blockhütte gezogen. Für einen Haufen Betrunkenen waren sie erstaunlich leise gewesen, aber ein Sioux hätte sie auf eine Meile gehört. Josh und die Indianerin mußten es verdammt lange getrieben haben. Sie wachten erst auf, als sie das Haus stürmten, und der verdammte Zeb den Wasserkessel zerschoß.

»Hast wohl Angst, daß ich sie zu Tode vögele?« lärmte Bloody. Er ging zu der Indianerin und schob ihr den Büchsenlauf zwischen die Beine. Sie ließ es widerstandslos und mit versteinertem Gesicht geschehen. Er lachte meckernd. »Keine Angst, ich nehm' dir die Schlampe schon nicht weg!« Er packte sie am Arm und schleuderte sie dem Händler entgegen.

Der Händler hielt bereits einen Strick in der Hand und fesselte sie an den Handgelenken. Er zog einen Beutel mit Gold aus seiner Tasche und warf sie dem Iren zu.

»Und der Whisky?« fragte Bloody.

»Steht auf dem Wagen«, antwortete der Tinker, »den müßt ihr schon selber abladen. Aber beeilt euch, ich will gleich wieder weg. Hab' keine Lust, in eurem Camp Wurzeln zu schlagen.«

Bloody kicherte. »Hast es wohl verdammt eilig.«

Die Trapper stürmten nach draußen und luden den Whisky vom Wagen. Sie schleppten die Kisten johlend in den Laden und fingen schon während der Arbeit damit an, die Flaschen zu leeren. Die Wildnis war einsam, und sie kamen nur alle paar Monate aus den Bergen heraus. Sie brauchten den Whisky, um die Vergangenheit zu vergessen und die Zukunft besser ertragen zu können. Nur Jean Baptiste, der Franzose, war einigermaßen nüchtern. Er blieb mit der letzten Kiste vor dem Laden stehen und beobachtete mit gemischten Gefühlen, wie Tinker die Indianerin mit dem Büchsenkolben stieß und zum Wagen trieb. Viel Glück, rief er der Indianerin in Gedanken zu.

Büffelfrau zeigte ihren Schmerz nicht. Ihr Gesicht blieb unbeweglich, als sie zum Wagen stolperte, und nur tief in ihren Augen sah man den Schmerz und den Zorn darüber, im entscheidenden Augenblick versagt zu haben. Es hatte wohl an den festen Wänden gelegen, daß sie die Ve-hos nicht gehört hatte. Und sie hatte sich zu sehr auf Blaue Augen verlassen. Die Gefühle, die sie für den weißen Mann empfand, hatten sie blind gemacht und den lärmenden Weißen in die Arme getrieben. Sie waren berauscht, hatten das braune Wasser aus den Flaschen getrunken, sie war ihnen in die Falle gegangen.

»Hörst du die verdammten Saufbrüder?« fragte Tinker, obwohl er wußte, daß sie ihn nicht verstand. »Denken wohl, sie hätten mich übers Ohr gehauen. Dabei hab' ich sie geleimt. Wenn die wüßten, wieviel Geld ich mit dir verdiene, würden sie mich teeren und federn und an den Fahnenmast hängen!«

Büffelfrau kletterte auf das rollende Tipi. Die Ladefläche war leer, und sie hielt sich mit beiden Händen an einer Verstrebung fest. Es dämmerte bereits, und das Gesicht des Händlers war deutlich zu sehen, als er einen zweiten Strick aus seiner Tasche zog und auch ihre Füße fesselte. Er war ein dicker Mann mit aufgedunsenen Backen und kleinen Schweinsäuglein, die beinahe vollständig hinter Fettwulsten verborgen waren. Sein Gesicht war gerötet, und er schnaufte während der Arbeit. Er trug einen grauen Filzhut und einen langen Staubmantel, der offenstand und den Blick auf ein schmuddeliges Hemd und schwarze Leinenhosen mit Hosenträger freigab. Büffelfrau wußte, daß er ein Händler war. Auch bei ihrem Volk gab es reisende Händler, die mit Tauschwaren von einem Dorf zum anderen zogen, Geschichten erzählten und ihre Waren tauschten. Aber sie waren besser gekleidet und immer fröhlich, weil sonst niemand mit ihnen gehandelt hätte. Die Ve-hos waren anders, und was sie sah, gefiel ihr nicht besonders.

Es war erniedrigend, gefesselt auf dem rollenden Tipi zu sitzen und aus dem Dorf gefahren zu werden. Die Räder knarrten und ächzten, und der Händler ließ laut seine Peitsche knallen, und als sie durch einen schmalen Bach fuhren, legte sich der Wagen gefährlich auf die Seite, und sie bekam es mit der Angst zu tun. Aiee, den Händler und sein rollendes Tipi hatten die bösen Geister geschickt. Warum behielten sie die Oberhand, wenn die heiligen Pfeile in ihrer Gewalt waren? Sie spürte das heilige Bündel an ihrer Brust und betete zu Maheo, der sie immer noch auf eine harte Probe stellte. »Warum tust du mir das an, Maheo? Hat mein Schutzgeist nicht gesagt, daß ich dem Mann mit den blauen Augen vertrauen soll? Warum sind wir in eine Falle gegangen, wenn wir nach dem Willen der Geister gelebt haben? Sag mir, was ich tun soll, Maheo!«

Der Gott der Cheyenne antwortete nicht, und nicht einmal die Geister der vier Richtungen regten sich. Es war windstill. Die Sonne ging über den Felsen auf, und der wolkenlose Himmel zeigte an, daß es ein heißer Tag werden würde. Sie brütete dumpf vor sich hin und überlegte, was der Händler mit ihr vorhatte. Er hatte sie gekauft. Wollte er sie als Sklavin halten? Wollte er sie an einen anderen Stamm verkaufen? Er war ein schlechter Mann, und sie traute ihm alles zu. Hätte sie doch wenigstens ein Messer unter ihrem Kleid versteckt. Die heiligen Pfeile waren ihre einzige Waffe, aber nicht einmal an die kam sie heran. Sie war wehrlos wie ein kleines Kind.

Tinker hatte die vordere Plane geöffnet und blickte sich alle paar Meter nach ihr um. Er traute ihr nicht, und er hatte Angst vor ihr, das sah sie in seinen flackernden Augen. Sie schöpfte Mut. Ihre Zeit würde kommen. Irgendwann löste er ihre Fesseln, und dann lag es an ihr, an eine Waffe zu kommen und ihn zu töten. Sein Skalp war dünn, aber sie würde die Flinte des Mannes und das rollende Tipi nach Hause bringen. Aiee, die Geister gehen seltsame Wege, dachte sie, sie schicken mir den Händler, damit ich an seine Waffe und das rollende Tipi komme. Aber was ist mit Blaue Augen? Werden sie ihn töten? Wird er mir folgen? Werden wir eine gemeinsame Zukunft haben?

Gegen Mittag hielt Tinker am Ufer eines Baches. Das

Wasser kam von den Felsen herab und sprudelte über zerklüftetes Gestein. Er stellte die Bremse im Schatten einiger Weiden fest und sprang vom Kutschbock. »Na, dann wollen wir doch mal sehen, was du wert bist!« rief er grinsend. Er zog sein großes Messer und löste die Heckklappe. Büffelfrau sah die roten Flecken in seinem Gesicht und wußte, was er vorhatte. Vielleicht kam die Gelegenheit früher, als sie gedacht hatte.

Der Händler zerschnitt eine Fessel und zerrte sie an den Füßen vom Wagen. Sie war steif von der langen Fahrt, und ihr Körper brannte vor Schmerz, als sie mit dem Rücken auf den Boden prallte. Sie rollte sich sofort zur Seite, sprang auf und wollte weglaufen, aber der weiße Mann kam ihr zuvor und trat ihr gegen ein Schienbein. Sie stürzte erneut, und er warf sich auf sie und drückte mit einem Knie ihr Beine auseinander. Ihre Hände waren noch gefesselt, und er brauchte nur eine Hand, um ihren Oberkörper auf den Boden zu pressen.

»Dir werd' ich's zeigen, du kleine Schlange!« fuhr er sie an.

Büffelfrau spuckte ihm ins Gesicht. Ihre Beine zuckten nach oben, aber er war stärker, und sie kam nicht frei. Sie sah die Gier in seinen Augen und spürte seinen stinkenden Atem in ihrem Gesicht. Sie würde ihn töten. Sobald sich eine Gelegenheit bot, würde sie ihn umbringen. Sie würde ihn an einen Pfahl binden und seine blasse Haut in Streifen vom Körper reißen.

Tinker riß ihr Kleid auseinander. Das Bündel mit den heiligen Pfeilen fiel heraus und landete im Gras. »He, was ist denn das?« rief er verwundert. »Wolltest mir wohl einen Pfeil in den Rücken jagen.« Er lachte laut. »Daraus wird nichts, du kleine Schlampe!« Er warf das Bündel in den Bach und machte sich an seiner Hose zu schaffen. Die Lust machte ihn unvorsichtig, und er lockerte seinen Griff und den Druck seines rechten Beins.

Büffelfrau erkannte ihre Chance. Sie riß beide Knie hoch und traf den Händler voll zwischen die Beine. Mit einer raschen Bewegung zog sie das Messer hinter seinem Gürtel hervor. Sie erwischte ihn am linken Arm, dann krachte seine Faust auf ihre Stirn, und sie fiel benommen ins Gras zurück. Er griff nach dem Messer und hätte ihr am liebsten die Kehle durchgeschnitten, aber die Sucht nach zehntausend Dollar war größer. Soviel wollte er mit ihr verdienen, bevor er sie tötete und irgendwo in die Gosse warf. Kein Mensch kümmerte sich darum, wenn man eine Indianerin tötete, schon gar nicht, wenn sie zu einem der wilden Stämme aus den fernen Ebenen gehörte.

»Das wirst du mir büßen!« fuhr er die Indianerin an. Er steckte das Messer weg und fesselte ihr die Hände auf dem Rücken. Mit dem anderen Strick band er sie an die Heckklappe des Wagens. In seinem Unterleib tobte der Schmerz, und seine Augen waren blutunterlaufen. Er zerrte die Indianerin vom Boden hoch. »Jetzt wollen wir doch mal sehen, wie gut du laufen kannst!« Er stieg auf den Kutschbock, nahm einen tiefen Schluck aus seiner Wasserflasche und ließ die Peitsche knallen.

Die Pferde zogen an, und Büffelfrau wurde heftig nach vorn gerissen. Der Strick bohrte sich in ihre Handgelenke. Sie stolperte, fing sich wieder und lief wie ein willenloses Pony hinter dem rollenden Tipi her. Sie hatte ihre magische Kraft verloren. Das Bündel mit den heiligen Pfeilen lag im Bach, und sie war dem Händler hilflos ausgeliefert. Er war dick und schwach, aber er hatte alle Vorteile auf seiner Seite und würde sich nicht noch einmal überrumpeln lassen. Das nächste Mal würde sie ihre Unschuld verlieren.

Ihr wurde übel bei diesem Gedanken. Wie alle Frauen ihres Volkes war sie darauf bedacht, möglichst lange ihre Unschuld zu behalten, und es war schlimm, ausgerechnet von einem stinkenden Ve-ho entjungfert zu werden. Sie würde lange zu den Göttern beten und viele Tage in einer Schwitzhütte verbringen müssen, um diesen Makel loszuwerden. Wenn sie überlebte. Ohne die heiligen Pfeile war sie hilflos, und auch der Adler war vom Himmel verschwunden. »Wo bist du?« rief sie. »Mein Schutzgeist, warum hast du mich verlassen?«

Der weiße Büffel erschien am Abend, als sie vollkommen entkräftet neben dem Wagen zusammenbrach und das Bewußtsein verlor. Sie sah nicht mehr, wie Tinker vom Kutschbock sprang, die Pferde vom Wagen spannte und zum Grasen auf die Lichtung trieb, die er als Lagerplatz ausgesucht hatte. Sie spürte auch nicht seinen geringschätzigen Blick, als er auf sie herabblickte und gleichgültig mit den Schultern zuckte. »Und ich dachte immer, Indianerfrauen wären zäh«, sagte er.

Sie versank in ihrer Traumwelt und begegnete dem weißen Büffel auf einer grünen Bergwiese. Er stand schnaubend im kniehohen Gras. Seine Flanken dampften, und aus seinen Augenwinkeln rannen dünne Blutfäden. »Aiee, dies ist ein schlechter Tag«, wiederholt er ihre Worte.

Sie lag benommen auf den Boden und erkannte ihn nur undeutlich. »Warum hast du mich verlassen?« klagte sie. »Warum hat Maheo mich verlassen?«

»Die Geister sind bei dir«, antwortete der Schutzgeist, »aber sie haben Angst.« Er seufzte. »Angst vor dem weißen Mann.«

»Die Geister haben Angst?« erschrak sie.

»Ich weiß«, gab der Büffel zu, »es klingt unglaublich, und doch ist es so. Die Geister haben Angst vor den Ve-hos, weil sie mächtig sind. Sie breiten ihre Netze wie Spinnen aus und dringen immer weiter nach Westen vor. Wir können sie nicht aufhalten, meine Schwester. Sie sind stärker als wir.«

»Stärker als die Geister?« Sie verstand ihren Schutzgeist nicht. Es geschah zum ersten Mal, daß die Geister des Volkes einen Feind fürchteten, und sie fand keine Erklärung dafür. Sie schufen die Sonne und den Regen, und sie hauchten allen Wesen das Leben ein. Wie konnten sie ein fremdes Volk fürchten, das eine blasse Hautfarbe hatte und so erbärmlich stank wie der Händler? Das sich mit einem braunen Wasser betrank und lärmend durch die Dunkelheit zog? Hatten die Geister ihre Macht verloren? Waren sie genauso hilflos wie ihre Tochter, die das heilige Bündel verloren hatte?

»Wenn ich sterbe, stirbt mein Volk!« sagte sie. »Ich muß dem weißen Mann entkommen und die heiligen Pfeile ins Dorf zurückbringe. Gib mir Kraft, mein Schutzgeist!«

»Auch du bist den Ve-hos unterlegen«, erwiderte der Büffel, »sie sind so zahlreich wie die Sterne am Himmel, und sie werden dein Volk wie ein Bienenschwarm ersticken. Nur ein weißer Mann kann dich retten. Suche diesen weißen Mann!«

»Ich habe ihn gefunden!« rief sie. »Der Mann mit den blauen Augen. Lebt er noch?« Sie hob den Kopf und sah, daß der weiße Büffel verschwunden war. »Wird er mich befreien?«

Sie erwachte schweißgebadet. Es war immer noch dunkel, und sie lag neben dem Wagen im feuchten Gras. Der Händler hatte sie heruntergezogen und ihr nicht mal eine Decke gegeben. Sie spürte ein heftiges Dröhnen in ihrem Kopf und fühlte, wie etwas klebrig über ihre Schläfe lief. Sie mußte auf einen Stein geprallt sein. Die Verletzung war nicht schlimm, aber der Schmerz war immer noch da, und ihre Gelenke waren taub von den Fesseln.

Sie wartete, bis das Dröhnen in ihrem Kopf nachließ. Hatte sie ihren Schutzgeist getroffen, oder hatten ihr die bösen Geister nur einen Streich gespielt? Waren die bösen Geister der Ve-hos in ihren Traum gedrungen, um ihr Angst zu machen? Sie konnte nicht glauben, daß sich die Geister des Volkes vor den blassen Männern fürchteten. Sie waren mächtiger als alle Lebewesen. Es gab nichts, was ihre Macht brechen konnte. Wenn die Ve-hos wirklich so zahlreich und stark waren, würden sie Blitz und Donner schicken, und die Erde würde sich auftun und die weißen Eindringlinge für immer verschlingen. Aiee, niemand war stärker als Maheo und die Geister des Volkes!

Sie blickte zu dem schnarchenden Händler hinüber. Er hatte sich in seine Decken gerollt und schlief neben einem kleinen Feuer. Seine Flinte lag griffbereit neben ihm. Es wäre ein Leichtes gewesen, sich an ihn heranzupirschen und ihm ein Messer zwischen die Rippen zu jagen, aber sie war gefesselt und versuchte vergeblich, sich aus den Stricken zu befreien. Sie schloß die Augen und wartete darauf, daß sie einschlief.

»Wo bist du, Blaue Augen?« rief sie in Gedanken. »Du gehörst zu mir, die Geister haben dich geschickt! Wo bist du?«

Irgendwo heulte ein Coyote. Sein Heulen hallte durch das Tal und brach sich an den fernen Felswänden. Machte er sich lustig über sie? Verhöhnte er das Volk, das zum zweiten Mal die heiligen Pfeile verloren hatte? Sie spürte wieder das Hämmern in ihrem Kopf und preßte die Lippen aufeinander. Hatten die Geister sie verlassen? Sie wußte es nicht, aber sie hoffte, bald eine Antwort auf ihre Fragen zu bekommen.

33

Rettung

Das Geräusch kam aus den Felsen hinter dem Wagen. Büffelfrau hörte es nur, weil sie mit dem rechten Ohr auf dem Boden lag und die leichte Erschütterung spürte. Sie dachte an Langes Haar, Gekrümmte Hand und die anderen Shar-ha, die möglicherweise ihre Spuren gefunden hatten. Wenn sie es waren, hatte sie nur noch kurze Zeit zu leben. Oder hatten die anderen Ve-hos den Händler verfolgt? Wollte der Mann mit den roten Haaren sie für sich behalten? Sie hatte kein Wort verstanden, aber seine Miene war deutlich genug gewesen. Er wollte sie benutzen, so wie der Händler, als die Sonne am höchsten stand. Auch dann war sie so gut wie tot. Oder waren die Götter wieder auf ihrer Seite? Hatten sie Blaue Augen geschickt, um sie zu befreien?

»Hallo, das Camp!« rief eine dunkle Stimme. Sie gehörte keinem der Männer, die in ihren Gedanken aufgetaucht waren.

Der Händler schreckte aus dem Schlaf, griff nach seiner Büchse und wirbelte herum. Für einen Mann seines Gewichts bewegte er sich erstaunlich schnell. Er entsicherte die Flinte und stand langsam auf. »Wer ist da? Zeig dich, verdammt!«

Zwei Männer kamen mit erhobenen Händen hinter den Felsen hervor. Der eine hatte ein unscheinbares Gesicht mit heller Haut und dunklen Augen. Sein Haar war braun und gelockt. Er war keine zwanzig Jahre alt und trug ein Messer hinter seinem Gürtel. Der andere war ungefähr doppelt so alt und hatte eine Narbe auf der Stirn. Auch sein Haar war gelockt. Er war mit einer alten Büchse bewaffnet. Beide Männer trugen braune Baumwollhosen, ehemals weiße und von der Sonne vergilbte Hemden und derbe Farmerstiefel.

»Wir wollten Sie nicht erschrecken, werter Herr«, sagte der ältere Mann, »aber wir lagern nur ein paar Meilen von hier, und Junior, das ist mein Sohn, sah Ihr Feuer. Wir haben kaum noch Vorräte und dachten uns, nun ja, wenn Sie so freundlich wären und uns zu einem kleinen Frühstück einladen würden?« Als er sah, daß der Händler aufbrausen wollte, fügte er schnell hinzu: »Wir haben Gold, Mister, einen ganzen Beutel voll ...«

»Ist das wahr?«

»Natürlich, Mister. Wir haben unsere Farm verkauft, war nur ein kleines Anwesen in St. Joe, und jetzt wollen wir in die Berge und ein richtiges Vermögen finden. Gold, wissen Sie? Es soll mächtig viel Gold in den Rocky Mountains geben.«

»Davon habe ich gehört«, meinte der Händler zynisch, »nur schade, daß die Indianer draufsitzen ...«

»Wir sind umgängliche Menschen, Mister.«

»Na, schön«, lenkte der Händler ein. Er sicherte seine Büchse und nahm den Lauf herunter. »Kommt ans Feuer und wärmt euch auf. Du könntest etwas Wasser holen, mein Junge.«

Junior gehorchte, nahm den Kaffeetopf und ging zu der Quelle, die hinter dem Wagen zwischen einigen Steinen sprudelte. Dabei mußte er an Büffelfrau vorbei. Er sah die Indianerin erst, als er dicht vor ihr war, und ließ vor Schreck den Topf fallen. »Dad!« schrie er. »Eine Wilde! Sie will uns umbringen!«

»Unsinn!« meinte der Händler beruhigend. »Sie ist ganz zahm. Ich ... ich stelle sie auf einem Jahrmarkt aus ... in St. Louis ...« Das hatte Tinker tatsächlich vor. Er hatte darüber nachgedacht, einen Käfig zu bauen und sie wie ein wildes Tier vorzuführen. Damit waren sicher ein paar hundert Dollar zu verdienen. Und abends würde er sie an die geilen Böcke in den Saloons vermieten.

»Ist sie eine Sioux?« fragte der ältere Farmer.

»Cheyenne.«

»Cheyenne?« Er runzelte die Stirn. »Das ist doch dieser wilde Stamm, der irgendwo im Westen lebt. Ich habe in unserem Wochenblatt darüber gelesen. Ich kann nämlich lesen.« Er lächelte stolz. »Sind sie wirklich so gefährlich, wie man sagt?«

»Ich kann froh sein, daß ich meinen Skalp noch habe«,

spielte Tinker mit, »aber die Frauen ... Mann, das sind die heißesten Weiber, die mir je untergekommen sind! Die machen Sachen, von denen haben Sie noch nie was gehört.«

»Wirklich?«

»Wirklich.« Der Händler vermied es, den Siedler anzusehen, weil er sonst laut losgelacht hätte. Wie kam ein Schollenbrecher wie er auf die Idee, seine Farm zu verkaufen und in die Wildnis zu ziehen? Wie konnte man nur so dumm sein und die Märchen von einer großen Goldader glauben? Wenn es wirklich Gold gab, hockten die Cheyenne, Sioux und Blackfeet darauf, und gegen die kam nicht mal eine ganze Armee an. Die Indianer konnten sehr häßlich werden, wenn sie einen dabei erwischten, wie er ihr Land umgrub. Sie glaubten, daß die Erde ihre Mutter war, und die grub man nicht um. Glaubten diese verdammten Greenhorns wirklich, in den Rockies nach Gold graben zu können? Er lachte innerlich. Wenn sie wirklich so dumm waren, dann gingen sie auch auf seinen Vorschlag ein.

»Wie viele Männer seid ihr?« fragte er.

»Fünf«, antwortete der Siedler arglos, »die anderen lagern hinter den Felsen.« Er rieb sich über die Lippen und warf einen raschen Blick auf die Indianerin. »Und Sie meinen wirklich, diese Squaws machen Dinge ... ich meine ... sind sie wirklich so wild?« Er lachte gekünstelt. »Kann ich gar nicht glauben.«

Der Händler merkte, daß ihm der Siedler auf den Leim ging, und blickte sich nach allen Seiten um, als fürchtete er einen Zuhörer. »Ich hab' es selber ausprobiert«, verriet er in einem verschwörerischen Tonfall, »ich sage Ihnen, davon träumen Sie noch in hundert Jahren ...«

»Hm ...« Der Siedler schluckte und blickte wieder zu der Indianerin hinüber. Sie war jung und sah gut aus, und ihre Augen, die waren richtig feurig. Er hatte seit sieben Monaten keine Frau mehr gehabt. Damals war seine Frau weggelaufen, und er war vor lauter Arbeit kaum von der Farm gekommen. Einmal war er in der Stadt gewesen, und die dicke Ethel hatte ihn in ihr Zelt gelockt, aber er mochte keine dicken Frauen, und sein Geld hatte auch nicht gereicht. Diese Indianerin war schlank, und wenn er sich vorstellte, wie sie sich unter ihm bewegte und schrie ... »Hm«, meinte er, »diese Squaw sieht verdammt gut aus, und ich ...« Er zögerte. »Meinen Sie ...«

»Die Hälfte von dem Gold, und Sie gehört Ihnen«, schlug Tinker vor, »für eine halbe Stunde ...« Er sah, wie der Farmer erschrak, und fügte hinzu: »Sie glauben ja gar nicht, was diese Schlampe in einer halben Stunde alles mit Ihnen anstellt!«

»Die Hälfte?« rief der Siedler. »Das ist die Hälfte meiner Farm! Sie glauben doch nicht, daß ich soviel für eine Frau bezahle! Nicht mal für eine Weiße würde ich soviel hinlegen!«

»Squaws sind besser ... und wilder.«

»Die Hälfte ... niemals!«

»Na, schön, ein Viertel«, lenkte der Tinker ein, »aber das ist mein letztes Angebot. Immerhin sind Sie der erste, den ich an Sie ranlasse. Sie wissen gar nicht, wieviel Glück Sie haben.«

»Der erste?«

»Ich hab' sie vor zwei Tagen eingefangen.«

Der Siedler blickte wieder auf die Indianerin und sah das wilde Funkeln in ihren Augen. Ein Viertel des Goldes. Was war das schon, wenn sie in ein paar Tagen auf eine ganze Ader stießen? »Also, gut«, meinte er schnell. Er füllte ein Viertel des Goldes in einen Lederbeutel, den der Tinker aus seiner Tasche gekramt hatte. Als er ihn wegsteckte, kam Junior mit dem Wasser zurück. Er schlug einen großen Bogen um Büffelfrau und stellte den mit Wasser gefüllten Topf in das Feuer.

»Hör zu, mein Junge«, sagte der Siedler, der auf keinen Fall wollte, daß sein Sohn bei dem Schauspiel zusah, »dieser Herr und ich haben noch was Geschäftliches zu besprechen. Wie wär's, wenn du schon zu den Wagen zurückgehst? Ich komme in einer halben Stunde nach. Der werte Herr will mir etwas Kaffee und ein paar Vorräte mitgeben, und ihr könntet schon mal ein Lagerfeuer anzünden. Es ist wichtig, mein Junge.«

»Meinetwegen«, erwiderte Junior gelangweilt. Er nickte dem Händler zu, warf einen ängstlichen Blick auf die Indianerin und verschwand hinter den Felsen.

Der Siedler wartete, bis seine Schritte verklungen waren.

»Na, dann wollen wir mal«, sagte er unsicher. »Sie ist doch nicht gefährlich, oder? Ich meine, Sie hat kein Messer oder so?«

»Nein«, versicherte Tinker, »aber sie ist auch kein zartes Lämmchen, wenn Sie das meinen.« Er grinste. »Aber Sie können ganz beruhigt sein«, fuhr er fort, als er das ängstliche Gesicht des Farmers sah, »ich passe schon auf sie auf.« Er entsicherte seine Büchse und folgte seinem ersten Kunden.

Büffelfrau sah die beiden Männer kommen und wußte genau, was sie vorhatten. Es war nicht schwer gewesen, ihrer Unterhaltung zu folgen, auch wenn sie kein Wort verstanden hatte. Aber die Zeichen waren deutlich gewesen. Der gelbe Sand, der von dem Händler wie bunte Muscheln geschätzt wurde, der junge Mann, der weggeschickt wurde ... Der Händler hatte sie an den Mann mit dem gelockten Haar verkauft. Er würde sein Ding in sie stecken, und diesmal würde man ihr keine Gelegenheit geben, sich zu wehren. Der Händler würde mit dem Feuerstock daneben stehen und aufpassen, daß nichts geschah.

Sie spürte, wie die Angst nach ihrer Kehle griff. Die heiligen Pfeile waren verschwunden, und sie war wehrlos den Ve-hos ausgeliefert. Sie schloß die Augen und beschloß, die Schmach und einen möglichen Tod wie eine tapfere Kriegerin zu ertragen. Sie würde nicht schreien, und sie würde sich nicht wehren. Sie würde teilnahmslos erdulden, was sie ihr antaten, und sie mit Verachtung strafen.

Ein Schuß peitschte über die Lichtung. Sie öffnete erschrocken die Augen und sah, wie der Händler blutüberströmt zu Boden sank. Die Kugel hatte ihm die halbe Stirn weggerissen. Der Farmer stand wie erstarrt und wehrte sich nicht, als Blaue Augen auf die Lichtung trat und ruhig seine Flinte nachlud.

»Verschwinde, bevor ich's mir anders überlege!« sagte Joshua. »Mit deinen Freunden hab' ich schon gesprochen. Kehrt um, bevor eure Skalps vor irgendeinem Tipi hängen, oder ich euch die Eier abschneide. Verschwinde, verdammt noch mal!« Die letzten Worte hatte er geschrien. Der Farmer überlegte nicht lange und rannte zwischen den Felsen davon.

Joshua nickte zufrieden. Er zog sein Messer und befreite die Indianerin von ihren Fesseln. Er nahm sie behutsam in die Arme und küßte sie zärtlich.

»Ich bin so schnell geritten, wie ich konnte«, sagte er. Er ließ sie los und machte die entsprechenden Zeichen. Er berichtete, wie er aus seiner Bewußtlosigkeit erwacht war und den Mann mit den roten Haaren verprügelt hatte. Er hatte seine Felle gegen Lebensmittel eingetauscht, hatte sein Packpferd beladen und war den Spuren Tinkers gefolgt. »Ich habe dein Pony mitgebracht«, signalisierte er, »und deinen Bogen und den Köcher mit den Pfeilen.«

Büffelfrau umarmte ihn und spürte Tränen in ihren Augen. Maheo hatte sie nicht verlassen. Die Geister waren immer noch auf ihrer Seite und hatten Blaue Augen geschickt. Er war kein Ve-ho. Er war ein Krieger des Volkes, ein Held wie Süße Medizin, den Maheo in einem unbekannten Land geboren hatte. Er benahm sich anders als die Krieger der Hügelleute, er stieß keinen Kriegsruf aus, schlug keine Coups und nahm keine Skalps, er kleidete sich anders, und er hatte die Hautfarbe der blassen Männer, aber er war ein Krieger des Volkes.

»Ich verehre dich«, sagte sie.

»Nicht alle Weißen sind wie dieser Händler«, verteidigte er seine Rasse, »er war ein böser Mensch und wäre sowieso bald gestorben. Er wollte Whisky an die Pawnees verkaufen.«

»Whisky?«

»Feuerwasser«, benutzte er das Wort, das ihn die Sioux gelehrt hatten, »das braune Wasser in den Flaschen.« Er lächelte. »Ich trinke es auch gern, aber wenn man zuviel trinkt, weiß man nicht mehr, was man tut. Die Regierung hat verboten, daß wir es an die Indianer verkaufen.«

»Regierung?«

»Unsere Häuptlinge«, erklärte er. »Wir sind ein großes Volk und haben viele Häuptlinge. Sie sitzen in Washington, das ist eine große ... ein großes Dorf im Osten. Unser Volk ist von weither gekommen ...« Er wußte nicht, wie er ihr alles erklären sollte. Die Zeichen, die er kannte, reichten nicht, und selbst wenn sie gereicht hätten, wären sie von ihr nicht verstanden worden.

»Du gehörst zu meinem Volk.«

»Und du gehörst zu mir.«

Sie umarmten sich wieder, und diesmal bedurfte es keiner Worte und keiner Zeichen, um sich dem anderen verständlich zu machen. Ihre Liebkosungen waren deutlicher als alles, was sie jemals gesagt hatten. In dem süßen Traum, der sie beide gefangenhielt, gab es nur Gefühle, und wenn einer von ihnen etwas sagte, wurde es von dem anderen auch ohne Zeichen verstanden. Sie küßten sich und berührten einander, und ihr Seufzen wurde zu einem heftigen Stöhnen, als er ihre Leggins von den Beinen zog und sie ihm dabei half, das lederne Band zwischen ihren Beinen zu lösen. Er öffnete seine Hose und drang zärtlich in sie. Es tat weh, und sogar ihre Wunde schmerzte wieder, als er sich auf ihr bewegte, aber es war wundervoll, und sie hatte nie etwas Schöneres erlebt.

»Ich liebe dich«, sagte er, als es vorüber war, und sie zärtlich in seinen Armen lag. »Ich liebe dich wirklich, Büffelfrau.«

Sie berührte ihn sanft, und sie vereinigten sich noch einmal, diesmal sanfter und länger. Er hatte seit vielen Monaten keine Frau mehr gehabt, und sie hatte die Liebe entdeckt und war hungrig nach ihm. Für einen Augenblick vergaß sie sogar die heiligen Pfeile, die einen halben Tagesritt entfernt in einem Bach lagen. Sie war glücklich, in seiner Nähe zu sein, und sie wollte sich nicht mehr von ihm trennen. Er würde sie ins Dorf der Hügelleute begleiten und ein Tipi mit ihr teilen. Er war ein Krieger des Volkes, und sie war eine Kriegerin und seine Frau.

Später saßen sie am Feuer und tranken den Kaffee des toten Händlers. Büffelfrau hatte ihn mit dem weißen Pulver gesüßt. Blaue Augen hatte ihr die Büchse des Händlers und die Munition geschenkt, und sie war zufrieden. Sogar das kalte Antilopenfleisch des Händlers schmeckte ihr. Sie sah Blaue Augen zärtlich an und streckte eine Hand nach ihm aus. »Blaue Augen«, sagte sie in ihrer Sprache, »ich verehre dich.«

Joshua verstand, was sie sagte. Er liebte diese Indianerin und wollte den Rest seines Lebens mit ihr verbringen. Ein Gedanke, der ihm bisher nie gekommen war. Er hatte es schon mit einigen Frauen getrieben, auch mit Indianerinnen, aber nie hatte er dieses tiefe Gefühl in seiner Brust gefühlt. Er begehrte Büffelfrau und wollte immer mit ihr zusammen sein. Seine Gefühle waren so stark, daß er die Schwierigkeiten nicht sah. Er hatte noch nicht darüber nachgedacht, wo er mit ihr leben wollte. Würde er in einem Tipi der Cheyenne wohnen, würde er zu einem dieser weißen Indianer werden, die es bei den Blackfeet und auch bei den Shoshone gab? Würde er sie mit in seine Hütte nehmen? Diese Fragen würden auftauchen, wenn die erste Euphorie vorüber war, und sie an die Zukunft denken konnten.

»Die Pfeile!« fand sie als erste in die Wirklichkeit zurück. »Ich habe die Pfeile verloren! Der Händler hat sie in einen Bach geworfen. Als die Sonne am höchsten stand, und er mich ...«

»Ich habe die Spuren gefunden«, erwiderte er, »ich habe gesehen, wo du mit ihm gekämpft hast. Du hast dich tapfer gewehrt. Aber ich habe keine Pfeile gesehen ...«

Sie senkte den Kopf. »Ich muß sie finden, mein Mann. Ich muß das heilige Bündel finden, wenn ich mit erhobenem Haupt vor mein Volk treten will. Ohne die Pfeile stirbt mein Volk!«

»Wir werden sie finden«, versprach Joshua. »Wir reiten zu dem Bach zurück. Wenn die Pfeile dort waren, finden wir sie.« Er stand auf und half ihr vom Boden hoch. »Kannst du reiten?«

Sie lächelte. »Ja, mein Mann.«

Er holte die Pferde und reichte ihr eine Wolldecke mit einem Loch in der Mitte. Sie befreite sich von dem zerfetzten Kleid der Shar-ha und zog die Decke über ihren Kopf. Sie stiegen in die Sättel und ritten nach Westen zurück. Die Sonne loderte am Himmel, und es war drückend schwül, aber die Hitze machte ihnen kaum etwas aus. Sie waren zusammen, und sie liebten sich, allein das zählte an diesem Tag.

34

Rückkehr

Das Bündel mit den heiligen Pfeilen lag nicht mehr im Wasser. Sie ritten bachabwärts und suchten die Ufer ab, stiegen in das kühle Wasser und sahen hinter Sträucher und unter Felsen, aber die Pfeile blieben verschwunden. Erst am frühen Abend stieß Büffelfrau auf die versteckten Spuren von zwei Reitern, die durch den Bach und nach Westen führten. »Shar-ha«, sagte sie zu dem Tramper, »es sind Shar-ha. Ich fühle es.«

Sie folgten ihnen, bis es dunkel war, und die Spuren auch im hellen Mondlicht nicht mehr zu sehen waren. Enttäuscht lagerten sie am Ufer eines kleinen Sees. Die beiden Reiter waren nur zwei oder drei Stunden vor ihnen, konnten ihnen aber entkommen, wenn sie die Nacht durchritten. »Morgen holen wir sie ein«, sagte Büffelfrau trotzig. Sie stieg von ihrem Pony und breitete ihr Fell im weichen Ufergras aus. »Wir werden sie töten und die heiligen Pfeile zurückholen.«

Sie zündeten kein Feuer an und hielten abwechselnd Wache. Die Nacht war lau, und sie hätte gern in seinen Armen gelegen, aber die Gegend war zu gefährlich. Sie waren im Jagdgebiet der Shar-ha, und es konnten jederzeit Krieger vorbeikommen. Sie wußte nicht, ob ihre Feinde die Pfeile gefunden hatten und nach ihr suchten, aber es war sehr wahrscheinlich. Die Spuren gehörten keinen weißen Männern, und es gab kaum andere Menschen in diesem Land. Es mußten Shar-ha sein, und sie mußten die beiden Krieger töten, bevor sie ihr Dorf erreicht hatten, und das heilige Bündel unerreichbar für sie wurde.

Sie wußte, was geschehen würde, wenn der Priester die heiligen Pfeile in seine Hände bekam. Er würde sie vernichten, und dann würde er alle Krieger seines Volkes ausschicken, um nach ihr zu suchen. Die Shar-ha würden sie finden und in ihr Dorf zurückbringen, und sie würde dem

Morgenstern geopfert werden. Blaue Augen würde unter größten Qualen sterben, und sie würde zusehen und dann selber in den Tod gehen müssen.

Der Gedanke ließ sie erschaudern. Sie zog ihr Büffelfell fester um die Schulter und sah Blaue Augen an, der einige Schritte von ihr entfernt an einem Baum lehnte und über den See blickte. Er war ein stattlicher Mann, und er verschmolz mit seiner Umgebung wie ein Krieger ihres Volkes. Er hielt seine Flinte schußbereit in der Armbeuge, und seine Augen erfaßten die kleinste Bewegung und seine Ohren das geringste Geräusch. Den Kranich, der sich im Uferschilf verbarg, den Frosch, der leise quakend aus dem Wasser tauchte, die Eule, die irgendwo in den Bäumen hockte und in die Dunkelheit starrte.

Aiee, er war ein guter Mann, und ihr Vater würde sich freuen, ihn zum Sohn zu haben. Er würde gleichberechtigt neben ihm und den anderen Kriegern der Hundesoldaten reiten. Neben Büffelhöcker und Gelber Wolf und Roter Mond. Seine Hautfarbe und seine Kleidung spielten keine Rolle. Auch Läuft-rückwärts und Weißes Pferd waren anders, und doch gehörten sie zu ihrem Volk. Er war mit den Geistern im Bunde. Er sprach eine andere Sprache, aber seine Zeichen waren dieselben, die alle Menschen auf den Ebenen benutzten. Er war weiß, aber er fühlte wie ein tsis tsis tas, und allein darauf kam es an.

»Blaue Augen«, flüsterte sie in ihrer Sprache, damit er auf sie aufmerksam wurde und im Mondlicht ihre Zeichen sah. »Du bist ein tapferer Krieger. Wir werden zusammen leben.«

Er lehnte seine Flinte an den Baum und nickte. »Ja, Büffelfrau, ich werde immer bei dir bleiben.«

»Du wirst in meinen Tipi wohnen.«

»Und du in meiner Hütte.«

Daran hatte sie noch gar nicht gedacht. Er hatte recht, wer bestimmte, daß er in ihr Tipi zog? So mochte es der Brauch ihres Volkes vorschreiben, aber wie sahen die Gesetze seines Volkes aus? Er mochte wie ein tsis tsis tas denken, aber er gehörte auch zu seinem Volk, und sie konnte ihn nicht dazu zwingen, seine Wurzeln zu verleugnen. Er war kein Sklave, sie hatte ihn nicht entführt. Sie starrte auf den See hinaus. Der Kranich war durch eine Schlange aufgeschreckt worden und flog über das silberne Wasser. Wo war der Adler? Wo war ihr Schutzgeist? Wachten sie immer noch über sie? Konnten sie ihr sagen, wohin sie mit dem weißen Mann gehen sollte? Ihr werdet dieselbe Luft atmen, hatten sie gesagt. Aber wo?

»Wir werden einen Platz finden«, erwiderte sie ausweichend, »die Geister werden ihn für uns finden.« Sie dachte über die Worte nach, die ihr Schutzgeist vor langer Zeit gesagt hatte. »Wird es Krieg geben zwischen unseren Völkern, Blaue Augen? Sind die Weißen so zahlreich wie die Sterne am Himmel?«

Joshua wartete lange mit seiner Antwort. Auch er hatte inzwischen über ihre gemeinsame Zukunft nachgedacht. Er war ein Mann der Wildnis. Er hatte die Zivilisation verlassen, weil er in den Bergen besser leben konnte. Es war ein hartes und ein anstrengendes Leben, und es gab keine Polizei, die einen vor Verbrechern beschützte. Im Westen galt nur das Gesetz der Wildnis. Ein grausames Gesetz, das nur die Starken am Leben ließ und das jeden mit dem Tod bestrafte, der einen Fehler beging.

Die Freiheit hatte ihren Preis, das hatte er immer gewußt. Aber er hatte diesen Preis in Kauf genommen. Er konnte nicht in einer Stadt wie St. Louis leben, er konnte auch nicht als Farmer bestehen, der immer an einem Ort bleiben mußte. Er war losgezogen, um sich den Wind der Freiheit um die Ohren wehen zu lassen. Er mußte immer weiterziehen und nachsehen, was hinter dem nächsten Hügel war. Er brauchte die endlosen Ebenen und die wilden Schluchten der Rocky Mountains, er brauchte die Einsamkeit und das wilde Leben. Nur im Westen war er frei. Er war ein Indianer, das hatten einige seiner Freunde in St. Louis behauptet, und vielleicht hatten sie recht – vielleicht war er tatsächlich dazu geboren, mit Büffelfrau in einem Tipi zu wohnen und mit den Kriegern ihres Stammes auf die Jagd und in den Krieg zu ziehen.

Er würde ihr in das Dorf der Cheyenne folgen, und er

würde ihren Vater bitten, sie zu verheiraten. Es sollte alles seine Ordnung haben. Er würde ihr seine Hütte zeigen, und wenn es ihr dort gefiel, würden sie einmal dort ein andermal in einem Tipi der Cheyenne wohnen. Sie würden ein freies Leben führen. Frei wie der Wind und frei wie der Adler, der am Nachmittag über ihnen gekreist war. Der Teufel sollte die Vergangenheit und die Zukunft holen! Für sie würde es nur die Gegenwart geben. Sie würden glücklich sein, verdammt!

Vor der Zukunft verschloß er die Augen, aber Büffelfrau erinnerte ihn daran. »Die Weißen sind zahlreich«, antwortete er ausweichend, »und viele von ihnen ziehen nach Westen. Sie kommen in ihren rollenden Tipis und wollen den Indianern das Land wegnehmen. Aber wenn sie in dieses Land kommen, sind wir längst tot.« Er wußte, daß es nicht so war. Er hatte gesehen, wie schnell die Besiedlungsgrenze nach Westen vorrückte, und was mit den anderen Indianerstämmen geschehen war. Man hatte sie ausgerottet und vertrieben, und er hatte dabei geholfen. Die Besiedlung des amerikanischen Westens ließ sich nicht aufhalten. Die Indianer hatten keine Chance gegen den endlosen Strom der weißen Siedler und waren dem Untergang geweiht. Aber das konnte und wollte er Büffelfrau nicht sagen. Er wollte es selber nicht wissen. Er genoß die Freiheit, solange es sie gab, und wenn die Siedler kamen, würde er sich immer weiter in die Berge zurückziehen.

»Nein, so schnell wird es keinen Krieg geben«, log er, »die meisten Weißen haben Angst vor eurem tapferen Volk, und es wird noch viele Jahre dauern, bis sie kommen.«

»Das ist gut«, erwiderte sie erleichtert, »ich will in Frieden mit dir leben und möchte nicht, daß Männer wie der Händler und der Mann mit den roten Haaren diesen Frieden stören.«

»Solche Männer wird es immer geben«, räumte er ein, »aber wir werden uns zu wehren wissen. Nicht alle Weißen sind so wie sie. Die meisten Jäger leben in Frieden mit den Indianern, und ich kenne viele Trapper, die Indianerfrauen geheiratet haben. Auch die meisten anderen Weißen wollen keinen Krieg.« Aber sie wollen euer Land, fügte er in Gedanken hinzu, und es ist ihnen egal, was mit euch geschieht.

»Ich werde mit den Geistern reden«, sagte sie, »ich werde sie bitten, uns einen langen Frieden zu schenken. Wir werden nach ihren Gesetzen leben, dann wird uns niemand etwas anhaben können. Aiee, so wird es sein, mein Mann.«

»So wird es sein, Büffelfrau.«

Sie schwiegen eine Weile, und Büffelfrau dachte über seine Worte nach. Vieles war unklar. Wie die Weißen lebten, woher sie plötzlich kamen, und zu welchen Göttern sie beteten. Warum sie eine andere Hautfarbe hatte, und warum sie sich so seltsam kleideten. Sie hatten viel Zeit, darüber zu reden. So wie sie mit den Pflanzern redete, die am Ufer der Flüsse lebten und Felder bestellten. Selbst ihr Volk hatte einmal so gelebt, und es gab alte Männer, die am Feuer davon erzählten. Die tsis tsis tas waren das auserwählte Volk, aber es gab andere Völker, und nicht alle lebten im Krieg mit ihren Leuten. Es war interessant, den Geschichtenerzählern zuzuhören, wenn sie von anderen Völkern und dem Land jenseits der großen Berge erzählten.

Die Shar-ha ließen sich nicht blicken. Die Nacht verlief ruhig, und auch Büffelfrau hörte kein ungewöhnliches Geräusch. Im ersten Morgengrauen weckte sie Blaue Augen, und sie banden die Pferde los und ritten mit den ersten Sonnenstrahlen nach Westen. Es würde ein heißer Tag werden. Sie tranken etwas Wasser und aßen von dem Trockenfleisch, das Joshua im Camp eingepackt hatte, und sie folgten den Spuren, die deutlich in dem weichen Boden zu sehen waren. Die Shar-ha befanden sich in ihren Jagdgründen und rechneten nicht damit, verfolgt zu werden. Oder lockten die Spuren sie in eine Falle?

Büffelfrau hatte die Führung übernommen. Sie hatte ihre neue Büchse quer über dem Sattel liegen und war froh, daß sie oft genug mit einem Feuerstock geübt hatte. Schmunzelnd erinnerte sie sich an ihr Erlebnis mit den Dakota-Kriegern, als sie der Rückschlag eines großen Feuerstocks ins Gras geworfen hatte. Das würde ihr nicht mehr passieren. Mit der Flinte ihres Vaters hatte sie oft genug bewiesen, daß sie eine gute Schützin war, und ihre erste Kugel würde einen Shar-ha töten.

Joshua hatte längst erkannt, daß sie keine gewöhnliche Frau war. Die heilige Frau ihres Volkes hatte sie sich genannt, und er nahm an, daß sie eine Medizinfrau war und sich mit Kräutern auskannte. Sie betete oft, und er sah, wie sie zu einem einsamen Adler emporblickte und beschwörend die Hände hob. »Der Adler ist ein Abgesandter meines Schutzgeistes«, sagte sie, »er wird uns helfen, die Shar-ha zu finden.« Sie war eine besondere Frau und steckte voller Geheimnisse, und sie war eine Kriegerin, die wie ein Mann gegen ihre Feinde zog. Er hatte nicht gewußt, daß es solche Frauen gab, aber es gab vieles bei den Indianern, das er nicht wußte, und er war bereit, von ihr zu lernen.

»Aiee«, sagte Büffelfrau leise, als sie ihre Pferde am späten Nachmittag durch eine Senke trieben. Sie deutete nach vorn und machte das Zeichen für Shar-ha. »Siehst du den Rauch? Sie lagern hinter dem nächsten Hügel!« Sie stieg von ihrem Pony und huschte geduckt durch das hohe Gras. Auf dem Hügelkamm ging sie hinter einigen Büschen in Deckung. »Da sind sie«, sagte sie zu Joshua, der neben ihr im Gras auftauchte und dem lieben Gott dankte, daß Büffelfrau so gute Augen hatte. Er hatte nichts gesehen und wäre den Pawnees in die Schußlinie geritten.

Die beiden Krieger hatten keine Ahnung, daß sie beobachtet wurden. Sie hockten arglos an ihrem kleinen Feuer und lachten über einen Scherz, den einer von ihnen gemacht hatte. Büffelfrau erkannte das heilige Bündel, das sie wie eine Trophäe an eines ihrer Ponys gebunden hatten.

»Ich kenne die Krieger«, signalisierte sie, »das sind Langes Haar und Gekrümmte Hand. Sie sind sehr tapfer. Langes Haar hat den Häuptling erschossen, der mir geholfen hat.«

Joshua nickte stumm und hob die Büchse. Büffelfrau legte eine Hand auf seinen Arm und schüttelte den Kopf. »Sie sollen wissen, daß sie sterben«, sagte sie. Ihre Miene war grimmig.

Bevor der Trapper ein Zeichen formen konnte, war Büffelfrau aufgesprungen. Sie stieß den schrillen Kriegsruf ihres Volkes aus und rannte in die Mulde hinab. Das Feuer der Shar-ha war keine zwanzig Meter entfernt. Sie schoß dem verdutzten Langes Haar in die Brust, kniete neben ihm und berührte ihn mit der bloßen Hand. Joshua war dicht hinter ihr und schoß auf Gekrümmte Hand, der rückwärts ins Gras kippte und sein Todeslied anstimmte. Der Shar-ha sah noch, wie Büffelfrau das Messer seines Freundes nahm und den wertvollen Skalp von dessen Schädel riß. Dann atmete er zum letzten Mal.

Büffelfrau band den Skalp an den Sattel ihres Ponys und drückte das Bündel mit den heiligen Pfeilen an ihre Brust. »Aiee«, rief sie stolz, »wir haben gesiegt!« Sie reckte die Arme zum Himmel und sprach ein lautes Gebet, das sogar Joshua unter die Haut ging, obwohl er kein Wort verstand. Sie bedankte sich bei Maheo und den Geistern, und sie pries die Weisheit ihres Schutzgeistes, der sie auf den rechten Pfad geführt hatte. Es war ein schwerer Weg gewesen, der sie an den Rand eines tiefen Abgrundes geführt hatte, aber jetzt war alles gut. Joshua war bei ihr und sie konnten nach Hause reiten.

Sie brauchten fast eine Woche, bis sie das Land der tsis tsis tas erreichten. Der Erfolg machte sie nicht übermütig, und sie rechneten jeden Tag damit, von anderen Shar-ha überfallen zu werden. Sie zündeten keine Feuer an und hielten abwechselnd Wache. Obwohl sie einander begehrten, liebten sie sich nicht. Dies war Feindesland, und beinahe jede Unaufmerksamkeit wurde mit dem Tod bestraft. Dazu war Zeit, wenn sie das Dorf der Hügelleute erreicht und ihr Tipi aufgeschlagen hatten.

Der Adler war vom Himmel verschwunden, und diesmal wertete sie es als gutes Zeichen. Sie brauchte ihn nicht mehr. Der Schutzgeist hatte ihn zurückgerufen und würde erst wieder zu ihr sprechen, wenn sie ihn rief. Der Weg der Tränen war zu Ende. Sie ritten einem neuen Tag und einer neuen Zukunft entgegen. Vergessen waren die dunklen Nächte der letzten Monde und die Angst vor einer ungewissen Zukunft. Es zählte nur noch, was jetzt war. Sie waren zusammen, und sie lebten, und bald würde sie ihre Eltern und Verwandten und Freunde begrüßen.

Von einem alten Geschichtenerzähler, der allein über die

Ebenen zog und die Völker mit seiner Kunst unterhielt, erfuhren sie, daß sich die tsis tsis tas zum Sonnentanz am Verrückten Fluß versammelt hatten. »Das Volk leidet«, sagte er, nachdem sie die Pfeife geraucht hatten. Es schien ihn nicht zu verwundern, daß ein weißer Mann bei ihr war, und er stellte keine Fragen. »Die heiligen Pfeile sind verschwunden, und es gibt keinen, der meine Geschichten hören will. In den Tipis herrscht Trauer. Sie erzählen von einer heiligen Frau, die losgezogen ist, die Pfeile zurückzuholen.« Er seufzte. »Aber das ist lange her, und niemand weiß, wo diese Frau geblieben ist.«

»Ich bin diese Frau«, sagte Büffelfrau, »ich habe die heiligen Pfeile zurückgeholt, und Blaue Augen hat mir geholfen!«

»Aiee, das ist gut«, sagte der Geschichtenerzähler.

Von ihm erfuhren sie auch, daß der alte Berührt-die-Wolken im Mond, wenn das Hochwasser kommt, gestorben war. Bärenkopf war auf der Jagd von einem Felsen gestürzt und hatte sich beide Beine gebrochen, und die Hautkrankheit von Dachs war schlimmer geworden. Die Zeiten waren schlecht, und niemand freute sich auf den Sonnentanz. Ohne die heilige Frau und ohne die heiligen Pfeile war das Volk verloren.

Büffelfrau und der weiße Mann erreichten das Dorf der tsis tsis tas am nächsten Morgen. Joshua blieb respektvoll zurück, als sie auf einen Hügelkamm ritt und in das Tal mit den Tipis hinabblickte. Es war ein erhebender Anblick. Die Morgensonne leuchtete golden auf den vielen Zelten, und sie erkannte die vertrauten Gesichter ihrer Freunde und Verwandten. Bärenkopf lag vor seinem Zelt, die gebrochen Beine mit Weidenästen geschient. Ihr Vater und ihre Mutter saßen vor ihrem Tipi und blickten in die Sonne. Roter Mond sprach mit einem Krieger der Flußleute. Da waren Gelber Wolf und Läuft-rückwärts, und da war Weißes Pferd, der sich gemeinsam mit seinem jungen Freund im Fluß wusch. Da waren Otterfrau und Schlangenfrau.

»Aiee!« rief sie ins Tal hinab. Sie reckte die Hand mit dem heiligen Bündel und hörte, wie das Echo ihrer Stimme von den Felsen zurückgeworfen wurde. »Ich bin Büffelfrau, die heilige Frau des Volkes, und ich habe euch die heiligen Pfeile zurückgebracht!«

Sie lenkte ihr Pony zum Dorf hinab und blickte sich nach dem weißen Mann mit den blauen Augen um. Er würde dieselbe Luft wie sie atmen.

Aiee, dies war ein guter Tag.

Nachwort

›Das Lied der Cheyenne‹ ist ein historischer Roman. Die Idee zu diesem Buch kam mir schon im Juni 1976, als mir ein junger Cheyenne in Billings, Montana, von Gelbhaarfrau erzählte, einer Cheyenne-Indianerin, die sich als tapfere Kriegerin erwies und um 1868 an einer Schlacht gegen die Shoshone teilnahm. Sie starb erst im August 1915. Andere Cheyenne-Frauen, die auf den Kriegspfad gingen, waren die Frau von Schwarzer Coyote, die ihren Bruder gegen weiße Soldaten verteidigte, und Die-in-einem-Weidenwäldchen-gebärt, die einige Shoshone-Krieger an der Nase herumführte. Sie waren Vorbild für meine Büffelfrau, die nie gelebt hat, aber so gelebt haben könnte. Mich faszinierte die Tatsache, daß es bereits unter den Indianern emanzipierte Frauen gab, die wie Männer auf die Jagd gingen und in den Krieg zogen, sich aber ihre Weiblichkeit bewahrten und sogar heirateten und Kinder bekamen.

Auch die anderen Figuren meines Romans sind fiktiv, könnten aber zu Beginn des 19. Jahrhunderts so gelebt haben. Es gab Gegenteil-Leute wie Läuft-rückwärts und homosexuelle Krieger wie Weißes Pferd. Es gab junge Angeber wie Kleiner Falke, verwegene Kämpfer wie Roter Mond und Gelber Wolf, und es gab Frauen wie Weidenfrau und Windfrau, die in harmonischer Dreisamkeit mit einem Mann wie Büffelhöcker lebten.

Die Cheyenne oder tsis tsis tas, wie sie sich selbst nennen, haben so gelebt, wie ich es beschrieben habe. Ihren Alltag, ihre Sitten und Gebräuche und ihre religiösen Mythen habe ich jahrelang studiert, vor allem während meiner Reisen nach Montana, Wyoming, Colorado und Oklahoma. Ich habe mit einigen Nachfahren dieses stolzen Volkes gesprochen, und ich habe die wichtigsten Fachbücher studiert, die über die Cheyenne geschrieben wurden. Besonders hervorheben möchte ich das zweibändige Werk ›The Cheyenne Indians‹, das George Bird Grinnell bereits Anfang der zwanziger Jahre schrieb. Er galt als anerkannter und auch von den Cheyenne akzeptierter Experte für Geschichte und Kultur der Cheyenne.

Dem Verfasser eines historischen Romans ist es freigestellt, bestehende Fakten neu zu deuten und Zeremonien wie den Sonnentanz vereinfacht darzustellen, um den dramatischen Ablauf der Geschichte nicht zu stören. Das habe ich getan, ohne die Kultur des Volkes zu verfälschen. Auch die Sprache der Cheyenne ist wesentlich komplexer, als in diesem Roman angedeutet. Es ist jedoch unmöglich, sie adäquat ins Deutsche zu übertragen. Ähnlich ist es mit den Begriffen ›Götter‹ und ›Geister‹. Die Beziehung des Cheyenne zu übernatürlichen Kräften wie Maheo und den vier Richtungen ist sehr kompliziert und kann in einem Roman nur angedeutet werden.

Auch die Pawnees (Shar-ha) und Assiniboin (Ho-he) wurden so geschildert, wie es uns von alten Indianern, Augenzeugen und Historikern überliefert wurde. Sie gehörten zu den erbitterten Feinden der Cheyenne. Weiße wie Joshua Freeman hat es gegeben, vor allem unter den Pelztierjägern, die im frühen 19. Jahrhundert nach Westen zogen und das Leben der Indianer mehr schätzten als die Zivilisation. Einige Männer heirateten Indianerfrauen und wurden zu – von den meisten Weißen verachteten – ›Squawmen‹.

Die Welt der Indianer ist reich an Geschichten und Mythen, und ihre Kultur fasziniert mich seit vielen Jahren. Dennoch ist es unmöglich, die Recherchen für einen so umfangreichen Roman ohne fremde Hilfe durchzuführen. Ich bedanke mich bei den Nachfahren des Volkes, das noch heute den Sonnentanz zelebriert und die heiligen Pfeile verehrt: Jenny Parker (Northern Cheyenne), die Beraterin für Cheyenne-Kultur und -Sprache bei zahlreichen Hollywood-Produktionen, stand auch mir beratend zur Seite. Ron Hawks (Northern Cheyenne), Jimmie Little Coyote (Northern Cheyenne), Carmelia Brown (Crow) und Imogene Rising Sun (Southern Cheyenne) beantworteten meine Fragen und teilten ihre Erfahrungen mit mir. Ich bedanke mich bei

Thomas Veszelits, der mich auf einer Reise ins Land der Cheyenne begleitete, und ich bedanke mich bei meiner Frau und meinen Kindern, die viele Monate lang mit einem ›Cheyenne‹ zusammenleben mußten. Vielen Dank, oder wie es in der Sprache des Volkes heißt: Ha-ho!

Lame Deer, Montana, im Juni 1994

Thomas Jeier